ROCKY MOUNTAIN LOVE

Band 17 der Rocky Mountain-Serie

von

Virginia Fox

Dragonbooks

ISBN 978-3-906882-42-0

DIE AUTORIN

Virginia Fox, geboren 1978, war bereits im Alter von vier Jahren mit ihren zwei Hauptleidenschaften infiziert: mit der Liebe zu Büchern und Texten in jeglicher Form und der Liebe zu den Pferden. Nach dem Lesen zahlreicher Bücher und dem Schreiben verschiedener Kurzgeschichten und Essays startete sie ihr bis her größtes Projekt: Die Drachenschwestern-Trilogie. Nach der Fertigstellung der Trilogie musste sie feststellen, dass sich der Schreibvirus nicht abschütteln lässt. Im Dezember 2014 veröffentlichte sie Band 1 der neuen Rocky Mountain Serie: Rocky Mountain Yoga. Weitere Bände folgen in regelmäßigen Abständen.
Die Autorin lebt zusammen mit ihrer Tochter, ihrem Australian Cattle Dog und einem launischen Kater in Zürich.

Mehr über die Autorin auf Facebook
facebook.com/authorvirginiafox oder virginiafox.com.

Bei Dragonbooks von Virginia Fox auch erhältlich:

Die Rocky Mountain Serie:

(Genre: Liebesroman/Spannung)

Band 1 – Rocky Mountain Yoga

Band 2 – Rocky Mountain Star

Band 3 – Rocky Mountain Dogs

Band 4 – Rocky Mountain Kid

Band 5 – Rocky Mountain Secrets

Band 6 – Rocky Mountain Fire

Band 7 – Rocky Mountain Life

Band 8 – Rocky Mountain Race

Band 9 – Rocky Mountain Lion

Band 10 - Rocky Mountain Gold

Band 11 - Rocky Mountain Crime

Band 12 - Rocky Mountain Heat

Band 13 - Rocky Mountain Snow

Band 14 - Rocky Mountain Horses

Band 15 – Rocky Mountain Kiss

Band 16 – Rocky Mountain Games

Band 17 – Rocky Mountain Love

Band 18 - Rocky Mountain Doc (März 2019)

Band 19 -Rocky Mountain Heart (Juni 2019)

Band 20 - Rocky Mountain Moon (Sept. 2019)

Band 21 - Rocky Mountain Wish (Dez. 2019)

Drachenromane:
Die Drachenschwestern Trilogie
(Genre: Frauenromane mit einem Hauch Fantasy)

Band 1 - Die Drachenschwestern

Band 2 - Das Drachenkind

Band 3 - Das Drachenpferd

Das Drachenmädchen
(Genre: Jugend-/Fantasy)

Band 4 - Das Zeichen des Drachen

Band 5 - Die Drachen der Neuen Welt (in Vorbereitung)

Alle Neuerscheinungen und Preisaktionen werden unter virginiafox.com oder auf FB (authorvirginiafox) angekündigt.

1

Auf seinem mit Steigfellen bezogenen Splitboard erklomm Henrik Miller langsam, aber stetig den vor ihm aufragenden Berggipfel. Das Snowboard war extra für Touren entwickelt worden. Für den Aufstieg im Schnee ließ es sich in zwei Teile zerlegen und zu überdimensionierten Schneeschuhen umfunktionieren. Der pulvrige Schnee knirschte unter seinem Gewicht. Die oberste Schicht war ein wenig rutschig. Trotzdem kam er gut voran. Sein Husky Champion war in dieser Umgebung völlig in seinem Element und sprang freudig voran, nur um gleich darauf wieder einen Bogen zurück zu ihm zu schlagen. Sein freundliches *Wuff* klang wie das Äquivalent zu: „Bist du immer noch hier? Was dauert denn da so lange?"

„Ich komm ja schon", ließ er seinen vierbeinigen Freund wissen und gab ein wenig Gas.

Zufrieden stellte er fest, dass seine Muskeln und Gelenke die erhöhte Belastung kommentarlos leisteten. Er war glücklich, dass sein Knie, das er sich letztes Jahr bei einem Wettkampf verletzt hatte, inzwischen wieder stark genug war, ihn ohne Beschwerden den Berg hinaufzutragen. Auch während der ihm noch bevorstehenden, traumhaften Abfahrt durch den Pulverschnee erwartete er keine Probleme. Ein Wunder, eigentlich. Die Prognosen waren ursprünglich nicht so gut gewesen. Natürlich hatte er keinen Moment an die düsteren Vorhersagen der Ärzte geglaubt. Sogar eine Rückkehr in den internationalen Skizirkus hatte er beabsichtigt. Diesen Traum hatte er allerdings nach mehreren Monaten intensiver Physiotherapie nun endgültig aufgeben müssen.

Wie so oft in den Wochen, seit er diese bittere Entscheidung hatte fällen müssen, fragte er sich, was die Zukunft bringen würde. Aus diesem Grund war er nach Independence zurückgekehrt. Der Ort, der ihm bereits letzte Weihnachten Asyl geboten hatte. Ursprünglich war er nur in dieses abgelegene Nest in den Rockies gereist, weil Bertha Jennings, eine der Koryphäen auf dem Gebiet der Rehabilitations-Physiotherapie für Sportler, zu der Zeit hier gewesen war. Es hatte allerdings nicht lange gedauert, bis ihn der kleine Ort mit seinem ganz speziellen Charme verzauberte. Eine Einwohnerin hatte es ihm ganz besonders angetan.

Sein linker Mundwinkel zog sich nach oben, während er sich mit seinem Teleskopstock abstützte und eine besonders steile Stelle überwand. Susan. Sie war eine Frau voller Geheimnisse. Oder war vielleicht ‚voller verborgener Facetten' die bessere Beschreibung? Er war sich nicht sicher. Er wusste nur, dass er vor einem Jahr nur knapp an der Oberfläche gekratzt hatte. Die flüchtigen Einblicke in ihre Persönlichkeit, die sie ihm gewährt hatte, waren genug gewesen, dass er während der vergangenen zwölf Monate ständig an sie gedacht hatte.

Er wusste, dass sie ein sehr introvertierter und privater Mensch war. Das war in einer kleinen Gemeinschaft wie Independence, die praktisch von der täglichen Dosis Klatsch und Tratsch lebte, gar nicht so einfach. Ihre Schüchternheit und der Schaden, den der jahrelange verbale Missbrauch durch ihre Mutter an ihrem Selbstbewusstsein angerichtet hatten, ließen sie ständig an sich und den Absichten ihrer Mitmenschen zweifeln. Ihre Mutter war ein Psycho. Und zwar nicht nur, weil sie eine beschissene Mutter war. Nein. Letzten Winter hatte sie jeglichen Bezug zur Realität verloren, als sie versucht hatte, mit Waffengewalt die Weihnachtsspenden für die Bedürftigen im County an sich zu bringen. Zwei Leute waren dabei ernsthaft verwundet worden, bevor einige mutige Mitbürger sie überwältigen konnten.

Es war wirklich ein Jammer, dass Susan so unter den degradierenden Bemerkungen ihrer Mutter gelitten hatte. In seinen Augen war sie ziemlich perfekt. Zumindest für ihn. Er seufzte und folgte Champions Spur im Schnee. Mit ihren blauen Augen, die ihn an einen perfekten Winterhimmel in den Bergen erinnerten, den blonden, langen Haaren und den sanft geschwungenen Lippen, die so wunderbar auf die seinen passten, war sie seine Traumfrau. Während sie zögerlich seinem Werben nachgegeben hatte, war ihm die ganze Zeit sehr wohl bewusst gewesen, dass sie sich eingeredet hatte, für ihn nichts mehr als ein Zeitvertreib während seiner Reha zu sein. Wenn man die wenigen Küsse, die sie ausgetauscht hatten, überhaupt so benennen wollte.

Nichts lag der Wahrheit ferner. Zum ersten Mal in seinem Leben hatte er sich Hals über Kopf verliebt. Sie letzten Winter zu verlassen hatte zum Schwierigsten gehört, das er je getan hatte. Doch es war nötig gewesen. Für ihn, um herauszufinden, ob eine weitere Operation ihm die Rückkehr in den professionellen Snowboardsport ermöglichen würde. Für sie, um mit der Vergangenheit abzuschließen und ihren eigenen Platz im Leben zu finden. Einem Leben ohne ihre Mutter und gleichzeitig auch ohne ihren Sohn, der dieses Jahr ans College gegangen war. Große Veränderungen. Das Wenige, das er über sie wusste, sagte ihm, dass sie vor allem eines brauchte: Zeit. Zeit, sich an ihr neues Leben zu gewöhnen. Zeit, um herauszufinden, wer sie war, ohne die destruktive Präsenz ihrer Mutter im Nacken sitzen zu haben. Ohne sich täglich um ihren Sohn kümmern zu müssen.

Das ganze vergangene Jahr hatte er sich gefragt, wie es ihr wohl ging. Dutzende Male hatte er angefangen, ihre Nummer zu wählen, nur um im letzten Moment das Telefon entschieden zur Seite zu legen. Er hatte sich geschworen, geduldig zu sein.

Abzuwarten, ob sie sich vielleicht bei ihm melden würde. Doch je mehr Zeit verstrichen war, desto größer wurde seine Ungeduld. Schließlich, als sich immer mehr herauskristallisierte, dass er nie mehr an einem Wettkampf teilnehmen würde, war in ihm der Entschluss gereift, nach Independence zurückzukehren. Er wollte persönlich in Erfahrung bringen, ob es für ihn und Susan eine Chance gab.

Ihm war klar, dass es nicht einfach werden würde. Susan war fest davon überzeugt, dass sie in keiner Hinsicht zusammenpassten. Ihre größte Sorge war der Altersunterschied. Sie war rund zehn Jahre älter als er. Ihn kümmerte das überhaupt nicht. Sie allerdings schon. Wobei er sich nicht sicher war, ob sie sich selber als „zu alt" empfand oder ob sie hauptsächlich unter dem Getratsche litt. Letzteres war er sich sicher, bewältigen zu können. Leider hatte er den Verdacht, dass seine erste Vermutung der ausschlaggebende Grund war.

Sie hatte die absurde Vorstellung, dass er einfach mit dem Finger schnippen konnte, um jede beliebige Frau zu kriegen. Zu seinen Zeiten als prominenter und vor allem erfolgreicher Sportler war zum Teil sogar etwas Wahres dran. Sie vergaß dabei allerdings, dass keine dieser Frauen wie sie war. Er träumte nicht von irgendwelchen gesichtslosen und austauschbaren Skizirkus-Häschen, die damit angeben wollten, einen Sportler im Bett gehabt zu haben. Sondern von einer sehr attraktiven und liebenswerten Frau, die sein Blut mit einem einzigen Blick unter ihren langen Wimpern zum Kochen bringen konnte. Zufälligerweise war sie vierzig. Na und?

Champion umkreiste ihn bellend. Anscheinend hatten ihn seine Gedanken wieder langsamer werden lassen. Oder vielleicht lag es auch nur an der Tatsache, dass das letzte Stück sehr steil war. Er biss die Zähne zusammen und wischte sich den Schweiß von der Stirn, bevor er das letzte Stück erklomm. Höchstens noch zehn Minuten. Dann würde ihn der Ausblick vom Gipfel für die ganzen Strapazen entschädigen und ihn daran erinnern, weshalb er sich die ganze Plackerei überhaupt antat.

*

Susan Montgomery schlug ihre Rechnungsbücher zu. Es hatte sich gelohnt, den oberen Stock unterzuvermieten. Mia Burrow war Ärztin und hatte vor einigen Monaten zusammen mit ihrem Bruder eine Praxis in Independence eröffnet. Zufälligerweise hatte sie im Diner eine Unterhaltung mitgehört, während der die lebhafte Frau mit den asiatischen Gesichtszügen Miss Daisy, einer der Inhaberinnen des Diners und des angeschlossenen Bed & Breakfasts, ihr Leid geklagt hatte.

Zu diesem Zeitpunkt arbeitete sie nicht nur mit ihrem Bruder in der Praxis, sondern wohnte auch mit ihm zusammen in einer winzigen Wohnung. Anscheinend stellten seine Angewohnheiten ihre Geduld auf eine harte Probe.

„Ich hatte ganz vergessen, was für ein Chaot mein kleiner Bruder ist“, hatte sie gestöhnt. „Überall liegen feuchte Handtücher und einzelne Socken rum. Sein Hund, ein vier Monate alter Parson-Sharpei-Molosser-Mix namens Spartacus, verliert Haare, als wäre sein erklärtes Ziel, ein Nackthund zu sein. Zudem frisst er alles, was ihm zwischen die Zähne kommt. Vorzugsweise Schuhe. Meine Schuhe!“

Als Miss Daisy mitfühlende Geräusche gemacht und nachgehakt hatte, ob sie tatsächlich eine Wohnung suchte, war Susan zum ersten Mal die Idee gekommen, das halbe Haus unterzuvermieten. Zwar lief ihr Keks-Catering-Business gut. Auch die CBD-Leckerlis für Tiere, die sie für Ian Greene produzierte, spülten ihr einen schönen Profit in die Tasche. Allerdings brauchte sie dafür eigentlich eine neue Maschine. Ihr Haus war im Prinzip sowieso viel zu groß für sie, seit ihre Mutter im Gefängnis saß und ihr Sohn am College war. Wieso also nicht einen Untermieter nehmen?

In einer für sie gänzlich untypischen Reaktion hatte sie Ärztin spontan am Ärmel berührt. Mia Burrow hatte sich umgedreht und ihr ein fragendes, aber freundliches Lächeln geschenkt. Sie musste selber lächeln, als sie sich erinnerte, wie holperig diese Unterhaltung anfangs gewesen war.

„Ja?"

„Ich habe gehört, dass du eine Wohnung suchst", war sie herausgeplatzt.

Mias Blick war vorsichtig geworden, als wäre sie es nicht gewohnt, dass jemand so unverblümt zugab, gelauscht zu haben. Die Arme, hatte sie noch mitfühlend gedacht. Sie würde bald merken, dass es ein aussichtsloses Unterfangen war, private Sachen privat halten zu wollen. Was anderswo als Privatsphäre akzeptiert wurde, galt in Independence als Allgemeingut. Das Diner im Speziellen war so etwas wie die örtliche Klatschzentrale. Die Disney Sisters rühmten sich, immer über alles Bescheid zu wissen, vorzugsweise früher als alle anderen.

„Das ist richtig", hatte sie schließlich geantwortet. „Weißt du etwas?"

„Ähm, also … es ist so. Ich habe ein riesiges Haus. Wenn du möchtest, könntest du den oberen Stock für dich haben. Die Küche müssten wir uns teilen."

„Und das Bad?"

„Du hättest ein eigenes."

„Hm."

„Komm doch einfach vorbei, wenn du Zeit hast. Zum Beispiel morgen Nachmittag? Ich habe keinen Hund. Nur zwei Katzen. Haare verlieren sie zwar auch … ansonsten sind sie aber sehr zurückhaltend."

Die beiden Fellnasen waren Findelkinder. Zum Start von Ians Firma Chillax, für die sie die CBD-haltigen Kekse für die Tiere produzierte, waren sie mit dem *Safe Haven*, dem örtlichen Tierheim, eine Kooperation eingegangen. Natürlich war sie bei der Informationsveranstaltung auch anwesend gewesen. Nur widerwillig zwar, doch Ian hatte darauf bestanden.

„Ohne dich gäbe es kein Chillax“, hatte er gesagt.

Also hatte sie sich überwunden und teilgenommen. Zu ihrer Überraschung war es gar nicht so schlimm gewesen, wie sie es sich vorgestellt hatte. Trotzdem hatte sie es vorgezogen, die meiste Zeit bei den Tieren in ihren verschiedenen Gehegen zu verbringen. Dabei hatte sie sich in Romeo und Julia verliebt. Die beiden waren bereits älter, keine Kätzchen mehr. Aus diesem Grund waren sie lange nicht adoptiert worden. Die schwarze Katze mit dem weißen Fleck auf der Brust und der getigerte Kater mit dem langen Fell waren beste Freunde. Kat Orlow, die Besitzerin des *Safe Havens* hatte darauf bestanden, die beiden nur zusammen abzugeben. Ihr war das recht gewesen. Sie hätte es sowieso nicht über sich gebracht, die beiden zu trennen.

Auf jeden Fall hatte Mia gelacht, als sie das hörte, und versprochen, sich das Haus anzusehen.

Zu diesem Zeitpunkt hatte Susan nicht realisiert, dass sie einsam war. Das war erst später geschehen. Am nächsten Tag, nachdem Mia zugestimmt hatte, probehalber zu ihr zu ziehen. Die Erleichterung darüber war so groß gewesen, dass sie sich erst einmal hinsetzen musste, als Mia wieder gegangen war. Geschockt über ihre eigene, so ungewohnt emotionale Reaktion, hatte sie sich den Luxus gegönnt, ehrlich zu sich selber zu sein.

Dass ihre Mutter nicht mehr da war, war eine riesige Erleichterung, auch wenn diese Erkenntnis ihr immer Schuldgefühle verursachte. Aber es war eine Tatsache. Seit dem Tag, an dem sie verhaftet worden war, fühlte sie sich, als hätte sich eine dunkle Wolke über ihrem Kopf verzogen. An ihrer Abwesenheit konnte es also nicht liegen.

Tony vermisste sie natürlich. Ihr Küken hatte sich zu einem Schwan beziehungsweise brillanten jungen Mann entwickelt, der seine Zeit am College genoss. Seine Gesellschaft fehlte ihr. Sein lockerer Humor, die gemeinsamen Mahlzeiten, einfach das

Wissen, dass er abends wieder nach Hause kommen würde. Gleichzeitig akzeptierte sie, dass es der Lauf der Dinge war, dass die Kinder das elterliche Nest verließen. Sie gönnte ihm seine neue Selbständigkeit von Herzen.

Aber sie vermisste auch Henrik. Das hatte sie sich bis jetzt nie eingestanden. Henrik, der es geschafft hatte, dass sie sich begehrenswert fühlte, auch wenn sie wusste, dass ihre Affäre nicht von Dauer sein konnte. Zum einen war er viel zu jung. Sie war gut zehn Jahre älter als er. Möglich, dass sie ihm im Moment gefiel. Aber während Männer unfairerweise mit dem Alter meist attraktiver wurden, würde sie immer mehr verfallen. Kombiniert mit der Tatsache, dass er jetzt schon verdammt gut aussah und sie bestenfalls als mittelmäßige Erscheinung durchging, war Liebeskummer vorprogrammiert. Zumindest auf ihrer Seite. Deshalb war sie froh, dass ihn seine Karriere gezwungen hatte, Independence zu verlassen, bevor aus ihrer Freundschaft mehr wurde. Das hatte sie sich zumindest versucht einzureden. Aber in diesem schwachen Moment hatte sie sich zehn Minuten gegönnt, in denen sie ihn aus ganzem Herzen vermisste.

Anschließend hatte sie sich die Nase geschnäuzt, sämtliche Erinnerungen an ihn verdrängt, darin hatte sie inzwischen mehr als genug Übung, und hatte sich an die Arbeit gemacht. Zum Glück war sie selbständig. Es gab immer mehr als genug zu tun, um sich von seinen Gefühlen abzulenken.

Ihr Blick schweifte aus dem Fenster. Bis jetzt hatte diese Taktik hervorragend funktioniert. So gut, dass sie sich tatsächlich eingebildet hatte, über ihn hinweg zu sein. Sie lachte freudlos. Das hatte sich allerdings innerhalb von Sekunden als Trugschluss erwiesen, als Tony ihr erzählt hatte, dass Henrik in ihre kleine Stadt zurückkehren würde.

Was sollte sie jetzt nur machen? Nicht genug, dass seine Anwesenheit ihre längst überwunden geglaubten Gefühle weckte, hatte sie noch dazu massiv zugenommen, seit sie ihn das letzte Mal gesehen hatte. Wahrscheinlich würde er sie aktuell gar nicht wiedererkennen. Oder zumindest so tun, als würde er sie nicht sehen. Wenigstens das kam ihr entgegen, denn sie hatte vor, so gut wie unsichtbar zu sein, was ihn anging.

Mia streckte den Kopf ins Zimmer.

„Ich muss nochmals zurück in die Praxis. Soll ich uns etwas zu essen mitbringen, wenn ich nach Hause komme?"

Essen. Alleine der Gedanke daran ließ Übelkeit in ihr aufsteigen. Noch mehr Kalorien, die sich ohne Umweg auf ihren Hüften niederlassen würden.

„Lieber nicht", antwortete sie deshalb und log: „Ich habe schon etwas gegessen."

Mia musterte sie besorgt. „Du weißt schon, dass dein Körper Treibstoff braucht, um richtig zu funktionieren?"

Susan schnaubte verächtlich.

„Doch, wirklich", beharrte Mia. „Auch der Stoffwechsel."

Sie betrachtete ihre Vermieterin, die inzwischen eine Freundin geworden war, kritisch. Unter ihren Augen lagen dunkle Ringe. Sie wirkte oft müde und abgeschlagen, auch wenn sie unermüdlich arbeitete. Wenn sie ehrlich war, machte sie sich ernsthaft Sorgen um Susan.

„Mein Stoffwechsel. Ich glaube nicht, dass ich einen Stoffwechsel habe", spekulierte Susan laut.

„Jeder hat einen Stoffwechsel", antwortete Mia ernst. „Nur scheint deiner gerade ein wenig Schwierigkeiten zu haben, seine Arbeit zu verrichten."

Susan winkte ab. „Das ist halt einfach so. Ich muss Kekse nur schief anschauen, und schon wandern die Kalorien unauffällig auf die Hüften. Zurück bleibt ein Gebäck aus Luft und Liebe, was meine Kunden sehr schätzen."

Streng schaute Mia sie an.

„Stoffwechselprobleme sind nicht zum Spaßen. Das mit dem Zunehmen geschieht nie einfach so. Glaub mir, das haben wir tatsächlich im Studium gelernt. Wieso kommst du die Tage nicht einfach zu mir in die Praxis und wir machen ein paar Tests?"

Susans Gesichtsfarbe nahm eine grünliche Färbung an. „Tests?", quiekte sie. „Und überhaupt … ich dachte, du wärst nur Allgemeinärztin?"

Mia ignorierte den Seitenhieb. „Bluttests. Nur ein kleiner Pieks, die Meinung eines spezialisierten Labors und wir wissen mehr."

„Lieber nicht. Bestimmt renkt sich das alles bald wieder ein", murmelte Susan, auch wenn sie selbst nicht mehr daran glaubte.

Ihres Wissens ernährte sie sich nicht anders als letztes Jahr. Und trotzdem nahm sie zu, als würde sie den ganzen Tag nur Süßigkeiten in sich hineinstopfen.

Mia warf einen Blick auf die schmale Uhr an ihrem Handgelenk. „Du hast Glück, ich muss los. Aber glaub bloß nicht, dass dieses Gespräch zu Ende ist. Darüber sprechen wir noch einmal."

Oder auch nicht, nahm sich Susan vor. Sie musste einfach aufpassen, dass sie das nächste Mal selber einen dringenden Termin hatte, wenn das Gespräch sich dem Thema ihres Stoffwechsels zuwandte.

*

Champion lag neben dem Billardtisch am Boden und kaute auf einem getrockneten Schweineohr herum, während sein Herrchen sich mit Mouse und Ian ein Spiel lieferte. Mouse war Astrid Stones Mann. Durch ihre Arbeit in der Apotheke war Henrik Astrid öfter begegnet. Seine Einsamkeit und der Fakt, dass sie sehr gut aussah, hatten ihn dazu veranlasst, die Apothekerin zu fragen, ob sie mit ihm ausgehen würde. Leider hatte sie schon damals nur Augen für Mouse gehabt. Inzwischen waren sie alle gut befreundet.

Henrik plante gerade seinen nächsten Zug, als Mouse ihn unvermittelt fragte: „Hast du Susan schon gesehen, seit du zurück bist?“

Prompt rutschte Henriks Queue an der Kugel ab.

„Verdammt! Mit dieser Frage hast du extra gewartet, bis ich zum Stoß ausgeholt habe“, beschuldigte Henrik ihn.

Mouse grinste und stellte sich am Tisch in Position.

„Aber sicher doch. Zudem laufen bereits Wetten, ob ihr wieder zusammenkommt. Die Leute sind schon frustriert, weil ihr noch nicht zu zweit gesichtet wurdet.“

„Sprecht ihr von meiner Susan?“, fragte Ian verwundert.

Henriks Kopf schoss hoch. Er kannte Ian nicht sehr gut. Er wusste nur, dass er in einem der Trailerparks wohnte, seit Kurzem sehr erfolgreich legalen Hanfanbau betrieb und aus den Erträgen CBD-haltige Ergänzungsfuttermittel für Haustiere produzierte. Bis vor einer Sekunde hatte er das alles sehr spannend gefunden. Jetzt allerdings, nach der Verwendung des Possessivpronomens im Zusammenhang mit Susans Namen, musste er sich zurückhalten, um sich nicht auf den anderen Mann zu stürzen. Glücklicherweise gelang ihm das. Er war sich nämlich nicht sicher, ob er den anderen, der ein wahrer Hüne war, tatsächlich hätte überwältigen können.

„O-o, ich glaube, du hast gerade den Bären gereizt“, witzelte Mouse.

Ian runzelte die Stirn. „Kann mir einer verraten, um was es hier wirklich geht?“

„Ist sie deine Freundin?“, presste Henrik zwischen zusammengebissenen Zähnen hervor. Er würde sich für sie freuen. Ganz bestimmt. Nächstes Jahr oder so. Im Moment war er noch nicht dazu in der Lage.

„Freundin?“, wiederholte Ian wie ein Papagei, während Mouse in schallendes Gelächter ausbrach.

„Ich weiß nicht, was es da zu lachen gibt. Schließlich hast du sie gerade ‚deine Susan’ genannt.“

Jetzt ging auch Ian ein Licht auf. „Ach so. Und da dachtest du …“ Kopfschüttelnd griff er nach der Kreide und rieb die Spitze seines Queues ein. „Sie ist nicht meine Freundin.“

„Ach? Nur ein netter Zeitvertreib?“, fragte er scharf.

Wieder musste er sich stark zurückhalten, um nicht auf den anderen loszugehen.

„Krieg dich wieder ein, Mann! Sie ist meine Keks-Produzentin. Wir machen Geschäfte miteinander. Nichts anderes. Da hätte Marley bestimmt etwas dagegen.“ Er lächelte versonnen, als er an seine Freundin dachte. Es war unübersehbar, dass er sehr in sie verliebt war.

Prompt fühlte sich Henrik wie ein Idiot. „Sorry, ich … Sorry“, entschuldigte er sich lahm.

„Vergiss es“, sagte Ian und winkte ab. „Aber ganz ehrlich, worauf wartest du noch?“

Das fragte Henrik sich auch. Dieses Warten, dass er ihr zufällig über den Weg lief, wurde langsam lächerlich. Sie waren beide erwachsene Menschen. Eine Aussprache würden sie wohl noch hinkriegen. Durch diesen Entschluss von neuer Energie erfüllt, griff er nach seinem Queue. Morgen schon würde er sich auf die Suche nach ihr machen und nicht lockerlassen, bis er sie gefunden hatte!

2

„Na endlich!“, brummte Erwin Eldridge, als die Schweinwerfer des Greyhounds den schlecht beleuchteten Busbahnhof erhellten.

Der übergewichtige Mann mit dem olivgrünen Parka ignorierte ein letztes Mal demonstrativ das Rauchverbot, indem er genüsslich an seiner selbstgedrehten Zigarette zog. Er ließ die Kippe auf den Boden fallen und trat sie mit der Spitze seiner Cowboystiefel aus. Die Stiefel waren alt, abgetragen und in keiner Hinsicht für die Kälte in den Rocky Mountains geeignet. Seit fast vierundzwanzig Stunden unterwegs, war er müde und unglaublich schlecht gelaunt. Was für eine beschissene Art und Weise, sein Leben als freier Mann zu beginnen.

Gestern Morgen war er endlich aus dem Arkansas Valley-Gefängnis entlassen worden. Ziemlich überraschend. So überraschend, dass er natürlich niemanden hatte, den er so kurzfristig darum bitten konnte, ihn abzuholen.

Mit schöner Regelmäßigkeit, jedes halbe Jahr, hatte er einen Antrag auf Bewährung gestellt. Er hatte nicht damit gerechnet, dass diesmal seinem Antrag stattgegeben würde. So hatte er sich unverhofft auf der Straße wiedergefunden. Ohne Geld, ohne anständiges Schuhwerk. Nicht einmal einen ordentlichen Mantel hatte er besessen. Den Parka, den er jetzt trug, hatte er dem allzu vertrauensseligen Truckfahrer abgenommen, der ihn den ersten Teil der Strecke mitgenommen hatte. Zusammen mit seiner Geldbörse. Leider hatte sie nicht viel Geld enthalten.

Einen Privatjet konnte er sich damit nicht leisten. Aber vielleicht wenigstens eine Fahrt mit dem altersschwachen Bus.

Ein schlechtes Gewissen hatte er deswegen nicht. Im Leben ging es nun einmal um fressen und gefressen werden. Um Lektionen, die gelernt werden mussten. Er hatte seine auf jeden Fall bis auf die Knochen verinnerlicht: Sich ja nie mehr erwischen zu lassen. Eher würde er sterben, bevor er nochmals einen Fuß in ein verdammtes Gefängnis setzte.

Mit einem wenig Vertrauen erweckenden Ächzen hielt der altersschwache Bus an der Station. Die Hydraulik der Tür zischte, als sie sich öffnete. Nicht zu vergleichen mit dem imaginären Fortbewegungsmittel, das ihm seiner Meinung nach eigentlich zustand, aber leider seine einzige Wahl, wenn er sich für den Rest seiner Reise nicht noch einmal auf sein Anhalterglück verlassen wollte.

Leute stiegen aus, hasteten an ihm vorbei und senkten hastig die Augen, wenn ihr Blick auf ihn fiel. Ihm war das nur recht. Langsam schlurfte er an den letzten Passagieren vorbei und betrat den Bus. Er hielt das Ticket dem müde aussehenden Fahrer vor die Nase. Dieser nickte uninteressiert und wandte sich dem nächsten Fahrgast zu, der hinter ihm die Stufen hochstieg.

Erwin suchte sich einen Platz im hintersten Teil des Busses. Hoffentlich war niemand dumm genug, sich neben ihn zu setzen. Er setzte sich extra breit hin und platzierte seinen verschlissenen Seesack auf dem Sitz neben sich. Dann zog er eine Baseballkappe, ein Werbegeschenk von irgendeiner Landmaschinenfirma, aus seiner Jacke und setzte sie auf. In einer Stunde musste er in Frisco aussteigen. Hoffentlich fand er ein warmes Plätzchen, wo er die anschließende Wartezeit überbrücken konnte. Der Colorado Mountain Express fuhr erst gut zwei Stunden später in Richtung Breckenridge.

Von dort aus würde er versuchen, seine Mutter anzurufen. Die sollte ihn abholen. Andernfalls wäre er gezwungen, sich ein Auto zu leihen. Sprich kurzzuschließen. Das war an sich kein

Problem. Doch es wäre ihm lieber, erst einmal unauffällig zu bleiben und kein Risiko einzugehen. Im Gefängnis hatte er viel Zeit gehabt, seine Zukunft zu planen. Er hatte Großes vor. Aber das würde erst später kommen. Nach seinem Urlaub bei Mutti.

Er hatte schon länger nichts mehr von ihr gehört. Seit ungefähr einem Jahr waren keine Briefe mehr von ihr gekommen. Hoffentlich war ihr nichts zugestoßen. Das käme ihm aktuell äußerst ungelegen. Nicht, dass er irgendwelche sentimentalen Gefühle hegte für die Alte. Es wäre nur unpraktisch. Schließlich war sie seine Altersvorsorge. Lange konnte es nicht mehr dauern, bis sie ins Gras biss. Zur Not würde er ein wenig nachhelfen müssen.

Aber wenn er eins während seiner Inhaftierung gelernt hatte, dann das, dass es sich nicht lohnte, sich um ungelegte Eier zu sorgen. Bald würde er sich mit eigenen Augen vergewissern können, dass es ihr gut ging. Dass sie ihn bei sich aufnehmen und von Kopf bis Fuß verwöhnen würde, stand für ihn außer Frage. Mutti hatte schon immer eine Schwäche für ihren Jungen gehabt, dachte er. Ein zufriedenes Lächeln umspielte seinen Mund. Er zog sich den Schirm seiner Baseballmütze tiefer ins Gesicht und schloss die Augen.

*

Aus dem Augenwinkel sah Henrik, wie eine Person aus dem Hintereingang des Café Sweets trat und zielstrebig in Richtung Gemeindehaus lief. Durch das leichte Schneetreiben und die Tatsache, dass jeder, der sich ins Freie begab, sich extra dick einmummelte, war es schwierig, jemanden zu erkennen. Verdammt. War das Susan? Hatte er sie etwa genau verpasst? Dabei hatte er den Termin mit Mr. Wilkinson extra auf den Vormittag gelegt, um sie zufällig-nicht-so-zufällig zu treffen. Allerdings hatte er dabei nicht miteingerechnet, dass der Bürgermeister wie ein ägyptischer Händler um die Miete feilschen würde.

Als dieser zum wiederholten Male dazu ansetzte, die verschiedenen Vorzüge des Ladenlokals anzupreisen, unterbrach ihn Henrik.

„Wie gesagt, ich würde lieber kaufen."

Das Objekt lag direkt an der Ecke zur Hauptstraße. Zusätzlich zu den Verkaufsräumen mit den großen Schaufenstern und dem langen Tresen, der sich vor unzähligen, hölzernen Regalen befand, umfasste es einen großen Lagerraum. Im ersten Stock befand sich direkt unterm Dach eine breite Galerie. Perfekt für Schulungen oder Meetings, bevor eine seiner Touren, die er anbieten wollte, startete. Es gefiel ihm sehr gut. So gut, dass er es auf der Stelle kaufen würde, wenn der Bürgermeister endlich einlenken würde. Aber nicht so gut, dass er dafür seine linke Niere und sein Erstgeborenes verkaufen würde. Genauso, wie er einen anderen Lebensinhalt gefunden hatte, würde er auch ein anderes Ladenlokal finden.

Bedauernd hob der Bürgermeister die Hände.

„Zurzeit steht das Gebäude nicht zum Verkauf. Leider."

Henrik lächelte milde. Er hatte seine Hausaufgaben gemacht.

„Sie meinen, Sie wollen nicht verkaufen."

Für ihn kam ausschließlich ein Kauf in Frage. Über die gesamte Länge des Gebäudes zog sich ein riesiger Raum, den er plante, in eine riesige, gemütliche Wohnung im Loft-Stil umzubauen. Eine ziemlich große Investition, die er sicher nicht machen würde, solange ihm die Immobilie nicht gehörte. Doch das brauchte Mr. Wilkinson nicht zu wissen.

Erstaunt hob sein Gegenüber die Augenbrauen.

„Tja..."

Abermals hob Henrik die Hand, um seinen Redefluss zu unterbrechen. Eine Geste, die er im Umgang mit aufdringlichen Reportern perfektioniert hatte.

„Kein Problem. Ich verstehe." Seine strahlend blauen Augen, die sonst mehrheitlich freundlich in die Welt blickten, nahmen einen stählernen Ausdruck an. Nicht umsonst war er mehrfacher Weltmeister. Dabei lernte man ein oder zwei Dinge darüber, wie man Ziele erreichte. Diesmal war es vielleicht keine neue Höchstzeit, doch das Endergebnis war ihm mindestens genauso wichtig.

„Heute Nachmittag haben Sie einen Vertragsentwurf in Ihrer Mailbox. Sie können den Vorschlag annehmen", er machte eine Pause, um sicherzustellen, dass er die Aufmerksamkeit des anderen Mannes hatte, „oder bleiben lassen. Ich bin sicher, die VGI hat auch einige Kontakte zu Immobilienbesitzern, die sie mir vermitteln kann."

„Aber", stotterte der sonst so wortgewandte Bürgermeister, „die VGI kümmert sich doch nur um weibliche Unternehmer!"

„Ich bin ja auch kein Antragsteller", erwiderte Henrik mit einem Augenzwinkern. „Ich glaube nicht, dass sie abgeneigt sind, das Geld eines Mannes zu nehmen, wenn sie damit die Kasse ihres Vereins füllen können."

Er schüttelte seinem nach dieser Offenbarung sprachlosen Gegenüber die Hand und ging. In Gedanken war er bereits völlig woanders. Es wurde wirklich Zeit, dass er Susan fand. Er hatte lange genug gewartet. Independence hatte nur etwas mehr als tausend Einwohner. Da sollte man denken, dass man früher oder später zufällig über jeden Bekannten stolpern würde. Außer natürlich, die besagte Person legte es darauf an, nicht getroffen zu werden. Langsam, aber sicher hatte er den Eindruck, dass das bei Susan der Fall war und sie ihm absichtlich aus dem Weg ging. Also würde er seinen Plan, ihr zufällig über den Weg zu laufen, ändern und sie gezielt verfolgen. Im übertragenen Sinne natürlich. Umwerben war eigentlich das treffendere Wort. Nur musste er sie dazu erst einmal zu fassen kriegen.

Er lächelte. Einer Herausforderung hatte er noch nie widerstehen können.

*

Mit einer Mischung aus Bewunderung und Ärger sah Mr. Wilkinson dem international bekannten Snowboardprofi nach. Es kam nicht oft vor, dass ihm jemand so unverhohlen die Stirn bot. Das war er nicht gewohnt. Schon gar nicht von neu Zugezogenen. Normalerweise waren die unverschämten Frauen der VGI, nicht zuletzt seine On-Off-Freundin Miss Minnie, die Einzigen, die sich das trauten. Und jetzt drohte ihm der freche Jungspund doch tatsächlich damit, zur Konkurrenz überzulaufen.

Vor einer Weile war ihm ein richtiger Coup gelungen. Um mehr Arbeitsplätze und Menschen nach Independence zu bringen, hatte er eine Aktion ins Leben gerufen, die Prämien an Start-Ups wie auch an etablierte kleinere und mittlere Unternehmen auszahlte, die ihren Sitz in die Kleinstadt verlegten und sich verpflichteten, mindestens fünf Jahre zu bleiben. Die Wähler hatten das Programm sehr begrüßt, und seine Beliebtheit hatte ungeahnte Höhen erreicht.

Bis ein paar alte Frauen – er zuckte unverhofft zusammen, als er daran dachte, was Miss Minnie wohl von dieser Bezeichnung halten würde – na gut, ein paar Frauen, Wichtigtuerinnen allesamt, bemängelt hatten, dass die Unternehmen, welche er berücksichtigt hatte, der Gemeinschaft nicht viel boten. Pah. Als ob Steuergelder völlig unwichtig wären. Also hatten Miss Minnie und Co. die „Vereinigung der Geschäftsfrauen von Independence", kurz VGI genannt, gegründet. Diese kümmerte sich um eine aktive Belebung des Stadtbildes. Um das zu erreichen, unterstützten sie als Business Angels Frauen, die den Schritt in die Selbständigkeit wagen wollten. Gleichzeitig suchten sie aktiv nach Verbesserungsmöglichkeiten für die Gemeinde. Dank ihnen gab es in Independence endlich eine Apotheke. Zwei Ärzte hatten sich auf ihre Initiative niedergelassen, sodass nicht wegen jeder Grippe ein Trip nach Breckenridge ins Krankenhaus nötig war. Die Buchhandlung war ebenfalls auf ihre Initiative hin aus ihrem Dornröschenschlaf erwacht.

Tatsache war, dass er vielleicht die besseren Steuerzahler aufgetrieben hatte, die Einwohner jedoch viel direkter von den Aktionen der VGI profitierten. So waren die Frauen zu unverhoffter Popularität gelangt. Es würde ihn nicht wundern, wenn er die nächste Bürgermeisterwahl zu Gunsten von Brenda Carter verlieren würde. Als Mutter des Sheriffs und vier anderer Kinder, die alle noch oder wieder hier wohnten, war sie rundum bekannt. Zwar behauptete sie, kein Interesse an dem Amt zu haben, doch so ganz glaubte er ihr nicht. Er hatte auf keinen Fall vor, seinen Posten zu räumen. Vielleicht war es nicht so schlau, Henrik zu verärgern und damit in die Arme der VGI zu drängen. Am Ende buchten sie die Eröffnung des Sportladens und des zugehörigen Outdoor-Unternehmens noch als ihren Erfolg, auch wenn sie ursprünglich nichts mit seiner Entscheidung, nach Independence zu kommen, zu tun gehabt hatten.

Trotz seines Ärgers zuckten Mr. Wilkinsons Mundwinkel. Er kam nicht umhin, Henriks Verhalten zu bewundern. Er erkannte sich selbst darin wieder.

*

Susan zog ihren Schal enger um ihren Kopf, als sie durch das Schneegestöber eilte. Sie hatte heute bereits hundert Kilogramm Hundekekse mit Hanfextrakt produziert. Weitere fünfzig Kilogramm waren im Ofen. Ians Idee, Kekse für Tiere zu produzieren, die CBD enthielten, war brillant gewesen. Er war nicht der einzige Anbieter, aber der einzige, der ein umfassendes Konzept für die verschiedensten Tierarten anbot. Sie kamen kaum nach mit der Produktion für Chillax. Ein sehr treffender Name für eine Firma, die Produkte herstellte, die für mehr Gleichgewicht im Leben der Vierbeiner sorgten.

Für ihn, aber auch für sie, war der Erfolg eine willkommene Überraschung. Auch ihre Keksbäckerei, die sie erst vor einem knappen halben Jahr gestartet hatte, profitierte enorm von dem zusätzlichen Geldfluss. Sie brauchte nur dringend Hilfe. Die vielen Stunden in der Bäckerei brachten sie noch um. Sie war ständig erschöpft und konnte sich bereits nachmittags kaum mehr auf den Beinen halten.

Als sie an der neu eröffneten Arztpraxis von Mia und Lee vorbeikam, zögerte sie kurz. Was, wenn ihre Müdigkeit doch noch andere Gründe hatte? Mit einem energischen Kopfschütteln zwang sie die unerfreulichen Gedanken aus dem Kopf. Zu wenig Schlaf und zu wenig Sport. Das waren die Gründe. Nichts anderes.

Eine Bewegung hinter den Scheiben eines der leerstehenden Ladenlokale erweckte ihre Aufmerksamkeit. Gab es etwa endlich neue Mieter an der Ecke neben dem Buchladen? Schnell ging sie gedanklich alle Gerüchte durch, die sie in den letzten Tagen gehört hatte. War da eines dabei gewesen, das ein neues Geschäft betraf? Als ihr einfiel, wer es sein könnte, setzte sie sich so schnell in Bewegung, dass sie beinahe über eine Schneeverwehung gestolpert wäre. Im letzten Augenblick fing sie sich wieder. Ohne sich noch einmal umzusehen, setzte sie ihren Weg fort.

Henrik. Bei ihrem Glück musste es sich um Henrik handeln. Es wurde gemunkelt, dass er hier in Independence ein Sportgeschäft eröffnen wollte. Als sie davon erfahren hatte, war sie von der Neuigkeit so geschockt gewesen, dass sie die Information erfolgreich verdrängt hatte. Jetzt, wo sie sich erinnerte, vielen ihr jene Details ein. Der Laden sollte an der Ecke der Hauptstraße entstehen. Nur wenige Minuten zu Fuß von der Bäckerei entfernt. Wie, um Himmels willen, sollte sie ihm da Tag für Tag aus dem Weg gehen? Sie warf einen Blick nach oben, als würde sie erwarten, tatsächlich eine Nachricht aus diesen Gefilden zu kriegen. Aber natürlich hielten die grauen Wolken keine Antwort für sie parat.

Vielleicht sollte sie einfach in den sauren Apfel beißen und Hallo sagen. So, wie sie aktuell aussah, dick und unattraktiv, würde anschließend er ihr aus dem Weg gehen. Et voilà, dachte sie, einen Ausdruck benutzend, der Aileen, die lange in Frankreich gelebt hatte, regelmäßig entschlüpfte, Problem gelöst.

Aber sie brachte es einfach nicht über sich, ihm gegenüber zu treten. Der Gedanke daran, in seinen Augen anstelle der Bewunderung vom letzten Frühling Abscheu zu entdecken, schreckte sie ab. Sie wollte, dass er sie so in Erinnerung behielt, wie er sie zuletzt gesehen hatte. Nicht, dass sie damals eine Schönheit gewesen war. Sie war realistisch genug, zu wissen, dass sie einfach ganz okay ausgesehen hatte. Im Vergleich zum jetzigen Zustand war das allerdings schon eine ganze Menge. Jünger war sie in der Zwischenzeit auch nicht geworden.

Vielleicht sollte sie sich irgendwoher Geld leihen und sich ihre eigene kleine Fabrikationsstätte für die Kekse aufbauen. Am besten unterirdisch. Tief im Berg. Einmal die Woche würde sie sich Essen liefern lassen. Dann musste sie nirgendwo mehr hingehen. Sie seufzte. Tony würde ausflippen. Seiner Meinung nach ging sie sowieso zu wenig unter die Leute. Wenn sie sich jetzt irgendwo verbarrikadierte, würde er sie wahrscheinlich zur Therapie schicken.

Endlich erreichte Susan das Diner. Nach Luft schnappend stieß sie die Tür auf. Wie jedes Jahr war das Lokal von ein paar Weihnachtselfen auf Drogen dekoriert worden. Oder vielleicht waren es auch die Disney-Sisters, die jedes Jahr komplett überbordeten, wenn es um das Thema Weihnachten ging. Die beiden waren verrückt genug, dass sie dazu nicht einmal bewusstseinserweiternde Substanzen brauchten.

Rot-weiße Girlanden schlangen sich um Tannengrün, das auf jeder freien Oberfläche verteilt und befestigt worden war. An dünnen Fäden waren unzählige goldene Weihnachtskugeln und rot-weiß gestreifte, gebogene Zuckerstangen aufgehängt. An der Wand blinkte ein übergroßer Weihnachtsmann mit seinen Rentieren und dem Schlitten um die Wette. Auf den Tischen lagen glitzernde Konfetti in Sternform. Ein kleines Teelicht flackerte in einem Glas mit Weihnachtsmotiven, das gedämpfte Licht verbreitete eine gemütliche Stimmung.

Hier ließe es sich auch länger aushalten, dachte Susan und ließ sich in einen der Lehnsessel vor dem Kamin fallen. Im anderen saß Valentina, eine ehemalige Polizistin, die zusammen mit ihrem Mann Big A für die Carter Security arbeitete. Heute allerdings hatte sie offenbar frei. Ihre halbjährige Tochter Sophia lag in ihrem Arm und starrte den Neuankömmling mit großen Augen an. Bodo, ihr uralter, einäugiger Basset, lag neben ihren Füßen und schnarchte laut vor sich hin. Valentina sah genauso erschöpft aus, wie Susan sich fühlte.

„Strenge Nacht?", fragte Susan mitfühlend. Normalerweise fiel es ihr schwer, ein Gespräch zu beginnen. Doch Valentina kannte sie ein wenig. Zudem war die Kleine zuckersüß, mit ihren dunklen Augen, der hellbraunen Haut und dem rabenschwarzen Haarschopf.

„Das kann man wohl sagen. Sie kriegt die ersten Zähne. Meine Schlafeinheiten belaufen sich auf zwei Stunden. Wenn ich Glück habe."

„Hast du deshalb aufgehört zu arbeiten?"

Entsetzt riss die andere Frau die Augen auf.

„Aufgehört zu arbeiten? Wie kommst du denn darauf? Auf keinen Fall. Das ist das Einzige, was mich daran hindert, komplett durchzudrehen." Sie schaute auf ihre Tochter hinunter. „Ich meine, ich liebe sie über alles. Aber mehr als zwei Tage in reiner Babygesellschaft und ich fange an, unsinniges Zeug zu quasseln. Glaub mir, es ist für alle Beteiligten sehr viel gesünder, wenn ich weiterhin arbeite."

Susan lachte leise. Auch wenn es schon zwanzig Jahre her war, erinnerte sie sich nur zu gut an diese Zeit. Im Gegensatz zu Valentina hatte sie allerdings von zu Hause aus gearbeitet.

Rückblickend wäre es wahrscheinlich ganz gut gewesen, wenn sie sich auch etwas Auswärtiges gesucht hätte.

„Gibt es denn inzwischen auch so etwas wie eine Kinderkrippe in Independence?"

Valentina rollte mit den Augen. „Das wär's. Nein. Leider nicht. Ich habe das Glück, dass ich Sophia an vielen Tagen zu Jaz bringen kann. Ihre beiden Töchter Cammie und Hazel freuen sich über die Gesellschaft. Obwohl Cammie erst letzte Woche festgestellt hat, dass Sophia ein ganz schöner Langweiler ist. Offenbar ist die Unfähigkeit zu laufen oder gar zu rennen in ihren Augen ein großer Minuspunkt. An den anderen Tagen ist sie bei Brenda Carter."

Jaz war mit Jake Carter, dem Sheriff, verheiratet. Er war eines von fünf Kindern, die Brenda zusammen mit ihrem Mann Hank erfolgreich großgezogen hatte. Wobei zusammen vielleicht falsch ausgedrückt war. Hank war ein zerstreuter Professor, der seine Nase die meiste Zeit in einem Buch stecken hatte. Es war Brenda, die sich darum kümmerte, dass er, die Kinder und alle Vierbeiner versorgt waren. Aber offenbar machte er das durch seine liebenswerte Art und die Bereitschaft, allen zu jeder Zeit Gute-Nacht-Geschichten zu erzählen, mehr als wett.

„Das kann ich verstehen", antwortete Susan amüsiert. „Da gibt es eine riesengroße Welt zu entdecken, und dann taucht so ein Neuankömmling auf, der durch seine Bewegungsunfähigkeit alles verlangsamt."

„Ich kann auch total mitfühlen. Vor allem, nachdem die eigene Schwester diesen Herbst endlich, endlich laufen gelernt hat."

„Sie kommt sich vermutlich vor wie in diesem Film. Täglich grüßt das Murmeltier."

Valentina grinste. „Genau. Mich würde es auch wahnsinnig machen. Ich habe mir schon überlegt, ob ich mit Sophia rodeln gehen soll."

„Was? Bei der Kälte?"

Valentina rümpfte die Nase. „Du reagierst genau wie Big A. Es ist nicht so, dass ich sie nackt auf den Schlitten binden würde. Sie wäre schön warm und kuschelig unter meiner Jacke."

„Und wenn du hinfällst?"

Das hatte ein Augenrollen der schönen Latina zur Folge. „Du klingst genau wie Big A. Ich musste ihm hoch und heilig versprechen, das schön bleiben zu lassen." Sie bückte sich und küsste ihre Tochter auf die Nase. „Sie wollen einfach nicht, dass wir Spaß haben, was?"

„Hatte Jaz heute keine Zeit?"

„Eigentlich wäre sie heute bei Brenda. Aber die ist krank. Derselbe Virus hat offensichtlich Jaz' Yogalehrerin erwischt, weshalb sie die Stunden selber unterrichten muss. Cammie und Hazel nimmt sie einfach mit, genau wie ihren Hund Rambo. Aber ein drittes, noch dazu noch nicht sehr selbständiges Kind war ihr dann einfach zu viel."

Susan nickte. „Das kann ich verstehen."

„Ja. Definitiv. Deshalb habe ich jetzt spontan einen arbeitsfreien Tag und verbringe ihn mit Sophia."

Inzwischen waren der Kleinen die Augen zugefallen.

„Das mit dem Schlafen ist vor allem nachts ein Problem, wie es scheint."

„Natürlich. Umgekehrt wäre es ja auch zu einfach."

Valentina griff nach einem leichten, dunkelblauen Baumwolltuch und legte es Sophia über die Augen, bevor sie sie vorsichtig in ihren Wagen legte. Bodo hob den Kopf und kontrollierte einäugig, ob mit einem baldigen Aufbruch zu rechnen war. Als seine Besitzerin keine Anstalten machte, aufzustehen, ließ er seinen Kopf wieder auf die Pfoten sinken. Die riesigen Ohren fächerten über den Boden.

„Er sieht ein wenig aus wie Dumbo", stellte Susan fest.

„Was machst du eigentlich hier?", erkundigte sich Valentina.

„Kaffeepause." Susan blickte sich suchend nach Miss Minnie um, doch sie war nirgends zu sehen. Dann eben nicht.

Sie nahm ihren ganzen Mut zusammen und wandte sich wieder an Valentina. „Hast du den Snowboardprofi schon kennengelernt, der anscheinend hierhergezogen ist? Er eröffnet wohl ein Sportgeschäft."

Valentinas Augen blitzten schelmisch.

„Den Snowboardprofi? Wart ihr nicht, wie soll ich sagen, enger befreundet, als diese unpersönliche Frage impliziert?"

Susan stöhnte innerlich. Das war ja auch zu viel erwartet gewesen, dass Valentina die Gerüchte, die Henrik und sie betrafen, nicht kennen würde. Natürlich suchte sich Miss Minnie ausgerechnet diesen Moment aus, um wie ein aufdringlicher Lampengeist an ihrer Seite zu erscheinen.

„Wie romantisch", kommentierte sie und sprang damit mitten ins Gespräch. „Stell dir vor: Ein Mann, der wegen dir seine Karriere aufgibt? Und dir quasi ans Ende der Welt folgt?" Sie legte sich dramatisch eine Hand auf ihren wogenden Busen, der unter der rot-weiß karierten Schürze versteckt war. „Zumindest bis nach Independence. Aber ihr wisst, was ich meine."

Susan wurde rot. So richtig. Zumindest fühlten sich ihre heißen Wangen so an. Was für ein Haufen Mist. Henrik hatte nicht wegen ihr seine Karriere aufgegeben. Oder? Bevor sie sich in diese erschreckende Frage vertiefen konnte, musste sie hier erst mal Schadensbegrenzung betreiben.

„Da ist nichts. War nichts", korrigierte sie sich. „Er war ein paar Mal mit Tony auf der Piste. Mehr war da nicht."

„Der Kuss am Weihnachtsfest hat aber definitiv nach mehr ausgesehen", zog Valentina sie auf.

„Der Kuss?", stammelte sie.

„Ich bin mir auch ziemlich sicher, dass es du warst, die Henrik geküsst hat. Nicht dein Sohn", stellte Miss Minnie lapidar fest.

Susan schlug beide Hände vors Gesicht. „Loch? Im Erdboden? Gerne jetzt?", murmelte sie in Richtung Fußboden. Sie schielte zwischen ihren Fingern hindurch abwechslungsweise zu

Miss Minnie und wieder zurück zu Valentina. „Weiß etwa jeder über den Kuss Bescheid?"

Valentina zuckte mit den Achseln. „Ach, nur diejenigen, die den Facebook-Kanal verfolgen."

„Na großartig." Sie erhob sich. „Richtet bitte allen meine Grüße aus. Ich verabschiede mich in Richtung Alaska. Dort bleibe ich hoffentlich davor verschont, mit meinen eigenen Fehlern konfrontiert zu werden."

Valentina neigte abwägend den Kopf.

„Nachdem du dort nur alle paar Monate den einen oder anderen Grizzly zu Gesicht bekommst, ist das sehr gut möglich." Sie lächelte verschmitzt. „Für uns wäre es allerdings nur halb so lustig."

„Das ist auch jeden Morgen das Erste, was ich mir überlege", antwortete Susan selbstironisch. „Wie ich euch heute wieder am besten unterhalten kann."

Doch Valentina und Miss Minnie schenkten ihr keine Beachtung. Stattdessen starrten sie auf einen Punkt hinter ihrem Kopf. Hinter …? Ihr Nacken prickelte. Von einer bösen Vorahnung erfüllt, drehte sie sich langsam um.

Tatsächlich. Hinter ihr stand Henrik. Falls das überhaupt möglich war, sah er noch besser aus als vor einem Jahr. Champion, der mit ihm hineingekommen war, drängelte sich zwischen die Stühle und drückte sich auffordernd an Susans Beine.

„Einen Fehler würde ich unseren Kuss nicht nennen", murmelte Henrik.

Seine Stimme jagte Gänsehaut über ihre Haut.

Er lächelte, als sich ihre Blicke trafen. Das Lächeln konnte allerdings nicht die Schatten verbergen, die in seinen Augen lauerten.

Verdammt, dachte Susan mit einem Anflug von schlechtem Gewissen. Hatte sie ihn etwa verletzt mit ihrer Aussage? Aber das war doch gar nicht möglich.

„Auch keine vorübergehende geistige Umnachtung. Ich würde den Kuss viel mehr als … wundervoll bezeichnen. Oder großartig? Vielleicht sogar ein Versprechen? Dafür, dass ich wiederkomme? Damit wir dort weitermachen können, wo wir angefangen haben?"

Er war mit jedem Wort nähergekommen, bis er hinter Susans Sessel aufragte. Sie starrte ihn mit riesigen Augen an. Es war offensichtlich, dass sein plötzliches Auftauchen wie auch seine Nähe sie tüchtig durcheinandergebracht hatten. Gut, dachte er mit Genugtuung. Er wollte ihr etwas zum Nachdenken geben. Es ihr verunmöglichen, ihn zu ignorieren. Dieses Spiel hatten sie jetzt lange genug gespielt. Bei ihrem Anblick schlug sein Herz schneller. Sie hatte ein wenig zugenommen. Doch ihr Gesicht, das er so liebte, und die ausdrucksvollen Augen waren dieselben. Es war definitiv die richtige Entscheidung gewesen, hierherzukommen. Das wusste er in diesem Moment mit völliger Klarheit. Jetzt musste er sie nur noch davon überzeugen, dass sie zusammengehörten. Er wusste das schon lange. Wurde Zeit, dass sie auch zu diesem Schluss kam. Er runzelte die Stirn, als ihm der erschrockene Ausdruck in ihrem Gesicht auffiel. Panik stand in ihren Augen. Nicht Wiedersehensfreude. Das war … unerwartet, um es milde auszudrücken. Ihr Gesichtsausdruck war so transparent, dass es leicht war, ihre Gefühlslage zu interpretieren. Zum Glück verdiente sie ihr Geld nicht als professionelle Pokerspielerin, schoss ihm der unpassende Gedanke durch den Kopf.

In Susans Kopf überschlugen sich die Gedanken, in ihrem Herz die Emotionen. Freude und Erleichterung darüber, endlich wieder in seine vertrauten Augen zu sehen, kämpften mit der überwältigenden Panik, die in ihr aufstieg. Langsam, aber sicher gewann die Panik die Oberhand und riss sie aus ihrer Schockstarre. Resolut schob sie Champions Kopf zur Seite und sprang auf. Fest entschlossen, auf keinen Fall Henriks Blick ein zweites Mal aufzufangen, hielt sie den Blick fest auf den Boden gerichtet, während sie in Windeseile den Schal um ihren Hals wickelte und mit ihrer dicken Winterjacke kämpfte, aus der sie vorher geschlüpft war. Endlich hatte sie es geschafft.

„Ich muss los", brabbelte sie, während sie rückwärts in Richtung Tür ging. „Dringende Dinge erledigen." Abrupt drehte sie sich auf dem Absatz um und verließ fluchtartig das Diner.

3

Valentina, Miss Minnie und Henrik schauten ihr entgeistert nach.

Miss Minnie fing sich als Erste wieder. Ohne Zeit zu verlieren, versetzte sie Henrik eine Kopfnuss.

„Was hast du dir bloß dabei gedacht?"

Henrik zog den Kopf ein und jaulte: „Autsch!"

Sie ignorierte ihn und setzte ihre Standpauke fort.

„Sie vor Publikum zu konfrontieren? Du magst es ja gewohnt sein, dein Privatleben in der Öffentlichkeit auszutragen. Susan definitiv nicht. Es ist eine Sache, wenn zwei Freundinnen sie ein wenig aufziehen. Wenn du das machst, fühlt sie sich in die Ecke gedrängt. Vor allem, wenn du einen direkten Konfrontationskurs wählst." Sie schüttelte den Kopf, um ihrer Empörung Ausdruck zu verleihen. „Die Jugend von heute. Einfach keine Ahnung von Verführung."

Empört drehte sie sich auf dem Absatz um und marschierte davon.

Henrik ließ den Kopf hängen und fuhr sich frustriert durch die zu langen Haare.

„Ich sag's nur ungern, aber Miss Minnie hat recht", bemerkte Valentina, während sie Sophia wiegte, die durch die im Raum herrschende Aufregung wieder aufgewacht war.

„Ich weiß. Verdammt. Aber als ich ihre Worte gehört habe, ist mir eine Sicherung durchgebrannt. Scheiße!"

Entmutigt ließ er sich in den Sessel fallen. „Seit ich zurück bin, versuche ich sie zufällig anzutreffen. Vorzugsweise allein."

„Schon mal was von der Erfindung namens Telefon gehört?"

Henrik warf ihr einen bösen Seitenblick zu. „Sie nimmt das Telefon nicht ab."

„Aaah."

„Was soll das jetzt heißen? Aaah?"

„Na, das hätte dir ja einen Hinweis darauf geben können, dass sie dich nicht sehen will."

„Aber … Auf die Gefahr hin, wie ein psychotischer Stalker zu klingen …"

„Tust du", versicherte ihm Valentina genüsslich.

Misstrauisch musterte er sie. „Ist es möglich, dass du dich ein wenig zu sehr amüsierst?"

Sie wedelte mit der Hand in der Luft. „Gut möglich. Du musst aber zugeben, dass es ganz schön ironisch ist, dass sie dich so abblitzen lässt."

„Wieso das denn?"

„Nun, Mr. Weltmeister, wann war denn das letzte Mal, dass du dich um eine Frau bemühen musstest?"

Valentina musterte ihn herausfordernd. Selbst Sophia hob den Kopf und beobachtete ihn mit ihren braunen Augen.

„Äh …"

Er wusste es buchstäblich nicht. Normalerweise ging er in eine Bar und wurde sofort von zig Frauen angesprochen, die hofften, eine Nacht mit dem Weltmeister zu verbringen. Am Anfang seiner Karriere hatte er von diesen mannigfaltigen Möglichkeiten ausgiebig Gebrauch gemacht. Doch seit ein paar Jahren hatten ihn diese Begegnungen immer unzufriedener zurückgelassen. Er sehnte sich nach einer echten Verbindung. Einer Beziehung. Seit letztem Jahr wusste er auch, mit wem. Mit Susan. Seiner anderen Hälfte. Blöd nur, dass er anscheinend der Einzige war, der so dachte.

Zufrieden mit dieser Nicht-Antwort nickte Valentina wissend. Sophia gluckste, als würde sie ihn auslachen. Großartig. Nicht einmal das Baby nahm ihn ernst.

„Das dachte ich mir. Dann wird das eine ganz neue Erfahrung für dich."

Das befürchtete er inzwischen auch.

„Irgendwelche hilfreichen Tipps?", fragte er hoffnungsvoll.

Valentina lachte.

„Zum jetzigen Zeitpunkt? Nein. Wenn du in ein paar Wochen noch nicht weiter bist, kannst du mich noch einmal fragen."

„Wieso nicht jetzt?"

„Weil es viel unterhaltsamer ist, dir zuzusehen, während du es selber versuchst", antwortete sie grinsend. „Zudem bleiben so die laufenden Wetten spannender."

Henrik rollte mit den Augen. „Diese verdammten Wetten!"

Die Disney-Sisters führten das berühmt-berüchtigte schwarze Wettbüchlein und hüteten es wie ihren Augapfel. Jeder durfte eine Wette starten. Dabei war es ganz egal, ob es sich um den erwarteten Geburtstermin eines Babys, den ersten Schneefall des Jahres oder um den Zeitpunkt eines ersten Kusses handelte. Der Gewinner erhielt seinen Einsatz zurück und ein Essen für zwei Personen im Diner. Das restliche Geld wanderte in einen Sozialfonds, der für Dinge wie Stipendien oder ähnliche soziale Anliegen verwendet wurde. Eigentlich eine gute Sache. Anstatt eine zusätzliche Steuer zu erheben, steuerten die Leute so freiwillig ihren Teil bei. Nur wusste er leider nur zu gut, wie schrecklich Susan es finden würde, sobald sie davon erfuhr. Langsam, aber sicher hatte er das Gefühl, dass sich alles gegen ihn verschworen hatte.

„Ach, komm schon. Nur weil zur Abwechslung du Gegenstand einiger Wetten bist, kannst du doch nicht abstreiten, dass sie sehr gute Unterhaltung bieten und die Leute miteinander ins Gespräch bringen. Vom sozialen Aspekt ganz zu schweigen."

„Mir ist es egal. Wirklich“, beteuerte er, als er Valentinas ungläubigen Blick sah. Wie um seine Worte zu unterstreichen, gähnte Champion zu seinen Füßen. „Aber Susan ist es nicht egal. Sie wird das als weiteres Argument ins Feld führen, warum es zwischen uns unmöglich funktionieren kann. Wie du selbst gesagt hast, ist sie eine sehr private Person. Nach dem Desaster mit ihrer Mutter wurde ihr ganzes Leben in die Öffentlichkeit gezerrt. Wenn sie erfährt, dass über uns beide Spekulationen angestellt werden, wird sie das als Bestätigung sehen, dass sie sich von mir fernhalten muss.“

Frustriert strich er sich durch die blonden Haare.

„Ich rede mit ihr, okay?“, schlug Valentina vor und wechselte ihre Tochter auf den anderen Arm. Die Kleine wurde ganz schön schwer mit der Zeit. Sie war nach wie vor wach und betrachtete aufmerksam ihre Umgebung. Auf einmal entdeckte sie Champion. Sofort begann sie wie wild mit den Armen zu rudern.

Valentina warf Henrik einen fragenden Blick zu.

„Ist er Kinder gewohnt?“

Henrik nickte. „Lass sie ruhig runter. Ich habe zwei Nichten. Die sind praktisch mit ihm aufgewachsen. Zudem sind wir ja hier und können ein Auge auf sie haben.“

„Na dann“, erwiderte Valentina.

Mit sicherem Griff drehte sie das kleine Mädchen auf den Bauch und setzte es auf den Boden. Zielstrebig krabbelte Sophia los. Champion blieb gelassen auf seinem Platz liegen und betrachtete sie.

Valentina richtete sich auf und schaute Henrik direkt in die Augen.

„Das war ernst gemeint. Ich werde mit Susan sprechen.“

„Du meinst, du wirst für mich ein gutes Wort einlegen?“, fragte er skeptisch. „Ist das nicht ziemlich highschoolmäßig?“

Sie lachte.

„Doch, das wäre es tatsächlich. So hatte ich es nicht gemeint. Von dir musst du sie schon selber überzeugen. Ich werde ihr nur klar machen, dass man dem Klatsch und Tratsch sowieso nicht entkommen kann. Weshalb den Leuten dann nicht wenigstens einen guten Grund liefern?"

„Das klingt nach einer sehr guten Idee. Lässt mich das sehr verzweifelt wirken, wenn ich dich darum bitte, das möglichst bald in Angriff zu nehmen?"

Sophia war inzwischen bei dem Husky angelangt und streichelte ihm unbeholfen über das Fell. Champion ertrug ihre ungeschickten Versuche mit Engelsgeduld. Valentina, die die Gutmütigkeit des großen Hundes nicht überstrapazieren wollte, hob die kleine Tierfreundin hoch. Sophia quittierte die abrupte Trennung von ihrem neuen, besten Freund mit großem Empörungsgeschrei.

„Ups", meinte Valentina mit einem entschuldigenden Lächeln. „Ich glaube, das ist mein Stichwort, dass es an der Zeit ist, nach Hause zu gehen. Und wegen der anderen Sache: Ich gebe mir Mühe, das so bald wie möglich in die Wege zu leiten." Sie zwinkerte ihm zu. „Und ja, es zeigt, wie dringend und wichtig dir das Anliegen ist. Aber keine Sorge. Das beeindruckt mich eher."

„Puh!" Henrik wischte sich imaginären Schweiß von der Stirn. „Zum Glück."

„Bei so viel Glück brauchst du meine Hilfe vielleicht gar nicht?", zog sie ihn auf, während sie versuchte, Sophia zu beruhigen.

„Doch! Unbedingt."

„Alles klar." Sie zwinkerte ihm zu. „Bis bald."

„Ja. Kommt gut nach Hause."

*

Erwin starrte aus dem Fenster, während die drei Touristinnen um ihn herum quasselten, als gäbe es kein Morgen mehr.

Wussten die jungen Frauen denn nicht, wie gefährlich es war, Anhalter mitzunehmen? Wahrscheinlich wiegten sie sich in Sicherheit, aus dem einfachen Grund, dass sie in der Überzahl waren, vermutete er. Zu ihrem Glück war er weder ein Axtmörder noch ein Vergewaltiger. Obwohl … Unter halb geschlossenen Augenlidern ließ er seinen Blick über die Fahrerin und ihre Sitznachbarin gleiten. In ihren engen Jeans und den figurbetonten Pullovern konnten sie problemlos die Hauptrolle in jedem Porno spielen. Er rutschte auf dem Polster hin und her, um seine Hose, die plötzlich ganz schön eng geworden war, zurechtzurücken. Die Frau neben ihm – oder besser gesagt das Mädchen, sie sah nicht so aus, als wäre sie schon achtzehn – lehnte sich nach vorn zu ihren Freundinnen. Das brachte ihren Oberschenkel mit seinem in Kontakt. Leider konnte er es nicht richtig genießen, da sie konstant plapperte.

„Habt ihr gehört? Henrik Miller soll in der Stadt sein."

Die beiden auf dem Vordersitz warfen sich einen Blick zu.

„Henrik wer?", fragte die Brünette auf dem Beifahrersitz schließlich.

„Miller! Ihr wisst schon, der Snowboardweltmeister? Slalom und in der Halfpipe?"

„Ach der", antwortete die Fahrerin mit den blonden Locken abfällig. „Der ist doch so was von gestern. Ging da nicht mal das Gerücht um, dass seine Karriere beendet sei?"

„Na und?", verteidigte die Kleine neben ihm ihren Schwarm. „Das kann er sich vermutlich leisten. Wahrscheinlich weiß er nicht, wohin mit dem Geld aus seinen Werbeaufträgen. Zudem sieht er verdammt gut aus." Sie seufzte sehnsüchtig. „Vielleicht treffen wir ihn ja."

„Und dann?", fragte die Fahrerin mit einem Kopfschütteln. „Denkst du etwa, er wirft einen Blick auf dich, verliebt sich unsterblich und macht dir auf der Stelle einen Heiratsantrag?"

„Könnte ja sein", antwortete sie defensiv. „Ich bin genau die Art von Frau, die er braucht."

Das bezweifelte Erwin stark. Er selbst hatte immer den schweigsamen Typ vorgezogen. Frauen, die wussten, wo ihr Platz war. Wenn er einen Vortrag hören wollte, konnte er auch seiner Mutter zuhören. Dafür brauchte er keine Freundin. Aber sein Input war vermutlich nicht erwünscht. Langsam machte sich der Schlafmangel bemerkbar. In seinem Kopf hämmerte es. Er konnte es nicht erwarten, endlich in Independence anzukommen und in seinem alten Kinderzimmer für zwölf Stunden zu pennen. Wenn seine Reisegefährtinnen doch nur ruhig wären. Dann könnte er wenigstens für einen Moment die Augen schließen.

„Das Einzige, was ich brauche, ist eine klitzekleine Chance, ihn davon zu überzeugen“, fuhr das Mädchen neben ihm unbeirrt fort. „Sobald er mich kennengelernt hat, wird es keinen Zweifel mehr daran geben, dass wir füreinander bestimmt sind.“

Die beiden Frauen auf dem Vordersitz tauschten einen vielsagenden Blick aus. Schließlich rollte die Brünette mit den Augen.

„Himmel, Ashley! Wie kann man nur so naiv sein!“

Ashley verschränkte die Arme vor der Brust und zog einen Schmollmund.

„Ihr werdet schon sehen!“, beharrte sie.

Um sich von dem unermüdlichen Redefluss abzulenken, verlor sich Erwin in einer Fantasie, die die drei jungen Weiber zeigte, wie sie nackt vor ihm auf dem Boden knieten und sich darum stritten, wer ihm zuerst seinen Schwanz blasen durfte. Aaah. Das wär's. Er langte mit der Hand in seinen Schritt und begann sich zu streicheln.

„Was zum Teufel … Iiih, du Perversling! Simona! Halt den Wagen an. Sofort!“

Seufzend unterbrach Erwin seinen angenehmen Zeitvertreib. Junge Mädchen und ihr übertriebenes Zartgefühl. Es war ein Jammer. Immerhin befanden sie sich schon am Ortseingang von Independence.

Die Fahrerin warf einen Blick in den Rückspiegel.

„Was ist denn jetzt wieder los?"

„Der Lüstling hat sich gerade einen runtergeholt!"

Schön wär's, dachte Erwin, während er die Hände in der universell gültigen Unschuldsgeste in die Höhe hob.

„Es hat mich nur gejuckt, das ist alles", gab er gelangweilt zu Protokoll.

Simona maß ihn mit einem abschätzigen Blick. Er erwiderte ihn unverwandt. Im Gefängnis hatte er dieses Spiel zur Genüge durchexerziert. Wer zuerst wegschaute, hatte verloren. Sie hielt ganz schön lange durch, das musste er ihr zugestehen. Schließlich jedoch schaute sie weg. Bingo. Erwin grinste.

„Mach kein Drama draus", wies sie die jüngere Frau zurecht.

„Aber …"

„Nichts aber. Wir sind sowieso gleich da."

Beleidigt klappte Ashley ihren Mund wieder zu. Demonstrativ rückte sie ganz ans Fenster, um möglichst viel Abstand zwischen sich und den Anhalter zu bringen.

Erwin feixte und ließ lüstern seinen Blick über sie gleiten. Es machte richtig Spaß, ihr dabei zuzusehen, wie sie sich unter seiner unverhohlenen Betrachtung wand und gleichzeitig versuchte, sich nichts anmerken zu lassen. Herrje, was für ein verklemmtes Stück!

Simona, die den wortlosen Austausch im Rückspiegel beobachtet hatte, trat aufs Gas. Es wurde höchste Zeit, den zusätzlichen Fahrgast loszuwerden. Sie hätten ihn gar nicht erst mitnehmen sollen. Für solche Gedanken war es jedoch zu spät.

„Wo sollen wir dich rauslassen?", fragte sie deshalb möglichst unbeteiligt. „Wir fahren nämlich gleich weiter."

„Aber ich dachte …", unterbrach ihre Sitznachbarin sie, während Ashley von hinten lautstark protestierte, dass ihr so die

Chance entgehen würde, Henrik Miller von ihren Qualitäten zu überzeugen.

Simona hätte beinahe frustriert aufgeschrien. War sie etwa die Einzige mit einer Spur gesundem Menschenverstand?

Unverhofft kam ihr der Mann zu Hilfe. Er deutete auf einen großen Parkplatz an der Seite.

„Genau hier."

„Oh. Gut", verbesserte sie sich in letzter Sekunde. „Das ist gut. Sehr gut sogar."

Mein Gott, was faselte sie da für einen Unsinn zusammen? Sie wagte einen weiteren Blick in den Rückspiegel. Ihr Mitfahrer zeigte sich zu ihrer Erleichterung unbeeindruckt von ihrem Ausbruch. Seine einzige Reaktion war ein knappes Nicken. Puh. Gut. Vielleicht hatte er diese Woche sein Soll an dummen Frauen, die Anhalter mitnahmen, bereits umgebracht.

Mit Schwung bog sie in den Parkplatz ein. Erwin konnte sich gerade noch an dem Griff über der Tür festhalten, sonst wäre er prompt auf Ashley drauf gerutscht. Das Geschrei, das in diesem Fall sicher gefolgt wäre, konnte er sich nur zu gut vorstellen. Zum Glück war der Boden unter dem Schnee nicht gefroren. Sonst wären sie mit genauso viel Schwung statt auf den Parkplatz in den Laternenpfahl oder eines der bereits geparkten Fahrzeuge geschlittert. Ein Zusammenstoß mit der örtlichen Polizei hatte ihm gerade noch gefehlt. Er musste sich natürlich irgendwann beim Sheriff melden und sich erkundigen, wer sein Bewährungshelfer war. Doch das konnte warten, bis er satt und ausgeruht war.

„Hier gut?", fragte Simona knapp.

„Ja."

Er löste seine verkrampfte Hand vom Griff und öffnete die Tür. Ohne sich noch einmal umzublicken, stieg er aus. Hinter ihm wurde die Tür zugeschlagen und das Fahrzeug fuhr weg. Er grinste, als er daran dachte, wie sie es plötzlich mit der Angst zu tun bekommen hatten. Eigentlich war sein Verhalten schon fast als gute Tat zu werten. Beim nächsten Mal, wenn sie einem Anhalter begegneten, würden sie vielleicht vorsichtiger sein. Es gab weiß Gott genügend Irre da draußen.

Er hob das Gesicht dem fallenden Schnee entgegen und sog tief die Luft ein. Endlich zu Hause. Nun ja. Fast. Angespornt von dem Wissen, dass ihn nur noch zehn Minuten Fußmarsch von seinem Ziel trennten, setzte er sich in Bewegung.

*

„Dieser Typ war unheimlich!", stellte Simona fest. Sie wollte nur noch weg hier. Wie hieß das nächstgrößere Kaff?

„Ganz meine Meinung. Das war das letzte Mal, dass wir einen Anhalter mitgenommen haben", pflichtete Tessa ihr bei.

„Wo fährst du hin?", fragte Ashley vom Rücksitz.

„Einfach der Straße nach", antwortete Simona patzig. „Was kümmert es dich?"

„Was es mich kümmert?", wiederholte Ashley ungläubig. „Ich wollte hier ein paar Tage bleiben. Sehen, ob ich Henrik Miller treffen kann."

„Träum weiter", wiederholte Tessa ihre Worte von vorhin.

„Das werde ich auch. Lass mich raus", verlangte Ashley. Sie griff nach dem Türgriff. „Sonst springe ich."

Bei dieser Aussage lachten die beiden Frauen auf den Vordersitzen.

„Ja, richtig. Ohne deinen Koffer, dein Geld und dein Make-Up? Ich denke nicht. Hör auf mit dem Drama und sei ruhig."

Scheiße. Das war tatsächlich ein Problem. Eines, das Ashley nicht bedacht hatte, als sie ihren Bluff ausgesprochen hatte. Mal ehrlich. Welcher Idiot würde sich schon freiwillig aus einem fahrenden Auto werfen? Das tat bestimmt weh. Also verlegte sie sich abermals aufs Jammern.

„Dann halt doch einfach an und lass mich raus", bettelte sie. „Ich gehe euch sowieso nur auf die Nerven."

Tessa und Simona warfen sich einen Blick zu und tauschten eine ganze Anzahl wortloser Nachrichten aus. Wussten sie nicht, wie unhöflich das war? Sie so auszuschließen? Wie auf Nadeln wartete Ashley darauf, dass Simona endlich den Wagen anhielt.

Leider tat Simona nichts dergleichen. Stattdessen seufzte sie.

„Hör zu. Ich kann es unmöglich verantworten, dich hier alleine zurückzulassen."

„Aber …"

„Warte. Ich schlage dir vor, wir fahren für ein paar Tage woandershin und kommen anschließend zurück nach Independence. Wenn Henrik tatsächlich hierhergezogen ist, wird er auch in ein paar Tagen noch hier sein. Bis dahin ist unser unheimlicher Anhalter hoffentlich nicht mehr da. Okay?"

Widerwillig nickte Ashley.

„Okay. Aber nur ein paar Tage." Ihr Gesicht nahm einen träumerischen Ausdruck an. „Länger kann ich wirklich nicht warten."

Tessa rollte die Augen in Richtung Wagendach.

„Ist ja nicht so, als hättest du eine Verabredung mit dem Mann!"

„Doch." Ashley lächelte. „Er weiß es bloß noch nicht."

Simona warf Tessa einen besorgten Blick zu. Diese hob nur die Schultern und ließ sie wieder fallen.

„Keine Sorge. Übermorgen ist sie höchstwahrscheinlich schon auf den nächsten Promi fixiert."

Ashley warf ihr einen bösen Blick durch die Kopfstütze zu. Die beiden würden schon noch merken, wie ernst es ihr war. Henrik Miller und sie waren füreinander bestimmt. Das spürte sie mit jeder Faser ihres Körpers. Wenn sie erst einmal Ashley Miller hieß, in nicht allzu ferner Zukunft, wenn alles nach Plan verlief, würden die anderen staunen.

4

Susan hob Romeo, den getigerten Kater mit dem langen Fell, hoch und hielt ihn sich vor ihr Gesicht, sodass sie in seine gelben Augen schauen konnte. Friedlich, wie er war, protestierte er nicht, sondern beobachtete sie nur interessiert, während er lauthals zu schnurren begann.

„Was mach ich nur? Henrik hat mich aufgespürt. Und will offensichtlich da weitermachen, wo wir letztes Jahr aufgehört haben."

Sie senkte ihre Arme und platzierte das schnurrende Fellbündel in ihrem Arm.

„Ich meine, hat er mich überhaupt angeschaut? Nein. Offensichtlich nicht. Wenn ich ihm das nächste Mal über den Weg laufe, werde ich ihm einen Besuch beim Augenarzt vorschlagen, was meinst du?"

Natürlich meinte der Kater gar nichts. Er presste nur seine schönen gelben Augen zu Schlitzen zusammen. Ein Bild reiner Wonne. Katze müsste man sein. Sie seufzte und ließ sich aufs Sofa fallen.

„Was hältst du denn von der Sache?", fragte sie Julia, die königlich auf dem Fensterbrett thronte und das Schneetreiben draußen verfolgte. Ab und zu zuckte ihr Schwanz. Die Katze war schlecht gelaunt. Wenn es so kalt und nass war, wagte sie sich jeweils nur kurz nach draußen. Schlechtes Wetter war gar nicht ihr Ding. Dass es bereits seit Tagen unverändert schneite, passte ihr überhaupt nicht.

„Ich meine, du bist doch auch ein Mädchen. Würdest du mir nicht zustimmen, wenn ich sage, die Paarung zwischen Henrik und mir ist eine umgekehrte Version von ‚Die Schöne und das Biest'? Wie wir alle wissen, gibt es solche Geschichten nur im Märchen", argumentierte sie. „Vor allem in dieser Konstellation. Während hässliche Männer öfter mit hübschen Frauen zusammenkommen, ist es umgekehrt fast nie der Fall." Sie warf die Hände in die Luft, was den armen Romeo so erschreckte, dass er fluchtartig das Weite suchte. Schuldbewusst kaute sie auf ihrer Unterlippe. „Tut mir leid, mein Schöner. Das war nicht gegen dich gerichtet."

Romeo warf ihr von seinem Zufluchtsort unterm Sofa einen vorwurfsvollen Blick zu und begann, sich umständlich zu putzen. Julia ignorierte ihn ebenso wie die Tirade ihrer Besitzerin.

„Der Snowboard-Weltmeister und die fette Alte", sie schnaubte abfällig. „Nicht sehr wahrscheinlich. Ich wünschte, dass er einfach wieder verschwinden würde", sagte sie zu niemandem Bestimmten. Dann müsste sie nicht aktiv gegen die Sehnsucht ankämpfen, die sein Anblick jedes Mal in ihr auslöste. Andererseits erschreckte sie die Vorstellung, ihn nie wiederzusehen. Keine Frage, sie war ein Fall für die Klapse. Sie zeigte sämtliche Symptome eines psychisch labilen Menschen. Nicht zuletzt leicht an der Tatsache festzustellen, dass sie ihre Probleme mit ihren Katzen besprach. Zugegeben, es waren immerhin nur zwei und nicht fünfzehn, aber trotzdem.

*

Valentina stand mit der dick eingepackten Sophia auf dem Arm vor Susans Haus. Bodo hatte sie im Auto gelassen. Jetzt zögerte sie, die Türklingel zu drücken. Von drinnen konnte sie klar Susans Stimme hören. Hatte sie etwa Besuch? Oder war sie am Telefon? Vielleicht war es ein schlechter Zeitpunkt für ein klärendes Gespräch. Andererseits, wann war schon ein guter Zeitpunkt für eine Intervention?

In diesem Moment fuhr ein Auto in die Einfahrt. Sie kniff die Augen zusammen, um den Fahrer auszumachen. Sie lächelte, als sie Mia, die Ärztin, erkannte. Ihr Bruder war Sophias Kinderarzt. Sie war heilfroh, dass die beiden ihre Praxis in Independence eröffnet hatten. Nicht mehr jedes Mal mitsamt dem Baby nach Breckenridge fahren zu müssen, erleichterte ihr Leben ungemein. Vor allem, nachdem die empfohlenen Untersuchungen in diesem Alter kein Ende zu nehmen schienen.

„Hallo, ihr beiden", begrüßte Mia die beiden Besucher, die auf der Türschwelle in der Kälte standen, mit einem Lächeln. „Was macht ihr denn hier?"

„Ich, äh, wollte eigentlich Susan besuchen. Aber ich bin mir nicht sicher, ob sie bereits Besuch hat."

„Susan? Besuch? Das glaube ich kaum. Schön wär's."

„Aber ich habe Stimmen gehört."

Mia lachte.

„Gut möglich. Vermutlich spricht sie mit ihren Katzen."

„Aha. Antworten sie auch?"

Als sie Mias konsternierten Blick sah, beeilte sie sich zu sagen: „Mein Hund Bodo hört mir auch immer zu. Leider antwortet er nie. Ich dachte, vielleicht hat Susan mit ihren Vierbeinern mehr Glück?" Mia starrte sie an, als wären ihr zwei Köpfe gewachsen. „Vergiss es", sagte sie deshalb. „Ich vermute, du hast kein Haustier?"

Mia schüttelte stumm den Kopf. Sie war ganz offensichtlich sprachlos nach diesem kurzen Einblick in Valentinas Innenleben.

„Das kommt schon noch", versicherte ihr Valentina todernst. „Sobald du dich eingelebt hast, wird dich Kat – du weißt schon, Kat Orlow?", erklärte sie, als sie Mias verständnislosen Blick sah. „Ihr gehört das Tierheim *Safe Haven.* Sie ist sehr geschickt darin, ihre Schützlinge zu platzieren. Ehe du dich versiehst, hast du zugestimmt, der lahmen Schildkröte und einer Ziege ein Zuhause zu bieten."

„Ziege?", wiederholte Mia ungläubig.

„O-o", ruderte Valentina zurück. „Ich halte jetzt besser meine vorlaute Klappe, bevor du beschließt, deine Sachen zu packen und Independence den Rücken zu kehren."

Mia lächelte schwach. „Glaub mir, das ist mir tatsächlich auch schon durch den Kopf gegangen. Die Leute hier sind wirklich verrückter als erwartet. Andererseits wird es mir hier bestimmt nie langweilig."

„Das ist die richtige Einstellung", lobte Valentina, während sie Sophias Mütze etwas enger um ihren Kopf zog. „Schließlich kannst du dir immer noch die besagte Ziege zulegen, falls doch mal Langeweile drohen sollte", zog sie die Ärztin auf.

Wie gehofft lachte Mia.

„Das glaub ich kaum." Sie schob die Tür auf. „Kommt rein. Sonst friert ihr ja noch auf der Türschwelle ein."

„Berühmte letzte Worte", konnte Valentina sich nicht verkneifen zu murmeln, als sie ihr ins Haus folgte.

„Susan?", rief Mia. „Du hast Besuch."

„Besuch?", kam die erstaunte Antwort aus dem Wohnzimmer. „Wer denn?"

Sie steckte den Kopf in den Flur.

„Ach, ihr zwei. Hallo", begrüßte sie die beiden. Das Fragezeichen in ihrem Gesicht verriet, dass sie sich keinen Grund für diesen Besuch vorstellen konnte. Abgesehen von ihrem Sohn und vielleicht Ian, der etwas Geschäftliches zu besprechen hatte, besuchte sie nie jemand.

Valentina spürte, wie sich ihr schlechtes Gewissen regte. Keiner von ihnen, nicht einmal Astrid, die als Erste versucht hatte, Susan mehr in ihren Freundeskreis zu integrieren, hatte sich nach den schrecklichen Ereignissen des letzten Weihnachtsfests wirklich die Mühe gemacht, sie willkommen zu heißen. Und jetzt tauchte sie plötzlich bei ihr zu Hause auf, um ihr Ratschläge zu erteilen? Ziemlich überheblich. Wenn das ihr passiert wäre, hätte sie den Besuch umgehend wieder vor die Tür gesetzt. Um es freundlich auszudrücken.

Zu ihrem Glück schien Susan über ihre unverhoffte Anwesenheit eher verwundert als ärgerlich zu sein. Und nervös. Sie rang die Hände, als sie unsicher fragte: „Ähm, willst du einen Tee? Ich habe auch noch Kekse."

„Ich bin dann mal oben, mich umziehen und duschen", entschuldigte sich Mia. Ohne eine Antwort abzuwarten, verschwand sie über die Treppe nach oben.

„Gerne", antwortete Valentina Susan, die sie immer noch erwartungsvoll ansah.

Susan setzte sich sofort in Bewegung und bedeutete Valentina, ihr zu folgen.

„Lass uns in die Küche gehen. Dort können wir uns hinsetzen. Himmel, ich quassle sinnloses Zeug vor mich hin." Sie hielt an, schloss die Augen und drehte sich zu Valentina um. „Sorry." Sie öffnete die Augen wieder und schaute sie verlegen an. „Tut mir leid. Ich bin allgemein nicht sehr versiert in gesellschaftlichem Nettigkeitsaustausch oder wie man das nennen will. Wenn, dann brauche ich mindestens vierundzwanzig Stunden Vorlaufzeit, um mich seelisch auf die soziale Interaktion vorzubereiten. Nachdem ich zum ersten Mal seit Monaten mit dir mehr als drei Worte ausgetauscht habe, unvorbereitet, wie ich gerne erwähnen will, und dann noch die Begegnung mit Henrik … wie soll ich sagen … mein Energievorrat für Überraschungen dieser Art ist aufgebraucht." Sie klappte den Mund zu, drehte sich wieder um und ging zur Küchenzeile hinüber, wo sie sich am Wasserkocher zu schaffen machte. „Und das waren jetzt vermutlich so viele Informationen, die du gar nicht haben wolltest, dass du auf dem Absatz kehrt machst."

Sophia wählte diesen Moment, um sich ihre Mütze vom Kopf zu ziehen und sie in hohem Bogen wegzuschmeißen. Romeo, der ihnen in der Hoffnung auf eine Zwischenmahlzeit in die Küche gefolgt war, blieb erschreckt stehen, bevor er laut miaute. Das Mädchen auf Valentinas Arm gurgelte glücklich, als es den Kater entdeckte. Valentina hatte ihre liebe Mühe, das sich windende Kleinkind auf dem Arm zu behalten. „Ich glaube nicht, dass die Katze so geduldig ist wie Bodo", erklärte sie ihr.

„Ach, so lange sie ihn nicht am Schwanz zieht, wird nichts passieren", versicherte Susan ihr, froh, über etwas anderes sprechen zu können.

„Das Nicht-am-Schwanz-Ziehen kann ich eben nicht garantieren", erklärte Valentina lachend.

„Ich kann ihn sonst auch rausbefördern, dann kannst du Sophia auf den Boden setzen und sie die Küche erkunden lassen. Außer natürlich, du willst sie nicht auf den schmutzigen Boden setzen?"

„Susan, entspann dich", beruhigte Valentina sie lachend. „Ich bin nicht so heikel. Ein bisschen Dreck ist ganz gesund. Zudem ist dein Boden bestimmt um einiges sauberer als der im Diner. Und was den Rest angeht, ich muss mich entschuldigen. So unangemeldet aufzutauchen ist nicht gerade die feine Art. Aber jetzt bin ich schon mal hier und würde mich sehr freuen, einige einer Cookies zu genießen und einen Tee mit dir zu trinken."

Susan schaute immer noch zweifelnd, nickte aber dann und fing an, Teebeutel in Tassen zu geben.

Froh, dass sich ihre unfreiwillige Gastgeberin endlich ein wenig zu entspannen schien, holte Valentina ein Fläschchen hervor. Begierig begann Sophia zu trinken.

Das Wasser kochte. Sorgfältig füllte Susan die Tassen und stellte sie anschließend auf den Tisch. Zucker und eine Dose mit frischgebackenen Keksen folgten. Sie wollte sich schon hinsetzen, als sie wieder aufsprang.

„Löffel. Wir brauchen noch Löffel."

Sie kramte in ihrer Besteckschublade und brachte zwei Löffel zutage. Bevor sie sie neben die Zuckerdose legte, schnappte sie sich noch einen kleinen Teller.

„Für die Teebeutel“, murmelte sie als Erklärung. Endlich setzte sie sich hin.

Valentina war froh, dass Sophia ihr für die nächsten Augenblicke eine Ausrede bot, nicht sofort auf den Grund ihres Besuchs zu sprechen zu kommen. Jetzt, wo sie hier war, wusste sie nicht recht, wie sie das Gespräch beginnen sollte. *Du kennst mich zwar nicht und die Sache zwischen dir und Henrik geht mich eigentlich nichts an, trotzdem solltest du meinen Rat befolgen und dem armen Kerl eine Chance geben?* Ja, richtig. Das Risiko war hoch, dass Susan sie nach einem solchen Satz hochkant aus dem Haus warf. Und es wäre absolut gerechtfertigt.

Susan musterte ihren unverhofften Besuch mit gemischten Gefühlen. Sie konnte sich beim besten Willen nicht vorstellen, was Valentina hier wollte. Kekse bestellen? Eher unwahrscheinlich. Andererseits … was für einen Grund sollte sie sonst haben? Sie räusperte sich.

„Bist du vorbeigekommen, um Kekse zu bestellen?“, fragte sie zaghaft.

Kekse? Kekse! Keine schlechte Idee, um das Eis zu brechen. Als ehemalige DEA-Agentin war sie es gewohnt, schnell zu reagieren und sich bietende, günstige Gelegenheiten zu nutzen.

„Ähm, ja.“

Erleichtert über die Antwort entspannte sich Susan ein wenig und lehnte sich in ihrem Stuhl zurück. Mit einer Keksbestellung konnte sie umgehen. Das war vertrautes Terrain. Sie griff nach dem Block und dem Kugelschreiber, die immer auf dem Tisch lagen.

„Geht es um einen bestimmten Anlass?“

„Anlass?“, wiederholte Valentina und klang dabei verdächtig nach einem von Vis Papageien.

„Ja, du weißt schon. Geburtstag, Weihnachten, Neujahr, Junggesellinnenparty. Für Letzteres habe ich auch schon Marzipanpenisse angefertigt.“

„Marzipanpenisse?“

War das Susans Ernst? Offensichtlich traf das Sprichwort *Stille Wasser sind tief* perfekt auf Susan zu.

„Ja. Die waren der Renner.“ Susans Augen blitzten schelmisch. „Ich habe meiner Fantasie freien Lauf gelassen. Die Kundin hat es sehr geschätzt. Es wurde wohl selten so viel gelacht wie bei dieser Feier.“

Valentina konnte sich nicht mehr zurückhalten und prustete los.

„Das glaub ich gern. Ich wäre fast versucht, ein paar von denen zu bestellen. Aber zurück zu deiner Frage. Die Kekse sind für die Kaffeepause bei Carter Securities. Eine Lieferung einmal wöchentlich.“

„Tolle Idee. An wie viele Kekse hattest du gedacht?“

Valentina beäugte die verschiedenen Gebäckstücke in der Dose.

„In dieser Größe vielleicht fünf Stück pro Person und Woche? Es soll ja keine Mahlzeit ersetzen, sondern nur die Pause etwas versüßen.“

„Das können wir gerne machen. Falls ihr merkt, dass es zu viele oder zu wenige sind, können wir den Dauerauftrag auch jederzeit anpassen.“ Sie machte sich eine entsprechende Notiz, bevor sie wieder die Augen hob. „Wie viele Personen arbeiten bei Carter Securities? Irgendwelche speziellen Keks-Wünsche?“

„Wir sind aktuell sechs Personen. Was die Geschmäcker angeht, würde ich vorschlagen, dass ich dir vorerst freie Hand lasse. Wenn du einen Zettel dazulegst, welche wie heißen, können wir mit der Zeit unsere Lieblinge bestellen.“

„Klingt gut. Dann würde ich einfach Anfang der Woche, sagen wir spätestens bis neun, jeweils dreißig Kekse liefern. Gebacken werden sie sonntags. Falls du also einmal mehr brauchst oder weniger, kannst du mir einfach bis Samstag Bescheid geben.“

Valentina zog das nunmehr leere Fläschchen aus Sophias Mund und verstaute es in der großen Tasche, die sie dabei hatte.

Die Kleine schlummerte selig. Mit einem Zipfel der Stoffwindel tupfte sie ihr die Lippen ab, bevor sie das Tuch faltete und sacht über ihre Augen legte.

Susan betrachtete die beiden. Das Baby war zuckersüß. Sie hatte das leider schon hinter sich, dachte sie wehmütig. *Wer weiß*, erinnerte sie die Stimme in ihrem Hinterkopf ungefragt. *Das könntest du alles nochmals haben, wenn du vor Henrik nicht panisch davonrennen würdest.* Sie schob die unbrauchbaren Einflüsterungen in den hintersten Winkel ihres Hirns und konzentrierte sich wieder auf Valentina, die immer noch keine Anstalten machte, zu gehen.

„Hast du noch Fragen?"

Valentina schaute hinunter auf ihre Tochter und schien angestrengt zu überlegen. Susan runzelte die Stirn. Ihr war bis jetzt nicht klar gewesen, dass eine Keksbestellung so kompliziert sein konnte. Sie wünschte sich, ihre Besucherin würde aufstehen und gehen. Sie war schon wieder müde. Das Gefühl, auf der Hut sein zu müssen, fraß zusätzlich Energie.

Endlich hob Valentina den Kopf und lächelte sie entschuldigend an.

„Zu den Keksen habe ich keine Fragen mehr. Allerdings zu einem anderen Thema."

„Oh. Tatsächlich?"

Neugierde mischte sich mit einer bösen Vorahnung. Susan war sich ziemlich sicher, dass sie diese Fragen nicht hören wollte. Bevor sie jedoch aufstehen und ihre Besucherin freundlich, aber bestimmt aus der Tür weisen konnte, fing Valentina an zu sprechen.

„Hör zu. Mir ist klar, dass wir uns nicht gut kennen. In Anbetracht dessen werden dir meine Fragen völlig unangebracht erscheinen. Womit du völlig recht hast."

„Wieso lässt du die Fragen nicht einfach bleiben?", schlug Susan beinahe verzweifelt vor.

Valentina grinste schief.

„Ich, äh, habe diese blöde Eigenschaft, dass ich unbedingt zu Ende bringen will, was ich mir in den Kopf gesetzt habe."

„Und inwiefern ist das mein Problem?"

„Insofern, dass ich nicht gehen werde, bis du mir nicht zugehört hast."

Diesen Satz gab sie so fröhlich von sich, dass es Susan die Sprache verschlug. Das machte sich Valentina natürlich gleich zunutze.

„Du und Henrik? Was läuft da?"

„Es gibt kein ich und Henrik."

Valentina stützte den Ellbogen auf die Tischplatte und das Kinn in die Hand.

„Er scheint das etwas anders zu sehen", stellte sie beiläufig fest.

„Das habe ich wohl bemerkt. Meiner Meinung nach muss er dringend seine aktuelle Medikation überprüfen. Er leidet offensichtlich an einer Wahrnehmungsstörung."

„Er nimmt Medikamente?", fragte Valentina erstaunt. „So hat er auf mich gar nicht gewirkt!"

Susan rollte mit den Augen. Ihr Ärger ließ sie ihre übliche Zurückhaltung und Vorsicht vergessen.

„Überleg doch mal. Wieso sonst sollte ein toller Mann eine Frau wie mich", sie deutete auf ihren Körper, „wollen? Er ist ein internationaler Star und sieht aus wie ein Thor-Double. Während ich … Das siehst du ja selber, wie ich aussehe."

„Dann würdest du ihn nicht toll finden, wenn er zehn, zwanzig Kilogramm mehr auf den Rippen hätte?"

„Doch, natürlich", antwortete Susan hitzig. „Aber das ist etwas ganz anderes!"

„Bist du sicher? Ich höre vor allem, dass du ihm die Fähigkeit absprichst, mehr als nur dein Äußeres zu sehen", konterte Valentina prompt.

Susan barg ihr Gesicht in ihren Händen.

„Vielleicht", sagte sie leise, zwischen den Fingern hindurch. „Aber ich kenne auch meine Grenzen. Henrik ist ein toller Mann. Wunderbar. Himmel, er ist der Traum jeder Frau …"

„Aber was …"

„Ich hingegen bin es nicht. Der Traum jeden Mannes."

„Aber vielleicht Henriks?", schlug Valentina vor.

Susan lachte freudlos. „Das kann ich mir einfach nicht vorstellen. Schau mich doch an. Fast zehn Jahre älter als er. Mutter eines erwachsenen Sohnes. Ein Gewichtsproblem, das ich nicht in den Griff zu bekommen scheine …" Sie schüttelte traurig den Kopf. „Es tut mir leid. Aber es ist besser, wenn wir alles so belassen, wie es ist."

„Besser für dich vielleicht. Hey, der Mann baut sich gerade hier eine Existenz auf! Glaub mir, das tut er nicht wegen der Kochkünste der Disney-Sisters!"

„Das ist nicht fair", protestierte Susan. „Stell dir nur das Gerede vor. Es war schon schlimm genug", ihre Stimme brach und sie brauchte einen Moment, um sich zu fassen, „als meine Mutter Amok gelaufen ist. Ich kann das nicht noch einmal durchmachen."

Spontan beugte sich Valentina vor und griff nach Susans Hand.

„Wenn etwas Furchtbares geschieht, wie das mit deiner Mutter", sagte sie, „ist es nur menschlich, wenn man seine inneren Verteidigungswälle hochfährt und sich dahinter verschanzt. So versuchen wir sicherzugehen, dass wir gewappnet sind, wenn das Schicksal das nächste Mal zuschlägt. Glaub mir, ich kenne das nur zu gut."

Susan wollte sich am liebsten die Ohren zuhalten. Stattdessen hörte sie wie gebannt zu.

„Das Problem ist", fuhr Valentina fort, „dass wir uns aufgrund dieser risikoscheuen Haltung von allem fernhalten, das uns potentiell gefährlich werden könnte. Dazu gehören aber auch Dinge – oder Menschen – die uns große Freude bereiten könnten. Wenn wir es nur zuließen. Am Ende sind wir Gefangene unserer selbst. Eine Haltung, die verhindert, dass wir je glücklich werden können. Immerhin können wir so nicht verletzt werden, reden wir uns ein. Aber wenn wir ehrlich sind, ist das eine sehr einsame Art und Weise, durchs Leben zu gehen, nicht?“

Susan atmete tief durch und blinzelte die Tränen weg, die aus ihren Augen zu quellen drohten.

„Wow“, sagte sie schließlich mit vom unterdrückten Weinen rauer Stimme. „Das war ganz schön tiefsinnig. Das hatte ich auch noch nie, eine Keksbestellung inklusive einer gratis Therapiesitzung.“

Valentina ging nicht auf ihren scherzhaften Tonfall ein.

„Was das Gerede angeht, die Wetten laufen so oder so schon heiß, was dich und Henrik angeht.“ Den erstickten Laut, der Susan bei dieser Information entschlüpfte, ignorierte sie. „Wieso also nicht den Leuten einen tatsächlichen Grund geben, zu reden, während du rausfindest, was zwischen dir und Henrik sein könnte?“

„Ich habe Angst“, gab Susan zu. „Vor … Ich weiß es gar nicht so richtig. Vor allem. Vor dem Leben. O Gott, wenn ich das laut ausspreche, merke ich gleich selber, wie jämmerlich das klingt.“

„Das kann ich mir vorstellen. Aber weißt du was? Henrik geht es ganz ähnlich. Wirklich“, fügte sie hinzu, als sie den ungläubigen Gesichtsausdruck der anderen Frau sah. „Sprich mit ihm. Was ist schon dabei? Und wenn nichts dabei rauskommt, kannst du ihm immer noch Kekse verkaufen.“

Der letzte Satz brachte Susan zum Lachen. Prompt wachte Sophia auf und begann zu weinen. Valentina griff nach der Jacke und der Mütze, die sie der Kleinen vorher ausgezogen hatte, um zu vermeiden, dass sie in der Wärme der gut geheizten Küche einen Hitzschlag erlitt, und begann das Mädchen wieder in die vielen Schichten einzupacken.

„Das ist mein Stichwort, zu gehen."

„Sie – das Weinen stört mich nicht", versicherte Susan ihr.

„Ich muss sowieso langsam nach Hause. Und ich kann mir vorstellen, dass du nach meinem Überfall erst einmal deine Ruhe brauchst."

Susan brachte die beiden zur Tür und schaute ihnen nach, lange nachdem die Rücklichter vom Schneetreiben verschluckt worden waren. Erst als der kalte Wind unter ihre Flanelljacke kroch, ging sie zurück ins Haus. Sie brauchte tatsächlich ihre Ruhe. Valentina hatte ihr genügend Stoff zum Nachdenken gegeben. Herrje, war das Leben manchmal kompliziert!

5

Erwin starrte ungläubig auf das Schild, das vor seinem Elternhaus stand. *Zu verkaufen*, stand da. War das ein schlechter Witz? Sein Blick schweifte zu dem in die Jahre gekommenen, unscheinbaren Holzhaus. Die Fensterläden waren zum Schutz gegen den Schnee geschlossen. Die Einfahrt war schneebedeckt. Keinerlei Fußspuren, die einen Hinweis auf die Bewohner gegeben hätten. Offensichtlich wohnte tatsächlich niemand mehr hier. Blieb die Frage: Wo zum Teufel war seine Mutter?

Er machte sich keine Sorgen um sie. Grundsätzlich interessierte es ihn überhaupt nicht, wo sie war oder was sie machte. Nur jetzt, in dieser Situation, war ihre Unzuverlässigkeit sehr mühsam. Er war wütend über die Tatsache, dass er sich die warme Mahlzeit, mit der er fest gerechnet hatte, wohl abschminken konnte.

Wut ballte sich in seinem Bauch zusammen, als er um das Haus herum ging. Was hatte sie sich dabei gedacht, einfach so abzuhauen? Ohne ihm Bescheid zu geben? Die Entscheidung, ein Haus zu verkaufen und wegzuziehen, wurde schließlich nicht von heute auf morgen getroffen. Da wäre wohl Zeit gewesen, ihm diese essentielle Information zukommen zu lassen. Selbst die langsam mahlenden Mühlen des Justizwesens hätten das erlaubt. Aber nein, anscheinend hatte seine verdammte Hexe von Mutter es nicht für nötig gehalten, ihren einzigen Sohn zu informieren.

Angewidert bückte er sich an der Hintertür zu dem losen Stein im winterlichen Blumenbeet. Natürlich war das Scheißding in dieser Scheißkälte festgefroren. Er richtete sich auf, holte mit dem Bein aus und versetzte dem Stein einen Tritt. Prompt schoss ein stechender Schmerz durch seine ebenfalls tiefgefrorenen Zehen. Aufheulend griff er nach der lädierten Fußspitze und hüpfte wie Rumpelstilzchen auf einem Bein. Zum Glück konnten ihn seine Zellengenossen jetzt nicht sehen. Das hätten sie ihn niemals vergessen lassen. Endlich ließ der schlimmste Schmerz nach. Vorsichtig setzte er seinen Fuß auf den Boden und belastete ihn versuchshalber. Es ging. Nicht gut, aber immerhin brach er nicht gleich zusammen.

Sein Pech verfluchend, ließ er sich auf die Knie in den Schnee fallen und startete einen neuen Versuch, diesmal mit den Händen. Endlich lockerte sich der Stein. Aufatmend legte er ihn zur Seite und griff nach dem Schlüssel, der tatsächlich noch darunter lag. Anscheinend hatte seine akute Pechsträhne ein Ende.

Ganz steif von dem eisigen Wind, der um das Haus pfiff, rappelte er sich umständlich hoch und steckte den Schlüssel ins Schloss. Nach einigem Geruckel, ein paar deftigen Schimpfwörtern und einem wohlplatzierten Kick mit seinem gesunden Fuß öffnete sich die Tür knarrend. Aufatmend richtete er sich auf und trat ein.

Von der kompletten Leere überwältigt, die ihn drinnen begrüßte, blieb er im Flur erst einmal stehen. Hinter ihm schlug der Wind die Tür zu, sodass er plötzlich komplett im Dunkeln stand. Geistesabwesend tastete er nach dem Lichtschalter. Nichts geschah. Natürlich. Einfach fabelhaft. Anscheinend war seine Pechsträhne nach der kurzen Atempause mit neuem Schwung zurückgekehrt.

Eine Reihe von Flüchen entschlüpfte ihm, als er in kompletter Dunkelheit durch das geisterhaft leere und leider auch eiskalte Haus zum nächstgelegenen Fenster ging. Keine Frage,

Strom und Heizung waren aus. Wenigstens lief er nicht Gefahr, gegen Möbel zu stoßen, tröstete er sich, als er durch das dunkle Wohnzimmer humpelte. Mit klammen Fingern öffnete er das Fenster und schob die Läden zurück. Eisige Luft schlug ihm entgegen, aber immerhin nahm das unablässige Heulen ein wenig ab. Das war ja noch schlimmer als die ununterbrochene Kakophonie im Gefängnis. Obwohl, wahrscheinlich würde er sich nach einigen Jahren auch daran gewöhnen. Wenn er nicht vorher wahnsinnig wurde. Oder erfror. Die Läden fest fixiert, schloss er das Fenster wieder.

Leise vor sich hin jammernd und die Ungerechtigkeit dieser Welt beklagend, wiederholte er den Vorgang bei allen Fenstern. So würde er wenigstens für ein paar Stunden Tageslicht haben. Ein Blick auf den bleiernen Himmel verriet ihm, dass das nicht mehr lange anhalten würde. Wie könnte es auch anders sein.

„Fuck!“, rief er aus und haute mit der Faust gegen die Wand. Der Riss, der dabei in der dünnen Sperrholzwand entstand, verlieh ihm wenigstens eine kurzzeitige Genugtuung. Als gleich darauf sein Magen laut knurrte, ging ihm allerdings auf, dass es nichts an seiner verkorksten Situation änderte. Wer hätte gedacht, dass er sich einmal nach den regelmäßigen Mahlzeiten und der schwülen Hitze im Gefängnis sehnen würde? Zugegeben, das Essen war mehr ein Fraß als sonst etwas. Aber nachdem es über vierundzwanzig Stunden her war, dass er zum letzten Mal etwas zwischen den Zähnen gehabt hatte, näherte er sich mit riesen Schritten dem Zeitpunkt, an dem genau das eintreten würde.

Ziellos öffnete er die Schränke in der Küche. Gähnende Leere. Das Feuerzeug in seiner Hand als einzige Lichtquelle, wagte er sich sogar in den Keller, in der Hoffnung, etwas Essbares zu finden. Fehlanzeige. Das Haus war ein großes Vakuum. Komplett ausgeräumt. Als er wieder hoch ins Erdgeschoss kam, lehnte er sich erschöpft an die Wand und versuchte, seine nächsten Schritte zu überlegen.

Seine Freilassung hatte er sich irgendwie anders vorgestellt. Er hatte fest damit gerechnet, dass sie ihm zu Ehren ein Festessen kochen würde. Seine Mutter hätte sein erster Zufluchtsort sein sollen und vor allem sein Ticket für die Zukunft. Woher sollte er das Geld für seinen nächsten Coup sonst nehmen? Niedergeschlagen ließ er sich an der Wand auf den Boden rutschen. Was für eine beschissene Situation!

*

Während Henrik mit verschiedenen Händlern telefonierte, Verträge per Mail verschickte und ein grobes Programm für das kommende Frühjahr ausarbeitete, kreisten seine Gedanken fortwährend um Susan. Vielleicht sollte er Tony kontaktieren?

Mit Susans Sohn hatte er sich auf Anhieb sehr gut verstanden. Überraschenderweise hatte der junge Mann ihnen beiden von Anfang an seinen Segen gegeben, obwohl sie auf den ersten Blick ein ungewöhnliches Paar waren. Ob das an seinem Promistatus als Snowboarder lag oder weil er aufrichtig der Meinung war, dass er einen passenden Partner für seine Mutter abgab, war sich Henrik bis heute nicht sicher. Zu Beginn war ihm das auch komplett egal gewesen. Er war einfach froh gewesen, nicht auch noch an dieser Front kämpfen zu müssen. Das Letzte, was er wollte, war, weiteren Unfrieden in Susans Leben zu bringen. Davon hatte sie schon mit diesem Drachen von Mutter genug gehabt.

Im vergangenen Jahr hatte er zu Tony losen Kontakt per Mail aufrechterhalten. Dabei hatte er festgestellt, dass sie tatsächlich viel gemeinsam hatten. So hatte sich zwischen ihnen eine Freundschaft völlig unabhängig von seinem Beziehungsstatus zu Susan entwickelt.

Im letzten Mail hatte Tony sogar angedeutet, dass er sich Sorgen um seine Mutter machte und unverblümt geschrieben, dass es vielleicht an der Zeit wäre, Nägel mit Köpfen zu machen, sprich nach Independence zu ziehen, wenn ihm tatsächlich etwas an Susan lag.

Ganz offensichtlich hatte er seiner Mutter allerdings nichts davon gesagt, dachte Henrik grimmig und auch ein wenig hilflos. Nicht nur, dass es außerhalb seines Erfahrungsbereichs lag, jemanden aktiv zu umwerben, es widerstrebte ihm auch, sich jemandem aufzudrängen, der es ganz offensichtlich nicht einmal für ein unverfängliches Gespräch von fünf Minuten in seiner Nähe aushielt.

Seufzend legte er seinen Stift zur Seite. So würde er zu gar nichts kommen. Er griff nach seinem Handy und tippte eine kurze Nachricht.

Bin hier in Indie. Deine Mutter ist heute vor mir geflüchtet. Irgendwelche Geheimtipps für mich? Gruß H.

Er starrte auf das Telefon und wartete darauf, dass die Häkchen auf blau sprangen. Lies schon die verdammte Nachricht, murmelte er. Als ihm bewusst wurde, dass er wie ein Highschool-Schüler darauf wartete, dass sich Tony zurückmeldete, steckte er das Handy genervt wieder in seine Hosentasche. Was war nur mit ihm los? Dieses Warten auf andere, sprich auf eine Nachricht von Tony oder einen Bericht von Valentina, die vermutlich erst in ein paar Tagen die Chance hatte, mit Susan zu sprechen, machte ihn wahnsinnig. Er war es nicht gewohnt, untätig herumzusitzen und abzuwarten. Sein ganzes Leben hatte er sich Ziele gesetzt und sich im Anschluss daran gemacht, diese zu erreichen.

Abrupt stand er auf. Es gab keinen Grund, das nicht auch dieses Mal zu tun. Er musste nur seine Vorgehensweise etwas anpassen. Das Einzige, was ihm fehlte, waren Informationen. Zum Glück wusste er genau, wo er diese finden würde. Er pfiff nach Champion, der unterm Schreibtisch schlief.

„Komm, Kumpel. Wir gehen."

Der Hund hob träge den Kopf, als könnte er nicht recht glauben, was Henrik da von sich gab.

„Pff. Und du willst ein Husky sein? Eis und Schnee sind dein Element."

Der Hund stand auf und streckte sich genüsslich. Sein lächelnder, fast nachsichtiger Gesichtsausdruck schien zu besagen, dass das nur zutraf, solange ein Schlitten und viele getrocknete Fische involviert waren. Vor allem die Fische waren wichtig. Loyal, wie er war, tappte er trotzdem in Richtung seines Herrchens. Dort setzte er sich allerdings erst einmal wieder hin und schaute erwartungsvoll zu ihm auf.

Henrik seufzte.

„In Ordnung. Du kriegst ja deine stinkende Sardine." Er griff nach einer Dose mit Deckel, die auf seinem Tisch stand, schraubte sie auf und holte einen getrockneten Fisch hervor. „Wenn ich mir das genau überlege, könnte es allerdings sein, dass Susan wegen dem penetranten Fischgeruch geflüchtet ist", witzelte er. Allerdings enthielt der Scherz ein Körnchen Wahrheit. Champs Lieblingsbelohnung stank tatsächlich zum Himmel. Er hatte vergeblich versucht, ihn an andere Dinge zu gewöhnen.

Solchermaßen gestärkt war Champion endlich aufbruchbereit. Schwanzwedelnd rannte er zur Tür und bellte auffordernd.

Kopfschüttelnd schraubte Henrik die Dose wieder zu. Er führte seine Fingerspitzen zur Nase. „Bäh!" Schnell ging er zu der Küchenzeile und wusch sich gründlich die Finger. Champion kratzte derweil ungeduldig an der Tür.

„Ja, ja. Ich komm ja schon."

Er trocknete sich die Finger ab, schlüpfte in seine Winterjacke und vergewisserte sich, dass er alle für seine Mission notwendigen Dinge dabei hatte. Handy. Geldbörse. Leine.

*

Sein erster Stopp war die Buchhandlung. Die warme Weihnachtsbeleuchtung der Schaufenster leuchtete einladend. Verschiedene Leute stoppten in der schnell einbrechenden

Dunkelheit vor der Auslage oder gingen hinein. Henrik zögerte, als er sah, dass es fast ausschließlich Frauen waren. Erleichtert sah er, dass sich von der anderen Seite her ein Mann näherte. Lustigerweise auch mit Hund. Dann würde er wenigstens nicht ganz so auffallen, dachte er und beschleunigte seine Schritte.

Als er näher kam, erkannte er allerdings, dass es sich bei dem anderen Mann um Blackbird in Begleitung seiner Australian Shepherd-Hündin handelte. Blackbird war Charlie Tritons Mann. Und nachdem Charlie die Buchhandlung führte, war seine Anwesenheit in der Buchhandlung leicht erklärbar. Soviel zu seiner These, in Begleitung des anderen weniger aufzufallen.

„Hey Mann, schön, dich zu sehen", begrüßte Blackbird Henrik. Die Hunde beschnüffelten sich interessiert.

„Gleichfalls. Allerdings hatte ich gehofft, auf einen legitimen, männlichen Kunden zu treffen, damit mein Besuch in der Buchhandlung nicht gleich Schlagzeilen macht."

Blackbird grinste.

„Keine Angst. Die Frauen beißen nicht. So lange du dich an männliche Themen wie Fischen, Jagen oder Wandern hältst, wird sich keiner was dabei denken."

Henrik zog eine Grimasse. „Uh. Das wird schwierig werden. Den Ratgeber, den ich suche, werde ich wohl nicht in der Jagdabteilung finden. Eigentlich unverständlich", murmelte er.

Jetzt war Blackbirds Neugierde doch geweckt. „Was für ein Buch wolltest du denn?"

„Nein, nein", wehrte Henrik ab. „Ohne dein Versprechen, mir zu helfen, werde ich dir nicht mögliches Erpressungsmaterial in die Hand geben."

Blackbirds Augen verengten sich, während er den anderen Mann musterte. „Okay. Solange es nicht das Beseitigen einer Leiche oder etwas ähnlich Illegales beinhaltet, helfe ich dir."

„Herrje, du hast aber eine dunkle Fantasie", stellte Henrik fest und trat einen Schritt zurück.

Blackbird zuckte mit den Schultern. „Ich bin nur vorsichtig. Ich habe die Erfahrung gemacht, dass es sich auszahlt, klare Abmachungen zu treffen. Das verhindert falsche Erwartungen."

Henrik blinzelte, während er sich versuchte vorzustellen, in welcher Situation es zu derartigen Missverständnissen oder falschen Erwartungen kommen konnte. Doch es wollte ihm nicht so ganz gelingen. Am Ende beschloss er, dass es egal war, nachdem er nichts dergleichen vom anderen erwartete, und beschränkte sich auf ein: „Okay. Das ist sicherlich klug. Ich wollte eigentlich nur ein paar Tipps zum Thema Verführung."

Jetzt war es Blackbird, dem der Mund offen stehen blieb.

„Du willst was? Ich dachte, über euch Snowboardtypen stolpern die Skihasen reihenweise." Er sah ehrlich verwirrt aus.

„Tja, sieht so aus, als ob die spezielle Frau davon noch nichts gehört hat."

Blackbird legte ihm einen Arm um die Schultern und führte ihn in Richtung Eingang. „Dann bist du an den richtigen Ort gekommen. Charlie kann dir auf jeden Fall helfen."

„Gibt es tatsächlich Selbsthilfe-Ratgeber zu dem Thema?", fragte Henrik hoffnungsvoll.

„Es gibt was viel Besseres."

„Was denn?"

„Liebesromane, mein Freund. Liebesromane verraten dir alles, was du über das Innenleben von Frauen jemals wissen wolltest. Nicht wahr, Nelly?"

Die Hündin wedelte, preschte dann aber an ihnen vorbei und rannte zu Charlies Sohn Ethan, der in einer Ecke an einem Tisch saß und Hausaufgaben machte.

Henrik war nicht ganz überzeugt. Mangels Alternativen folgte er aber ihm aber bis zu einem Bücherregal, wo Charlie gerade damit beschäftigt war, Neuerscheinungen einzuräumen. Als sie ihren Mann erblickte, hellte sich ihr Gesicht auf. Sie hob den Kopf und wartete auf den Begrüßungskuss, den Blackbird auch prompt lieferte.

Als er die öffentliche Liebesbekundung sah, zog sich Henriks Herz schmerzhaft zusammen. Das war es, was er sich mit Susan wünschte. Diese Verbundenheit. Hoffentlich … Er zwang seine Zweifel zurück und räusperte sich, als der Kuss kein Ende nehmen wollte. Vielleicht ein wenig fies von ihm. Andererseits konnte Blackbird seine Frau noch die ganze Nacht küssen, während er in Not war.

„Oh, hallo Henrik. Ich habe dich gar nicht gesehen."

Henrik lag es auf der Zunge, zu sagen „Das habe ich gemerkt", doch er ließ es sein. Schließlich wollte er ihre Hilfe, da sparte er sich seine Witze besser.

„Ich will Susan davon überzeugen, mir eine Chance zu geben", sagte er ohne Umschweife. „Blackbird sagt, du könntest mir helfen? Ich brauche ein paar Ideen, wie ich das bewerkstelligen kann."

Charlie kniff die Augen zusammen und musterte ihn prüfend. Am Ende schien sie das, was sie in seinem Gesicht entdeckte, zufriedenzustellen und sie nickte.

„Ich habe genau die Lektüre, die du brauchst."

Zielstrebig führte sie ihn zu einer Abteilung, die mit großen Buchstaben als *Siebter Himmel* bezeichnet war.

„Liebesromane? Bist du sicher?", fragte er, während er sich unsicher umschaute. Halbnackte, männliche Oberköper sprangen ihm ins Auge. Er schluckte. Irgendwie erschien ihm das eher wie eine Anleitung für ein komplettes Desaster.

„Du liebst sie doch, oder?"

„Ja."

„Und sie dich?"

Henrik zog den Kopf ein und schaute zur Seite. „Ich hoffe es. Aber das wird sich zeigen. Ich will ja nur eine Chance …"

„Das reicht mir schon", unterbrach ihn Charlie und strich sich die dunklen Haare mit den knallroten Strähnen hinters Ohr.

„Du bist hier auf jeden Fall richtig. Hier“, sie pickte drei verschiedene Bücher aus dem Regal, „fang mit diesen dreien hier an. Wenn du Fragen hast, komm gerne vorbei.“

Zweifelnd schaute Henrik auf den Stapel in seinem Arm. „Okay, wenn du meinst … Ich hatte zwar mehr auf etwas gehofft, das eine Zehn-Punkte-Liste enthält, aber die kann ich mir ja immer noch selber zusammenstellen, nachdem ich die Bücher gelesen habe.“

„Das ist die richtige Einstellung“, lobte Charlie ihn. Blackbird hingegen machte sich nicht einmal mehr die Mühe, seine Belustigung zu verbergen, und lachte laut.

Henrik warf ihm einen bösen Blick zu. Dann ging er hocherhobenen Hauptes zur Kasse und versuchte sich den Anschein zu geben, als würde er jede Woche drei Liebesromane kaufen.

Er konnte es nicht erwarten, die Schlagzeilen auf Facebook zu lesen. Eieiei. Das würde ja was werden. Sein Handy vibrierte. Während die junge Frau an der Kasse die Preise der Bücher eintippte und seine Lektüre in eine Tüte packte, zog er das Gerät heraus und entsperrte den Bildschirm. Tony hatte geschrieben, stellte er erfreut fest.

Gut, dass du dich meldest. Müssen sprechen. Abendessen im Bounty?

Geistesabwesend hielt Henrik der Verkäuferin das Geld hin und nahm seine Bücher in Empfang. Offenbar wollte Tony ihn dringend sehen. Aber weshalb? Er trat einen Schritt zur Seite und schrieb eine kurze Antwort.

Heute?

Heute nicht. Samstag?

Enttäuscht starrte Henrik auf den Bildschirm. Was hatte er auch erwartet. Dass Tony sich vom College nach Independence beamte? Scotty war schon lange im Ruhestand. So einfach war das nicht.

Geht klar. Freu mich. Pass auf dich auf.

Yes, Mom ;-)

Er grinste, als er Tonys frechen Spruch las, und schob das Telefon in seine Hosentasche zurück.

*

Henrik hatte recht gehabt. Kaum eine Stunde später titelte der neueste Beitrag auf der Facebookseite von Independence: *Jetzt auch noch Liebeskummer nach Karriere-Aus?*

Die Überschrift an sich störte ihn gar nicht. Die Leute konnten über sein Liebesleben wie auch seine Karriere so viel spekulieren, wie sie wollten. Leider hörte der Artikel dort nicht auf. In epischer Länge und Breite wurde darüber gemutmaßt, wie lange es wohl dauern würde, bis Susan seinem Werben endlich nachgeben würde. Er stöhnte so laut, dass Champion besorgt den Kopf hob. Wenn Susan das las, zog sie vermutlich tatsächlich nach Alaska. Er strich seinem Hund beruhigend über das Fell und zwang sich, weiterzulesen.

Die Stimmen in den Kommentaren waren gespalten. Während die einen Susans Widerstand als feministischen Standpunkt hochjubelten, bemitleideten ihn die anderen. Am schlimmsten waren jedoch die Fans, die ganz klar dem Team Henrik Miller angehörten. Diese waren sich nicht zu schade, in den unfreundlichsten Tönen über Susan herzuziehen. Eine Nachricht war besonders verstörend. Die Kommentatorin bezeichnete sie als erbärmliche, fette Sau, die den Snowboard-Gott (das stand tatsächlich so da, er konnte es kaum glauben) auf keinen Fall verdiente. Die Schreiberin schlug vor, Susan solle doch Henrik und der Welt einen Gefallen tun und sich umbringen. Als er diese Worte las, sah er rot. Was zu viel war, war zu viel! Er zog sein Handy aus der Tasche und wählte die Nummer des Sheriffs.

Polly, die rechte Hand des Sheriffs, die auch die Notrufhotline bediente, nahm ab.

„Hallo Polly. Hier spricht Henrik."

„Hallo Henrik. Und? Wie läufts? Schon Susans Herz gewonnen?"

„Auch du, Brutus", entschlüpfte es ihm.

„Was? Du hast ja nicht ernsthaft geglaubt, dass wir hier bei der Polizei nicht informiert sind?"

„Dann wisst ihr auch über die hässlichen Kommentare Bescheid?"

„Kommentare?"

„Auf Facebook."

„Ich habe nur die Überschriften gelesen", gab Polly zu. „Ab und zu müssen wir auch noch arbeiten", fügte sie spitz hinzu.

„Ja, ja. Aber in diesem Fall gilt es als Arbeit. Lies bitte die Kommentare und sag mir, wen ich anrufen muss, um die zu löschen."

„Ähm, ich glaube nicht, dass du irgendwen dazu bringst, Kommentare zu löschen."

„Glaub mir, bei diesen schon. Lies sie."

„Jetzt?"

„Ja, jetzt. Ich bleibe so lange am Apparat."

„Okay, okay. Herrje, du hast es aber eilig", murmelte Polly.

Henrik zwang sich zur Geduld und wurde kurze Zeit später dafür belohnt.

„Oh. Ich weiß, was du meinst. Das geht ja gar nicht."

„Ich weiß, dass ich es Facebook melden könnte, aber bis das die Überprüfung durchlaufen hat, dauert es eine Weile. Das Risiko, dass die falschen Leute das sehen, sprich Susan, ist mir einfach zu groß."

„Das kann ich verstehen. Am besten, du meldest dich bei den Disney Sisters. Soweit ich weiß, betreuen die beiden die Seite. Miss Minnie und Miss Daisy werden da definitiv auf deiner Seite sein."

Henrik atmete erleichtert auf.

„Danke. Mach ich gleich."

„Keine Ursache. Das ist wirklich unschön. Hoffen wir, dass solche Kommentare in Zukunft ausbleiben."

„Das hoffe ich auch."

*

Eine halbe Stunde später hatte Henrik dank Miss Daisys Hilfe das Problem gelöst und die drohende Katastrophe abgewendet. Miss Daisy hatte versprochen, fürs Erste die Kommentarfunktion bei Beiträgen zu seiner Person zu deaktivieren. Erst wollte sie einfach die betreffende Person blockieren. Doch er hatte argumentiert, dass diese sich dann einfach ein neues Profil zulegen würde. Er verstand, dass die Situation für die Disney Sisters unbefriedigend war. Aber er wollte auf jeden Fall vermeiden, dass jemand auf Susans Kosten Psychospielchen spielte.

Er hatte sowieso vor, noch in Lilys Blumenladen vorbeizuschauen, bevor er sich im Bounty was zum Essen holte. Da konnte er gleich ein paar Blumen für die Disney Sisters mitnehmen. Vielleicht würde das die beiden ein wenig trösten. Zum ersten Mal in seinem Leben nervte ihn sein Promi-Status. Er hatte den dumpfen Verdacht, dass sein Leben aktuell sehr viel einfacher wäre, wenn er nur Henrik Miller und nicht Henrik Miller, der Snowboardstar, wäre. Er legte die Füße auf seinen Schreibtisch und griff sich einen der drei Liebesromane, die ihm Charlie aufs Auge gedrückt hatte. Zeit für ein wenig Weiterbildung. Er war gespannt, ob das Buch hielt, was es, beziehungsweise Charlie, ihm versprochen hatte. So ganz glauben konnte er es nicht. Er war immer noch der Meinung, ein Ratgeber wäre besser gewesen. Zumindest hätte er zu einem schnelleren Ergebnis geführt. Bei diesem Roman fehlte ein Inhaltsverzeichnis mit Schlüsselwörtern. Aber er würde sich überraschen lassen.

6

Erwins Magen knurrte und riss ihn aus dem riesigen Pool Selbstmitleid, in dem er gedanklich zu ertrinken drohte. Die lautstarke Beschwerde seines Körpers erinnerte ihn daran, dass er noch nicht verzweifelt genug war, um einfach aufzugeben. Seine Situation war nur ein vorübergehender Rückschlag. Wäre ja gelacht, wenn er es nicht schaffen würde, auch diese Schwierigkeiten zu überwinden. Bald schon würde er wieder zu seiner Bestform auflaufen. Dann würde seinem Erfolg nichts mehr im Wege stehen. Als Erstes brauchte er etwas zu essen. Auf leeren Magen Pläne zu schmieden ging gar nicht. Dabei kam nie etwas Gutes heraus. Er wusste auch schon, wo er hingehen würde. Ins Diner.

Er rappelte sich hoch und belastete versuchsweise seinen verletzten Fuß. Als der Schmerz durch seinen Körper fuhr, zuckte er zusammen. Die Pause hatte ihm offensichtlich alles andere als gut getan. Er konnte nur hoffen, dass er den Fußmarsch zum Diner packen würde. Verärgert über die ganze beschissene Situation, in der er sich befand, biss er die Zähne zusammen und verließ das Haus. Sorgfältig schloss er die Tür hinter sich ab und steckte den Schlüssel in die Tasche. Das Haus hatte zwar keinen Strom und war kälter als der Arsch eines Esels im Schnee – aber immerhin hatte er ein Dach über dem Kopf.

Das bisschen Geld, das sie ihm bei der Haftentlassung mitgegeben hatten, war für Kippen und Bier drauf gegangen. Sprich, er war Pleite. Er war sich ziemlich sicher, dass es ihm gelingen würde, im Diner eine Mahlzeit zu schnorren, bezweifelte aber, dass sich die Großzügigkeit auf eine gratis Übernachtung im Bed & Breakfast erstrecken würde. Bei dem Gedanken schnaubte er verächtlich. Die Disney Sisters gaben sich immer so wohltätig. Heute Abend hatten sie die Gelegenheit, es zu beweisen. Er hatte allerdings nicht vor, irgendetwas dem Zufall zu überlassen. Nein. Sein Charme würde ihn nicht im Stich lassen, da war er zuversichtlich. Entschlossen, das letzte bisschen Tageslicht auszunützen, machte er sich trotz des immer noch anhaltenden Schneegestöbers auf den Weg.

*

„Ich habe deinen Namen nicht im Terminkalender gesehen", war das Erste, was Mia sagte, als sie in die Küche trat. „Hast du dich immer noch nicht zur Kontrolle angemeldet?"

Susan, die mit dem Kopf gerade im Kühlschrank steckte, schlug sich diesen vor Schreck prompt an.

„Aua", jammerte sie und rieb sich die schmerzende Stelle. „Was musst du dich auch so anschleichen?"

„Ich habe mich nicht angeschlichen", widersprach ihr Mia ungerührt. „Was kann ich dafür, dass ich angeborene Ninja-Fähigkeiten habe?"

„Haha. Ich hätte gedacht, du wärst die Letzte, die irgendwelche Ninja-Scherze macht? Hörst du die nicht ständig?"

Zumindest vermutete sie das, aufgrund der asiatischen Gesichtszüge ihrer Freundin.

Mia zuckte wegwerfend mit den Achseln. „Natürlich. Aber wenn ich sie mache, zählt das nicht."

„Auch wieder wahr."

„Die Cookies sind lecker", stellte Mia fest und stibitzte sich noch einen. „Willst du auch einen?"

Sehnsüchtig beäugte Susan den Keks in Mias Hand. Sich an ihre guten Vorsätze erinnernd, schüttelte sie schweren Herzens den Kopf.

„Nein. Besser nicht."

Mias Augen verengten sich. „Was soll das heißen, besser nicht? Bist du etwa auf Diät oder etwas ähnliches Idiotisches?"

„Äh, nein. Nein! Natürlich nicht", ruderte Susan zurück, die die Einstellung der Ärztin zu Diäten kannte. „Ich habe nur heute Morgen schon so viele Kekse gekostet."

Mia sah nicht überzeugt aus.

„Hast du nicht gesagt, du wärst heute mit der Produktion von Hundekeksen beschäftigt? Verzeih mir, wenn es mir schwer fällt zu glauben, du hättest dich an Kürbiskeksen mit Geflügelfleisch überfressen."

Susan stemmte die Arme in ihre Hüften.

„Manchmal bist du ganz schön anstrengend, Frau Mitbewohnerin!", beschwerte sie sich.

Ein verschmitztes Lächeln zog sich über Mias Gesicht.

„Das ist der Preis der Freundschaft."

Mit dieser Aussage nahm sie Susan den Wind komplett aus den Segeln. Konfrontationen jeglicher Art gingen ihr sowieso gegen den Strich. Wenn ihr Gegenüber dann auch noch mit Freundlichkeit reagierte, wusste sie nie, wie sie weiter streiten sollte.

Auf einmal erschöpft von dieser Diskussion, ließ sie sich auf einen der Stühle am Küchentisch fallen. Romeo, der immer genau spürte, wann sie ein wenig Trost brauchte, stolzierte in die Küche. Mit einem prüfenden Blick aus seinen gelben Augen analysierte er die Situation, strich um Mias Beine herum zu Susan und sprang auf ihren Schoß. Dankbar für die Ablenkung verbarg sie die Hände und ihr Gesicht in seinem dichten Fell. Vielleicht sollte sie einfach schlafen gehen. Beim Schlafen konnte sie die Begegnung mit Henrik vergessen und die tausend Gedanken, die ihr seit dem Gespräch mit Valentina durch den Kopf wirbelten, ruhig stellen. Ein zusätzlicher Bonus war, dass sie dann gar nichts essen würde. War Fasten nicht der neueste Hype, wenn es ums Abnehmen ging?

Mia ließ sich ihr gegenüber am Küchentisch nieder und legte ihr eine Hand auf die Schulter.

„Sprich mit mir", bat sie. „Ich sehe doch, dass es dir nicht gut geht."

Wenn es nur so einfach wäre. Die hasserfüllten Worte ihrer Mutter, dass sie nichts wert war und nie etwas erreichen würde, kämpften mit dem Bedürfnis, sich jemandem anzuvertrauen. Am Ende gewannen Susans alten Unsicherheiten die Oberhand. Was nützte es schon, darüber zu sprechen. Davon würde sie kein Gramm abnehmen. Sie musste sich endlich zusammennehmen, so einfach war das. *Das schaffst du nie*, flüsterte die bösartige Stimme in ihrem Hinterkopf. Gewaltsam drängte sie sie in den hintersten Teil ihres Bewusstseins. Sie löste eine Hand aus Romeos Pelz und drückte Mias Hand.

„Danke. Aber das ist etwas, mit dem ich selbst fertig werden muss", murmelte sie in das Fell ihres Katers, der lauthals schnurrte.

Mia zögerte. Da war sie gänzlich anderer Meinung. Intuitiv merkte sie aber, dass jetzt nicht der Zeitpunkt war, um Druck zu machen.

„Okay. Aber das Angebot steht."

Susan hob den Kopf und lächelte sie dankbar an. „Lieb von dir. Gut möglich, dass ich irgendwann darauf zurückkomme."

„Mach das. Ich koche jetzt etwas. Willst du auch was?"

Sie schüttelte den Kopf. Nachdem sie aktuell das Gefühl hatte, mit jeder Minute noch elefantösere Ausmaße anzunehmen, verursachte ihr alleine schon der Gedanke an Essen Übelkeit.

„Nein, danke. Ich gehe jetzt ins Bett."

Sie hob den Kater hoch, legte ihn sich über die Schulter und stand auf. Mit einem halbherzigen Winken verabschiedete sie sich.

Mia schaute ihr nach. Sie hoffte nur, Susan wartete nicht zu lange, bis sie sich Hilfe suchte. Irgendetwas stimmte ganz und gar nicht mit ihrer Freundin. Das sagte ihr ihre langjährige Erfahrung als Medizinerin. Ihr Instinkt hatte sie in ihrer Karriere als Ärztin selten in die Irre geführt. Leider wusste sie gleichzeitig, dass nicht jeder Hilfe suchte, der sie brauchte. Seufzend stand sie auf und ging zum Kühlschrank.

*

Todmüde, hungrig und mit schlechter Laune kam Erwin beim Diner an. Seine Füße waren komplett abgefroren. Immerhin spürte er die Schmerzen nicht mehr. Angewidert von der weißen Pracht putzte er sich den verhassten Schnee von den Schultern. Eigentlich hatte er vorgehabt, Ende der Woche bereits nach Florida unterwegs zu sein. Sonne, Strand, heiße Mädchen. Kurz kamen ihm die Studentinnen in den Sinn, die ihn nach Independence mitgenommen hatten. Er grinste. Die drei waren auch nicht schlecht gewesen. Nur viel zu viele Kleider hatten sie angehabt. Das war der Unterschied zwischen diesem gottverlassenen Bergkaff und den Florida Keys.

Endlich im Inneren des Restaurants angekommen, hielt er einen Augenblick inne und ließ seinen Blick über das Diner schweifen. Er fühlte sich ein wenig, als wäre er in einer Zeitkapsel gelandet. Alles sah noch genauso aus wie vor sechs Jahren, als er zum letzten Mal hier gewesen war. Mit rotem Kunstleder bezogene Bänke entlang den Fenstern und den Wänden bildeten altmodische Nischen. In der Mitte des Raumes standen Holztische und boten auch größeren Gruppen Platz. Zu verschiedenen Anlässen wurden die Tische zur Seite geräumt, wie er wusste. So war auch zum Tanzen genug Platz. Hinten, rechts neben der Bar, befanden sich ein abgenutzter Billardtisch und eine Dart-Scheibe. Eine Gruppe junger Leute hatte gerade ein Spiel laufen.

Ein Schauder schüttelte ihn, als er von der weihnachtlichen Dekorationspracht beinahe erschlagen wurde. Hatte der Weihnachtsmann hier eine Party gefeiert und vergessen aufzuräumen? Es sah aus, als wäre seine Werkstatt explodiert. Angewidert schüttelte er den Kopf. Wer zum Teufel brauchte schon Weihnachten! Das war etwas für kleine Kinder und sentimentale Trottel.

Die glitzernde und blinkende Pracht so gut wie eben möglich ignorierend, bahnte er sich einen Weg durch die an den Tischen sitzenden Gäste an die Bar. In der Hoffnung, eine der Disney Sisters abzufangen und eine Mahlzeit zu schnorren, verfolgte er aufmerksam die Bewegungen aller Gäste. Wo waren sie denn nur? Er erblickte nur eine blonde Frau, viel zu jung und zu hübsch, um hier zu arbeiten. Warum sie wohl nicht in einem der Striplokale rund um Denver arbeitete, wunderte er sich, während er sie mit den Augen auszog.

Plötzlich stellte sich ihm ein bedrohlich aussehender Hüne in den Weg. Ein wilder Vollbart bedeckte seine untere Gesichtshälfte. Seine langen, dunkelgrauen Haare wurden von einem roten Halstuch aus dem Gesicht gehalten. Eine speckige Lederweste schmiegte sich an seinen muskulösen Oberkörper. Ein Biker. Mit schlechter Laune, wenn Erwin nicht alles täuschte. Er war überrascht, einen Typen wie ihn im Diner anzutreffen. Das hier war schließlich mehr oder weniger ein Familienlokal. Zumindest hatte er das gedacht. Vielleicht hatte sich in seiner Abwesenheit doch mehr verändert, als er auf den ersten Blick gedacht hatte.

Argwöhnisch wartete Erwin ab, was der andere von ihm wollte, während er seinen Blick scheinbar gelangweilt weiter über die Menge schweifen ließ. Zwar war ihm die Sicht auf die süße Bedienung versperrt, aber es gab genug andere weibliche Gäste, die er studieren konnte. Das war verdammt noch mal nicht verboten. Nach all den Jahren im Knast war er regelrecht ausgehungert nach weiblichen Formen. Trotzdem behielt er den Biker aus dem Augenwinkel im Auge. Er hatte keine Lust auf einen Streit. Er wollte nur etwas zu essen. Zudem war der Mann deutlich schwerer als er. In einer Schlägerei würde er vermutlich den Kürzeren ziehen. Darauf hatte er nun wirklich keine Lust.

„Bestellst du auch was, oder bist du nur hier, um unsere Angestellten zu belästigen?“

Erwins Kopf ruckte herum. Mit offenem Mund starrte er ihn an. Erst jetzt fiel ihm die rote Schürze ins Auge, die der andere um den Bauch gebunden trug. Was zur Hölle …? Arbeitete der Biker etwa hier? Er runzelte die Stirn. Oder gehörte ihm der Laden etwa? Dann konnte er sich seine freie Mahlzeit wohl abschminken.

„Ich habe dich was gefragt!“, herrschte der Biker-Schrägstrich-Servierdüse ihn an.

„Ich suche die Disney Sisters.“

Die Augenbrauen des anderen schnellten hoch. „Tatsächlich?“, erwiderte er spottend. „Und weshalb, wenn ich fragen darf?“

Bevor sich Erwin entscheiden konnte, welche Antwort auf diese Frage die erfolgversprechendste war, erschien Miss Minnie, mit wogendem Busen und einer halb vollen Kaffeekanne in der Hand, an der Seite des Hünen.

„Erschreckst du wieder unsere zahlenden Gäste, Kurt?“

„Bis jetzt hat er weder etwas bestellt noch bezahlt“, antwortete Kurt gedehnt, mit Miss Minnies herrischer Art offensichtlich vertraut.

Wie jetzt! Miss Minnie kannte diesen Kerl? Und spaßte sogar mit dem? Erwin verstand die Welt nicht mehr.

„Wahrscheinlich, weil er sich vor Angst beinahe ins Hemd macht“, gab sie zurück.

Ein Protest bahnte sich den Weg durch Erwins Kehle. Im letzten Moment hielt er sich zurück. Aber wirklich. Als könnte ihm so ein Möchtegern-Biker mit Schürze Angst einjagen. Pfft. In diesem Moment knurrte sein Magen und erinnerte ihn daran, was eigentlich sein Ziel war. Eine warme Mahlzeit.

Seine Prioritäten wieder klar vor Augen, drängte er das Bedürfnis, sich zu beweisen, zurück und wandte sich mit einer Charmeoffensive an Miss Minnie.

„Miss Minnie“, rief er aus. „So jung und hübsch wie eh und je. Sagen Sie, wissen Sie, wo meine Mutter ist? Ich war eine Zeitlang auf Reisen und wollte sie besuchen. Stellen Sie sich meine Überraschung vor, als ich zu ihrem Haus kam und es verlassen vorfand.“ Hilflos zuckte er mit den Schultern. „Unglücklicherweise wurde mir im Bus mein ganzes Gepäck gestohlen. Jetzt kann ich mir nicht einmal etwas zu essen kaufen.“ Er bemühte sich um ein trauriges Gesicht. Das fiel ihm auch nicht schwer. Die Tatsache, dass seine gesamten Pläne über den Haufen geworfen wurden, machte ihn tatsächlich traurig. Na ja. Eher wütend.

Miss Minnie schnaubte lautstark.

Erwin blinzelte irritiert. Lachte sie ihn etwa aus? Ihn? Das arme Waisenkind? Nun gut, er war schon etwas älter. Trotzdem war es rücksichtslos von seiner Mutter, einfach so abzuhauen und ihn im Regen, oder besser im Schnee, stehen zu lassen!

„Erwin, Erwin! Wie ich sehe, hast du immer noch nichts gelernt! Noch genau so ein Lügner wie früher. Allerdings hätte ich erwartet, dass du in der Zwischenzeit etwas dazulernen würdest.“

Fast hätte Erwin zerknirscht auf den Boden gestarrt und nervös mit den Füßen gescharrt. Stattdessen schaute er sie unbewegt an, als würde er nicht verstehen, wovon sie sprach.

Miss Minnie rollte mit den Augen, als sie bemerkte, dass er seinen Bluff nicht so leicht aufgab.

„Glaubst du wirklich, ich wüsste nicht, wo du die letzten Jahre verbracht hast?“, forderte sie ihn heraus. „Dazu ist die Welt einfach zu klein. Zumindest ist inzwischen einiges klarer. Wie die Mutter, so der Sohn. Oder sollte man in diesem Falle besser sagen, wie der Sohn, so die Mutter?“

Sie lachte, als hätte sie etwas besonders Lustiges gesagt. Selbst die Mundwinkel des stoischen Bikers zuckten verräterisch.

„Wie …“ Ungläubig schluckte Erwin. Er war in Denver verhaftet worden. Nie im Leben hätte er gedacht, dass diese Nachricht bis nach Independence dringen würde. Außer … Hatte ihn etwa seine Mutter verraten?

„Diese miese Alte“, explodierte er. „Konnte wohl ihr Maul nicht halten. Und dann einfach abzuhauen …“

Miss Minnies Augen weiteten sich erstaunt und sie hielt sich eine Hand vor den Mund. Ihr ganzer Körper schüttelte sich vor unterdrücktem Lachen. Kurt hingegen rieb sich nachdenklich den Bart.

Schließlich stieß ihm Miss Minnie den Ellbogen in die Rippen und sagte: „Mein Gott. Er weiß es noch gar nicht.“

„Das spielt doch keine Rolle“, unterbrach Kurt sie ungeduldig. Er wollte diesen Gast, wenn er überhaupt als solcher bezeichnet werden konnte, nur endlich loswerden. Typen wie diesen kannte er zur Genüge. Die machten nur Ärger. Immer.

Erwin hatte genug von diesen geheimnisvollen Wortspielereien. Er wollte endlich wissen, was dieses ganze Theater sollte.

„Was sollte ich wissen?“, fragte er ungehalten.

„Dass deine Mutter im Gefängnis ist“, half Jake Carter, der sich unbemerkt von hinten an Erwin herangeschlichen hatte. Der Sheriff hatte Erwin vor ein paar Sekunden entdeckt und es sofort zu seiner Aufgabe gemacht, herauszufinden, was der ehemalige Sträfling in Independence machte. Natürlich war er aktuell ein freier Mann und durfte sich aufhalten, wo er wollte. Allerdings würde Jake ihn genau beobachten. Sollte Erwin wieder zu seinen alten Tricks greifen, würde er persönlich dafür sorgen, dass er umgehend zurück ins Gefängnis wanderte.

Erwin starrte den Sheriff überrascht an. Woher war der denn gekommen? Mit Kurt auf der einen und Jake auf der anderen Seite fühlte er sich regelrecht eingeklemmt. Unter seiner dicken

Winterjacke begann er zu schwitzen. Was wollten die überhaupt von ihm? Noch hatte er nichts Unrechtes getan. Seine Mutter … Er hielt inne. Erst jetzt registrierte er die Worte des Sheriffs. Was hatte er über seine Mutter gesagt?

„Wo ist meine Mutter?"

„Im Gefängnis. Hast du ja beim ersten Mal schon verstanden", herrschte ihn Kurt an. „Und jetzt ab mit dir."

Von dieser unglaublichen Neuigkeit wie erschlagen, begann Erwin langsam zurückzuweichen. Seine Mutter im Gefängnis? Das konnte doch nicht sein! Unsicher ließ er seinen Blick von einer Person zur anderen schweifen. Sämtliches Amüsement war aus den Gesichtern verschwunden. Verdammt. Anscheinend sagten sie tatsächlich die Wahrheit. Wie war es nur so weit gekommen? Seine Alte hatte immer einen extrem rigiden Moralkodex besessen, den sie zu jeder passenden und unpassenden Gelegenheit jedem in Hörweite unter die Nase gerieben hatte. Ihre Freundinnen waren von derselben Sorte gewesen. Das Ganze musste ein Missverständnis sein. Besser, er haute erst einmal ab und versuchte herauszukriegen, was da lief. Essen würde er sowieso keins kriegen. Das konnte er sich jetzt abschminken. Was für eine gottverdammte Scheiße!

„Hiergeblieben", stoppte ihn Miss Minnie.

Verwirrt hielt Erwin inne. Was wollte sie denn noch von ihm? Sie hatte ja deutlich klargemacht, was sie von ihm und seiner Mutter hielt.

Das schienen sich Jake und Kurt auch zu fragen, den irritierten Blicken zufolge, die die beiden ihr zuwarfen.

„Was?! Ihr wollt ihn doch wohl nicht hungrig zurück in den Schneesturm schicken?", rügte sie die Männer.

Die beiden tauschten einen Blick aus, der besagte, dass ihnen nichts lieber wäre als das. Miss Minnie schnalzte tadelnd, während sie ihn am Ärmel fasste und an die Bar dirigierte.

„Setz dich hin. Ich bring dir was zu essen."

Widerstrebend ließ er sich fallen. Die Aussicht auf Essen hielt ihn jedoch davon ab, verärgert das Weite zu suchen. Kurt warf ihm einen finsteren Blick zu. Erwin erwiderte ihn spöttisch. Der Sheriff hingegen begnügte sich damit, ihn misstrauisch zu betrachten. Erwin grinste selbstzufrieden und nickte den beiden arrogant zu. Eins zu null für ihn.

*

Henrik klappte das Buch zu und atmete tief durch. Ihm war beim Lesen ganz schön heiß geworden. Er war überrascht, wie sehr ihn die Geschichte mitriss. Offensichtlich waren seine Vorurteile gegenüber dem Genre Liebesromane völlig unbegründet gewesen. Die Story war gut geschrieben. Über die Gedankenwelt der weiblichen Protagonistin erhielt er tatsächlich spannende Einblicke darüber, was Frauen sich wünschten. Ihm war schon klar, dass sich das nicht eins zu eins auf Susan übertragen ließ. Aber immerhin gab es ihm ein paar Ideen.

Und die Sexszenen, puh. In Gedanken bei Susan, hatten ihn die Beschreibungen ganz schön heiß gemacht. Der Gedanke, das vielleicht alles bald mit ihr zu erleben, brachte sein Blut ganz schön in Wallung. Oder waren das die Hormone? Obwohl … Er fuhr sich mit beiden Händen übers Gesicht. Wenn Susan von ihm dasselbe erwartete, was der Held mit der Heldin angestellt hatte, buchte er vielleicht besser einen Kamasutra-Kurs. Oder ein paar zusätzliche Stunden bei einem Personal Trainer. Er war sehr gut trainiert. Aber die eine Stelle im Buch, an der die männliche Hauptperson seine Angebetete mit einer Hand hochgehoben, sie gegen die Wand gepresst genommen und sie gleichzeitig mit der anderen Hand zwischen ihren Beinen zum Höhepunkt gebracht hatte … Das erschien ihm doch ein recht ambitioniertes Unterfangen.

Sein Blick fiel auf das Buch in seiner Hand. Das machte die Szene nicht weniger heiß. Ob er sie noch einmal lesen sollte? Nur zu Studienzwecken natürlich, das verstand sich von selbst.

Aus purer Gewohnheit griff er nach seinem Handy, das neben ihm lag, und warf einen Blick auf die Uhr. Was? War es wirklich schon so spät? Anscheinend hatte er beim Lesen tatsächlich Zeit und Raum vergessen. Wenn er noch in Lilys Blumenladen vorbeigehen wollte, musste er sich sputen.

Er legte das Buch auf den Tisch und sprang auf. Champion hob völlig überrumpelt den Kopf. Wohin so eilig, schien sein vorwurfsvoller Blick zu fragen.

„Ja, du auch“, bestätigte er seinem Husky mit einem Nicken. Träge erhob sich der große Hund und streckte sich erst mal gründlich. Nur weil sein Mensch Flöhe im Hintern zu haben schien, gab es noch lange keinen Grund für übermäßige Eile. Er gähnte.

„Ich hab's verstanden“, kommentierte Henrik belustigt. „Wir müssen aber trotzdem los. Anschließend gehen wir essen. Ich bin sicher, Gregory hat in der Küche einen Knochen für dich.“

Bei dem vertrauten Wort spitzte Champion die Ohren und legte einen Zahn zu. Wieso die Menschen mit den wichtigsten Informationen immer bis zum Schluss warteten, war ihm ein Rätsel.

7

Nach einem hektischen Morgen, an dem ihr die Hälfte ihrer Pferdekekse zerbrochen war, stand Susan endlich im Sweets und wartete darauf, dass Aileen ihr den absolut lebensnotwendigen Kaffee brachte. Sie hatte sich eisern zusammengenommen und nichts gefrühstückt. Ihr Magen knurrte und ihr war ein wenig schwindlig. Aber das war bestimmt nur Gewöhnungssache. Der Kaffee würde bestimmt helfen. Auch wenn sie auf den Zucker verzichtete, enthielt er doch immerhin Milch. Fett und Proteine waren gut, oder etwa nicht?

Wenn sie ehrlich war, schwirrte ihr der Kopf von den Tipps, die sie in den vielen verschiedenen Diätratgebern im Internet gelesen hatte. Jeder erzählte etwas anderes und behauptete, das ultimative Geheimnis zu kennen. Nichts oder so wenig wie möglich zu essen erschien ihr als der sicherste Plan. Nur den Kaffee würde sie sich nicht nehmen lassen. Sie war schon wieder so müde. Ohne den Koffeinkick würde sie es nicht durch den Tag schaffen.

„Hier", meinte Aileen und schob ihr den Kaffee hin. „Zucker?"

„Nein, danke", antwortete Susan tapfer.

Vorsichtig nahm sie einen Schluck und verzog prompt das Gesicht. Bäh. Ohne Zucker machte der Kaffee nur halb so viel Spaß.

„Zu bitter?", fragte Aileen besorgt.

„Nein, nein. Nicht mehr als sonst. Ich starte nur gerade den Versuch, den Zucker wegzulassen. Ist ziemlich gewöhnungsbedürftig. Aber das wird schon."

Aileen legte den Kopf schräg und betrachtete sie nachdenklich. „Warte mal. Ich lass dich mal etwas probieren."

Bevor Susan etwas erwidern konnte, brühte sie einen neuen Kaffee auf und erhitzte Milch. Schließlich hielt sie ihr einen neuen Becher hin. Fragend sah sie die Inhaberin des Cafés an.

„Was ist das?"

„Auch ein Café Latte. Nur mit Hafermilch anstelle der Kuhmilch."

„Aha."

Misstrauisch beäugte sie das Getränk.

„Versuch es einfach mal", ermunterte Aileen sie. „Es schmeckt ein wenig anders. Dafür ist die Hafermilch natürlicherweise süß. Vielleicht hilft dir das?"

Nicht wirklich überzeugt, kostete Susan von dem neuen Getränk. Bevor sie es herunterschluckte, ließ sie den Geschmack ein wenig auf ihrer Zunge einwirken. Der Hafergeschmack war ein wenig seltsam. Insgesamt schmeckte es aber überraschend gut. Und wie Aileen versprochen hatte, süß. Sie nahm einen weiteren Schluck. Doch. Daran konnte sie sich auf jeden Fall gewöhnen.

„Und?"

„Doch. Sehr lecker."

„Schön. Das freut mich. Wie geht es dir eigentlich?"

Susan runzelte die Stirn. „Was willst du jetzt genau wissen? Fragst du wegen meines morgendlichen Keksdesasters?"

„Ich meinte eigentlich wegen der Facebookhetze …" Sie verstummte, als sie Susans verständnislosen Blick sah. „Du hast gar nichts mitbekommen? Dann vergiss, was ich gesagt habe."

„Jetzt wüsste ich schon gern, wovon du sprichst."

Aileen zog ihr Smartphone aus der Schürze und rief die Facebook-App auf. Nachdem sie durch einige Beiträge gescrollt war, schüttelte sie verständnislos den Kopf. „Der Eintrag ist weg."

„Was war denn das Thema?"

„Hier." Aileen hielt ihr das Handy unter die Nase.

Rasch überflog Susan den Eintrag. Es ging um Henrik. Wie hätte es auch anders sein können. Sie scrollte durch ein paar der Einträge, bis sie betroffen aufschaute.

„Ich weiß gar nicht, was ich schlimmer finde. Dass uns die einen Leute bereits verheiratet sehen, oder dass andere mich am liebsten ins Exil schicken würden, damit ich endlich meine Finger von ihm lasse." Angewidert schüttelte sie den Kopf. „Als wenn wir überhaupt zusammen wären. Welcher Eintrag wurde denn gelöscht?"

„Ach, nur ein weiterer Mensch, der dich ins Exil schicken wollte", antwortete Aileen leichthin. Wenn der Kommentar schon verschwunden war, würde sie den brutalen Wortlaut bestimmt nicht wiederholen. „Allerdings habe ich gerüchteweise gehört, dass Henrik durchaus nicht abgeneigt wäre, dich zu deiner Freundin zu machen …?" Erwartungsvoll schaute sie die andere Frau an.

Susan gab sich alle Mühe, sich nichts anmerken zu lassen und zuckte scheinbar gleichgültig mit den Schultern.

„Du weißt ja, wie die Disney Sisters funktionieren. Die sind nur zufrieden, wenn sie jemanden verkuppeln können. Sei nur froh, dass du bereits deine Partnerin hast."

Bei der Erwähnung ihrer offiziellen Partnerin Lily leuchtete Aileens Gesicht auf. „Bin ich auch. Aus mehreren Gründen."

Neid durchzuckte Susan. Sofort verdrängte sie das unschöne Gefühl. Natürlich freute sie sich darüber, dass die beiden Frauen miteinander glücklich waren. Sie sehnte sich einfach danach, selber Teil eines Paares zu sein. Jemanden an ihrer Seite zu haben, der für sie da war. Buchstäblich durch dick und dünn. Es war ihr auch klar, dass das ein unrealistischer Wunsch war. Dazu würde es erst kommen, wenn sie wieder ansehnlich war.

So lange sie wie ein Nilpferd an Land durch Independence walzte, würde das nicht passieren. Auch Henrik würde über kurz oder lang wieder zu Sinnen kommen. Sie seufzte leise. Die letzten Tage hatte er Blumen geschickt. Erst Tulpen. Dann Rosen. Heute einen Weihnachtsstern. Sie wollte gar nicht wissen, was ihn die Pracht mitten im Winter gekostet hatte. Jeden Morgen war sie versucht, das Risiko einzugehen und seiner Bitte um ein Date nachzugeben. Zum Glück hatte sie bislang ein Blick in den Spiegel davor bewahrt, diese Dummheit zu begehen.

„Bis morgen dann“, verabschiedete sie sich von Aileen und hob die Hand, in der sie den To-Go-Becher hielt, zum Gruß.

„Tschüss.“

Sie wandte sich um und verließ das Café. Tief in Gedanken versunken, den Blick auf den Boden gerichtet, rannte sie prompt gegen ein Hindernis. Ein solides, warmes, muskulöses Hindernis. Ihr Becher rutschte aus ihrer Hand. Kaffee spritzte nach allen Seiten und auf ein paar abgetragene Winterstiefel.

„Das tut mir aber leid“, rief sie aus und starrte entsetzt auf die ruinierten Schuhe.

Ein Hund schob sich in ihr Blickfeld und begann begeistert den Kaffee mit Hafermilch vom Leder zu lecken. Es war ein ganz bestimmter Hund. Ein Husky, der ihr sehr vertraut war. Von einer dunklen Vorahnung erfüllt, hob sie vorsichtig den Kopf. Ihr Blick begegnete einem Paar eisblauer Augen, die denen des Hundes zu ihren Füßen so ähnlich waren.

„Ich … äh …“

Wörter. Wörter zu ganzen Sätzen geformt wären gut. Gerne sofort. Bevor sie vor lauter Verlegenheit im Boden versank. Aber die für Wörter und Sätze zuständigen Hirnbereiche befanden sich offensichtlich im Streik. Oder waren anderweitig beschäftigt. Vermutlich damit, die Zunge heraushängen zu lassen. Sie konnte es ihnen nicht einmal übelnehmen. Henrik aus nächster Nähe war tatsächlich ein Grund zum Sabbern.

„Kein Problem", antwortet Henrik mit einem belustigten Schmunzeln.

Seine Stimme klang tief und sexy. Sie spürte das Timbre bis in ihre Zehenspitzen. Und an anderen strategisch wichtigen Körperstellen. Das war neu. Und nicht fair. Noch nie zuvor hatte alleine der Klang einer Stimme ausgereicht, um ihre verflixten Hormone in Aufruhr zu bringen. Sie musste allerdings zugeben, dass keine der anderen Stimmen zu Henrik gehört hatten. Er war groß, sogar größer als sie, was längst nicht bei allen Männern der Fall war. Die blonden Haare fielen ihm widerspenstig ins Gesicht. Ihre Hand zuckte in dem Verlangen, es ihm aus der Stirn zu streichen. Frisch rasiert und lässig gekleidet, sah er zum Anbeißen aus.

Spontan zog sich ihr Herz sehnsüchtig zusammen. O-o. Das war gar nicht gut. Es war eine Sache, sich körperlich von ihm angezogen zu fühlen. Aber ihn mit dem Herzen zu spüren? Das war gefährlich für ihr Seelenheil, wusste sie doch, dass er in einer ganz anderen Liga spielte als sie. Leider befürchtete sie, dass diese Erkenntnis zu spät kam, um ihr Herz davon abzuhalten, sich ebenfalls zu involvieren. Ein gutes Jahr zu spät.

Ebenfalls ein Jahr zu spät meldete sich ihr Selbsterhaltungstrieb und ließ sie instinktiv einen Schritt zurücktreten.

Henrik freute sich, als er feststellte, dass es Susan war, mit der er unverhofft zusammengestoßen war. Ob sie sich wohl über seine Geschenke gefreut hatte? Vielleicht trug seine Strategie bereits erste Früchte und sie würde sich zu einem Date überreden lassen? Das Verlangen, das in ihren Augen aufflammte, als sie erkannte, wen sie da fast über den Haufen gerannt hatte, ließ ihn hoffen.

Leider wurde der heiße Blick unmittelbar von einem geschockten Gesichtsausdruck ersetzt. So gar nicht die Reaktion, auf die er gehofft hatte. Hatte sie tatsächlich Angst? Vor ihm? Als sie hastig einen Schritt zurücktrat, tat er es ihr eilig gleich und wich ebenfalls zurück. Genau so, als hätte er es mit einem scheuen Tier zu tun. Auf keinen Fall wollte er ihr das Gefühl geben, er würde sie in eine Ecke drängen.

Von seinem unerwarteten Rückzug überrascht, hielt Susan inne. Was führte er nur im Schilde? Es würde ihr Leben sehr erleichtern, wenn sie ein Skript hätte, wo sie alles nachlesen könnte, dachte sie frustriert. Als er sie nur weiterhin unverwandt anstarrte, hielt sie es nicht mehr aus.

„Was willst du?“, brach es beinahe anklagend aus ihr heraus.

Henrik blinzelte verblüfft. Wo kamen all die Feindseligkeit und das Misstrauen her? War im letzten Jahr etwas geschehen, von dem er nichts wusste? Besorgt lehnte er sich vor.

„Geht es dir gut? Brauchst du Hilfe? Du musst nur Bescheid sagen, wenn dir jemand das Leben schwer macht. Ich kümmere mich darum.“

Susan verstand nur Bahnhof. Ihr helfen? Sich bedroht fühlen? Wovon sprach der Mann?! War er heute Morgen vielleicht aus dem Bett gefallen und hatte sich den Kopf gestoßen? Sie musterte ihn verstohlen. Er schien die Frage durchaus ernst zu meinen und wartete offenbar auf eine Antwort. Sie runzelte die Stirn. Oder hatte es etwa damit zu tun, dass sie ihm nicht sofort zu Füßen fiel, nur weil er sie gefragt hatte, ob sie mit ihm ausging? Je länger sie darüber nachdachte, desto überzeugter war sie, dass die von ihm genannten Gründe für ihn vielleicht tatsächlich die einzige mögliche Erklärung für ihre Zurückhaltung waren. Sie hätte zwar nicht gedacht, dass er so eingebildet war, aber man lernte ja nie aus. Sicherheitshalber fragte sie aber lieber nach. Ihre Annahmen hatten sie bisher nur in die Irre geführt. Vielleicht war es an der Zeit, die Dinge ganz direkt beim Namen zu nennen.

„Wie kommst du darauf, dass ich Hilfe brauche?“, fragte sie amüsiert. Immerhin war ihr Selbstvertrauen dank ihrem Verdacht und dem Beschluss, ihn zur Rede zu stellen, wieder einigermaßen hergestellt.

„Na, du verhältst dich seltsam. Als ob du Angst vor irgendetwas hättest.“ Er zuckte mit den Schultern. „Nachdem ich mir sehr sicher bin, dass ich dir keinen Anlass gegeben habe, vor mir Angst zu haben …“

„Ich habe keine Angst vor dir. Ich will dich nur nicht sehen“, gab sie genervt zurück. Auf keinen Fall würde sie zugeben, dass ihr seine Aufmerksamkeit unangenehm war, weil sie das Gefühl hatte, nicht gut genug zu sein.

Betroffen wich er einen weiteren Schritt zurück.

„Autsch. Du nimmst wohl auch kein Blatt vor den Mund.“

Als sie seinen ehrlich verletzten Blick sah, biss sie sich schuldbewusst auf ihre Unterlippe. War er doch nicht so arrogant, wie sie gedacht hatte? Sie zögerte. Aber dann kam sie zum Schluss, dass es eigentlich keine Rolle spielte. Sie und er passten nicht zusammen. Soviel war sonnenklar. Besser, er merkte das früher als später. So betrachtet tat sie ihm einen Gefallen. Auch wenn es ihr das Herz brach. Also zuckte sie nur gleichgültig die Schultern, bevor sie Champion über den Kopf strich und mit einem Abschiedsnicken um ihn herum ging.

Die passenden Worte fehlten ihr wieder einmal. Aber eigentlich war auch schon alles gesagt. Wieso nur verspürte sie dann keine Erleichterung?

*

Wie vom Donner gerührt stand Henrik da und starrte ihr nach. Was zum Teufel war das jetzt gewesen? Er fühlte sich, als wäre ein LKW über ihn drüber gefahren. Diese Begegnung war von so vielen widersprüchlichen Emotionen geprägt gewesen, dass ihm beinahe schwindlig wurde, wenn er darüber nachdachte.

Sein Handy vibrierte. In Gedanken noch ganz bei Susan, zog er es aus seiner Hosentasche und meldete sich. Tony war am anderen Ende der Leitung.

„Klappt das mit morgen Abend?“, fragte Henrik ohne Einleitung.

„Ja, klar. Hatten wir doch ausgemacht. Schon Fortschritte gemacht mit meiner Mom?“

„Leider nein. Eher das Gegenteil“, antwortete Henrik frustriert.

„Dran bleiben“, riet ihm Tony, um gleich darauf ein besorgtes „Versprichst du mir das?“ hinten anzufügen.

„Hm. Okay. Kann ich machen. Es kann allerdings sein, dass sie als Nächstes zur Polizei geht und ein Kontaktverbot gegen mich erwirkt.“

„Tatsächlich? O Mann! Und ich dachte, du hättest ein Händchen für Frauen?“

„Das dachte ich auch“, grummelte Henrik. „Susan scheint die Ausnahme zu sein.“

„Dann schau zu, dass du ihren gesträubten Pelz schnell wieder glättest. Sie braucht dich jetzt.“

„Was …“

Doch Tony ließ ihn nicht ausreden, sondern verabschiedete sich mit dem Hinweis auf eine Vorlesung, die gleich anfing.

Nicht viel schlauer als zuvor starrte Henrik noch eine ganze Weile blicklos auf sein Handy. Susan, die seine Gegenwart auf einmal keine zwei Sekunden mehr ertrug. Tony, der sie unbedingt zusammenbringen wollte, weil sie ihn angeblich *brauchte*? Er schnaubte. Diesen Eindruck hatte sie auf keinen Fall gemacht, aber vielleicht hatte er ja einfach keine Ahnung. Schließlich schob er sein Telefon wieder in die Hosentasche. Er würde sich einfach noch mehr anstrengen müssen. Durchhaltevermögen und die nötige Motivation hatte er ja. Blieb nur zu hoffen, dass er Susan nicht komplett vergraulte, wenn er hartnäckig blieb.

*

So schnell wie möglich kehrte Susan nach Hause zurück. Oder sollte sie besser sagen, sie flüchtete? Das wäre vielleicht ehrlicher. Sie lachte und schnaubte dabei laut. Romeo, der sich gerade über sein Futter hermachen wollte, zuckte wegen des ungewohnten Geräusches erschrocken zusammen. Sie bückte sich und strich ihm über das lange Fell. Julia warf ihr nur einen angewiderten Blick zu, hörte aber nicht auf zu fressen. Um sie dazu zu bringen, müsste schon die Welt untergehen. Mindestens. Susan seufzte. Sie wünschte sich, die Katze könnte ihr etwas von ihrer Gelassenheit abgeben. Immer noch tanzten tausend Flöhe in ihrem Bauch, so hatten sie die vielen Emotionen aufgewühlt. Sehnsüchtig schaute sie in Richtung ihrer Keksdose. Sollte sie sich ein kleines Stück gönnen? Nur ein klitzekleines?

Ihre Füße setzten sich selbständig in Bewegung und trugen sie durch die Küche. Erst einen Meter vor der verlockenden Dose kam sie zu einem abrupten Halt. Was machte sie da eigentlich! Das desaströse Zusammentreffen, das sie hinter sich hatte, wurde durch Kekse auch nicht besser. Henrik wohnte jetzt in Independence. Es wurde Zeit, dass sie endlich wie eine erwachsene Frau reagierte und sich damit abfand, ihn ab und zu treffen. Bei so wenigen Einwohnern würde es sich nicht vermeiden lassen, dass sie sich von Zeit zu Zeit über den Weg liefen.

Romeo war immer noch am Fressen. Sein Napf war noch fast voll, so viel Zeit ließ er sich dabei. Julia hatte sich unauffällig herangeschlichen und unterm Küchentisch in Position gebracht. Dort lauerte sie auf den richtigen Moment für die feindliche Übernahme. Ihre Schwanzspitze zuckte vor lauter Spannung hin und her. Romeo machte eine Pause, um sich gründlich das Maul zu lecken. Sofort war Julia zur Stelle und drängelte ihn von seiner Schale weg.

Susan bückte sich und schnappte sich die Übeltäterin. Dabei ertappte sie sich, wie sie neidisch auf Romeos Napf schielte.

Oje. Ihr Hunger nahm langsam ungeahnte Ausmaße an. Das konnte ja nicht gesund sein. Verstohlen schielte sie nach ihrer Keksdose, dann zu ihrem Kühlschrank. Aber nein. Ihre zweite Portion Hüttenkäse und Karotten war erst fürs Abendessen vorgesehen. Sie seufzte laut hörbar. Das war für den zartbesaiteten Romeo endgültig zu viel an Störung. Er ließ sein Fressen stehen und flüchtete ins Wohnzimmer. Was für ein Sensibelchen. Sie wünschte sich, sie hätte eine ebenso delikate Konstitution, die sie vom Essen abhalten würde. Julia, die sofort realisierte, dass die Bahn zu ihrer zweiten Portion frei war, zappelte auf ihrem Arm und riss sie aus ihren Gedanken.

„Vergiss es!", beschied sie ihr und setzte sie auf die Fensterbank, bevor sie sich bückte und Romeos Napf in Sicherheit brachte.

Julia schenkte ihr einen verächtlichen Blick und begann sich hoheitsvoll zu putzen.

Susan legte einen Deckel über Romeos Essen und stellte es in den Kühlschrank. Darum bemüht, nicht hineinzuschauen und dem Anblick der Lebensmittel darin ausgesetzt zu sein, wandte sie den Blick ab und schaute nach draußen. Es hatte endlich aufgehört zu schneien. Eigentlich könnte sie die nervöse Energie, die sich in der letzten Stunde in ihr aufgestaut hatte, mit Sport abbauen. Bei dem Wort Sport zog sie eine Grimasse. Sie war nicht gerade eine Sportskanone. Bis zu ihrer plötzlichen Gewichtszunahme hatte dafür auch nie wirklich eine Notwendigkeit bestanden. Aber wenn sie ihr Ziel erreichen wollte, die überflüssigen Pfunde wieder loszuwerden, blieb ihr wohl nichts anderes übrig.

Sie runzelte die Stirn, als sie versuchte, sich all die Informationen, die sie auf den verschiedensten Gesundheits- und Fitnessblogs im Netz gelesen hatte, durch den Kopf gehen zu lassen. Propagierten nicht viele Training auf leeren Magen, um die Fettverbrennung anzuregen? Oder war es umgekehrt?

Egal. Jetzt, wo sie den Entschluss schon einmal gefasst hatte, wollte sie keine Zeit mit einer erneuten Internetrecherche verlieren. Die Experten widersprachen sich sowieso dauernd. Wahrscheinlich war bei allen Ratschlägen etwas Wahres dran.

Um nicht Gefahr zu laufen, ihre Motivation wieder zu verlieren, zog sie sich in Windeseile um. Sie entschied sich für eine alte, bequeme Jogginghose, die sie oft trug, wenn sie gemütlich vor dem Fernseher saß, und ein dickes Sweatshirt, welches ihr schon beim Testmischen der Teigrezeptur der Pferdekekse gute Dienste geleistet hatte. Die Backstube, die dem Café Sweets angegliedert war, wurde sehr warm während des Backvorgangs. Zu allen anderen Zeiten glich der Raum mehr einer Kühltruhe. Solchermaßen erprobt, war das Sweatshirt genau das Richtige für einen Joggingversuch bei Minusgraden. Ihre Hand ertastete etwas Hartes in der eingearbeiteten Bauchtasche. Sie griff hinein und lachte, als ihre Finger auf die fertigen Hanfkekse stießen. Sie beschloss, sie drin zu lassen. Sollte sie sich unvorhergesehen kurz vor dem Hungertod wähnen, hatte sie wenigstens Proviant dabei.

8

Die behandschuhten Hände tief in den Taschen seines Wintermantels vergraben, stand Erwin hinter einer Hausecke und beobachtete Susan Montgomerys Haus. In der Eiseskälte, die nach wie vor herrschte, war sein Atem als weiße Wolke sichtbar. Redselig wie immer, hatten ihm die Disney Sisters und Konsorten nur allzu bereitwillig erzählt, was vor einem Jahr geschehen war. Anscheinend war Maura Montgomery, die schrullige Freundin seiner Mutter, komplett durchgedreht und hatte dabei seine Mutter in ihrem selbstzerstörerischen Strudel mitgerissen. Ohne Mauras schlechten Einfluss wäre das nie passiert. Es war so schon eine Überraschung, dass seine Mutter so viel Initiative entwickelt hatte. Andererseits war sie schon immer eine Mitläuferin gewesen, die anderen nach dem Mund redete.

Sein Mund verzog sich verächtlich. Nie war sie in der Schule für ihn eingestanden, wenn er Ärger bekommen hatte. Zugegeben, meist hatte er die Strafen, die ihm auferlegt wurden, verdient. Trotzdem wäre es schön gewesen, wenn sie ein wenig Loyalität gezeigt und sich für ihn eingesetzt hätte. Tja. Anscheinend war ihre Loyalität für ihre verrückten Freundinnen reserviert gewesen.

Aktivität hinter den Fenstern des gemütlichen Hauses riss ihn aus seinen trübseligen Gedanken. Ein wenig später trat Mauras Tochter Susan in einem bunt zusammengewürfelten Joggingensemble nach draußen. Nach ein paar halbherzigen Dehnübungen zuckte sie mit den Schultern und trabte los. Sein

Blick verweilte auf ihrem wohlgerundeten Hinterteil. Bei jedem Schritt wackelte es auf und ab. Nur zu gern hätte er seine Hände in dem weichen Fleisch vergraben. Shit. Er hatte schon viel zu lange keine Frau mehr gehabt.

Aber aus diesem Grund war er nicht hier. Nein. Was er wollte, war eine Wiedergutmachung. Da Maura im Gefängnis war, würde er sich eben an ihrer Tochter schadlos halten. Schließlich war ihre Mutter schuld an seiner misslichen Lage. Da war es nur gerecht, wenn sie ihm aushalf.

Geduldig wartete er ab, bis Susan außer Sichtweite war. Dann stieß er sich von der Hausmauer ab und schlenderte zu ihrem Haus hinüber. Nachdem er gerade beobachtet hatte, wie sie die Haustür hinter sich abgeschlossen hatte, versuchte er erst gar nicht, dort hineinzukommen. Stattdessen stapfte er durch den Schnee um das Holzgebäude herum, bis er an die Hintertür gelangte. Bingo! Wie so oft war auch hier das angebrachte Schloss ein schlechter Scherz, was die Sicherheit anbelangte. Er zog ein Stück Draht aus der Hosentasche, führte es ins Schloss ein, ruckte fachmännisch zwei, drei Mal und schon war der Weg ins Innere des Hauses frei. Um Fingerabdrücke machte er sich keine Sorgen. Schließlich trug er Handschuhe, die er gestern im Diner hatte mitgehen lassen. Die Leute waren so sorglos. Überall ließen sie ihre Sachen rumliegen. Ts, ts.

Sein Puls beschleunigte sich, als er in den dunklen Flur trat. Er hatte nur ein Auto gesehen. Daraus schloss er, dass sie alleine wohnte. Oder sich zumindest gerade jetzt niemand im Haus befand. Trotzdem zwang er sich, zwei ganze Minuten abzuwarten. Das Blut rauschte außergewöhnlich laut in seinen Ohren. Erst als er sich sicher war, dass niemand außer ihm da war, atmete er auf. Pfeifend schlenderte er durch die einfach eingerichtete Wohnung. Es roch verdammt gut hier. Als hätte jemand Plätzchen gebacken. Seiner Nase folgend, gelangte er in die Küche. Zielstrebig ging er zu der großen Keksdose, die auf der Küchenzeile stand, und hob den nur leicht draufgelegten

Deckel hoch. Kekse. Allem Anschein nach vor nicht allzu langer Zeit gebacken.

Ohne Skrupel langte er hinein und griff sich zwei der süßen Teile. Gierig stopfte er sich einen halben Keks in den Mund. Überall Krümel verteilend, wanderte er durch das Wohnzimmer. Hier und da öffnete er planlos eine Schublade und schob Papiere auf dem Schreibtisch zur Seite. Er wusste selbst nicht genau, was er eigentlich suchte. Irgendetwas halt, das ihn dafür entschädigte, dass er jetzt quasi obdachlos war. In einer Krimskrams-Schale lagen ein paar Ein-Dollar-Scheine. Die stopfte er sich in die Tasche. Leider war es nicht viel. Nicht einmal zwanzig Mäuse. Unzufrieden und zunehmend frustriert erkundete er die anderen Zimmer im Erdgeschoss – zwei Schlafzimmer, eins wohl von einer Frau bewohnt, während im zweiten die Star-Wars-Poster an der Wand und die gedeckten Farben auf einen Teenager hindeuteten. Dann stapfte er die Treppe hoch.

Im oberen Stock entdeckte er ein Schlafzimmer mit deutlichen Spuren einer weiblichen Bewohnerin und ein weiteres Wohnzimmer. Zu schade, dass keines der Zimmer frei war. Sonst hätte er glatt in Erwägung gezogen, einfach einzuziehen. Leider bedeuteten die Hinweise auf mehrere Mitbewohner auch, dass er schauen musste, dass er wegkam. Wer wusste schon, wann einer davon nach Hause kommen würde. Obwohl die Verlockung sehr groß war, auf dem abgeschabten Sofa im Wohnzimmer in der Wärme ein Schläfchen zu halten, war ihm das Risiko, erwischt zu werden, zu groß. Wenn sein Bewährungshelfer, den er immer noch nicht aufgesucht hatte, davon Wind bekommen würde, wäre er sofort wieder im Gefängnis. Darauf hatte er nun wirklich keine Lust. Das hieß allerdings nicht, dass er sich nicht wenigstens mit dem Nötigsten eindecken konnte.

Wieder im Erdgeschoss angelangt, erspähte er unter den Mänteln einen Stapel Papiertragtaschen. Er langte mit der Hand darunter und wollte sich eine greifen, als ein stechender Schmerz durch seine Hand fuhr.

„Was zum Teufel ...?!"

Ein schwarz-weißes, empört fauchendes Fellbündel schoss unter der Garderobe hervor und sprintete wie der Blitz an ihm vorbei. Verdammte Katze! Sie hatte ihn genau an dem unbedeckten Stück Haut erwischt, wo der Handschuh endete und der Jackenärmel sich hochgeschoben hatte. Genervt leckte er über die schmerzende Stelle, um die Blutung zu stillen. Der Schmerz war höllisch. Leider hatte er keine Zeit, sich um das närrische Katzenvieh zu kümmern. Die Zeit drängte.

Er trat in das kleine Klo, riss einen langen Strang Klopapier ab und wickelte es sich behelfsmäßig um die Wunde am Handgelenk. Den ergatterten Papiersack unter den Arm geklemmt, ging er zum Kühlschrank. Immerhin war er gut gefüllt. Ohne großartig auszuwählen, räumte er den Inhalt in den Papiersack. Als die Tüte voll war, holte er sich die nächste. In diese kamen das Toastbrot, eine Dose mit Erdnussbutter, welche er im Schrank gefunden hatte, und eine noch ungeöffnete Packung Frühstücksflocken. Hastig deponierte er sie vor der Hintertür, bevor er noch einmal in den Flur zurückkehrte und ein paar weitere Säcke holte. Neben der Veranda war Feuerholz gestapelt. Das brauchte er dringend. Zusammen mit den Kerzen und den Streichhölzern, welche er in der Besteckschublade gefunden und sogleich in seinen Wintermantel gesteckt hatte, garantierten sie ihm ein geheiztes Haus.

Keine zehn Minuten später hatte er alle vier Tüten hinter dem kleinen Schuppen im Garten verstaut. Die fünfte und schwerste, vollgestopft mit Feuerholz, trug er unterm Arm. Da er kein Auto hatte, würde er für die anderen vier zurückkommen müssen. Wieder einmal verfluchte er die Ungerechtigkeit. Mal sehen. Vielleicht schaffte er es ja, ein Auto aufzutreiben. Irgendwo in diesem Scheiß-Kaff stand sicher eines rum, das niemand vermissen würde. Ohne sich die Mühe zu machen, die

Tür hinter sich zuzuziehen, verließ er das Grundstück und machte sich auf den Heimweg.

*

Ashley hing gelangweilt an der Theke der kleinen Bar des flippigen Hotels, in dem sie abgestiegen waren, während Tessa und Simona mit dem Barkeeper flirteten. Verächtlich wandte sie sich ab. Wie konnte man nur seine Zeit so verschwenden! Der Typ flirtete mit jeder Frau, die zur Tür reinkam und allenfalls auch mit interessierten Männern. War ja logisch. Wie sollte er sonst an sein Trinkgeld kommen. Tessa und Simona schien das nicht zu stören, so wie sie die ihnen zuteilwerdende Aufmerksamkeit in sich aufsogen.

Sie seufzte und rührte mit dem Strohhalm ihren Drink um.

„Das war aber ein tiefer Seufzer", kommentierte eine Stimme hinter ihr.

Ashley schielte über ihre Schulter und schaute in das freundliche Gesicht eines Mannes. Er sah nicht schlecht aus. Aber für ihr Idol Henrik Miller war er trotzdem keine Konkurrenz.

Als sie nichts sagte, sondern ihn nur weiterhin kritisch musterte, hielt der Fremde beide Hände hoch und trat einen Schritt zurück.

„Tut mir leid. Ich wollte dich nicht stören. Du sahst nur ein wenig verloren aus, während deine Freundinnen ihren Spaß haben." Etwas verlegen drehte er seine Bierflasche in den Händen. „Ich muss sowieso gleich weiter."

Damit war Ashleys Neugierde geweckt. „Weiter? Wohin denn weiter?"

Überrascht schaute der Mann sie an. „Ich bezweifle, dass du den kleinen Ort kennst. Ich arbeite als Deputy in Independence." Er hielt ihr die Hand hin. „Ich bin übrigens Will."

Ashley lächelte ihn an. „Sehr erfreut, dich kennenzulernen, Will. Ich bin Ashley." Sie schenkte ihm ihren schönsten Augenaufschlag. „Du hättest nicht zufällig Lust, mich nach Independence mitzunehmen?“

„Du kennst Independence?“, fragte er ungläubig.

„Na klar. Ich habe meinen letzten Skiurlaub dort verbracht. Viel schöner und vor allem nicht so kommerzialisiert wie Breckenridge“, trug sie dick auf. Das war natürlich alles erstunken und erlogen. Ihre Worte stammten direkt von der Webseite des Tourismus-Büros in Independence. Sie hatte Stunden damit zugebracht, alles über Henriks neue Wahlheimat zu erfahren. „Und schöner als das Kaff hier ist es sowieso.“

Will grinste. „Ist das so? Und was machst du dann hier?“

Ashley verdrehte gekonnt die Augen und deutete mit dem Kinn auf ihre Kolleginnen.

„Tessa und Simona haben sich hier mit Freunden verabredet. Deshalb hatte ich ursprünglich eingewilligt, mitzukommen. Aber jetzt hat sich herausgestellt, dass die noch ein paar Tage auf sich warten lassen.“ Sie zuckte mit den Schultern. „Keine Ahnung, wieso.“ Verschwörerisch beugte sie sich vor. „Ganz ehrlich?“

Gegen seinen Willen von der jungen Frau fasziniert, lehnte sich Will ihr gespannt entgegen. „Ja?“

„Ich würde viel lieber die restlichen Tage meines Urlaubs in Independence verbringen. Die Pisten erkunden, Spaziergänge machen, bei einer Tasse heißer Schokolade ein Buch lesen … Du verstehst, was ich meine.“

„Hast du denn ein Zimmer gebucht?“, fragte Will zweifelnd. Um die Weihnachtszeit war das Bed & Breakfast meistens voll. Und so verlockend Ashley aussah, wusste Will doch, dass er sie schlecht zu sich nach Hause einladen konnte. Himmel, sie war mindestens zehn Jahre jünger als er.

Ashley ließ den Kopf hängen. Ihre blauen Augen füllten sich mit Tränen der Enttäuschung. Ihre Unterlippe zitterte verdächtig.

„Nein. Natürlich nicht. Ich glaube, Simona hatte eine Wohnung gemietet. Aber die ist natürlich noch nicht frei."

O-o. Wills Hände wurden feucht, als er die drohenden Tränen sah. Weinende Frauen machten ihn nervös.

„Weißt du was, ich frag einfach mal im Bed & Breakfast nach. Vielleicht haben sie ja eine kurzfristige Absage."

Ashleys Hände flogen zu ihrer Brust. „Das würdest du wirklich für mich tun?"

Er winkte ab. „Ist ja nur ein Anruf."

Erwartungsvoll faltete sie ihre Hände im Schoß und sah dabei so mädchenhaft unschuldig aus, dass sich Will wie ein Held fühlte. Rasch wählte er die Nummer des Diners. Zu dieser Zeit war Miss Daisy bestimmt am Kochen für die hungrige Horde, die Abendessen wollte.

Prompt nahm sie das Telefon ab. Rasch erklärte er ihr die Situation und wartete dann gespannt auf die Antwort.

„Tut mir leid. Aber wir sind voll", erklärte sie bedauernd.

„Oh. Tja. Da kann man wohl nichts machen."

Das Rascheln von Papier ertönte, als sie in ihrem großen Reservierungsbuch blätterte.

„Ich hatte ganz übersehen, dass wir noch ein Einzelzimmer frei haben. Allerdings nur zwei Nächte. Reicht das?"

Will hielt die Hand über die Sprechmuschel und fragte Ashley: „Reichen zwei Nächte? Nachher ist ja vielleicht die Wohnung deiner Freundin frei."

Ashley zog die Nase kraus. Zwei Nächte waren nicht viel. Andererseits, wenn sie es richtig anstellte, konnte sie vielleicht anschließend gleich bei Henrik einziehen. Bei dem Gedanken hob sich ihre Laune sofort. Sie nickte.

„Bist du noch da?", fragte Will ins Telefon.

„Natürlich bin ich noch da", kam Miss Daisys irritierte Antwort. „Wohin sollte ich auch verschwunden sein!"

„Ja, ja. Also zwei Nächte wären perfekt."

„Auf welchen Namen?"

„Du kannst es auf meinen Namen buchen", erwiderte er schnell.

Ashleys Augen weiteten sich erstaunt, als sie das hörte. Offensichtlich hatte ihre Pechsträhne ein Ende.

„Die Personalien kannst du dann aufnehmen, wenn sie da ist."

Ashley ließ die Schultern hängen. Oh. Mist. Dann musste sie sich wohl trotzdem ausweisen. Aber darum würde sie sich kümmern, wenn es soweit war.

Will schob das Handy in seine Tasche und strahlte sie an.

„Ist das nicht ein Glück?"

Ashley nickte und lächelte zurück. Seine gute Laune war richtig ansteckend. Flüchtig dachte sie, dass Will eigentlich ganz in Ordnung war. Auch wenn er nicht Henrik hieß. Energisch schob sie den illoyalen Gedanken weg. Ihre Zukunft war an Henriks Seite.

„Ich hole nur kurz meine Sachen und sag den anderen Bescheid."

„In Ordnung. Wäre gut, wenn wir in zehn Minuten los könnten. Sonst komme ich zu spät zur Arbeit."

Zehn Minuten? Dann beeilte sie sich besser. Mit Grauen dachte sie an das Zimmer, wo es aussah, als wäre ihr Koffer explodiert. Hoffentlich schaffte sie es, in dieser kurzen Zeit alles zu packen. Sie sprang auf, und eilte zu ihren Freundinnen.

Will sah zu, wie sie mit ihnen kurz sprach und in seine Richtung deutete. Die beiden anderen Frauen schenkten ihm einen uninteressierten Blick und nickten dann bestätigend. Eigentlich fahrlässig, was die drei da machten. Ashley hatte nicht einmal nach seinem Ausweis gefragt. Zum Glück für sie war er wirklich ein Cop und kein Massenmörder. Er seufzte. Besser, er brachte sie möglichst schnell nach Independence. Dort konnte er wenigstens ein Auge auf sie haben.

*

Susans Atem kam stoßweise. Weiße Wölkchen stiegen vor ihrem Gesicht auf, während ihr der Schweiß unter dem dicken Sweatshirt über den Rücken lief. Hoffnungsvoll warf sie einen Blick auf den Timer auf ihrem Handy. Sie hatte sich extra eine Running-App heruntergeladen, um ihren Fortschritt und die verbrauchten Kalorien zu berechnen. Die Idee dahinter war eigentlich gewesen, sich mit den Resultaten zu motivieren. Ha! Bis jetzt war der gewünschte Effekt noch nicht eingetreten. Bis jetzt schienen sie die Zahlen auf dem Display höchstens zu verspotten. Konnte es wirklich sein, dass sie erst seit fünf Minuten unterwegs war? Ganze 30 Kalorien hatte sie angeblich bis jetzt verbraucht. In Keksen gerechnet, entsprach das ungefähr einem einzelnen Bissen. Einem kleinen. Keinem großen, bei dem gleich der halbe Keks verschwand.

Wie war das nur möglich? Ihre Lungen brannten wie Feuer. Ihr Hirn fühlte sich wie Watte an. Waren das etwa bereits die sagenumwobenen Endorphine, die für unmittelbare Glücksgefühle sorgen sollten? Sie schnaubte verächtlich. Schokolade erledigte in ihren Augen diese Aufgabe sehr viel zuverlässiger. Und vor allem, ohne sie in ein Wrack zu verwandeln. Ihre Kniegelenke protestierten, als hätten sie einen Marathon hinter sich und nicht eine mickrige Viertelmeile.

In dem Versuch, mehr Sauerstoff in ihre Lungen zu ziehen, schnappte sie wie ein Fisch nach Luft. Dabei übersah sie prompt eine eisige Stelle, die sich unter dem frischen Schnee versteckt hatte. Slapstickmäßig rutschte sie übers Eis, ruderte wild mit den Armen und hatte plötzlich ihren Fuß vor dem Hintergrund des blauen Himmels vor Augen. Das war eine halbe Sekunde, bevor sie mit voller Wucht auf ihrem Hinterteil und dem Rücken landete. Heilige Sch… das tat weh. Atmen ging auch nicht mehr. Gar nicht. Panik kroch in ihr hoch und beendete ihre unbeholfenen Versuche, sich in eine senkrechte Position aufzurichten.

Resigniert und völlig am Ende ihrer Kräfte gab sie jeglichen Widerstand gegen die Schwerkraft auf und ließ sich rücklings in den Schnee plumpsen. Zur Sicherheit schloss sie die Augen. Hm. Ausgestreckt auf dem Rücken liegend funktionierte ihre Atmung plötzlich wieder. Nicht gut, aber immerhin. Wenn es um Sauerstoffzufuhr ging, war ein bisschen besser als gar nichts. Am besten blieb sie eine Weile so liegen. Friedlich eigentlich. Tausendmal besser, als durch die weiße Masse zu rennen und sich die Lunge aus dem Leib zu kotzen. Leider hatte sie den Verdacht, dass auf dem Rücken zu liegen nicht zum üblichen Cardio-Workout-Plan gehörte.

Sie war so in ihre konfusen Gedanken verstrickt, dass es eine Weile dauerte, bis sie das Geräusch von knirschendem Schnee mit Schritten assoziierte. Als ihr an akutem Sauerstoffmangel leidendes Gehirn endlich die richtigen Synapsen miteinander verband und sie warnte, dass sie nicht mehr alleine war, schlug sie erschrocken die Augen auf.

Braune, von langen, tiefschwarzen Wimpern umrandete Augen starrten sie an. Warmer, feuchter Atem traf ihr Gesicht.

„Bäh! Schon mal was von Zähneputzen gehört?", entschlüpfte es ihr, bevor sie realisierte, dass sie mit einer Kuh sprach. Es war doch eine Kuh, oder? Sollte die nicht im Stall sein? Sie kniff die Augen gegen den hellen Himmel zusammen und stützte sich auf den Ellenbogen auf, um besser sehen zu können.

Die Kuh, oder was auch immer es war, schien sich ihren Kommentar über den schlechten Atem zu Herzen genommen zu haben und schnüffelte an ihrem Sweatshirt herum. Gerade noch rechtzeitig ließ sich Susan wieder flach auf den Rücken fallen, sonst wäre sie von langen, an einen Esel erinnernden Ohren im Gesicht getroffen worden. Moment mal. Wo waren denn die Hörner?

Das Tier kümmerte es nicht, was der am Boden liegende Mensch von ihm dachte. Es wollte nur unbedingt an das verheißungsvoll riechende Futter herankommen, das offenbar irgendwo unter diesem Stoff versteckt war. Geschickt bewegte es seine graubraune Nase und wühlte nach der Quelle des leckeren Dufts.

„Lass das", rief Susan lachend aus. Die Annäherungsversuche des Ungetüms kitzelten.

Sie versuchte, den langen, großen Kopf zur Seite zu schieben. Vergeblich.

„Du bist ziemlich aufdringlich, weißt du das?", grummelte sie, während sie langsam auf ihrem Hintern rückwärts robbte. Dabei erhaschte sie endlich einen Blick auf den Rest des Körpers. Ojemine, dachte sie. Das war keine sanfte, domestizierte Kuh. Das war ein ausgewachsener Elch. Alarmiert verstärkte sie ihre Bemühungen, von dem Ding wegzukommen. Leider hielt der Elch ihr Sweatshirt zwischen den Zähnen. So hatte sie sich den Anfang ihrer Sportlerkarriere definitiv nicht vorgestellt. Anstatt ihren Schwabbelkörper gegen einen Traumbody einzutauschen, würde sie hier in der Gesellschaft dieses sabbernden, struppigen Tieres ihren letzten Atemzug tun. In ein paar Tagen, oder spätestens im Frühjahr, würden Wanderer ihre erfrorenen Überreste finden und sich wundern, was passiert war. Was für ein unwürdiges Ende!

Der Elch, nichts von dem Tumult im Inneren des lebendigen Futterspenders ahnend, war endlich fündig geworden. Mit spitzen Lippen bekam er das Ende von einem der langen Kekse zu fassen. Geschickt verfrachtete er es mit seiner langen Zunge ins Maul und kaute genüsslich. Krümel und Speichel regneten aus dem Maul.

„Die ganze Geiselnahme wegen eines Kekses?", fragte Susan ungläubig. Sie musste unbedingt daran denken, Ian zu erzählen, dass seine Pferdeleckerlis durchaus auch als Elchköder eingesetzt werden konnten. Das erschloss möglicherweise ganz neue Märkte. Als sie sah, wie der Elch seinen Kopf abermals senkte, um nach dem nächsten Leckerbissen zu suchen, schüttelte sie den Kopf und krebste hastig rückwärts. Sie hatte zwar nicht direkt Angst – aber ganz wohl war ihr auch nicht. Das Vieh brachte sicherlich einiges mehr auf die Waage als sie und die riesigen Hufe waren eindeutig zu nah für ihren Seelenfrieden. Vorsicht war besser als Nachsicht.

„Nein, nein, nein. Das ist eine ganz schlechte Idee“, sprach sie hastig auf das Tier ein, während sie versuchte, sich so unauffällig wie möglich in Sicherheit zu bringen. Rückwärts. Auf dem Hosenboden. Kein Wunder, dass der Elch ihre Absicht sofort durchschaute. Zudem fand er ihre verbalen Argumente offensichtlich auch nicht sonderlich überzeugend. Mit seinen langen Beinen holte er sie im Nu ein und verstärkte seine Bemühungen um einen weiteren Keks.

Zwischen Lachanfällen, die die beweglichen Elchlippen an ihrem Bauch auslösten, und Panikattacken, kam Susan endlich eine rettende Idee. Jetzt blieb nur zu hoffen, dass ihr brillanter Plan auch funktionierte. Sprich, der Elch verfressen genug war.

Todesmutig schob sie eine Hand an den gelben Zähnen vorbei in die Känguru-Tasche an ihrem Sweatshirt und fingerte nach einem Pferdeleckerli. Sie hielt es dem Elch für zwei Sekunden vor die Nase, um sicherzugehen, dass er auch realisierte, was sie da in der Hand hielt, und warf es dann in hohem Bogen von sich.

Der Elch verfolgte interessiert die Flugbahn. Als es lautlos ein paar Meter weiter vorn im Schnee landete, setzte er sich gemütlich in Bewegung. Staunend starrte Susan dem Tier nach. Es hat tatsächlich funktioniert, jubelte sie innerlich. Etwas wie Stolz regte sich in ihrer Brust. Sie hatte es tatsächlich geschafft, sich alleine aus ihrer misslichen Lage zu befreien. So in etwa musste sich Wonder Woman fühlen. Der Elch scharrte mit einem Vorderhuf im Schnee. O-o. Offensichtlich suchte er nach Nachschub. Zeit, sich aus dem Staub zu machen.

Mit etwas Verspätung rappelte sie sich auf und schaffte es tatsächlich, auf die Füße zu kommen. Ohne sich noch einmal umzublicken, rannte sie in die entgegengesetzte Richtung davon. Nichts wie nach Hause! Verhaltungsforschung konnte sie dank Mr. Google auch zu Hause auf dem Sofa betreiben. Dort, wo es warm und sicher war. Vorzugsweise mit Schokolade. Sicherlich hatte das Adrenalin, das immer noch in ihren Adern kreiste, das Äquivalent der Kalorien einer Tafel Schokolade verbrannt.

9

Das war nicht ganz das, was ich mir unter meinem ersten Sporterlebnis vorgestellt habe, dachte Susan, als sie sich keuchend und völlig verschwitzt auf die oberste Stufe ihrer Veranda fallen ließ. Ihr Herz hämmerte wie blöd. Die Stelle zwischen Hals und Schlüsselbein schmerzte, als hätte das Blut nicht genug Platz, um durch die Adern gepumpt zu werden. Zudem protestierte ihr Hinterteil über die erneute unsanfte Behandlung. Konnte man dort blaue Flecken kriegen? Auch wenn man so gut gepolstert war wie sie? Ein Kichern entschlüpfte ihr. Nach der überstandenen Begegnung mit dem Elch erschienen ihre Sorgen um ihr Körpergewicht irgendwie nicht mehr ganz so überwältigend. So gesehen wertete sie ihren ersten Fitnesstag als Erfolg. Wenn das in die Kategorie Sich-selbst-belügen fiel, dann war das eben so. Sie war so froh, am Leben zu sein, dass sie keine Energie damit verschwenden wollte, diese Frage genauer zu erörtern. Spannenderweise war sie sich nicht sicher, was bedrohlicher gewesen war. Ihre sportlichen Anstrengungen oder die unverhoffte Begegnung mit dem Elch.

Trotzdem sollte sie jetzt wohl besser aufstehen und hineingehen. Die Aussicht auf eine Dusche und saubere, warme Kleider rief nach ihr. Wenn da nur nicht das verflixte Aufstehen wäre. Eine Hand am Geländer der Veranda, hievte sie sich mit viel Geächze und Gestöhne auf die Beine. Sie hatte Puddingknie. Ein Zittern durchlief ihren armen geschundenen Körper. Vielleicht war ein ausgedehntes Bad einer Dusche vorzuziehen.

Sie zog den Schlüssel aus ihrer Hosentasche und schloss die Haustür auf. Ein kalter Luftzug riss ihr beinahe die Tür aus der Hand. Sie runzelte die Stirn. Hatte sie etwa ein Fenster offen gelassen? Noch bevor sie den Gedanken zu Ende gedacht hatte, trabten ihr Romeo und Julia mit hoch erhobenen Schwänzen entgegen und strichen lautstark miauend um ihre Beine. Sie bückte sich, um den beiden zur Begrüßung über den Rücken zu streicheln.

„Was ist denn mit euch los? Habt ihr mich so vermisst? So lange war ich doch gar nicht weg“, stellte sie fest. „Oder habt ihr etwa wieder einmal den Plan ausgeheckt, mich davon zu überzeugen, eure Fütterungszeit vorzuverlegen?“

Natürlich blieben ihr die beiden eine Antwort schuldig, hörten aber nicht auf, sich lautstark über allerlei Ungerechtigkeiten zu beklagen.

Susan zuckte die Schultern und richtete sich auf, um endlich die Tür hinter sich zuzuziehen. Es war schweinekalt hier drin. Jetzt, wo sie nicht mehr um ihr Leben rannte, begann sie zu frieren. Sie streifte die nassen Joggingschuhe von den Füßen und ließ sie im Flur liegen. Die würde sie später auf die Heizung stellen. Die Aufmerksamkeit immer noch auf das untypische Verhalten ihrer Samtpfoten gerichtet, folgte sie ihnen in die Küche. Der Anblick dort traf sie völlig unvorbereitet. Schubladen waren aufgerissen, Küchenschränke standen offen. Ihre Post lag über den ganzen Tisch verstreut, als hätte jemand darin gewühlt. Hatten die Katzen …?

Erschrocken zuckte sie zusammen, als das Fliegengitter der Hintertür vom Wind lautstark gegen den Türrahmen geschlagen wurde. Die innere Tür stand weit offen. Wie in Trance ging sie zum Küchentresen und langte in die Keksdose. Wenn eine Situation einen Keks verlangte, dann diese. Leider trafen ihre Finger nur auf den Grund der leeren Dose. Ungläubig hob sie sie hoch und spähte hinein. Gähnende Leere. Diese Entdeckung riss sie aus ihrer Schockstarre. Der Einbrecher – oder die Einbrecherin – hatte tatsächlich nicht mal vor ihren Keksen haltgemacht! Das war ja wohl der Gipfel! Die in ihr aufsteigende Wut hatte den positiven Effekt, dass sie ihre Angst sehr effizient verdrängte, auch wenn ihr völlig klar war, dass ihre Reaktion auf das fehlende Gebäck völlig unverhältnismäßig war. Mit zitternden Fingern griff sie zum Telefon und wählte 911.

*

Will warf der jungen Frau auf seinem Beifahrersitz aus dem Augenwinkel einen Blick zu. Wie versprochen war sie innerhalb kürzester Zeit abfahrbereit gewesen. Statt des tränenreichen Abschieds, den er erwartet hatte, war die Verabschiedung von ihren Freundinnen recht unterkühlt verlaufen. Wenn er es nicht besser gewusst hätte, hätte er vermutet, dass die anderen beiden froh gewesen waren, sie loszuwerden. Aber dann würden sie sich kaum in ein paar Tagen in Independence treffen, oder? Nicht, dass das sein Problem war. Er bot ihr lediglich eine Mitfahrgelegenheit. Was sie anschließend machte, lag nicht in seinem Verantwortungsbereich. Rational wusste er das. Emotional interessierte es ihn trotzdem. Irgendwie sprachen ihre riesigen blauen Augen seinen Beschützerinstinkt an. Verdammt.

Ashley starrte aus dem Fenster. Als sie an dem Ortsschild von Independence vorbeikamen, beschleunigte sich ihr Puls. Bald schon würde sie mit ihrem Henrik vereint sein. Das hieß allerdings, dass sie Will nicht mehr sehen würde. Also, ihn sehen vielleicht schon. Schließlich war Independence ein kleines Kaff. Sie würden sich zwangsläufig über den Weg laufen. Aber halt nicht mehr. Aus irgendeinem Grund zog sich ihr Herz bei dem Gedanken unerwartet schmerzlich zusammen.

„Reiß dich zusammen“, murmelte sie, wütend auf sich selbst. Nur weil sie der Deputy mit seiner Hilfsbereitschaft beeindruckt hatte, hieß das noch lange nicht, dass sie ihre sorgfältig erstellten Pläne für Henrik über den Haufen warf. Hübsche Männer gab es wie Sand am Meer. Aber keiner konnte ihrem Idol das Wasser reichen.

„Was hast du gesagt?“, erkundigte sich Will.

Zum Glück knisterte und knackte in diesem Moment das Funkgerät und bewahrte Ashley davor, eine Ausrede zu erfinden.

„Will? Bist du schon in der Nähe?“

Sofort konzentriert griff Will nach dem Funkgerät und antwortete.

„Das bin ich. Allerdings nicht allein“, fügte er sicherheitshalber hinzu. Immerhin hatte er eine Zivilistin neben sich sitzen. „Was gibt's?“

„Code 4-5-9.“ Die weibliche Stimme zögerte, offensichtlich nicht sicher, ob sie mehr sagen sollte.

Will, der keine Lust hatte, sich lang und breit zu erklären, antwortete nur: „Verstanden. Ich setze meinen Mitfahrer gleich ab und melde mich zurück.“

Nicht umsonst gehörte Polly zu den größten Klatschweibern von Independence. Sie war eine ehemalige Polizistin, die aus lauter Langeweile aus der Rente zurückgekehrt war, um die Notrufleitstelle zu führen und ihnen so viel Bürokram abzunehmen wie möglich. Er liebte sie wie eine stellvertretende Mutter. Aber ihre Obsession, über alles und jeden Bescheid zu wissen, konnte manchmal sehr ermüdend sein.

„Du musst los?“, fragte Ashley in die Stille hinein.

„Genau. Ist es in Ordnung, wenn ich dich einfach auf dem Gemeindeparkplatz gegenüber vom Bed & Breakfast rauslasse?“

Er klang ehrlich besorgt, als wäre ihm das gar nicht recht, dass er sie nicht bis zum Empfang begleiten konnte.

Fast hätte Ashley die Hand ausgestreckt, um ihm über die glattrasierte Wange zu streichen. Er war wirklich süß. Aber dann fiel ihr ihre Mission ein, Henrik, und sie ließ sie wieder fallen.

„Kein Problem. Wirklich. Du hast mir bereits einen riesigen Gefallen getan, indem du mich hierhergefahren und mir ein Zimmer organisiert hast.“

Er sah nicht sehr überzeugt aus.

„Vielleicht sehen wir uns ja noch mal, bevor du abreist“, entschlüpfte es ihm.

Ashley, die sich wieder im Griff hatte, zuckte nur unbestimmt die Schultern. „Vielleicht.“

Will bog auf den Parkplatz ab und hielt den Wagen an.

Bestrebt, den Augenblick nicht länger als nötig hinauszuzögern, griff Ashley nach der Tür und stieg aus. Will tat es ihr nach. Bevor er um das Auto herumgegangen war, hatte sie schon ihren Koffer vom Rücksitz geholt.

Sie las in seinen Augen, dass er sich überlegte, ob er sie zum Abschied küssen sollte. Ach, was soll's, dachte sie. Eine kleine Belohnung hatte er verdient.

Entschlossen trat sie einen Schritt vor, stellte sich auf die Zehenspitzen und küsste ihn. Das elektrisierende Kribbeln, das sie dabei vom Scheitel bis zur Sohle durchlief, hatte sie nicht einkalkuliert. Ziemlich aus der Fassung geraten, trat sie hastig einen Schritt zurück. Der einzige Trost war Wills Gesichtsausdruck. Er sah genauso verblüfft aus, wie sie sich fühlte.

Willkommen im Club, Buddy, dachte sie.

Laut sagte sie Danke, drehte sich um und eilte, so schnell ihr blöder Koffer es eben zuließ, über die Straße, auf das Sicherheit versprechende Bed & Breakfast zu.

*

Will starrte ihr einige Sekunden nach. So auf den verführerischen Schwung ihrer Hüften fixiert merkte er nicht einmal, dass es wieder anfing zu schneien. Erst das erneute Knacken des Funkgeräts riss ihn aus seinem Tagtraum. Entschlossen schüttelte er den Kopf wie ein nasser Hund. Kindische Fantasien, nichts weiter. Jetzt hatte er einen Job zu erledigen.

Er setzte sich in sein Auto und meldete sich.

„Okay. Bin alleine. Wo soll ich hin? Wo wurde eingebrochen?"

„Bei Susan Montgomery. Westview Drive."

„Weiß ich. Susan Montgomery? Um Himmels willen. War sie zu Hause? Ist sie in Sicherheit? Was wurde gestohlen?"

„Sie ist offensichtlich erst nach Hause gekommen, nachdem der Täter bereits wieder weg war."

„Gott sei Dank!"

„Was gestohlen wurde, musst du sie selbst fragen. Sie war ziemlich erbost, als sie angerufen hat. Sie hat nur wiederholt erwähnt, dass der Einbrecher sich an ihren Keksen vergriffen hat."

Will lachte leise. „Das würde mich auch ärgern. Ihre Kekse sind ein Traum."

„Auf jeden Fall eine Sünde wert!", pflichtete sie ihm bei.

Er verabschiedete sich und schob das Funkgerät an seine vorgesehene Position zurück. Dann wendete er den Wagen.

*

Henrik glitt erschöpft auf einen der Hocker an der Bar im Diner. Nicht einmal die völlig übertriebene Weihnachtsdeko, die ihn sonst immer zum Schmunzeln brachte, konnte seine Laune heben. Nach der frustrierenden Begegnung mit Susan und dem besorgniserregenden Anruf von Tony hatte er sich in die Arbeit gestürzt. Immerhin hatte er den Bürgermeister zum Verkauf überreden und sogar noch einen akzeptablen Preis aushandeln können. Seine nicht sehr subtile Drohung, sich sonst an die VGI zu wenden, hatte offenbar genützt.

Kaum hatte er den Vertrag unterschrieben und den Schlüssel in der Hand gehabt, hatte er sich in die Arbeit gestürzt. Jetzt waren die Fenster sauber, die Böden geschrubbt und alle Spinnweben entfernt. Zum Glück hatte er Champion für ein paar Tage zu Kat gebracht. Er wollte sich gar nicht vorstellen, welche

Farbe der weiß-graue Pelz des Huskys angenommen hätte, wenn er heute mitgeholfen hätte.

Er streckte sich und versuchte mit einem Winken Kurts Aufmerksamkeit zu erwecken. Leider ohne Erfolg. Er ließ den Arm wieder sinken und fand sich seufzend damit ab, noch eine Weile länger auf sein Abendessen warten zu müssen. Seine Gedanken wanderten zurück zu den Ereignissen des Tages. Irgendwie konnte er gar nicht glauben, dass er seit ein paar Stunden tatsächlich Immobilienbesitzer war. Eigentlich ein Grund zum Feiern. Am liebsten würde er bei einem Glas Champagner mit Susan auf diesen Erfolg anstoßen. Leider, leider war das keine Option. Also würde er sich mit einem einsamen Bier begnügen, falls er es denn mal bestellen konnte.

Vielleicht war es so gar nicht schlecht, denn mit der Wohnung oberhalb des Ladens hatte er noch gar keine Fortschritte gemacht. Außerdem würde dort beim Umbau sowieso viel Dreck entstehen. Bis er einziehen konnte, würde er wohl noch eine Weile im Bed & Breakfast wohnen müssen. Wenn er es richtig anstellte, hatte er Susan zum Einzugstermin soweit, dass sie mit ihm anstoßen wollte. Er lächelte selbstironisch. Aktuell fiel das ganz klar in die Kategorie *Wunschgedanken.*

Um die verkrampften Muskeln etwas zu lockern, rollte er langsam den Kopf von links nach rechts. Prompt entschlüpfte ihm ein gequältes Stöhnen. Sein Körper fühlte sich schlimmer an als nach einem seiner Wettkampftrainings. Und das wollte etwas heißen. Wer hätte gedacht, dass Putzen solche Schwerstarbeit war? Er zuckte zusammen, als jemand von hinten gegen seinen Rücken stolperte. Nachdem er keine Lust verspürte, Worte zu sprechen, die nicht mit der Bestellung einer herzhaften Mahlzeit oder eines kühlen Biers einhergingen, ignorierte er die Person hinter sich.

„Oh, tut mir leid“, hauchte ihm eine weibliche Stimme ins Ohr.

Leider nicht Susans Stimme, wie er ohne Mühe sofort erkannte. Die einzige Person, für die er freudig eine Ausnahme gemacht hätte. Leider hatte ihn seine Mutter so erzogen, dass er sich aus lauter Höflichkeit widerwillig zu der Besitzerin der Stimme umdrehte. Eine junge Frau stand da und strahlte ihn an. Sie war hübsch, das musste er zugeben. Allerdings war das eine rein objektive und völlig leidenschaftslose Feststellung. So was wie ein Tatsachenbericht.

„Tut mir so leid. Ich bin so ungeschickt."

Sie lachte, als könnte sie es selber nicht glauben. Eigentlich ganz sympathisch. Aber sie war nicht Susan. Und er war müde.

„Kein Problem", antwortete er und drehte sich wieder um, verzweifelt hoffend, dass endlich Kurt oder Miss Daisy auftauchen würde, damit er sein Bier und sein Essen bestellen konnte.

„Ich habe mich noch gar nicht vorgestellt", fuhr die junge Frau fort.

Wieso sprach sie immer so dicht an seinem Ohr? Erweckte er den Eindruck, schwerhörig zu sein? Er rückte seinen Barhocker ein Stück zur Seite und drehte sich abermals zu ihr um. Ein Fehler, wie sich gleich darauf herausstellte. Sie fasste sein Ausweichmanöver als Einladung auf, sich neben ihn an die Theke zu stellen.

„Ich bin Ashley", teilte sie ihm ungefragt mit und hielt ihm die Hand hin.

Automatisch ergriff er sie und schüttelte sie, machte allerdings keinerlei Anstalten, sich mit seinem Namen zu revanchieren. Er hatte bereits vor langer Zeit gelernt, dass es oft besser war, anonym zu bleiben. Vor allem in Situationen wie diesen. Und siehe da, wie so viele vor ihr hielt sie seine Hand länger als nötig fest. So lange, bis er sich nicht mehr zurückhalten konnte.

„Die hätte ich gerne wieder", brummte er und deutete mit einer Kinnbewegung auf seine Hand.

„Oh", entschlüpfte es ihr. Sie giggelte und ließ sie fallen, als wäre seine Hand eine heiße Kartoffel. „Meinst du, ich kann dich zum Essen einladen? Du weißt schon, als Entschuldigung, weil ich dich quasi über den Haufen gerannt habe?"

Henrik runzelte die Stirn und schenkte ihr einen ungläubigen Blick. „Dieser Schubser qualifiziert sich ganz sicher nicht als ein Vergehen, für das du mich zum Essen einladen müsstest."

„Aber …"

„Und jetzt entschuldige mich bitte. Ich warte auf jemanden", unterbrach er sie ruhig, aber bestimmt.

Sie verzog den Mund zu einer Schnute, als wollte sie protestieren. Er hob eine Augenbraue. Wollte sie ihm jetzt tatsächlich eine Szene machen? Wirklich? War sein Tag nicht schon anstrengend genug gewesen?

Im letzten Moment presste sie die Lippen zu einem schmalen Strich zusammen, als müsste sie sich gewaltsam davon abhalten, etwas zu sagen. Ein Ruck lief durch ihren Körper, dann lächelte sie ihn erneut süßlich an.

„Vielleicht ein anderes Mal. Ich wünsche dir einen schönen Abend", presste sie heraus.

Henrik zuckte unbeeindruckt mit den Schultern und wandte sich demonstrativ ab. Es würde kein nächstes Mal geben. Nicht, wenn er es irgendwie verhindern konnte. Sie war ganz offensichtlich eine Touristin, die es darauf angelegt hatte, jemanden abzuschleppen. Konnte sie gerne tun. Er verurteilte sie keineswegs dafür. Jedem das seine. Nur musste sie sich dafür ein anderes Opfer suchen. Er war nicht der Richtige für sie. Seit einem Jahr war er ausschließlich an einer ganz bestimmten Frau interessiert. Der äußerst sturen, wundervollen, lustigen, scheuen Susan.

*

So würdevoll wie möglich stieß sich Ashley von der Bar ab und wandte sich ab. Ihr Kopf fühlte sich ganz heiß an. Sie war den Tränen nahe und zitterte am ganzen Körper, während sie blindlings zum nächstbesten Tisch in der Nähe stolperte. Das erste Zusammentreffen mit Henrik hatte sie sich definitiv romantischer vorgestellt. In ihren Träumen war er mit ausgestreckten Händen auf sie zugekommen, sobald seine Augen auf sie trafen. Sie war sich so sicher gewesen, dass er sie auf den ersten Blick als seine fehlende Hälfte, seine Seelenpartnerin erkennen würde.

Das hieß allerdings noch lange nicht, dass sie ihn einfach vergessen würde. Sie musste sich das nächste Mal mehr anstrengen, sodass er ihre Qualitäten als die Liebe seines Lebens erkannte. Trotzig schob sie ihr Kinn vor. Es blieb ihr nichts anderes übrig, als hier auszuharren. Nur so konnte sie ihn vor dem größten Fehler seines Lebens bewahren. Wie zum Beispiel, sich für die alte, fette Kuh zu entscheiden. Bei den gehässigen Gedanken zuckte sie innerlich zusammen. Normalerweise war sie nicht so gemein. Doch wenn es um Henrik ging, schaffte sie es einfach nicht, ihre Eifersucht in Zaum zu halten.

Seine Zukunft war an ihrer Seite, daran musste sie einfach glauben. Bis sie ihn davon überzeugt hatte, würde sie einfach so viel wie möglich über ihn, seine Gewohnheiten und sein Leben in Erfahrung bringen. Was eignete sich dazu besser, als ein Tisch keine zwei Meter von ihm entfernt? Trotz des ausgezeichneten Platzes, den sie ergattert hatte, konnte sie nicht verhindern, dass sie sich Sorgen über den Zeitplan machte. Es wäre so viel einfacher gewesen, wenn er einen Blick auf sie geworfen und sich augenblicklich unsterblich in sie verliebt hätte. Dann würde sie die Nacht bereits in seinem Bett verbringen und müsste sich nicht fragen, wo sie bleiben sollte, wenn das Zimmer im Bed & Breakfast von jemand anderem gebraucht wurde. Entschlossen straffte sie die Schultern. Darüber würde sie sich Sorgen machen, wenn es soweit war. Zur Not musste sie sich noch einmal an den netten Deputy wenden. Der hatte ja sowieso die Hoffnung gehabt, sie wiederzusehen. Wenn dabei für sie ein Ort zum Übernachten heraussprang, warum nicht? Wieder regte sich so etwas wie schlechtes Gewissen in ihr. Will war sehr freundlich gewesen. Obwohl sie ihm angesehen hatte, dass sie ihm gefiel, hatte er nicht versucht, sie blöd anzumachen. Leider, leider, hatte sie momentan keine Kapazitäten für so etwas wie Skrupel. Nicht, wenn sie ihren Traummann gewinnen wollte.

*

Henrik hatte endlich bestellen können. Gott sei Dank hatte sein Essen nicht lange auf sich warten lassen. Um einiges zufriedener als vor einer halben Stunde saß er an der Theke und löffelte seinen Eintopf. Mit jedem Bissen sah das Leben gleich viel freundlicher aus. Er war beinahe fertig, als jemand neben ihm an die Bar trat. Misstrauisch riskierte er einen Blick zur Seite. Halb erwartete er, die aufdringliche Frau von vorhin zu sehen. Als er den anderen Mann erkannte, atmete er erleichtert auf. Mouse war Mitglied der örtlichen Bikergang *True Warriors*.

Die *True Warriors* waren keine Bikergang im eigentlichen Sinne. Sie hatten zwar direkt am Highway auf der Strecke zwischen Independence und Breckenridge ein Clublokal, wo sie sich ab und zu trafen, eine Runde Billard spielten und Bier tranken. Eine Garage mit allem möglichen Werkzeug war direkt an das lange, ebenerdige Gebäude angeschlossen, sodass alle Mitglieder die Möglichkeit hatten, an ihren Motorrädern rumzuschrauben. Die Gelegenheit wurde rege genutzt. Das war allerdings auch schon alles, was die *True Warriors* mit anderen Bikern gemeinsam hatten.

Die Aufnahme zu den Bikern unterlag einem demokratischen Verfahren. Die Mehrheit musste für den Neuling stimmen, anschließend wurde eine Probezeit festgelegt, deren Länge sich nach der Anzahl der Gegenstimmen richtete.

Das Konzept schien zu funktionieren. So viel hatte Henrik an Weihnachten vor einem Jahr selber gesehen. Während Astrid, eine Apothekerin, eine Initiative gestartet hatte, um den ärmeren Leuten in den Trailer Parks zu helfen, hatte sie mit viel

Widerstand aus der Bevölkerung zu kämpfen gehabt. Die Biker hingegen waren sofort bereit gewesen, ihr bei ihrem Vorhaben zu helfen.

Mouse war vielleicht der ungewöhnlichste Biker von allen. Lange hatten alle gemeint, er sei nur ein Herumtreiber, der sich mit den verschiedensten Gelegenheitsjobs irgendwie durchs Leben schlug. Schließlich stellte sich heraus, dass er ein erfolgreicher Krimi-Autor war. Relativ klein und drahtig, entsprach er auch äußerlich so gar nicht dem Bild, das man sich für gewöhnlich von den großen, kräftigen Typen mit ihren Motorrädern machte. Henrik hatte den Mann jedoch in Aktion erlebt. Er würde sich hüten, ihn zu ärgern.

„Mouse. Lange nicht gesehen“, begrüßte er ihn erfreut.

Der andere Mann grinste. „Kann nicht sagen, dass ich dein hässliches Gesicht sonderlich vermisst hätte.“

Henrik erwiderte das Grinsen. „Wieso überrascht mich das nicht?“

Offenbar trug ihm Mouse immer noch nach, dass er vor Urzeiten mit seiner geliebten Astrid geflirtet hatte.

„Weil du ein schlauer Kerl bist?“, konterte Mouse.

„Ja, richtig“, antwortete er selbstironisch. „Schade nur, dass du und ich die Einzigen sind, die so denken.“

Mouse maß ihn mit einem amüsierten Blick. „Erst ein paar Tage hier und schon am Jammern?“

Henrik zuckte mit den Schultern und nahm einen Schluck von seinem Bier. „Könnte sein.“ Er fuhr sich mit den Fingern durch die Haare, sodass sie ihm in alle Richtungen abstanden. „Sie lässt mich abblitzen. Jedes Mal. Selbst wenn ich nur Hallo sagen will.“

Mouse schnaubte amüsiert. Er wusste natürlich, von wem Henrik sprach. Es war ein offenes Geheimnis, dass Henrik um Susan warb. Auf Facebook und auch im schwarzen Wettbüchlein herrschte schließlich eine lebhafte Kontroverse wegen der

Tatsache, dass Susan, die vor einem Jahr von Henrik ganz angetan schien, ihm plötzlich die kalte Schulter zeigte.

„Musst dich richtig anstrengen, was? Nicht wie sonst immer. Ist es das?"

„Ja. Nein." Er schnaubte frustriert, während Mouse über seine widersprüchliche Aussage leise lachte. „Damit könnte ich leben. Der Herausforderung bin ich gewachsen. Aber was, wenn sie es sich tatsächlich anders überlegt hat? Ab wann ist es nicht mehr ein Umwerben, sondern nur noch ein peinlicher Fall von Stalking? Das hier ist schließlich kein Spiel. Sondern das echte Leben."

Mouse machte ein nachdenkliches Gesicht. „Ich sehe, was du meinst. Hm. Ich würde noch einen Moment dranbleiben. Wenn ich mich richtig erinnere, hatte es damals zwischen euch richtig Klick gemacht. Das findet man nicht an jeder Ecke. Gib ihr etwas Zeit." Er musterte Henrik. „Allerdings … Wie geht es dir dabei? Bist du dir sicher, dass Susan das ist, was du willst?"

„Hundertprozentig", sagte Henrik wie aus der Pistole geschossen. „Deshalb bin ich ja hier. Wegen ihr."

„Na, dann wünsche ich dir viel Glück. Ich hoffe nur, dass sie es wert ist. Du hast auch ein Herz, das brechen kann", teilte er ihm mit einem vielsagenden Blick mit.

Henrik zog eine Grimasse. „Glaub mir, ich weiß." Er lächelte etwas verlegen. „Aber das Herz will, was es will. Und meines will Susan."

Mouse klopfte ihm auf die Schultern. „Ich drück dir die Daumen. Und jetzt mach ich, dass ich wegkomme. Nicht, dass mich noch jemand hört, wie ich mit dir über die Liebe und andere zarte Gefühle diskutiere."

„Ha! Sonst schmeißen sie dich noch aus dem Club der harten Kerle!"

„Du hast es erfasst", bestätigte Mouse und zwinkerte ihm zu.

*

Ashley, die immer noch an dem Tisch hinter Henrik saß, wurde schlecht. Nein, nein, nein, protestierte es in ihr. Das durfte nicht sein. Verzweiflung stieg in ihr auf. Was sollte sie jetzt nur machen? Aufgeben? Weitermachen? Mit der Möglichkeit, dass er eine andere liebte, hatte sie überhaupt nicht gerechnet. Bittere Enttäuschung machte sich in ihr breit.

Nachdenklich starrte sie auf die zerkratzte Tischplatte, die unter dem weihnachtlichen, rot-grün gemusterten Plaid, das als Tischdecke diente, hervorlugte. Sie verstand die Welt nicht mehr. Wie konnte er sich bloß nach dieser … dieser alten Schachtel sehnen, wenn er sie haben konnte? Andererseits … das wusste er ja noch gar nicht. Nur weil er heute nicht in Stimmung gewesen war, ihr zuzuhören, hieß das ja nicht, dass sie gleich aufgeben musste. Ihre Lippen verzogen sich zu einem kleinen Lächeln. Sie musste nur ein wenig deutlicher werden. Männer waren ja öfter ein wenig schwer von Begriff. Vielleicht sollte sie es ihm besser zeigen, was ihm entging, als sich an langen Erklärungen zu versuchen.

10

Die Arme eng um ihren Körper geschlungen, stand Susan bibbernd in ihrem Wohnzimmer, während Will geduldig eine Frage nach der anderen stellte. Lauter Fragen, auf die sie keine Antworten hatte. Ihr war schon klar, dass er nur seinen Job machte. Sie war auch froh, dass er hier war. Nachdem ihr klar geworden war, dass jemand eingebrochen war, hatte sie sich nicht sehr sicher gefühlt. Auf der anderen Seite sehnte sie sich danach, endlich aus den nass-kalten Klamotten zu kommen und unter der heißen Dusche zu stehen. Von ihrem Abenteuer mit dem Elch spürte sie jeden Knochen. Vermutlich war ihre Kehrseite zur Abwechslung grün und blau. Fairerweise musste sie zugeben, dass sie das ganz alleine geschafft hatte. Damit hatte das Vieh nichts zu tun.

„Ist dir sonst etwas aufgefallen, was fehlt?", fragte Will gerade. Sein Bleistift schwebte erwartungsvoll über dem nach wie vor ziemlich leeren Notizblock. Einzig die Zeit hatte sie ihm ungefähr angeben können, in der sie nicht zu Hause gewesen war. Was das Ganze wahrscheinlich zu einem Gelegenheitsverbrechen machte, wie er es genannt hatte. Was für ein nichtssagendes Wort für eine Erfahrung, die sich so bedrohlich anfühlte. Sie schauderte.

„Die …"

„Abgesehen von den Keksen, meine ich", unterbrach er sie freundlich. Ein unmerkliches Lächeln zuckte in seinem Mundwinkel.

„Oh."

Etwas hilflos ließ sie ihren Blick über das Chaos im Raum streifen. Es war offensichtlich, dass jemand hier gewesen war und … ja, was eigentlich? Etwas gesucht hatte? Aber was, um Himmels willen? Es gab bei ihr nichts zu stehlen. Um ihren Händen etwas zu tun zu geben, trat sie an den Küchentresen und füllte den Wasserbehälter der Kaffeemaschine. Vielleicht wurde ihr so wenigstens wieder etwas warm.

„Willst du einen Kaffee?"

Will warf ihr einen prüfenden Blick zu. Susan war erstaunlich ruhig geblieben. Doch in ihren Augen konnte er deutlich die Angst über die gewaltsame Verletzung ihrer Privatsphäre entdecken. Eine übliche Reaktion bei den Opfern eines Überfalls. Nur, dass die meisten lange nicht so gefasst waren wie sie.

„Gern", antwortete er, in der Hoffnung, dass die vertrauten Abläufe des Kaffeekochens ihr ein wenig Halt gaben.

Erleichtert, dass sie wenigstens als Gastgeberin eine gewisse Kontrolle über ihr Leben hatte, schaltete sie die Kaffeemaschine ein. Anschließend holte sie aus dem Schrank zwei Tassen und stellte sie auf den Tisch. Die Zuckerdose in der Hand, drehte sie sich zu Will um.

„Ich weiß es wirklich nicht." Sie deutete auf ihr Wohnzimmer. „Ich meine, klar, es ist schön bei mir. Gemütlich. Aber das sind alles Möbel vom Flohmarkt, die ich restauriert oder etwas aufgepeppt habe. Mein Fernseher ist aus dem letzten Jahrhundert." Sie runzelte die Stirn. „Aufgrund der Tatsache, dass er noch hier ist, vermute ich mal, dass das dem Dieb auch aufgefallen ist."

„Schmuck?", hakte Will nach.

Susan entschlüpfte ein Lachen.

„Ich trage keinen Schmuck. Zumindest keinen echten. Die einzigen Stücke, die ich besitze, sind Modeschmuck. Oder irgendwelche Ethnoteile. Mitbringsel von Freunden und so. Deshalb weiß ich wirklich nicht", mit Schwung stellte sie die

Zuckerdose auf den Tisch, sodass Will zusammenzuckte, „wieso ausgerechnet bei mir eingebrochen wurde!“

„Hast du Feinde?“

Verständnislos schaute sie ihn an. „Feinde?“ Sie hob eine Augenbraue. „Abgesehen von meiner Mutter?“

Wieder musste Will sich das Lachen verbeißen. Ihr Humor in der wirklich nicht lustigen Situation war sehr erfrischend. Trotzdem bemühte er sich, einen professionellen, sprich neutralen Gesichtsausdruck beizubehalten.

„Ja. Abgesehen von deiner Mutter.“

„Nein.“

„Okay. Es hätte auch nicht wirklich gepasst. Feinde agieren meist mit Leidenschaft. Danach sieht es hier nicht aus.“

Ungläubig schaute Susan von ihrem verwüsteten Wohnzimmer wieder zurück zum Deputy.

„Nicht? Wie würdest du das Chaos hier denn nennen?“

Er zuckte entschuldigend mit den Schultern.

„Sicher, es ist ein Chaos. Aber es ist nichts kaputt. Keine aufgeschlitzten Sofas. Keine Scherben.“

„Ich muss meinem Einbrecher also auch noch dankbar sein?“

„Das nicht gerade. Aber ja, es hätte schlimmer sein können.“

Susan murmelte etwas Unverständliches und ging zum Kühlschrank, um die Milch herauszuholen. Sie wusste nicht, wie Will seinen Kaffee trank, aber sie brauchte definitiv Milch, um das Gebräu erträglich zu machen. Und Zucker. Viel Zucker. Wenn sie schon keine Kekse mehr hatte. Das hier war sozusagen ein Keks-Notfall. Da würde Zucker ja wohl erlaubt sein.

Sie zog die Kühlschranktür auf, griff automatisch hinein und erstarrte, als ihr klar wurde, was sie da sah.

„Will“, rief sie aufgeregt.

Der Deputy sprang auf. Bilder von abgetrennten Körperteilen, die im Kühlschrank versteckt worden waren, tauchten ungebeten vor seinem inneren Auge auf.

„Was ist denn?"

„Er ist leer."

Will blinzelte, nicht sicher, wieso der leere Kühlschrank so signifikant sein sollte. Seiner sah die meiste Zeit so aus.

Aufgeregt verließ sie ihren Platz und begann Schränke zu öffnen. Nicht die, die Geschirr enthielten, sondern ihre Vorratsschränke.

„Ich weiß, was der Einbrecher gewollt hat." Stolz, das Geheimnis gelöst zu haben, wirbelte sie mit glänzenden Augen zu Will herum.

Er verstand nur Bahnhof, doch er war zuversichtlich, dass sie ihn gleich aufklären würde.

„Was hat er denn gewollt?", ermunterte er sie zum Sprechen.

„Essen. Sämtliche Vorräte wurden geplündert!"

Ihre Begeisterung über ihre Entdeckung verpuffte ein wenig, als ihr klar wurde, dass aus ihrem Plan, nach ihrer Dusche ein Blech Ersatzkekse zu backen, heute wohl nichts mehr werden würde. Sie machte ein langes Gesicht.

Zweifelnd schaute sich Will abermals um. „Ich glaube nicht, dass er nur Essen gesucht hat", bemerkte er vorsichtig. „Ich vermute eher, dass er, als er das Gesuchte nicht fand, halt das Essen mitgehen ließ."

Geräusche bei der Eingangstür ließen beide herumfahren. Henrik stürmte in die Küche. Champion, den er spontan früher aus der Hundepension geholt hatte, folgte ihm dicht auf den Fersen. Beim Anblick des Hundes rettete sich Julia mit einem gekonnten Sprung zur Seite und versteckte sich unter der Kommode im Gang. Romeo hatte schon vor langer Zeit das Weite gesucht. Ihm war das alles nicht geheuer.

Susan konnte es ihm nicht verdenken, als sie Henriks Gesichtsausdruck sah. Er erinnerte sie an einen Wikinger auf dem Kriegspfad. Es war ziemlich beängstigend, aber auch irgendwie aufregend, wenn sie das nervöse Flattern in ihrem Bauch richtig deutete. Oje. Der akute Zuckermangel beeinträchtigte offenbar ihr Urteilsvermögen, wenn ihre Gedanken in solch absurde Richtungen abdrifteten.

Für weitere Analysen ihres verwirrenden Innenlebens blieb keine Zeit. Henriks Riesenschritte hatten ihn auf dem direktesten Weg zu ihr geführt. Ehe sie sich versah, lag sie in seinen Armen, das Gesicht dicht an seine Brust gedrückt. Unwillkürlich erinnerte sie sich daran, wie sie sich geküsst hatten. Das Gefühl seiner Lippen. Das berauschende Gefühl in ihren Adern. Besser als jede Achterbahn.

Die feuchte Wolle seines Pullovers kitzelte sie in der Nase. Prompt musste sie niesen. Immerhin klärte das ihren Kopf ein wenig.

„Was machst du denn hier?", murmelte sie. Nachdem er sie immer noch wie ein Bär an sich gepresst hielt, waren ihre Worte sehr gedämpft.

„Du bist überfallen worden", platzte er heraus und lockerte seinen Griff etwas. Behutsam nahm er ihr Gesicht in beide Hände. „Ist dir etwas passiert?" Ohne ihre Antwort abzuwarten, drehte er sich zu Will um, der damit beschäftigt war, den Husky hinter den Ohren zu kraulen. „Hast du eine Ahnung, was der Einbrecher wollte? Ist sie in Gefahr?"

Gänsehaut zog sich über Susans Körper. Henriks gesamte Körperhaltung verriet seine Besorgnis und seine Bereitschaft, es mit jedem aufzunehmen, der es wagen sollte, sie auch nur schief anzusehen. Ein sehr berauschendes Gefühl, der Empfänger dieser Besorgnis zu sein. Es sprach direkt zu ihren geheimsten Sehnsüchten. Vollends überfordert von den sich überstürzenden Ereignissen des Tages und der unvermittelten Nähe von Henrik, die mit dem verlockenden Duft nach Schnee, Holzfeuer und seiner ganz eigenen Essenz einherging, warf sie einen hilflosen Blick in Wills Richtung.

Statt zu ermitteln, wie es sich für einen anständigen Ermittler gehörte, begegnete Will ihrem Blick mit einem amüsierten Lächeln. Anscheinend war er Mitglied von Henriks Fanclub, dachte sie verdrossen. Oder er hatte eine Wette laufen und stellte sich gerade vor, wann er seinen Gewinn einlösen konnte. Dass Henrik in diesem Moment anfing, mit den Daumen über ihre Wangen zu streicheln und eine prickelnde Spur auf ihrer Haut hinterließ, machte die Sache nicht besser.

In diesem Moment stürmte Mia ins Haus. Alarmiert über ihre unerwartete Anwesenheit stieß Champion ein fragendes „Wuff" aus und trabte zu ihr. Beiläufig tätschelte Mia seinen Kopf, während sie über die Schulter zurück in Richtung Tür schaute.

„Susan?", rief sie.

Mit äußerster Willensanstrengung zwang sich Susan, einen Schritt zurückzutreten und sich aus Henriks Griff zu befreien. Das war gar nicht so einfach. Er ließ sie nur widerstrebend los, doch sie setzte sich durch. Sofort vermisste sie die Anwesenheit seiner Wärme. Sie biss die Zähne zusammen. Verdammte Hormone!

„Was?!", fragte sie ungeduldig. Ihre Geduld war so ziemlich am Ende.

„Äh … weißt du, dass da ein Elch vor deiner Tür steht?"

Susan blinzelte. Elch? Wirklich? Hatte sie heute nicht schon genug mitgemacht? Hatte sich etwa die ganze Welt gegen sie verschworen?

„Das war's! Ich hatte genug heute", unterbrach Susan das verblüffte Schweigen, das sich bei Mias Ankündigung ausgebreitet hatte. „Ich geh duschen!"

Mit diesen Worten wandte sie sich ab und marschierte an den drei Leuten in ihrer Küche vorbei. Romeo warf einen vorsichtigen Blick in Richtung des fremden Hundes. Als er sah, dass die Luft rein war, kroch er aus seinem Versteck unter der Treppe hervor und heftete sich an ihre Fersen. Susan konnte ihn nur zu gut verstehen. Das echte Leben, das aktuell in der Küche stattfand, war gerade nicht zum Aushalten.

*

Die anderen drei tauschten einen wortlosen Blick aus. Mia fing sich als Erste wieder. Mit einer schwungvollen Bewegung strich sie ihre glatten, schwarzen Haare über die Schulter, bevor sie beide Hände in die Hüften stemmte.

„Kann mir einer erklären, was hier los ist?“

„Das würde mich auch interessieren.“

Will seufzte und rieb sich mit den Händen übers Gesicht. „Wieso habe ich den dumpfen Verdacht, dass meine Schicht noch lange nicht zu Ende ist …“

Mia klopfte ungeduldig mit ihrer Fußspitze auf den Holzboden. Henrik verschränkte die Arme und lehnte sich an den Tresen. Er hatte Zeit. So schnell würden ihn von hier keine zehn Pferde wegbringen. Nicht, wenn Susan offensichtlich in Gefahr war. Was für ein Zeitpunkt, um zu duschen. Wusste sie nicht, dass der Mörder immer zuschlug, wenn die Frauen unter der Dusche waren? Mal abgesehen von der Tatsache, dass die Vorstellung, wie sie nackt unter dem heißen Wasser stand, sein Übriges tat, um ihn an Ort und Stelle zu halten. Vielleicht brauchte sie ja Hilfe? Hatte das Handtuch vergessen? Hoppla! Anscheinend hatte sein Körper noch nicht mitgekriegt, dass es ein denkbar unpassender Zeitpunkt für solche Gedanken war. Schleunigst riss er sich zusammen und brachte die wild galoppierenden Fantasien zu einem abrupten Stopp.

Will, der die entschlossenen Mienen der beiden richtig interpretierte, seufzte abermals. Als Erstes wandte er sich an Mia.

„Steht da wirklich ein Elch vor der Tür?“

Sie nickte. „Nicht direkt vor der Tür, an der Seite bei den Mülltonnen.“

„Na, großartig! Dann entschuldigt mich bitte einen Moment, während ich mich um das Tier kümmere.“

„Willst du ihn etwa anrufen?“, fragte Mia spitz, als er sein Handy aus der Tasche zog.

Fast hätte Will mit den Augen gerollt. Im letzten Moment konnte er sich zurückhalten. Professionalität und so. „Natürlich nicht. Ich rufe Quinn, unsere Wildhüterin, an."

„Aha. Kannst du ihn nicht selber vertreiben?"

„Keine Ahnung. Ich bin nicht sonderlich scharf darauf, es herauszufinden." Als er Mias ungläubigen Blick sah, beeilte er sich hinzuzufügen: „Irgendwer muss sich um den Einbruch kümmern. Das wäre dann mein Job. Aufgabenteilung?" Er schaute sie herausfordernd an.

„Okay, okay", murmelte Mia kleinlaut.

Einbruch? Erst jetzt nahm sie das Chaos wahr. Offene Schränke. Papiere auf dem Boden. Ein umgekippter Stuhl. Ihr wurden die Knie weich.

Henrik, der genau sah, wie ihr das Blut aus dem Gesicht wich, reagierte blitzschnell und schob ihr einen Stuhl hin, bevor sie umkippen konnte.

„Tief einatmen und wieder ausatmen", wies er sie an. Als es aussah, als hätte sich ihr Blutdruck wieder etwas normalisiert, ging er zum Waschbecken und füllte ein Glas mit Wasser, das er ihr reichte.

„Danke."

„Kaffee gibt es auch noch", murmelte Will, das Telefon am Ohr.

Henrik nickte und schaute sich in den offenstehenden Schränken nach weiteren Tassen um.

„Oben rechts", half ihm Mia aus.

„Danke." Im Nu hatte er sie gefunden.

Als alle eine Tasse vor sich hatten, war Will auch mit seinem Telefongespräch fertig.

„Quinn sollte in einer halben Stunde da sein."

„Gut. Dann hast du ja genug Zeit, uns alles zu erzählen", forderte Henrik prompt.

*

Frisch geduscht und endlich wieder einigermaßen warm, ließ Susan den Kater in ihrem Bett zurück und ging hinüber in die Küche. Vielleicht waren in der Zwischenzeit endlich alle nach Hause gegangen? Alle außer Mia natürlich. Vorsichtig spähte sie um die Ecke in die Küche. O nein. Alle waren noch da. Auch Henrik, der es ihr mit seinem Beschützertrip und seiner Tendenz, sie ständig anzufassen, unmöglich machte, ihn zu vergessen.

Sie stöhnte unhörbar. Wie jeden Abend war sie völlig erledigt. Heute umso mehr, nach ihren sportlichen Eskapaden. Sie hatte null Energie übrig, um nett und freundlich zu sein. Während sie noch verzweifelt nach einer Strategie suchte, ihre Besucher unauffällig loszuwerden, ging die Eingangstür auf. Genervt drehte sie sich um. Noch jemand? Hörte denn das heute gar nicht mehr auf? Wie kam es, dass ihr gemütliches, kleines Haus plötzlich zum zentralen Treffpunkt geworden war?

Ihre schneebedeckten Schuhe in der Hand, trat Quinn in den Flur.

„Oh, hey Susan. Wo kann ich die hinstellen? Der Schnee schmilzt hier drin in Sekundenschnelle."

Wie um ihre Aussage zu unterstreichen, begannen die Stiefel zu tropfen. Eilig trat Susan zu ihr hin, nahm sie ihr ab und stellte sie wortlos auf einen Plastikuntersatz in der Garderobe, während sie sich den Kopf zerbrach, was Quinn hier machte.

„Merline ist weg", erklärte Quinn.

Susan schaute sie verständnislos an. „Wer ist Merline?"

„Deine Elchdame."

„Elchdame?", wiederholte Susan, völlig verblüfft über die Tatsache, dass der Elch ein Mädchen war und offenbar bereits einen Namen trug. Sie war ja einiges gewohnt, was die Absonderlichkeiten von Independence anging. Aber ein Wildtier mit Namen?

„Es war definitiv ein Weibchen", bestätigte Quinn. „Nachdem sie sich von meinen Verscheuch- und Vergrämungsversuchen nicht sonderlich beeindruckt gezeigt hat, ich musste ziemlich deutlich werden, vermute ich mal, dass es sich um Merline handelt. Du kennst doch die Geschichte, wie Zelda zur Elchflüsterin gekürt worden ist?“

Vergrämen? Was für ein fürchterliches Wort, dachte Susan. Die Vorstellung, dass jemand dieses faszinierende Tier verletzt hatte, störte sie. Schließlich konnte sie ja nichts dafür, dass sie eine Vorliebe für bestimmte Kekse entwickelt hatte. Dieses Gefühl kannte sie nur zu gut. Prompt kam ihr die leere Keksdose in ihrer Küche in den Sinn. Um sich abzulenken, platzte sie unvorsichtigerweise mit dem Erstbesten heraus, das ihr zu dem Thema einfiel.

„Du hast ihr doch nicht wehgetan, oder?“

„Nein, nein“, versicherte ihr Quinn. „Noch haut sie ab, wenn ich Dinge in ihre Richtung werfe und richtig viel Lärm mache.“ Sie runzelte die Stirn. „Kennst du sie etwa auch?“

„Natürlich nicht“, behauptete Susan eilig. Nur keine neuen Gerüchte in die Welt setzen. Das fehlte ihr gerade noch. „Ich bin einfach tierlieb“, schloss sie etwas lahm. Hastig lenkte sie den Fokus wieder auf das Wildtier und von sich weg. „Das ist Zeldas Elch? Also Elchdame?“

„Ich glaube schon. Madame taucht öfter in der Zivilisation auf. Sie scheint herausgefunden zu haben, dass sie im Winter hier leicht Essbares findet, nachdem die unbelehrbaren Leute auch nach der hundertsiebenundzwanzigsten Infoveranstaltung und dem zwölfhundersten Flyer noch nicht begriffen haben, dass es von Vorteil ist, die Mülltonnen geschlossen zu halten“, ereiferte sie sich.

„Meine waren aber zu“, verteidigte sich Susan.

„Das stimmt. Aber was zum Teufel hast du dort drin? Sie sehen nämlich aus, als wäre Merline wild entschlossen gewesen, die Dinger zu Kleinholz zu machen. Wenn ich nicht gekommen wäre, hätte sie es vermutlich auch geschafft.“

Susan schluckte leer. Vielleicht sollte sie bei Ian noch einmal nachfragen, ob der THC-Gehalt seiner Kekse tatsächlich so tief lag, wie er immer behauptete. So eine Fixierung auf diese Kekse konnte doch unmöglich normal sein!

„Willst du damit sagen, dass dieser … diese Elchkuh gefährlich ist?"

Quinn schüttelte den Kopf. „Nur, wenn du eine Mülltonne bist, die mit leckeren Sachen gefüllt ist. Wir hatten bisher noch nie eine Meldung, dass sie sich wirklich aggressiv verhalten hätte. Allerdings gehst du ihr trotzdem besser aus dem Weg. Sie ist immerhin um die 300 Kilogramm schwer und ich glaube nicht, dass sie groß Rücksicht nimmt, wenn man sich zwischen sie und einen besonders begehrenswerten Leckerbissen stellt."

„Oh." Susan brachte ein schwaches Lächeln zustande. Aber es kostete sie einiges an Anstrengung. Schließlich hatte sie genau das mehr oder weniger getan, wenn auch unabsichtlich.

„Quinn?", rief Will aus der Küche. „Ist die Luft jetzt rein? Kann ich mich daran machen, draußen Spuren zu sichern?"

Die Wildhüterin lachte und schlenderte zu den anderen. Susan folgte ihr.

„Die Elchkuh ist weg. Allerdings glaube ich nicht, dass du noch viele Spuren von deinem Einbrecher finden wirst. Es schneit wie verrückt. Zudem musste ich das Vieh ein paar Mal ums Haus jagen, bis es mich endlich ernstgenommen hat."

„Na, toll!", grummelte der Deputy. Er klappte sein schwarzes Notizbuch zu. „Für den Moment kann ich hier nichts mehr machen. Wenn ihr möchtet, kann ich noch nach Fingerabdrücken suchen." Fragend schaute er erst Susan, dann Mia an.

Die beiden Frauen warfen sich einen unentschlossenen Blick zu. Schließlich zuckte Susan mit den Schultern.

„Klar. Wenn du meinst, es bringt etwas? Allerdings ist nur Essen gestohlen worden. Von daher weiß ich gar nicht, ob sich das lohnt. Zumal er wahrscheinlich Handschuhe getragen hat."

Interessiert sah Will sie an. „Wie kommst du denn darauf?"

Sie rollte mit den Augen. „Na, ganz einfach. Es ist affenkalt draußen. Ich glaube nicht, dass er oder sie sich die Mühe gemacht hat, erst die Handschuhe auszuziehen."

„Oh. Das. Natürlich. Hm. Damit könntest du recht haben", antwortete Will, verlegen, dass er nicht selber zu dieser naheliegenden Schlussfolgerung gekommen war.

„Natürlich habe ich recht", grummelte Susan. „Und jetzt muss ich euch bitten, zu gehen. Ich kann mich kaum auf den Beinen halten."

Mia warf ihr einen besorgten Blick zu. Als sie die Blässe in Susans Gesicht und die Anspannung um ihren Mund sah, nickte sie bestätigend.

Henrik hingegen, der sich erstaunlich ruhig verhalten hatte, trat einen Schritt nach vorn. Die Arme verschränkt und mit einem entschlossenen Zug um den Mund, schüttelte er den Kopf.

„Ich bleibe hier", verkündete er.

„Bitte was?", entschlüpfte es Susan, bevor sie es verhindern konnte. Wieder einmal nicht die schlagfertigste aller Antworten, aber das war nichts Neues. Die würde ihr vermutlich um halb zwei Uhr nachts einfallen.

Henrik hob das Kinn.

„Du hast mich schon richtig verstanden. Ich bleibe heute Nacht hier. Natürlich schlafe ich auf dem Sofa", fügte er eilig hinzu.

Obwohl Susan drauf und dran gewesen war, ihm Bescheid zu geben, dass er dann aber auf dem Sofa schlafen musste, spürte sie einen Stich in ihrer Herzgegend, als er dieselben Worte aussprach. Aber was hatte sie denn erwartet? Eigentlich bestätigte sein Verhalten nur, was sie schon lange gewusst hatte. Sie passten nicht zusammen. Nachdem er vorher unvorsichtigerweise mit ihr auf Tuchfühlung gegangen war, war ihm das wohl auch klar geworden. Kein Wunder, bei all den Rundungen und Pölsterchen, die sich angesammelt hatten. Angewidert wandte sie den Blick ab. Sie wollte keinesfalls das Mitleid in seinen Augen entdecken, von dem sie sich sicher war, dass sie es dort finden würde.

„Macht, was ihr wollt", sagte sie, plötzlich über alle Maßen müde. Ihr Kopf war kurz davor, seinen Betrieb einstweilen einzustellen. Sie zog es vor, in der Nähe ihres Bettes zu sein, wenn das geschah. Sie ging an den besorgten Gesichtern der anderen vorbei ins Wohnzimmer, schnappte sich Julia, die zusammengerollt auf dem Sofa schlief, und flüchtete in ihr Schlafzimmer.

11

Erwin gab sich alle Mühe, wie ein gesetzestreuer Bürger zu wirken, als er unter Pollys strengem Blick im Vorraum auf den Sheriff wartete. Nachdem sie jede seiner Bewegungen misstrauisch verfolgte, war er sich nicht sicher, wie erfolgreich er mit dieser Taktik war. Andererseits spielte es keine Rolle, was die frustrierte Ex-Polizistin von ihm hielt. Wahrscheinlich war sie nur sauer, dass er nicht mehr hinter Gittern saß. Sie hatte ihn als Jugendlichen mehr als einmal erwischt, wenn er die Regeln nach seinem Gutdünken gedehnt hatte. Er wusste schon gar nicht mehr, wie viele Stunden Sozialdienst er ihr zu verdanken gehabt hatte.

Als sie ihn das nächste Mal schief von der Seite anschaute, grinste er sie lüstern an und wackelte eindeutig zweideutig mit den Augenbrauen.

Anstatt angewidert zurückzuweichen, wie er eigentlich erwartet hatte, runzelte sie nur die Stirn, griff unter den Schreibtisch und legte demonstrativ ihre Dienstwaffe auf den Tisch. Sie lächelte ein kleines, zufriedenes und ziemlich teuflisches Lächeln, als er unmerklich auf der kleinen Holzbank zurückwich.

O-okay, dachte er. Das war ziemlich deutlich. Offenbar war sie immer noch die gleiche Spielverderberin wie eh und je. Aber egal. Nach dem heutigen Tag würde er sie nicht mehr sehen müssen. Das hier war sein Pflichtbesuch beim Sheriff, der ihn an seinen Bewährungshelfer verweisen sollte. Er war zuversichtlich, dass er den armen Trottel, der für ihn zuständig sein würde, leicht an der Nase herumführen konnte.

Immerhin hatte er dank Susan Montgomerys großzügiger Spende wenigstens trocken und warm geschlafen. Gegessen hatte er auch gut. Er war versucht, sich zufrieden auf den gut gefüllten Bauch zu klopfen. Vor allem die Kekse hatten es ihm angetan. Die hatte er alle gegessen. Kein Krümel war übriggeblieben. Ob er von denen wohl noch mehr kriegen konnte?

Jetzt musste er nur noch das Problem mit dem Strom und Wasser lösen. Dazu brauchte er aber Geld. Mehr als die paar Kröten, die er gestern hatte mitgehen lassen. Wie er das beschaffen sollte, ohne gleich wieder alle zu alarmieren, war ihm noch nicht ganz klar. Die Leute waren immer so unglaublich pingelig, wenn es um ihr Eigentum ging. Fast hätte er laut geseufzt.

Die Eingangstür schwang auf. Der Sheriff, zumindest nahm er an, dass es der Sheriff war, stand auf der obersten Treppenstufe und klopfte sich die Stiefel ab.

Huh, der war ja ziemlich jung? Was war denn mit dem ehemaligen Sheriff geschehen?

„Jake Carter! Lass das mit dem Schnee und komm einfach rein. Sonst friere ich nächstens an meinem Schreibtisch fest, wenn du die ganze verdammte arktische Kälte zu uns ins Revier holst“, schimpfte Polly.

Der Sheriff, offensichtlich gewöhnt an den respektlosen Umgangston seiner Mitarbeiterin, machte seelenruhig weiter. Vermutlich war das der Tatsache zu verdanken, dass Polly alt genug war, um ihn als Baby gekannt zu haben. Erwin grinste. Das machte ihn und den Sheriff ja beinahe zu Verbündeten.

„Ich habe dir Kekse mitgebracht“, sagte der Sheriff, anstatt auf ihre Beschwerde einzugehen.

Pollys Gesicht leuchtete freudig auf. „Kekse? Susans Kekse?“

„Natürlich“, bestätigte Jake mit einem amüsierten Lächeln. „Was denn sonst?“

„Ach, Profiteroles vom Sweets sind auch nicht zu verachten."

„Stimmt. Aber ich war nur in der Bäckerei, um mit Susan zu sprechen."

„Wie geht es denn dem armen Ding? Muss ja eine fürchterliche Erfahrung gewesen sein, nach Hause zu kommen und festzustellen, dass jemand eingebrochen hat?" Sie schüttelte den Kopf, als könnte sie es nicht recht glauben, dass so etwas in ihrer kleinen Stadt passiert war.

Erwin studierte äußerst konzentriert die gegenüberliegende Wand, während die beiden die arme Susan Montgomery bemitleideten. Am liebsten wäre er aufgesprungen und hätte den beiden gründlich seine Meinung gesagt. Was sollte er denn sagen? Hä? Er hatte nicht einmal mehr ein Haus. Wenn er Pech hatte, würde ihm der Makler das noch unterm Hintern wegverkaufen. Noch eine Aufgabe auf seiner immer länger werdenden Liste. Den Typen ausfindig machen und ihm klar machen, dass er sich besser ein anderes Objekt suchte, wenn ihm sein Aussehen wichtig war. Irgendwie war das Leben als freier Mann ganz schön anstrengend. Viel anstrengender, als er sich das vorgestellt hatte. Daran war nur diese verfluchte Maura Montgomery schuld. Die Vene an seiner Schläfe begann zu pochen. Genervt zwang er sich zur Ruhe.

Jakes Blick fiel auf die Waffe neben Pollys Hand. Er hob eine Augenbraue. „Gab's Probleme?"

Sie winkte ab. „Keine Sorge. Das war nur eine Präventivmaßnahme. Du weißt doch, besser vorsorgen als nachsehen."

Jake akzeptierte die Erklärung mit einem Nicken. Polly hatte schon immer lieber Taten als Worte sprechen lassen.

„Wer ist denn unser Besucher?"

„Das hier ist Erwin Eldridge", klärte sie ihn mit einem genüsslichen Lächeln auf.

„Eldridge? Ellas Sohn?"

„Genau der. Frisch aus dem Gefängnis in Arkansas Valley entlassen." Sie grinste. „Offenbar wollte er sich pflichtbewusst vorstellen und sich seinen Bewährungshelfer zuteilen lassen."

Jakes Mundwinkel zuckte.

„Tatsächlich? Weiß er schon ...?"

„Nein. Diesen Spaß wollte ich dir überlassen."

„Du kannst ganz schön fies sein."

„Ich weiß", antwortete sie und machte es sich in ihrem Stuhl bequem, um das gleich stattfindende Spektakel ja nicht zu verpassen. Sie wünschte sich, sie hätte Popcorn. Mit Popcorn wäre es perfekt.

*

Susan schlug die Augen auf. Es war schon hell? Verdammt, wie spät war es? Hatte sie etwa verschlafen? Zugegeben, es war Samstag. Auch für sie kein offizieller Arbeitstag. Aber sie nutzte die freie Zeit gerne, um neue Rezepte auszuprobieren. Etwas, wofür sie seit dem Einstieg in die Produktion für Ians Chillax-Kekse kaum mehr Zeit gefunden hatte. Doch jetzt war sie fast fertig mit der letzten Bestellung, sodass sie es sich erlauben konnte, sich ihrem eigenen Business zu widmen.

Sie langte nach ihrem Handy auf dem Nachttisch. Au weia! Wie sie aufgrund der Helligkeit bereits vermutet hatte, war es lange nach ihrer üblichen Aufstehzeit. Es war bereits zehn Uhr. Sie konnte sich nicht erinnern, wann sie das letzte Mal so lange geschlafen hatte.

Versuchsweise bewegte sie ihre Arme und Beine. Sofort entschlüpfte ihr ein jämmerliches Wimmern. Muskelkater. Ein richtiges Biest, so wie sich das anfühlte. Offensichtlich schätzten es ihre Muskeln nicht, völlig unvorbereitet einen Bergmarathon bewältigen zu müssen. Okay, Marathon war vielleicht eine klitzekleine Übertreibung. Wenn sie allerdings ihre Erinnerung an den gestrigen Tag und die damit verbundenen Anstrengungen zu Rate zog, war es gefühlt auf jeden Fall in dieser Leistungskategorie.

Großer Jammerlappen, schalt sie sich innerlich. So würde das nie was werden mit ihrer Traumfigur. Und dem Traummann. War ja logisch, dass ihre Gedanken prompt zu dem gutaussehenden Snowboarder hüpften, der auf ihrem Sofa schlief. Die Vorstellung, ihm gleich gegenübertreten zu müssen, veranlasste sie, sich tiefer unter die Decke zu kuscheln. Sprich, sie sich über den Kopf zu ziehen. Aargh! Sie war so ein *Feigling.* Dabei war das alles seine Schuld! Wieso musste er auch wie so ein mittelalterlicher Ritter zu ihrer Rettung eilen, sie in seine Arme reißen und ihr Gesicht, wie einer der Helden in ihren heißgeliebten Liebesromanen, in beide Hände nehmen. Alleine schon die Erinnerung daran genügte, um das Ganze in 3D und mit Dolby-Surround-Sound nachzuspüren. Trotz ihrer Erschöpfung war sie die halbe Nacht wach gelegen, geplagt von Erinnerungen an *den Kuss.*

Bevor er letztes Jahr abgereist war, hatte er sie geküsst. Das war kein freundlicher, harmloser Abschiedskuss gewesen, sondern mehr wie eine Attacke auf all ihre Sinne, verpackt in ein Versprechen. Ihre ganze Mühe, die sie die letzten Monate aufgewendet hatte, sich selbst davon zu überzeugen, dass der Kuss nur ein Kuss gewesen war und nicht mehr, hatte er gestern mit dieser Geste zunichte gemacht. Ein leiser Seufzer entschlüpfte ihren Lippen. Die federleichte Berührung hatte gereicht, dass sie eingesehen hatte, dass sie sich die ganze Zeit etwas vorgemacht hatte. Was leider nichts an den anderen Tatsachen änderte: nämlich, dass sie zu alt, zu fett und zu unattraktiv für ihn war. So!

Nach diesem Realitätscheck schob sie die Decke zurück und wankte ins Badezimmer. Sie zog sich das übergroße T-Shirt, das sie zum Schlafen trug, über den Kopf und ließ es zu Boden fallen. Nach einer Katzenwäsche mit kaltem Wasser, um den Aufwachprozess zu beschleunigen, wagte sie einen Blick in den

Spiegel. Oje. Was war nur mit ihren Haaren passiert? Offenbar hatte sich in der Nacht ein ganzer Schwarm Vögel dort eingenistet. Sie griff nach der Haarbürste und fuhr damit ungeduldig durch die Haare, bis sie nicht mehr ganz so wild aussahen.

Halbwegs zufrieden mit dem Ergebnis, wagte sie einen kritischen Blick auf den Rest ihres Körpers. Sie erinnerte sich an das letzte Mal, als sie sich so nüchtern betrachtet hatte. Damals, vor zwölf Monaten, war sie ganz zufrieden gewesen mit sich selbst. Klar, sie hatte auch damals keine Supermodel-Maße gehabt. Aber dafür, dass sie die vierzig überschritten und vor zwanzig Jahren ein Kind zur Welt gebracht hatte, hatte sie ihren Körper ganz in Ordnung gefunden. Und jetzt? Jetzt war alles anders.

Tränen stiegen ihr in die Augen und sie schniefte. Das Leben war einfach nicht fair. Sie war jung, beruflich erfolgreich und genoss zum ersten Mal seit langem echte Freiheit, nachdem ihre herrschsüchtige Mutter im Gefängnis war und ihr erwachsener Sohn auf dem College. Die ideale Situation also, um an ihrer Menschenscheue zu arbeiten, sich mehr zu trauen und ja, sich vielleicht sogar zu verlieben. Nicht gerade in einen zehn Jahre jüngeren Promi. Da war der Herzschmerz vorprogrammiert. Aber in einen gleichaltrigen, verlässlichen Mann? Das konnte sie sich vorstellen. Hatte sie sich vorstellen können, verbesserte sie sich eilig. Aber jetzt? So?

Sie betrachtete ihre schwabbeligen Körperteile, die Oberarme, die immer zu wackeln schienen. Federleicht strich sie über die Stellen, an denen ihr Blick verweilte. Ihr früheres Bäuchlein, das sich in einen richtiggehenden Rettungsring um ihre Taille verwandelt hatte. Über ihr Hinterteil und die Oberschenkel wollte sie gar nicht erst nachdenken. Es war wirklich zum Aus-der-Haut-Fahren. Andere genossen in dieser Situation ihren zweiten Frühling, während sie sich in Madame Hippo verwandelte.

Angewidert ließ sie die Hand fallen. Voller Selbstzweifel wandte sie sich ab und schlüpfte eilig in ihre Kleider. Während sie mit den Socken kämpfte, legte sie sich in ihrem Kopf einen Schlachtplan zurecht. 1. Die Verlockung in Form eines sündhaft gutaussehenden Snowboarders aus dem Haus werfen. 2. Sich in Arbeit stürzen. 3. Das Diner mit all seinen spekulativen Blicken und den gutgemeinten Fragen der Kupplerfraktion meiden. Letzteres galt vermutlich für die nächsten sechs Monate. Die Disney Sisters waren in dieser Hinsicht ähnlich wie Ians Terrier, Speedy. Wenn der erst einmal etwas zu fressen zwischen den Zähnen hielt, gab er es nur unter äußerstem Widerstand und Protest wieder her.

*

Auf dem Weg in die Küche wunderte sie sich, dass Romeo und Julia noch keinen Aufstand gemacht hatten. Normalerweise taten sie ihren Unmut lautstark kund, wenn ihre Fütterungszeit um mehr als fünf Minuten überschritten wurde.

In der Küche entdeckte sie den Grund. An die volle Kaffeemaschine gelehnt, fand sie einen Zettel.

Guten Morgen, Siebenschläfer!

Habe deine Raubtiere gefüttert. Muss jetzt leider los zur Arbeit. Wollen wir uns morgen sehen? Pass auf dich auf. Henrik.

Beim Lesen der Nachricht schmolz der eisige Panzer, den sie vorsorglich um ihr Herz errichtet hatte, ein kleines bisschen. Verdammt! Wieso musste er auch so unwiderstehlich sein?

Julia schlüpfte in die Küche und setzte sich erwartungsvoll vor den Schrank, in dem das Katzenfutter war. Unschuldig blinzelte sie in Susans Richtung.

„Ja, genau. Der älteste Trick der Welt. *Wovon sollt' ich satt sein? Sprang nur über Gräbelein, fand kein einzig' Blättelein!*“, zitierte sie einen alten Kinderreim.

Amüsiert über das gezielt manipulative Verhalten ihrer Katze, strich sie ihr über den weichen Pelz. Um den Effekt noch zu verstärken, miaute die Katzendame jämmerlich.

„Vergiss es. Du kriegst später wieder etwas.“

Schmollend und mit frustriert zuckender Schwanzspitze stolzierte Julia zum Fenster und sprang mit einem eleganten Satz aufs Fensterbrett.

Romeo war in der Zwischenzeit auch aufgetaucht. Im Gegensatz zu seiner Schwester versuchte er es mit Schmeichelei. Lauthals schnurrend strich er um Susans Beine. Sie hob ihn hoch und drückte ihn an ihre Brust.

„Du alter Charmeur, du! Gehören Henrik und du einem geheimen Club an, oder was?"

Julia beobachtete die ganze Szene aus schmalen Augen. Ihre Missbilligung für Romeos anbiederndes Verhalten war ihr deutlich anzumerken.

Susan schmunzelte. „Keine Angst. Er kriegt auch nichts", beruhigte sie die Katze.

Vermutlich sollte sie sich Sorgen machen, dass sie ständig mit ihren Samtpfoten Gespräche führte. Andererseits waren sie die besten Zuhörer. Romeo war der Verständnisvolle, während Julia mit ihrer Meinung nie hinterm Berg hielt. Zumindest interpretierte sie die Körpersprache der beiden so. Diese Unterhaltungen waren auf jeden Fall sehr viel sicherer für ihr Herz und ihre Seele als diejenigen mit Henrik, denen sie aus irgendeinem Grund nicht entgehen konnte.

Vielleicht sollten sie sich vom Sprechen auf andere Dinge verlegen. Aufs Küssen zum Beispiel. Bestürzt, dass ihre Gedanken schon wieder in diese Richtung abdrifteten, schlug sie beide Hände an ihre heißen Wangen. Das musste aufhören. Sofort! Vielleicht würde ihr eine Tasse Kaffee helfen, wieder einen klaren Kopf zu bekommen und die unerwünschten Erinnerungen dahin zu verbannen, wo sie hingehörten. In den hintersten Winkel, in die Kiste namens Verdrängung.

*

„Wer ist mein Bewährungshelfer?!"

Erwin quollen beinahe die Augen aus dem Kopf. Spucke flog aus seinem Mund, als er die Frage wiederholte. Bestimmt hatte er den Sheriff falsch verstanden. Das musste einfach so sein. So ungerecht konnte das Schicksal gar nicht sein. Die nächsten Worte des Sheriffs bestätigten allerdings, dass das Schicksal sehr wohl einen schrägen Sinn für Humor hatte. Oder den Vorsatz, ihn bis zum Äußersten zu treiben.

Nach Pollys Grinsen zu urteilen, genoss sie die Situation sichtlich. Miststück!

„Mrs. Miners ist unsere Bewährungshelferin. Du weißt ja, wie das ist mit den Budgets in ländlichen Gebieten. Es bleibt uns gar nichts anderes übrig, als dass wir alle mitanpacken. Polly hat sich netterweise bereiterklärt, diese Aufgabe zu übernehmen“, erklärte Jake liebenswürdig.

Erwin sah buchstäblich rot. Bislang hatte er sich noch nie als übermäßig gewalttätig eingeschätzt. Zumindest nicht, was Personen anbelangte. Sicher, er nahm sich manchmal einfach, was er wollte, aber Mordgedanken hatte er noch nie gehegt. Bis jetzt. Was würde er nicht darum geben, Polly den selbstgefälligen Gesichtsausdruck aus dem Gesicht zu prügeln. Er hatte fest damit gerechnet, dass ihm irgendein unfähiger Bewährungshelfer zugeteilt würde. Einer, bei dem er es mit der Wahrheit nicht so genau nehmen musste. Stattdessen musste er sich mit einer ehemaligen Polizistin herumschlagen, die ihn von Kindesbeinen an kannte und ihm das Leben von A bis Z schwer machen würde. Wieso konnte nichts, aber auch gar nichts nach Plan laufen? War an diesem Karma-Scheiß tatsächlich was dran? Seine philosophischen Überlegungen kamen zu einem abrupten Halt, als Jake-f*ing-Carter die nächste Frage stellte.

„Deine Adresse?“

„Meine Adresse?“, wiederholte er dümmlich. „Äh …“, seine Augen flitzten zwischen dem Sheriff und Polly hin und her. Schließlich entschied er sich für die Wahrheit. Oder zumindest die halbe Wahrheit. „Zu Hause natürlich.“

Prompt hoben sich Pollys Augen ungläubig. „Zu Hause? Du meinst, im Haus deiner Mutter? Ich dachte, das steht zum Verkauf."

Er hob die Schultern und ließ sie wieder fallen. „Das ist so. Spricht allerdings nichts dagegen, wenn ich in der Zwischenzeit darin wohne."

Solange seine Mutter ihm nicht von ihrer Zelle aus das Recht dazu absprach, sah er tatsächlich kein Problem damit.

„Aber der Strom, das Wasser … Das ist doch bestimmt alles abgestellt", gab Polly besserwisserisch zu bedenken.

Erwin knirschte mit den Zähnen. Ach, tatsächlich. Als hätte er das nicht selbst schon längst gemerkt.

„Ich kümmere mich darum. Das dauert halt eine Weile." Er warf einen mitleidheischenden Blick in die Runde. „Außer natürlich, es will mir jemand einen Aufenthalt im Bed & Breakfast spendieren? Nicht? Dann nehme ich mal an, dass es vorerst so gehen muss."

„Was meinst du mit vorerst?"

Jake wollte es genau wissen. Strom und Wasser kosteten Geld. Geld, das Erwin nicht hatte, wenn seine Vermutung richtig war.

„Na, was wohl. Bis ich mein Geld zurückerhalten habe."

Oder die Gelegenheit, etwas zu klauen, das er zu Geld machen konnte. Wie auch immer. Ein Job war ein Job. So genau musste das der Sheriff nicht wissen.

„Du hast also Geld. Wo? Auf der Bank?"

Langsam wurde Erwin wütend. Demonstrativ verschränkte er die Hände vor der Brust.

„Muss ich diese Fragen wirklich beantworten? Dann sollte ich mir vielleicht einen Anwalt rufen."

Jake warf Polly einen Blick zu. Diese zuckte nur mit den Schultern. Tatsächlich hatten sie keine Handhabe, ihn dazu zu zwingen, Auskunft zu geben.

Jake seufzte. Er hatte so das Gefühl, dass ihnen Erwins Anwesenheit noch einige Probleme bereiten würde. Aber jetzt war er nun einmal hier, also mussten sie das Beste daraus machen. Er stand auf und hielt dem anderen Mann die Hand hin.

„Dann wünsche ich dir einen guten Neustart. Bleib innerhalb der County-Grenzen und halte deine Termine ein."

Erwin beäugte die Hand, als wüsste er nicht recht, was er damit anfangen sollte. Schließlich ergriff er sie und schüttelte sie widerstrebend.

„Hmpf!" Mit diesem eloquenten Beitrag drehte er sich um und verließ das Revier.

„Ein reizender Zeitgenosse", bemerkte Polly trocken.

„Du kennst ihn?"

„Und ob. Der hat schon als Teenager nichts Gutes im Schilde geführt."

Jake blätterte die Akte durch, die ihm Polly ausgedruckt hatte.

„Hm. Immerhin scheint er nicht besonders gewalttätig zu sein. Außer ein paar Barschlägereien hat er sich ansonsten darauf beschränkt, lange Finger zu machen."

Polly nickte nachdenklich. „Dann hoffen wir mal, dass das so bleibt."

Ihrer Erfahrung nach hinterließ ein Gefängnisaufenthalt immer seine Spuren. In den seltensten Fällen veränderte sich der Charakter zum Positiven.

*

Ashley saß schon wieder im Diner und rührte trübselig in ihrem Kaffee. Sie war völlig übernächtigt. Erst war sie hocherfreut gewesen, festzustellen, dass ihr Zimmer genau neben Henriks lag. Wenn das nicht ein Wink des Schicksals war! Aber dann hatte das Schicksal wohl Feierabend gemacht. Henrik war nämlich die ganze Nacht nicht nach Hause gekommen. Bis um zwei hatte sie gespannt vor der Tür gesessen und jedem leisen Geräusch auf dem Flur gelauscht. Als ihr klar geworden war, dass er wohl an einem anderen Ort übernachten würde, hatte sie ein paar bittere Tränen vergossen. Angetrieben von dem grünhäutigen Monster auf ihrer Schulter, hatte sie ihre ganze Eifersucht in ihre Tiraden auf Facebook fließen lassen. Erst als sie sich alles von der Seele geschrieben hatte, so ein Prozess war ganz schön kathartisch, hatte sie schlafen können. Das war um fünf Uhr morgens gewesen.

Jetzt, bei Tageslicht betrachtet, war ihr nicht ganz wohl bei der Erinnerung daran, was sie alles von sich gegeben hatte. Zum Teil war sie ganz schön fies gewesen. Ihrem Ziel nähergekommen war sie auch noch nicht.

Zum Glück wusste niemand, dass sie es war, die sich hinter dem von ihr verwendeten Profil verbarg. Aber das war ihr nur ein kleiner Trost. Henrik war immer noch so unerreichbar wie eh und je. Dabei war sie sich so sicher gewesen, dass es nur eines einzigen Zusammentreffens bedürfen würde, um ihn dazu zu bringen, sich Hals über Kopf in sie zu verlieben. Sie seufzte.

12

Will hatte eine anstrengende Nacht hinter sich. Zuerst der Einbruch bei Susan, dann ein paar Jugendliche, die es für eine gute Idee hielten, sich beim Clubhaus der *True Warriors* ein paar Kippen anzuzünden und Bier zu trinken. Kurt hatte aus Höflichkeit angerufen und gefragt, ob sich die Polizei darum kümmern wollte oder ob sie sich des Problems selber annehmen sollten. Er war versucht gewesen, Kurt einfach das Okay zu geben. Er war sich ziemlich sicher, dass die Variante der Biker effektiver gewesen wäre als alles, was die Polizei erreichen konnte. Nichtsdestotrotz war es die Aufgabe der Polizei. Zudem hatte er den Eindruck gehabt, dass es Kurt nicht erwarten konnte, wieder ins Bett zu kommen. Vermutlich hatte dort seine Freundin, Miss Daisy, auf ihn gewartet.

Anschließend hatte Polly einen hysterischen Gregory zu ihm durchgestellt. Der arme Mann war felsenfest davon überzeugt, dass Vi ganz dringend einen Krankenwagen brauchte. Am besten mit Polizeischutz.

„Nicht, dass wir im Stau stehen und das Kind kommt zur Welt“, hatte er beschwörend gesagt.

Will hatte stark daran gezweifelt, dass Stau um ein Uhr nachts ein Problem sein würde. Er hatte sich aber gehütet, das laut auszusprechen. Der Mann am anderen Ende der Leitung war ganz offensichtlich fertig mit den Nerven.

An diesem Punkt hatte Vi von hinten gerufen, sie hätten alle Zeit der Welt und Gregory solle sich gefälligst wieder einkriegen. Selbst die Papageien hatten sich eingemischt. Jack hatte nach einer Pulle Rum verlangt, was Will insgeheim für einen hervorragenden Vorschlag für den werdenden Vater hielt, während Esmeralda sich auf ein lautes „Heiliger Bimbam" beschränkte, das sie unablässig wiederholte. Auch passend, in Anbetracht der Tatsache, dass die Ankunft eines neuen Erdenbürgers offenbar unmittelbar bevorstand. Er fragte sich beiläufig, ob er oder sie schon auf der Welt war, bevor seine Gedanken zum nächsten Thema weiterflitzten.

Als Nächstes war er zu einem Auffahrunfall auf dem Colorado Highway 9 gerufen worden. Ein betrunkener Autofahrer hatte einer Familie die Vorfahrt genommen. Zum Glück war niemand gestorben, doch der Vater lag auf der Intensivstation, während die Kinder und die Mutter mit verschiedenen Brüchen und einer Gehirnerschütterung davongekommen waren. Es würde einige Zeit vergehen, bis die schrecklichen Bilder in seinem Kopf verblassten.

Jetzt war seine lange Schicht endlich fertig. Er freute sich auf ein deftiges Frühstück im Diner, bevor er nach Hause ging und ein paar Stunden schlief. Hundemüde stieß er die Tür auf und trat ein ins Winterwunderland des Diners. Er blinzelte und versuchte die überbordende Dekoration auszublenden. Nach so vielen Stunden Polizeidienst war er einfach nicht in Stimmung für einen fröhlich winkenden und pfeifenden Weihnachtsmann wie den neben der Tür. Er riss sich zusammen und konnte sich gerade noch zurückhalten, die Batterien aus dem Plastikding zu entfernen. Selbst die Hirschtrophäen an den Wänden trugen rote Mützen. Fürchterlich. Andererseits duftete es so verführerisch nach Speck, Zimt und Zucker, dass sein Magen freudig grummelte. Was soll's, dachte er und bahnte sich einen Weg durch die Menge der Gäste, die wie jeden Morgen ihren Weg ins Diner gefunden hatten.

Mit einer Handbewegung signalisierte er Miss Minnie, dass er seine übliche Bestellung wünschte. Diese bestand aus Rühreiern, Speck und einer großen Portion French-Toast. Zufrieden, dass sie ihn gesehen hatte, schaute er sich nach einem freien Platz um. Seine Mundwinkel hoben sich, als er Ashley entdeckte. Wie es ihr wohl ging? Die Stimme in seinem Hinterkopf, die insistierte, dass ihn das überhaupt nichts anging, ignorierte er. Ashleys Anblick hob seine Laune ungemein. Dieses Gefühl würde er sich nicht durch sein überkorrektes Gewissen verderben lassen. Sicher, sie war noch sehr jung und als Touristin nur vorübergehend hier, doch das musste ja nicht unbedingt schlecht sein.

Entschlossen näherte er sich ihrem Tisch. Als sie aufschaute, zog ein flüchtiges Lächeln über ihr Gesicht.

„Will! Was machst du denn hier?"

„Ich bin gerade mit meiner Schicht fertig geworden und will was essen. Hast du schon gegessen?"

Sie wandte den Blick ab. „Ich bin nicht hungrig."

„Wie kann das sein? Du siehst sowieso so aus, als könntest du ein oder zwei gute Mahlzeiten mehr vertragen."

Prompt knurrte ihr Magen. Als sie nichts weiter dazu sagte, ging Will ein Licht auf. Vermutlich wollte sie Geld sparen. Die Studenten, die im Winter in den Rockies Ferien machten, waren oft knapp bei Kasse.

„Ich lade dich ein", erklärte er spontan. „Du kannst auf keinen Fall abreisen, ohne das Frühstücksspecial gegessen zu haben."

„Aber …"

Er legte ihr einen Finger auf die Lippen. Ein Kribbeln fuhr durch seine Hand. Was zum …?

Auch Ashleys Augen weiteten sich erstaunt. Beide starrten einander wortlos an, nicht sicher, was soeben geschehen war.

„Einmal Frühstücksspecial", meldete sich Miss Minnie lautstark zu Wort.

Ashley zuckte zusammen und duckte sich, als wollte sie unter ihrem Stuhl verschwinden. Will hingegen grinste nur.

Schon lange hatte er sich nicht mehr so spontan von jemandem angezogen gefühlt.

„Das Special ist für Ashley hier."

Miss Minnie hob überrascht die Augenbrauen.

„Und was ist mit dir?"

„Für mich dasselbe."

„Hmpf. Das nächste Mal kannst du gleich zwei auf einmal bestellen."

Will schenkte ihr sein charmantestes Lächeln.

„Geht klar. Aber als ich bestellt hatte, wusste ich noch nicht, dass wir zwei Portionen brauchen."

„Das nenne ich mal schnelle Arbeit", gab Miss Minnie zurück und entfernte sich vom Tisch.

Ashley lachte leise über das freundschaftliche Hickhack. Sie war froh, dass die Patronin durch ihr plötzliches Auftauchen den Moment unterbrochen hatte. Fast wäre sie in Wills Augen versunken und hätte alles um sich herum vergessen. Dabei wartete sie doch auf die Gelegenheit, Henrik von ihrer Liebe zu überzeugen! Oder etwa nicht? Um sich von all den verwirrenden Gedanken und Gefühlen abzulenken, griff sie nach der Gabel und begann zu essen.

Keine zwei Sekunden später entschlüpfte ihr ein genüssliches Stöhnen. Verdammt, das war richtig lecker. Vor allem, wenn man so ausgehungert war, wie sie es war.

Will grinste zufrieden, als er sah, wie sie reinhaute. „Gut, nicht?"

„Unglaublich gut. Eigentlich hatte ich ja vor, dir nach einem Höflichkeitsbissen den Teller zurückzugeben."

„Und jetzt?"

Beschützend legte sie ihre Arme um den Teller. „Keine Chance. Das gebe ich nicht mehr her."

„Keine Sorge. Meins kommt auch gleich", beruhigte er sie und nippte an dem immer noch heißen Kaffee.

*

Es dauerte nicht lange, und sie saßen vor leeren Tellern.

„So …“, begann er. „Was sind deine Pläne für die nächsten Tage?“

„Pläne?“, stotterte sie, etwas überrumpelt von der unvermittelten Frage.

„Ja, du weißt schon. Skifahren. Deine Freunde treffen. In die Wohnung umziehen.“

„Oh. Das. Ja. Meine Freunde kommen frühestens morgen. Und heute wollte ich einfach ein wenig hier abhängen.“

Will nahm seinen ganzen Mut zusammen. „Was hältst du denn davon, wenn wir zusammen abhängen?“

„Zusammen? Du und ich?“

Will hob eine Augenbraue und legte gespielt getroffen eine Hand ans Herz. „Ist das so unvorstellbar?“

„Nein, nein. Es ist nur …“

Sie brach ab, als ihr Blick auf Henrik fiel, der gerade das Diner betreten hatte.

Interessiert folgte Will ihrem Blick. Zuerst wusste er gar nicht, wer oder was ihre Aufmerksamkeit geweckt hatte. Dann drehte sich einer der Männer in seinem Blickfeld, und sofort war ihm alles klar.

„Vielleicht ein andermal“, antwortete Ashley abgelenkt. „Aber jetzt gerade …“ Ihre Stimme verstummte, während sie Henrik mit einem sehnsüchtigen Ausdruck in den Augen durch den Raum nachsah.

Wills Gesichtsausdruck wurde hart.

„Schon klar. Keine Erklärung nötig.“ Er merkte, dass er verbittert klang, doch er kam einfach nicht dagegen an. Er hatte sich tatsächlich ein wenig in seinen blonden Fahrgast verguckt. Angewidert von der Situation und der Tatsache, dass es ihm so viel ausmachte – sie war schließlich nur eine x-beliebige Touristin, um Himmels willen – stand er auf und warf ein paar Scheine auf den Tisch.

„Viel Glück bei der Promi-Jagd.“

Ashley öffnete den Mund zum Protest.

„Spar's dir", wies er sie schroff an. „Ich will deine Rechtfertigungen gar nicht hören."

Mit großen Schritten entfernte er sich vom Tisch. Unglücklich sah sie ihm hinterher, wie er sich an den Leuten vorbei zum Ausgang schob. Sie schluckte. Wahrscheinlich besser so, wenn er das Interesse an ihr verlor. Sie wollte ja sowieso Henrik. Wieso fühlte sie sich dann, als hätte sie gerade einem Hund einen Tritt versetzt? Oder sonst irgendetwas Fieses getan?

Ihr Gewissen meldete sich ungefragt zu Wort.

Vielleicht, weil er ein anständiger Mann ist? Der erste seit langem, der sich für dich interessiert hat? Dir zugehört hat? Dessen Bemühungen du tatsächlich gerade mit Füßen getreten hast?

Na und?, rechtfertigte sie sich innerlich. Sie hatte ihn nur um eine Mitfahrgelegenheit gebeten. Wenn er das gleich als Heiratsantrag missverstand, war das wohl nicht ihr Problem. Sie stand auf und machte sich auf die Jagd nach ihrer Beute. Schritt für Schritt näherte sie sich der Bar. Fast wäre sie gehüpft, so aufgeregt war sie. Heute war bestimmt der Tag, an dem er sie als seine Seelenverwandte erkennen würde. Diese Vorstellung ließ ihr Herz schneller klopfen. Wie sollte sie vorgehen? Einfach noch mal versuchen, sich vorzustellen?

Sie war so auf Henrik fokussiert, dass sie richtiggehend zusammenzuckte, als etwas seitlich an ihrem Kopf vorbeistreifte. Huch! Was war das? Sie drehte den Kopf. Ein Mistelzweig! Na klar, die Mistelzweige hingen alle paar Meter als Teil der großzügigen Weihnachtsdekoration von der Decke. Eine Idee reifte in ihrem Kopf. Sie drehte sich um und kontrollierte, wo der nächstgelegene Mistelzweig in Relation zu Henriks Standort hing. Leider schien die Bar davon ausgenommen zu sein, stellte sie enttäuscht fest. Aber wie hieß es so schön? Jeder war seines eigenen Glückes Schmied.

Kurz entschlossen griff sie nach der Pflanze, die sie gestreift hatte. Mit einem Ruck riss der Faden, an dem das Ding befestigt war. Ihre Trophäe hinter dem Rücken versteckt haltend, näherte sie sich Henrik.

*

Henrik ahnte nichts von all dem. Äußerst gut gelaunt stand er an der Bar und wartete auf seinen Kaffee. Seine gute Laune stand im direkten Zusammenhang mit der Tatsache, dass er die Nacht bei Susan verbracht hatte. Zugegeben, noch lieber wäre er neben ihr im Bett aufgewacht. Auf dem Sofa war es doch recht einsam gewesen, ganz zu schweigen davon, dass seine Füße über das Ende hinausgereicht hatten. Aber all das nahm er liebend gern in Kauf, wenn es hieß, dass ihn Susan Schritt für Schritt wieder in ihr Leben ließ. Er musste heute Abend unbedingt in seinem Roman weiterlesen. Natürlich nur wegen der Tipps, das verstand sich von selbst. Zuzugeben, dass ihn die Geschichte fesselte, brachte er nicht über sich.

Immerhin schienen sich die Ideen im Buch wirklich auszuzahlen. Zumindest hatte Susan ihn gestern nicht rausgeworfen, als er außer sich vor Sorge bei ihr vor der Tür aufgetaucht war. Er hoffte sehr, dass das an seinem unwiderstehlichen Charme lag und nicht an der Tatsache, dass sie so viel Angst gehabt hatte, dass ihr der bekannte Teufel auf dem Sofa lieber war, als im Dunkeln alleine auf einen unbekannten Übeltäter zu warten. Er ballte die Fäuste, während er über die beunruhigende Tatsache nachdachte, dass tatsächlich jemand in ihr Zuhause eingebrochen war. Am liebsten wäre er ihr die nächsten Tage nicht von der Seite gewichen. Aber nachdem er sich in etwa vorstellen konnte, wie ein solcher Vorschlag bei Susan ankommen würde, nämlich gar nicht gut, musste er sich damit begnügen, auf die Polizei zu vertrauen.

Da er wusste, dass er den ganzen Tag mit den Renovierungsarbeiten beschäftigt sein würde, hatte er Champion vorher bei Kat vorbeigebracht. Dort hatte er Beschäftigung und Abwechslung und war nicht in Gefahr, Staub einzuatmen oder auf einen

Nagel zu treten. Allerdings war jeder Besuch im Tierheim immer mit einem gewissen Risiko verbunden. Die engagierte Betreiberin des *Safe Haven* war sich nicht zu schade, jeden ihrer Kunden aufs Neue zu überreden, dass er oder sie ein Tier adoptierte. Als sie ihm heute die Katzenbabys gezeigt hatte, war er beinahe schwach geworden. Doch dann waren ihm Susans Katzen eingefallen. Die beiden hatten wahrscheinlich wenig Lust auf eine plötzliche Familienerweiterung. Die beiden würden sich irgendwann, hoffentlich bald, schon an seinen Hund gewöhnen müssen. Nachdenklich nippte er an seinem Kaffee.

Gleich würde er in seinen Laden rübergehen und daran weiterarbeiten, ihn einzurichten. Wenn er sich beeilte, konnte er vielleicht sogar mit der Wohnung anfangen. Der aktuelle Zustand mit dem Zimmer im Bed & Breakfast ging ihm langsam auf die Nerven. Er wollte einen Ort, den er zu seinem Zuhause machen konnte. Zu lange war er wie ein Nomade von Hotelzimmer zu Hotelzimmer gezogen. Es wurde Zeit, dass sich das änderte. Vorübergehend war der loftartige Raum ideal für ihn. Wenn er es schaffte, Susan von seinen Zukunftsplänen zu überzeugen, konnten sie immer noch entscheiden, ob sie in ihrem kleinen Häuschen oder doch lieber in seiner Wohnung wohnen wollten. Aber er überholte sich schon wieder selbst. Aktuell sollte er sich besser darum kümmern, dass Susan einem offiziellen Date mit ihm zustimmte. Vorher war es müßig, sich über zukünftige gemeinsame Wohnsitze Gedanken zu machen.

*

„Träumst du wieder von einer gewissen Blonden?“, fragte ihn Kurt, der eine frische Kanne Kaffee aus der Küche geholt hatte.

Henrik grinste.

„Du kennst mich gut“, gab er zu. Er hob seinen Blick zu dem bärtigen Biker, doch der hörte ihm gar nicht zu. Stattdessen starrte er mit gerunzelter Stirn auf einen Punkt hinter Henriks

Schulter. Prompt begann sein Nacken zu prickeln. Irritiert drehte er sich um und hielt auf einmal einen weichen, aber ihm komplett fremden Frauenkörper im Arm. Was zum …?

Er hatte den Gedanken noch nicht zu Ende gedacht, als ihre Lippen auf seinen landeten.

*

Johlen und Pfiffe ließen sie zur Bar hinüberschauen. Was war denn da los? All ihre introvertierten Zellen rieten ihr sofort zu einem hastigen Rückzug. Auf keinen Fall wollte sie in diesen Tumult hineingezogen werden. Jegliche Form von öffentlicher Aufmerksamkeit war ihr verhasst. Es war noch gar nicht lange her, da hätte sie es nicht einmal in Erwägung gezogen, alleine ein gutbesuchtes Lokal aufzusuchen. Menschenmengen, überhaupt Menschen, die sie nicht gut kannte, machten ihr Angst. Allerdings arbeitete sie seit über einem Jahr hart daran, diese Phobie, die ihr Leben so lang beherrscht hatte, in den Griff zu bekommen. Doch in Momenten wie diesen, wenn der Geräuschpegel schlagartig und ohne erkennbaren Grund plötzlich exponentiell zunahm, war es immer noch sehr schwierig, gegen ihre alten Verhaltensmuster anzukommen.

Eine Millisekunde, bevor sie ihrem Fluchtimpuls nachgeben konnte, fiel ihr wieder ein, dass sie sich nicht mehr von ihren Ängsten fremdbestimmen lassen wollte. Was eignete sich da besser als ein kurzer Besuch im Diner? Jetzt, wo sie schon mal da war, weigerte sie sich, gleich wieder den Rückzug anzutreten. Sie straffte die Schultern und zwang sich, regelmäßig zu atmen. Eins, ein, zwei, aus, und so weiter. Sie musste nur einen Kaffee bestellen, dann konnte sie wieder gehen, verhandelte sie mit der Panik, die wie eine hysterische Springmaus, die sich in die Enge getrieben fühlte, hektisch in ihrer Brust umhersprang.

Flüchtig schaute sie sich in der vollen Gaststube um. Wenn sie ehrlich war, hatte sie gehofft, vielleicht Henrik anzutreffen. Sie wollte sich für den Kaffee bedanken. Und die Raubtierfütterung. Das war nur anständig. Sozusagen ihre Pflicht. Nichts weiter. Keineswegs eine Ausrede, ihn zu sehen. Neiiin. Die verdammte Stimme in ihrem Kopf erlitt einen hysterischen Lachanfall, während sie gedanklich eine Rechtfertigung nach der anderen aufzählte, weshalb sie den Mann sehen wollte. Musste, verbesserte sie sich schnell.

Tapfer machte sie einen Schritt in Richtung der Bar, bevor sie auf einmal wie angewurzelt stehen blieb. Die Augen sprangen ihr fast aus dem Kopf und sie schluckte leer. War das … Henrik? Mit einer unbekannten Blonden in den Armen, in einen leidenschaftlichen Kuss vertieft?

Auf der Stelle wurde ihr schlecht. Das Herz schlug ihr bis zum Hals. Das Blut in ihren Ohren dröhnte. Die Wände schienen von beiden Seiten auf sie zuzukommen und sie zu ersticken.

*

Henrik war so perplex, dass es ein paar Sekunden dauerte, bis sich sein Hirn von der Attacke ausreichend erholt hatte, um einen klaren Gedanken zu fassen. Nachdem er idiotischerweise erst geglaubt hatte, sie wäre gestolpert, hatte er instinktiv nach ihren Oberarmen gefasst, um sie aufzufangen. Die fremden, unwillkommenen Lippen auf seinem Mund, die Zunge in seinem Hals und die unbekannten Brüste an seiner Brust sprachen jedoch eine ganz andere Sprache. Zugegeben, die Brüste fühlten sich gut an. Er war schließlich ein Mann mit den normalen biologisch angelegten Funktionen. Das hieß nicht, dass er ungefragt mit ihnen in Kontakt kommen wollte. Vor allem nicht, da es die Brüste der falschen Frau waren. Seine Finger schlossen sich reflexartig enger um ihre Arme, als er sich noch überlegte, wie er sich am besten und ohne ihr wehzutun von der Unbekannten befreien konnte.

Hilfesuchend ließ er seinen Blick ziellos über die anderen Anwesenden gleiten. Weshalb kam ihm denn niemand zu Hilfe? Waren solche Vorkommnisse hier etwa an der Tagesordnung?

Wenn ja, dann hatte er die Einwohner von Independence ernsthaft unterschätzt. Seine Gedanken kamen zu einem abrupten Halt, als er ein bekanntes Gesicht erblickte. Susan! Zu allen möglichen und unmöglichen Zeiten musste sie ausgerechnet freiwillig in seiner Nähe auftauchen, wenn er gerade … in einer … äh … unglücklichen Situation gefangen war?

Leider sprach der Schock, der sich in ihrem Blick abzeichnete, eine klare Sprache. Sie glaubte, eine einvernehmliche Umarmung zu sehen. Eine Umarmung mit einer anderen Frau. Hilflos sah er zu, wie sie wie ein Fisch an Land nach Luft schnappte, bevor sie herumwirbelte und aus dem Lokal flüchtete. Himmel, Arsch und Zwirn. Was für ein höllisches Durcheinander. Entschlossen, dieser unmöglichen Situation ein Ende zu bereiten, schob er die Frau grob von sich.

Erschrocken und ein wenig schuldbewusst schaute sie mit großen Augen zu ihm auf. Moment mal, war das nicht die Blonde, die ihn schon gestern angesprochen hatte? Er runzelte die Stirn.

„Was denkst du eigentlich, was du hier abziehst?“, herrschte er sie unfreundlich an.

Obwohl er es nicht für möglich gehalten hatte, weiteten sich ihre Augen noch mehr.

Schlichtweg am Ende seiner Geduld, schüttelte er sie leicht.

„Antworte mir! Attackierst du immer fremde Männer an der Bar? Ist das dein krankes Hobby? Falls ja, kann ich dir nur empfehlen, mit Stricken anzufangen!“

„He“, rügte ihn Miss Minnie im Vorbeigehen. „Du willst doch nicht, dass unser Strickclub einen schlechten Ruf bekommt! Ts, ts!“

Ungläubig schaute Henrik ihr hinterher. „Ist das etwa das Einzige, was dir zu dieser absurden Situation einfällt? Die Frau hat mich belästigt!“

„Du hast dich nicht gerade mit Händen und Füßen gewehrt“, stellte Kurt fest. „Außerdem bist du ja wohl groß genug, dich selbst zu wehren.“

Ungläubig schaute Henrik zwischen den beiden hin und her. Er traute seinen Ohren kaum. Was für eine sexistische Einstellung. Er wirbelte herum, als sich seine Angreiferin mit piepsiger Stimme zu Wort meldete.

„Wir sind Seelenverwandte. Spürst du denn das nicht?“ Zögerlich streckte sie die Hand aus, als wollte sie ihn erneut berühren.

„Du spinnst wohl!“, rief Henrik aus und trat hektisch einen weiteren Schritt von ihr weg. Unglücklicherweise stolperte er dabei über den hinter ihm stehenden Barstuhl. Als er sich wieder gefangen hatte, sah er, dass sie die Frechheit besaß, ihn anzusehen, als hätte er sie zutiefst verletzt.

„Du weißt gar nicht, was du angerichtet hast“, brach es aus ihm heraus. „Meine Freundin ...“

Misstrauisch runzelte sie die Stirn. „Du hast eine Freundin? Davon stand gar nichts in der Zeitung.“

„Newsflash! Mein Leben ist nicht mehr schlagzeilenwürdig. Also wirst du aus den Medien auch nichts über mein Liebesleben erfahren.“

„Aber auf Facebook stand, sie will nichts von dir wissen“, behauptete sie stur. Ein berechnendes Lächeln erschien auf ihrem Gesicht. „Und falls das vorher nicht der Fall war, dann ist es spätestens jetzt so weit.“

Henriks Gesicht glich einer Gewitterwolke, als er sich vorbeugte und drohend fragte: „Und du bist der Meinung, das ist etwas Gutes?“

„Na klar“, erwiderte sie, verzweifelt, dass er sie nicht verstand. Nicht verstehen wollte. „Dann können wir endlich unser gemeinsames Leben planen.“

Tapfer streckte sie ihm die Hand hin, als wollte sie ihn offiziell begrüßen. Henrik starrte sie nur ungläubig an. Die Frau war unglaublich dreist. Oder litt an einer psychischen Störung. Eins von beidem, soviel stand fest.

„Ich bin Ashley. Nur für den Fall, dass du dich wunderst", schloss sie ein wenig lahm, während ihre Hand unbeachtet in der Luft hing.

Henrik wusste nicht recht, was er sagen sollte. Es schien, als würde sie jedes Wort ernst meinen. Die Frau hatte ein ernsthaftes Problem. Er hoffte nur, dass ihr Problem nicht auch zu seinem werden würde. Leider hatte er das dumpfe Gefühl, dass es für diese Hoffnung bereits zu spät war.

Bevor er etwas Dummes tat, wie sie zum Beispiel so energisch von sich zu stoßen, dass sie auf direktem Weg zum Diner rausflog, schüttelte er den Kopf und hob abwehrend die Hände.

„Bleib mir vom Leib, hörst du? Sonst gehe ich zur Polizei!"

Mit diesen Worten machte er einen Ausfallschritt um sie herum und sprintete los. Er musste dringend Susan finden und ihr die ganze absurde Situation erklären. Er stellte sich vor, wie sie später gemeinsam herzhaft darüber lachen würden. Leider hatte er die düstere Vorahnung, dass es nicht so einfach werden würde. Noch ein Grund mehr, sich zu beeilen.

13

„So, ich glaube, du hast heute für genug Aufregung gesorgt", bemerkte Miss Minnie in tadelndem Tonfall zu dem Mädchen, das völlig verstört und wie angewurzelt an Ort und Stelle stand und in Richtung Tür blickte, durch die ihr Schwarm verschwunden war.

„Aber …" Ashley rang ihre Hände. „Ich wollte doch nur, dass er mich auch liebt", schloss sie mit dünner Stimme.

Miss Minnie schnaubte belustigt. „Dich auch liebt? Willst du damit sagen, du glaubst, den Mann zu lieben?"

„Natürlich", antwortete Ashley indigniert. „Schon seit … seit immer!"

„Aha", kommentierte Miss Minnie sarkastisch und stellte eine warme, unglaublich lecker duftende Zimtrolle vor sie hin. „Du kennst ihn also in- und auswendig, weißt, was seine Träume sind, bist bereit, seine schmutzige Wäsche zu waschen, seine schlechten Launen zu ertragen, dich mit ihm zu streiten, wer den Müll raustragen soll und woher das Geld kommt, um die nächste Miete zu bezahlen. Respekt!"

Ashley runzelte die Stirn. Was schwafelte die Alte da? Wäsche waschen? Miete bezahlen? Wen kümmerten diese Details, wenn es um die wahre Liebe ging?

„Ich weiß nicht, wovon Sie sprechen", antwortete sie. „Unsere Liebe ist rein und stark. Wir werden alle Schwierigkeiten mit Leichtigkeit überwinden."

Miss Minnie rollte mit den Augen. „Ja, klar. Wenn das das ist, was ihr jungen Leute heutzutage in der Schule lernt, ist es kein Wunder, dass die Scheidungsrate in diesem Land so hoch ist."

„Sie haben ja keine Ahnung", erwiderte Ashley hochmütig. Das Gefühl der Niedergeschlagenheit war bereits wieder verflogen und von der ihr eigenen Zuversicht ersetzt worden.

Miss Minnie beugte sich vor. Alle Freundlichkeit war aus ihrem Gesicht verschwunden. „Nein, Missy, du hast keine Ahnung. Echte Liebe und vor allem das echte Leben besteht nicht aus Elfenstaub, den ein fliegendes magisches Einhorn furzt. Im Gegenteil. Schweiß, Blut und Tränen sind allgegenwärtig. Und wenn du jemanden findest, der die schwierigen Momente erträglich macht, schätzt du dich glücklich und tust alles, um daran festzuhalten. Ich gebe dir einen guten Rat: Werde erst mal erwachsen. Dann ist immer noch genug Zeit für die Liebe." Sie hatte sich schon fast zum Gehen gewandt, als ihr noch was einfiel. „Noch etwas …"

„Ich kann es nicht erwarten", murmelte Ashley trotzig.

„Wahre Liebe kommt zu dir. Von alleine. Wenn du es am wenigsten erwartest. Jemanden mit Gewalt von deiner Liebenswürdigkeit zu überzeugen, hat noch nie zum Glück geführt."

Ziemlich verdattert stocherte Ashley in ihrer Zimtschnecke herum. Konnte es sein, dass die Frau recht hatte? Ganz kurz und völlig ungebeten flatterte ein Bild von Will durch ihre Gedanken. Entschlossen verscheuchte sie es.

Allerdings war sie nicht schnell genug. Bevor sie es verhindern konnte, fragte sie sich, wie es wäre, Will zu küssen, denn der Kuss mit Henrik hatte sie erstaunlich kalt gelassen. Unschlüssig trommelte sie mit den Fingern auf die Theke. Aber wahrscheinlich lag das nur daran, dass sie so ein großes Publikum gehabt hatten. Und dass er zu überrascht gewesen war, um mitzumachen, rechtfertigte sie das laue Erlebnis. Das nächste Mal musste sie sich beim Küssen einfach noch mehr Mühe geben. Sie versuchte, sich die Situation vorzustellen. Abermals schob sich Wills Gesicht an Henriks Stelle. Verzweifelt schüttelte sie den Kopf wie eine nasse Katze, die das Wasser aus dem Fell schütteln wollte.

Die Diner-Frau hatte doch keine Ahnung, beschloss sie und attackierte die Süßspeise auf ihrem Teller. Null! Und Will auch nicht.

Aber ein kleiner Zweifel blieb. Ähnlich unangenehm wie ein Stein im Schuh drückte er und machte sich unangenehm bemerkbar. Aarrgh! Wie sie ungebetene Ratschläge hasste. Und das alles nur, weil Henrik der Illusion erlegen war, in diese andere blöde Kuh verliebt zu sein. Dagegen musste sie dringend etwas unternehmen. Den letzten Bissen hinunterschluckend, griff sie nach ihrem Handy und loggte sich bei Facebook ein.

*

Erwin knurrte der Magen, als er durch Independence strich. Dabei hatte er dank seines Raubzugs ordentlich gegessen. Zwar nur kalt, da er immer noch keine zündende Idee gehabt hatte, wie er das Elektrizitätswerk davon überzeugen sollte, den Strom wieder anzustellen. Aber immerhin. Hunger war also nicht wirklich sein Problem. Er hatte mit etwas viel Schlimmerem zu kämpfen. Seit er gestern diese unglaublich leckeren Kekse gegessen hatte, verfolgte ihn die Erinnerung an die süße Köstlichkeit. Vielleicht lag es daran, dass er die letzten Jahre im Gefängnis nie hausgebackene Kekse bekommen hatte. Oder sie waren einfach so gut, dass sie praktisch vom ersten Bissen an süchtig machten. Ihn verfolgte der verführerische Duft nach Schokolade und weihnachtlichen Gewürzen, die samtige Textur der Schokoladenstücke auf seiner Zunge. Das knusprige Knirschen zwischen den Zähnen, das beim Hineinbeißen entstand. Er unterdrückte ein Stöhnen. Kein Zweifel, er brauchte dringend Nachschub!

Nur woher nehmen? Zu Susans Haus zurück traute er sich nicht. Damit würde er sein Glück nur unnötig herausfordern. Zudem bezweifelte er, dass sie sich bereits um Nachschub gekümmert hatte. Er grinste, als er sich überlegte, was sie wohl für ein Gesicht gemacht hatte beim Entdecken der leeren Schränke. Geschah ihr nur recht.

Im letzten Moment konnte er einer Person ausweichen, die aus einem der Geschäfte kam. Mürrisch verzog er das Gesicht, als er seine Bewährungshelferin erkannte.

Ihr Gesichtsausdruck spiegelte eins zu eins seine Gefühle wider.

„Du!", rief sie aus.

Anscheinend war die Empfindung gegenseitig. Das verlieh ihm eine gewisse Genugtuung. Er wollte gerade eine schneidende Bemerkung machen, als ihm das Gebäckstück in ihrer Hand auffiel. Das Ding sah nahezu identisch aus wie die himmlischen Kekse von gestern. Er warf einen Blick auf das Café, aus dem sie gekommen war. *Sweets* stand in großen Buchstaben über dem Eingang. Ehe er sich zurückhalten konnte, platzte er heraus: „Ist das eine Spezialität des Hauses?" Als sie ihn nur verständnislos anschaute, deutete er mit einer Kinnbewegung auf den Keks in ihrer Hand.

„Der Keks?", fragte sie verwundert. Die ganze Situation kam ihr reichlich abstrakt vor. Ein ehemaliger Sträfling fragte sie nach Keksen? Was führte er denn jetzt wieder im Schilde?

Er nickte, sagte aber nichts weiter. Schulterzuckend beschloss sie, seine Frage zu beantworten. Sie schien ihr harmlos genug. Solange er sich mit Gebäck anstelle von Drogen oder Alkohol beschäftigte, sollte es ihr recht sein.

„Die gibt es tatsächlich im Sweets. Produziert werden sie allerdings von Susan Montgomery. Sie liefert die Kekse im ganzen County aus, so beliebt sind sie."

Erwin wurde beinahe schlecht, als er die Begeisterung in Polly Miners Stimme hörte. Nicht die Begeisterung für die

Kekse. Die konnte er nachvollziehen. Aber die Begeisterung für Susan Montgomery verursachte ihm Übelkeit. Wenn er nicht gezwungen gewesen wäre, fünf Jahre hinter Gittern zu verbringen, hätte er es auch geschafft, sich einen Namen zu machen. Garantiert nicht im Kekse backen. Aber das war ein anderes Thema.

„Arbeitet sie von zu Hause aus?"

Misstrauisch runzelte Polly die Stirn. Eine anscheinend harmlose Frage konnte sie noch akzeptieren. Aber das war mehr als ein beiläufiges Interesse.

„Erzähl mir nicht, dass du dich plötzlich zum Bäcker berufen fühlst!" Als er nicht antwortete, höhnte sie: „Ich bin sonst gerne bereit, mit dir in die Backstube zu gehen und zu fragen, ob sie vielleicht einen Praktikumsplatz für dich hat."

Erwin hob den Kopf, als hätte er etwas gewittert. Hatte er auch. Und zwar den Duft von frisch gebackenen Keksen.

„Vielen Dank, aber das muss ich mir erst überlegen. Ich nehme an, der Arbeitsort wäre im hinteren Teil des Gebäudes?"

Wieso zum Teufel wollte er das wissen? Seine seltsamen Fragen versetzten alle verschlafenen Polizeiinstinkte in Pollys Innerem in Alarmbereitschaft. Andererseits war es eine allgemein bekannte Tatsache, wo Susan ihre Kekse produzierte. So gesehen gab es keinen Grund, nicht auf seine Frage zu antworten, so seltsam sie ihr auch vorkam. Sie fühlte sich zwar nicht wohl dabei, aber sie nickte.

„Ich glaube aber nicht, dass sie jemanden sucht. Sie hat gerade erst angefangen", warnte sie ihn.

„Das ist schon okay." Überraschend lächelte er, was Polly auf der Stelle noch misstrauischer machte. „Ich weiß noch nicht, ob ich das Zeug zum Bäcker habe."

Das hingegen nahm sie ihm sofort ab. Erwin hatte in seinem ganzen Leben noch keinen Tag richtig gearbeitet.

„Benimm dich", warnte sie ihn.

Erwin salutierte spöttisch.

*

Susan saß zu Hause auf ihrem Sofa, ihre beiden Katzen auf dem Schoß, während sie darauf wartete, dass ihre Tränen trockneten. Sie wusste gar nicht, weshalb sie der Anblick der beiden so getroffen hatte. Schließlich war es ja für Henrik nur das Beste. Wenn sie ihn nicht wollte, war es ja schön, wenn er eine andere fand, mit der er glücklich werden konnte. Sie nahm an, dass es etwas mit der Schnelligkeit zu tun hatte, mit der er sich anderweitig orientiert hatte. Die Tatsache, dass die Vorstellung von Henrik mit einer anderen Frau ihr trotz all ihrer rationalen Überlegungen den Magen umdrehte, ignorierte sie eisern.

Romeo, der spürte, dass es ihr immer noch nicht besser ging, stellte sich auf die Hinterbeine und rieb seine Stirn an ihrem Kinn. Julia war zurückhaltender in ihrer Unterstützung. Sie blieb auf ihren Beinen liegen und schnurrte, als gäbe es einen Preis zu gewinnen. Susan wusste ehrlich nicht, was sie ohne die beiden machen würde.

Entschlossen, endlich mit der nutzlosen Heulerei aufzuhören, griff sie in ihre Hosentasche und zog ein zerfleddertes Taschentuch hervor. Nachdem sie ihre Nase gründlich geschnäuzt hatte, fühlte sie sich schon besser. Das Leben ging weiter. Es musste einfach. Jetzt musste sie erst mal dringend zurück in die Backstube. Aileen hatte ihr zwar versprochen, sich um die erste Ladung zu kümmern, doch sie hatte noch ein paar weitere Portionen ihrer Testkekse geplant. Arbeit war sowieso die beste Ablenkung.

Nachdem sie sich bei den Katzen mit einem extra Leckerbissen für ihre Aufmerksamkeit bedankt hatte, schlüpfte sie in ihre Jacke und die Turnschuhe und machte sich auf den Weg. Zu Fuß. Ihr Fitnessziel hatte sich nämlich nicht verändert, nur weil der Trottel dieses junge Ding geküsst hatte. Es gab schließlich noch andere Männer. Hatte sie nicht Ausschau halten wollen nach einem langweiligen, grauhaarigen Mann in ihrem Alter, ausgestattet mit Bauchansatz und vielleicht einer Pfeife? Bäh. Ihr imaginärer Partner nahm immer mehr die Gestalt ihres Großvaters an. Das war mehr als schräg. Ungebeten dachte sie an Henrik und seinen perfekten Körper, die sinnlichen Lippen … Ah ja, das hatte sie grad vergessen. Die Lippen, die heute eine andere geküsst hatten. Es war vielleicht ganz gut, wenn sie zu Fuß ging. Während sie sich verausgabte, wurde sie hoffentlich gleichzeitig auch die unerwünschten Emotionen los.

Feinste Schneeflocken wirbelten durch die trockene Luft, während sie ihren Weg über die Wiesen und zwischen den einzelnen Häusern hindurch suchte. Wenn sie ehrlich war, hätte sie sich am liebsten im Bett verkrochen, eine Katze links und eine rechts an ihrer Seite. Wie jeden Tag war sie bereits nach dem Mittag erschöpft. Die Achterbahn der Gefühle hatte ihr Übriges getan. Aber sie weigerte sich, ihrem Körper oder Henrik einen solchen Einfluss auf ihr Leben zu gestatten. Also biss sie die Zähne zusammen und setzte einen Fuß vor den anderen.

*

Henriks Herz schlug schneller, als er durch das Schneetreiben Susans Auto in der Einfahrt entdeckte. Hatte er sie etwa endlich gefunden? Als ihm auffiel, dass im Haus kein Licht brannte, zögerte er. Schlief sie etwa? Hm. Es gab nur einen Weg, das herauszufinden. Entschlossen hob er die Hand und klopfte. Dann wartete er ab. Um ihn herum herrschte die dem Winter und Schnee eigene Stille. Auch aus dem Haus ertönte nicht das geringste Geräusch. Ob sie ihn wohl nicht gehört hatte? Er klopfte abermals. Diesmal etwas lauter. Sekunde um Sekunde verstrich. Niemand öffnete die Tür. Es war fast ein wenig unheimlich. Als wäre er ganz alleine in diesem Winterwunderland.

Schließlich seufzte er und trottete niedergeschlagen zu seinem Fahrzeug zurück. Sein Glück machte heute offenbar

Pause. War nur zu hoffen, dass die Pause bald vorbei war und sich nicht zu einem Winterschlaf ausdehnte.

*

Ashley hatte ihren Platz an der Bar gegen eine der Nischen am Fenster ausgetauscht. Von hier aus konnte sie das Kommen und Gehen auf dem Gemeindeparkplatz gegenüber der Straße beobachten. In dem Moment, als sie Henrik erspähte, sprang sie auf und hastete hinaus. Ihre Jacke und die Handschuhe vergaß sie in ihrer Eile. Sie hatte nur ein Ziel vor Augen. Ihn endlich dazu zu bringen, ihr zuzuhören.

Henrik fielen fast die Augen aus dem Kopf, als er erkannte, wer da auf ihn zurannte. Sofort trat er den Rückzug an und bog in die Hauptstraße ein. Doch Ashley ließ nicht locker. Es dauerte nicht lange, da hatte sie ihn eingeholt und sich ungefragt bei ihm eingehängt.

Henrik befreite unsanft seinen Arm aus ihrem Griff.

„Fass mich nicht an", knurrte er und hob seine Hände in Verteidigungsstellung. Erst jetzt schaute er sie richtig an. „Hast du keinen Mantel? Du wirst dir noch den Tod holen!"

„Wie süß", hauchte Ashley. „Ich wusste ja, dass ich dir nicht egal bin!"

Henrik runzelte die Stirn. „Wie kommst du denn darauf?"

„Na, deine Sorge, dass ich mich erkälten könnte?"

„Das kommt nur daher, dass ich nicht zum Verhör vorgeladen werden will, wenn sie deine tiefgefrorene Leiche irgendwo finden."

„Zum Verhör? Wieso solltest du mich denn umbringen wollen?"

„Weil du mir auf die Nerven gehst?", antwortete er lapidar.

„Oh."

„Ja, *oh*. Ich meine es ernst. Lass mich in Ruhe."

Die unmissverständliche Ansage ließ Ashley schwarzsehen. Hatte er denn den neusten Beitrag auf Facebook nicht gelesen?

Dabei hatte sie sich so Mühe gegeben, in den Diskussionen den Beziehungsstatus zwischen ihm und der fetten Kuh zu diskreditieren. Die wolle ihn sowieso nur als Toyboy missbrauchen. Das kannte man inzwischen ja. In ihrer Verzweiflung warf sie alle Vorsicht über Bord. Anstatt seinen Worten Folge zu leisten, griff sie abermals nach seinem Arm und streckte sich, um ihn zu küssen.

Zum zweiten Mal war Henrik völlig überrumpelt. Was war mit der Frau nur los?! Erst als ihre Zunge seine Wange berührte, riss er sich los.

„Ich will dich nicht mehr sehen“, sagte er noch einmal und hob drohend einen Finger.

Ashley schluckte die aufsteigenden Tränen hinunter und folgte ihm Schritt für Schritt über die Straße. Henrik wusste nicht, was er tun sollte. Einem Mann hätte er schon längst eine gelangt. Diese Option hatte er bei einer Frau nicht. Instinktiv verlängerte er seine Schritte. Unverzüglich legte auch Ashley einen Zahn zu.

Hilfe suchend schaute er sich um. Schon hatten sich die ersten Schaulustigen eingefunden. Er war sich ziemlich sicher, dass einige den Austausch filmten. Na großartig. Jetzt würde seine unglaublich peinliche Situation für die Ewigkeit auf Facebook kursieren. Ungläubig schüttelte er den Kopf. Aus dem Augenwinkel erblickte er die Polizeistation. Er zögerte nur kurz, bevor er den Weg dorthin einschlug. Wenn er Pech hatte, würden sie ihn auslachen. So wie im Diner. Trotzdem würde er sich wohler fühlen, wenn die Polizei Bescheid wusste. Inzwischen traute er Ashley alles zu.

Als Ashley aufging, was sein Ziel war, verließ sie der Mut. „Was hast du vor?“, wollte sie mit gequälter Stimme wissen.

„Anzeige erstatten“, antwortete Henrik ungerührt. „Du kannst gerne mitkommen und deine Version der Ereignisse erzählen.“

Sie zögerte und blieb schließlich stehen. Endlich. Henrik wollte bereits aufatmen, als sie abermals zum Sprechen ansetzte. „Ich weiß nicht, weshalb du uns das antust."

Tränen kullerten über ihre Wangen. Entweder war sie eine sagenhaft gute Schauspielerin oder sie glaubte wirklich an den Unsinn, den sie von sich gab. Henrik wusste nicht, welche Variante die Schlimmere war. Frustriert fuhr er sich durch die Haare.

„Begreif es doch endlich. Es gibt kein uns!"

Die junge Frau starrte ihn nur an. Ein stummer Vorwurf glomm in ihren Augen, als hätte er ihr das Herz gebrochen. Er fühlte sich wie ein Oberarschloch, obwohl er gar nichts getan hatte. Mit Gewalt riss er sich von dem mitleiderweckenden Anblick los. Mit einem Satz nahm er die Treppenstufen, die zum Revier führten, und stieß die Tür auf.

*

Susan blieb erschöpft stehen. Irgendwie war der Weg weiter, als sie gedacht hatte. Vor allem dieses letzte Stück, das durch einen Streifen Wald führte, schien kein Ende zu nehmen. Rings um sie herum herrschte Stille. Ab und zu fiel lautlos Schnee von den Bäumen. Es war ein wenig unheimlich. Da es immer noch schneite, war der Himmel mit grauen Wolken verhangen. Die schwache Wintersonne hatte keine Chance. Plötzlich knackte es hinter ihr. Sie zuckte zusammen und beschleunigte ihre Schritte. Geschichten von Bären und Kojoten huschten durch ihren Kopf. Sie wusste schon, dass die Viecher Menschen normalerweise aus dem Weg gingen. Aber wer wusste schon, wie klar so ein Bär denken konnte, wenn er von ihrem Getrampel unsanft aus dem Winterschlaf gerissen wurde? Sie wollte lieber nicht abwarten und es herausfinden.

Ihre malträtierten Muskeln machten sich schmerzhaft bemerkbar, als sie in einen leichten Trab fiel. Nach hundert Metern keuchte sie wie ein asthmatisches Rennpferd. Ihr Herz arbeitete auf Hochtouren. Sie hatte das Gefühl, wieder einmal das Blut in ihren Ohren rauschen zu hören. Die Kakophonie, die ihr Körper produzierte, lenkte sie so ab, dass es eine Weile dauerte, bis sie merkte, dass das Knacken im Unterholz nicht aufgehört, sondern zugenommen hatte. Was war das? Das Ding machte ja fast so viel Lärm wie sie! Kein einfaches Unterfangen. Bewohnte neuerdings eine Herde Elefanten die Rockies? Nicht Elefanten, korrigierte sie sich genervt. Aber Bisons. Bisons waren schon wahrscheinlicher. Einige Herden lebten mehr oder weniger frei auf dem riesigen Gelände des National Forest.

Immer noch rennend, wenn auch nicht besonders schnell, riskierte sie einen flüchtigen Blick über die Schulter. Bei dem Anblick, der sich ihr bot, verlor sie beinahe ihr Gleichgewicht. Das konnte doch nicht wahr sein! Hinter ihr, in gemütlichem Trabschritt, zockelte Merline.

Hektisch sah sie sich um. Sollte sie versuchen, sich zu verstecken? Auf einen Baum zu klettern? Zweifelnd beäugte sie die knorrigen Bäume um sich herum. Die kleinwüchsigen Dinger trotzten zwar tapfer der dünnen Luft und dem anspruchsvollen Klima. Ob sie allerdings ihrem Gewicht standhalten würden … Dazu kam noch die Tatsache, dass es ungefähr dreißig Jahre her war, seit sie zum letzten Mal einen Kletterversuch gewagt hatte. Ob sie das überhaupt noch konnte? Und falls ja, was hielt den Elch – äh, die Elchdame – davon ab, unter dem Baum ihr Lager aufzuschlagen? Sie war vermutlich viel besser dafür gerüstet, die Nacht unter freiem Himmel zu verbringen als sie. Schon jetzt hatte sie kalte und nasse Füße, weil der Schnee in ihre Turnschuhe gedrungen war. Solange sie sich bewegte, war das kein Problem. Nach fünf Minuten still sitzen würde das allerdings eine eisige Angelegenheit werden.

Schließlich nahm ihr ihre mangelnde Fitness die Entscheidung ab. Sie konnte nicht mehr. Keinen einzigen Schritt. Völlig außer Atem blieb sie stehen. Keuchend beugte sie sich vornüber und stützte die Hände auf den Oberschenkeln ab. Das war es jetzt dann wohl. Das Ende. Fatalistisch schloss sie die Augen und wartete darauf, dass Merline sie über den Haufen rannte. Oder was auch immer es war, das Elche mit unverhofft in ihrem Revier angetroffenen Menschen machten.

Sekunden verstrichen. Ihr Atem beruhigte sich ein wenig, auch wenn an ein Weiterrennen noch lange nicht zu denken war. Aber was war eigentlich los? Wo blieb das Ende? Bei diesem Gedanken fiel ihr auf, dass es bis auf ihr Schnaufen wieder ganz ruhig geworden war. Probehalber öffnete sie die Augen und schielte unter ihrem Arm hindurch hinter sich. Nichts. Warmer Wind strich ihr über das Gesicht. Warmer Wind? Ruckartig hob sie den Kopf und fand sich Auge in Auge mit Merline wieder. Die Elchkuh erschrak mindestens so sehr wie Susan. Beide brachten sich mit einem erschrockenen Satz nach hinten vor dem anderen in Sicherheit.

Misstrauisch beäugten sie einander.

„Mit ein bisschen Distanz siehst du gar nicht mehr so furchteinflößend aus", stellte Susan laut fest. Das Tier war eigentlich ganz niedlich. Riesig, sicher. Aber die großen, mit dichten Wimpern umrandeten Augen waren wunderschön, selbst wenn sie, wie jetzt, einen argwöhnischen Ausdruck trugen.

Beim Klang von Susans Stimme zuckten Merlines Ohren. Sie schien mit sich zu ringen, ob sie näher kommen oder abhauen sollte. Susan war unwillkürlich fasziniert. Je länger die Begegnung andauerte, desto weniger gefiel ihr der Gedanke, wieder ganz alleine im Wald zu sein. Die Anwesenheit der Elchkuh war seltsam tröstlich.

Auch Merline schien Mut gefasst zu haben. Ohne einen Fuß vom Boden zu heben, lehnte sie sich so weit wie möglich nach vorn und machte einen langen Hals.

Erstaunt über die Kapriolen hob Susan beide Augenbrauen.

„Was soll das werden, wenn es fertig ist?", fragte sie versuchshalber.

Sie rechnete nicht wirklich mit einer Antwort, aber sie wollte es wirklich wissen. Als spitze Lippen an ihrer Jacke nestelten, ging ihr ein Licht auf.

„Kekse! Natürlich."

Sie griff in ihre Tasche und schloss die Hand um das Gebäck. Allerdings … wenn sie jetzt den Elch fütterte, würde sie ihn nie mehr loswerden. Unschlüssig kaute sie auf ihrer Unterlippe, während Merline dasselbe mit einem Zipfel ihrer Jacke machte. Zudem wusste jedes Kind, dass man Wildtiere nicht füttern sollte. Zumindest nicht als Privatperson. Das war die Aufgabe des Wildhüters. Aber dieser treuherzige Blick war wirklich herzerweichend … Wenn sie den Keks wieder weit von sich weg warf, wie beim letzten Mal, dann konnte Merline hoffentlich keinen Zusammenhang herstellen, oder? Bevor die lästige Stimme der Vernunft sie darauf hinweisen konnte, dass es wohl nicht viel besser war, wenn die Elchkuh zu dem Schluss kam, dass es jedes Mal in der Umgebung Kekse regnete, sobald sie ihre weiche Nase in Susans Kleidung vergrub, traf sie ihre Entscheidung.

Sie zog den Keks aus der Tasche, hielt ihn Merline für eine Millisekunde unter die Nase, in der Hoffnung, dass sie dann endlich die Jacke wieder ausspucken würde, und warf ihn dann in hohem Bogen hinter sich in den Schnee.

Merline war nicht dumm. Auf der Stelle ließ sie von der Jacke ab und trabte ohne einen Blick zurück in Richtung Beute.

„Ich hab dich auch lieb", rief sie ihr hinterher, bevor sie sich kopfschüttelnd wieder in Bewegung setzte. Immerhin hatte sie sich soweit erholt, dass sogar ein leichtes Joggingtempo drin war. Als sie um die letzte Kurve bog und die Straße erblickte, riskierte sie einen Blick zurück. Kein Elch weit und breit. Vermutlich war Merline jetzt ganz gechillt. Diese Kekse hatten es offenbar tatsächlich in sich.

14

Endlich!, dachte Erwin, der in einer Seitengasse versteckt gewartet hatte, bis Polly gegangen war. Alle paar Meter hatte sie angehalten, um mit jemand anderem zu sprechen. Die Ex-Polizistin schien populärer zu sein als Madonna. Oder der Papst. Er grinste. Dieser Vergleich gefiel ihm besser. Viel passender für ihr selbstgerechtes Verhalten.

Ohne bestimmtes Ziel vor Augen setzte er sich in Bewegung und jaulte auf. Die Kälte hatte seine Füße zu Eisblöcken gefroren. Der stechende Schmerz erinnerte ihn daran, dass er vielleicht dem scharfen Blick der Bewährungshelferin entkommen war, aber ansonsten noch keines seiner Probleme gelöst hatte. So kleine Dinge wie Geld, Strom, fließendes Wasser. Kekse. Das Notwendigste halt.

Wie von seinen Gedanken heraufbeschworen, kam in diesem Moment Susan Montgomery um die Ecke. Freudig rieb er sich die Hände. Jetzt musste er ihr nur noch folgen, dann würde er im Nu Nachschub haben. Um seinen Zehen ein wenig Leben einzuhauchen, bewegte er sie vorsichtig in seinen Stiefeln. Nachdem er wusste, wo Susan hinwollte, bestand kein Grund zu übermäßiger Eile. Im Gegenteil. Wenn er zu dicht aufschloss, bemerkte sie ihn am Ende noch. Das wollte er unbedingt vermeiden. Zumindest für den Moment.

Als er den Abstand für groß genug erachtete, waren zum Glück auch seine Füße wieder halbwegs aufgetaut und in funktionstüchtigem Zustand. Befriedigt sah er, dass Susan wie vorausgesehen auf den Anbau auf der Rückseite des Cafés zuhielt. Bestimmt würde sie gleich eine neue Ladung Kekse herstellen. Bei dem Gedanken daran lief ihm das Wasser im Mund zusammen. Unwillkürlich beschleunigte er seine Schritte. Einige hundert Meter vor ihm blieb Susan vor einer unscheinbaren Tür stehen und steckte einen Schlüssel ins Schloss. Sofort versteckte er sich in einem Ladeneingang. Er wollte auf keinen Fall, dass sie ihn entdeckte.

*

Susan schaute nervös über ihre Schulter, während sie mit ihren behandschuhten Händen versuchte, den widerspenstigen Schlüssel ins Schloss zu fummeln. Niemand war zu sehen. Kein Mensch. Kein Elch. Sie ließ ihren Blick nochmals prüfend über die Straße schweifen, konnte aber niemanden entdecken, der einen verdächtigen Eindruck machte. Seit sie in die Hauptstraße abgebogen war, fühlte sie sich beobachtet. Schon wieder. Das wurde langsam zur Gewohnheit, dachte sie verdrossen. Allerdings fühlte es sich anders an als vorhin bei ihrer Elchbegegnung im Wald. Bedrohlicher. Irritiert über ihre aufflackernde Paranoia, versuchte sie die dunklen Gedanken abzuschütteln und konzentrierte sich auf die Tür.

Endlich ließ sich der Schlüssel drehen. Blitzschnell schlüpfte sie durch den schmalen Spalt in die Backstube und schlug die Tür hinter sich zu. Mit zwei Handgriffen schob sie die zusätzlichen Riegel vor. Die Erleichterung, endlich weg von den Blicken anderer Menschen zu sein, war so groß, dass ihr schwindlig wurde. Sie streckte eine Hand aus und stützte sich an der Wand ab, bis das Gefühl, gleich ohnmächtig zu werden, wieder abflaute. Verdammt! Dabei hatte sie gemeint, sie hätte so große Fortschritte gemacht, was ihre Ängste anging. Momentan sah es allerdings gar nicht danach aus. Sie rieb sich den Nacken, wo sich vorhin auf der Straße sämtliche Haare aufgestellt hatten. Jetzt war es so weit, dass sie sogar schon Halluzinationen hatte.

Wer weiß. Vielleicht hatte sie sich selbst den erneuten Zusammenstoß mit Merline nur eingebildet.

An ihrer geistigen Gesundheit zweifelnd, stieß sie sich von der Wand ab und schleppte sich zu ihrer Arbeitsfläche aus Edelstahl. Auf einem großen Kuchengitter lagen die Kekse, die den Raum mit ihrem köstlichen Duft erfüllten. Susan machte sich gedanklich eine Notiz, sich bei Aileen zu bedanken, dass sie sich um die erste Ladung gekümmert hatte. An der Wand dahinter hing ein Schrank, der ihre meistverwendeten Zutaten enthielt. Mehl. Zucker. Vanilleextrakt. Mandeln. Nüsse. Sie holte Mehl und Zucker heraus und begann die erforderlichen Mengen abzuwiegen. Sie konzentrierte sich ausschließlich auf ihre Arbeit und verbannte jegliche Gedanken an heimliche Verfolger oder wankelmütige Männer aus ihrem Kopf.

Bald entfaltete die Ruhe, die mit dem vertrauten Ritual einherging, ihre Wirkung. Das hatte allerdings auch zur Folge, dass sie mit jeder Minute die ständig im Hintergrund lauernde Müdigkeit deutlicher spürte. Die Energie, die ihr der Spaziergang und die frische Luft verliehen hatten, war längst verflogen. Susan weigerte sich, der Versuchung nachzugeben und sich einen Moment auf dem Sofa, das im hinteren Teil des Lagerraums stand, auszuruhen. Sie würde ihre Kekse backen. Und wenn es sie umbrachte.

*

Erwin wagte sich aus seinem Versteck und schlenderte möglichst unauffällig in Richtung der alten Lagerhalle, die an die Rückseite des Cafés grenzte. An der Tür schaute er sich kurz um. Als er sicher sein konnte, dass ihm niemand Beachtung schenkte, drückte er vorsichtig die Klinke hinunter. Nichts passierte. Die Türe bewegte sich keinen Millimeter. Ärger stieg in ihm hoch. Wer zum Teufel schloss die Tür hinter sich ab? Sie befanden sich in Independence, verdammt noch mal! An dem Ort, wo sich Fuchs und Hase gute Nacht sagten. Kein Mensch schloss hier Türen ab. Die Hände links und rechts vom Kopf, um das Licht abzuschirmen, presste er sein Gesicht an das schmutzige Glas. Sonderlich viel konnte er nicht erkennen. Nur der unverkennbare Duft von frischgebackenen Keksen, der durch die Ritzen drang, verriet, dass er am richtigen Ort war.

Er war so frustriert, dass er weder das Getrampel hörte noch den großen dunklen Schatten wahrnahm, bis seine Welt plötzlich Kopf stand. Ein großes Objekt rammte ihn von der Seite. Im nächsten Moment flog er durch die Luft und landete unsanft auf der harten Erde. Sämtliche Luft wurde aus seinen Lungen gepresst. Vor seinen Augen tanzten Sterne.

„Hey!", rief eine laute Stimme. Eilige Schritte näherten sich.

Die Elchkuh, die erfolgreich ihren Fresskonkurrenten von der Quelle des Keksdufts verjagt hatte, schaute mit wildem Blick von links nach rechts. Von überallher strömten Leute herbei. Solchermaßen in die Enge getrieben, wirbelte sie auf den Hinterbeinen herum und flüchtete, zurück in die Sicherheit des Waldes.

*

Beim Klang von Hufgetrappel schaute Susan überrascht auf. Pferde? Für Hufeisen war das Geräusch allerdings zu dumpf. Oder etwa nicht? Vielleicht war das bei Schnee anders? Sie hatte keine Ahnung von Pferden. Als Nächstes folgte ein dumpfer Knall. Sie legte den Kopf schräg. Oder nannte man das einen *Rums*? Neugierig geworden, wischte sie ihre mehligen Hände an einem Lappen ab und ging zur Tür, um nachzusehen, was es mit den seltsamen Geräuschen auf sich hatte. Bevor sie die Riegel zurückschob, zögerte sie kurz. Was, wenn da draußen etwas beziehungsweise jemand war, mit dem sie nichts zu tun haben wollte? Entschlossen schüttelte sie ihre Ängste ab. Wenn dem tatsächlich so war, konnte sie die Tür immer noch zuschlagen. Sie schloss auf und streckte den Kopf durch den Spalt nach draußen.

In der Ferne sah sie gerade noch ein großes graues Tier davongaloppieren. Auch aus den benachbarten Geschäften waren Schaulustige an die frische Luft getreten, sodass Susan im ersten Moment die unförmige Gestalt am Boden gar nicht registrierte. Erst als ein paar Leute zur Seite traten, wurde der Blick auf den Mann frei. Jemand trat zu ihm hin und wollte ihm aufhelfen. Unwirsch schlug er das Angebot aus, rappelte sich hoch und rannte los. Verblüfft starrten ihm die anderen hinterher.

Susan erblickte Nate, den örtlichen Tierarzt. Ihn kannte sie ein bisschen. Er hatte ihre Katzen kastriert und verpasste ihnen die jährlichen Schutzimpfungen. Ihre Scheu überwindend, trat sie zu ihm hin und zupfte ihn am Ärmel.

„Was ist denn hier los?“, fragte sie, als er sie begrüßt hatte.

„Hast du es nicht gesehen?“

„Nein. Ich war am Backen. Bin ich eigentlich immer noch. Aber ich hatte ein seltsames Geräusch gehört und bin neugierig geworden. Ich vermute mal, Merline war involviert?“

„Du kennst sie?“, fragte Nate verblüfft.

„Kennen ist zu viel gesagt“, wich sie aus. „Wir sind uns einmal begegnet.“ Genau genommen zweimal. Sie biss sich auf die Unterlippe. Normalerweise log sie nicht gerne. Aber irgendwie fühlte sie sich nicht wohl dabei, die spezielle Verbindung, die sie zu der Elchkuh spürte, in alle Welt zu posaunen. Das war privat.

„Und sie hat dir nichts getan?“, hakte Nate hartnäckig nach.

„Nein“, antwortete sie verblüfft. „Sie war … freundlich. Wieso fragst du?“

Nate starrte in die Richtung, in die Merline verschwunden war.

„Weil es das erste Mal war, dass sie jemanden angegriffen hat.“

„Oh, nein. Und was geschieht jetzt?“, fragte sie, ganz in Sorge um die Elchkuh, bis ihr einfiel, dass es vielleicht angebracht wäre, nach der verletzten Person zu fragen. „Äh, ich meine natürlich, ist etwas Schlimmes passiert?"

Nate grinste, als würde er sie genau durchschauen.

„Ein paar Prellungen vermutlich. Er wollte ja nicht bleiben und Fragen beantworten", erwiderte er trocken. „Was Merline betrifft … Nachdem jemand bezeugen konnte, dass sich der Typ verdächtig verhalten hatte …"

„Verdächtig?"

Nate deutete auf ihre Backstube. „Offenbar hat er versucht, reinzukommen. Versuchsweise die Klinke gedrückt." Er zuckte mit den Schultern. „Als das nicht geklappt hat, hat er reingeschaut. So gesehen wird wohl der Konsens sein, dass der Typ bekommen hat, was er verdient."

Susan lief ein Schauer über den Rücken. Also hatte ihr Gefühl sie doch nicht getrogen.

„Vielleicht wollte er nur eine Bestellung aufgeben?", versuchte sie eine harmlose Erklärung für das seltsame Verhalten zu finden.

Nate sah sie skeptisch an. „Anstatt einfach zu klopfen wie jeder andere Kunde?"

Um sich von den beunruhigenden Gedankengängen abzulenken, konzentrierte sich Susan wieder auf die Elchkuh und ihr Schicksal.

„Was geschieht jetzt mit Merline? Ihr passiert doch nichts, oder?"

„Wie gesagt, im Moment sind ihr die Leute wohlgesinnt. Leider muss ich den Vorfall trotzdem Quinn melden. Ich hoffe, sie lässt sich darauf ein, erst einmal abzuwarten."

Es lag Susan auf der Zunge, nachzufragen, was denn die Alternative war. Doch da sie sich ziemlich sicher war, dass ihr die Antwort nicht gefallen würde, verkniff sie es sich. Jetzt, wo die Aufregung wieder nachließ, fühlte sie sich schon wieder leicht schwindlig. Sie schwankte unsicher. Im letzten Moment hielt Nate sie fest.

„Was ist denn mit dir los?“, fragte er besorgt.

Als Susan, die allem Anschein nach damit beschäftigt war, zu atmen, nicht antwortete, schaute sich Nate in der Menge nach Hilfe um. Als er Henrik erblickte, der mit einem jungen Mann vor Gregorys Restaurant in eine Unterhaltung vertieft war, winkte er ihm zu.

Henrik runzelte die Stirn, als er sah, dass Nate ihm winkte. Was wollte denn der Tierarzt von ihm? Tony und er hatten gerade essen gehen wollen, als der Tumult mit dem Elch losbrach. Wenn er jetzt noch zu Nate hinüberging, würde das Essen noch länger auf sich warten lassen. Doch dann erblickte er Susan neben Nate. Sofort war er in Alarmbereitschaft. Er zupfte Tony am Ärmel.

„Deine Mutter!“

„Wo? Was?“

„Dort drüben. Komm.“

*

„Natürlich bin ich mir sicher.“

Susan schenkte den beiden Männern in ihrem Wohnzimmer einen bösen Blick. Nicht genug, dass sich die beiden ohne ihr Wissen miteinander verabredet hatten, mussten sie natürlich ausgerechnet dann vorbeikommen, wenn sie einen dieser unerklärlichen Schwächeanfälle hatte. Wie peinlich war das denn! Zudem machte Tony sich sowieso schon die ganze Zeit Sorgen um sie. Dabei sollte es doch umgekehrt sein. Die bösartigen Worte ihrer Mutter, die sie in den letzten neunzehn Jahren täglich gehört hatte, geisterten durch ihren Kopf. Nichtsnutz. Verliererin. Schlampe. Wer will dich schon. Das waren noch die harmloseren gewesen.

Romeo, der Gute, stand von seinem kuscheligen Sitzplatz an ihrer Seite auf und rieb seine Stirn an ihrem Kinn. Julia rollte sich enger auf ihrem Platz zusammen und verstärkte ihr Schnurren, bis sie klang wie ein kleiner Motor. Die beiden sorgten sich auch um sie und reagierten jeder auf seine Weise. Froh, ihren Händen etwas zu tun zu geben, vergrub sie sie in dem weichen Pelz der beiden.

Tony, der seine Mutter gut genug kannte, steckte die Hände in die Hosentaschen und ging kopfschüttelnd zur Tür. Henrik war noch nicht bereit, klein beizugeben.

„Wir könnten auch Pizza bestellen und hier essen."

Stur lehnte Susan ab.

„Und euch von euren wichtigen Männergesprächen abhalten? Vergiss es. Ich mache mir einen gemütlichen Abend vor dem Fernseher. Mia kommt sowieso bald nach Hause."

Henrik zögerte immer noch. Erst als Tony ungeduldig nach ihm rief, gab er seine Versuche, sie umzustimmen, auf.

„Also gut. Aber ruf an, wenn es dir wieder schlechter gehen sollte."

Susan konnte sich nur knapp davon abhalten, mit den Augen zu rollen. „Versprochen. Und jetzt ab mit dir."

*

Als die beiden endlich gegangen waren, schloss Susan erschöpft die Augen. Was für ein Desaster. Dass ein Tag, der eigentlich so gut angefangen hatte, mit einer doppelten Blamage endete, war nicht fair. Aber wann war das Leben je fair gewesen? Sie öffnete die Augen wieder. Eigentlich sollte sie froh sein. Fakt 1: Henrik hatte offensichtlich eine andere gefunden, die er umwerben konnte. Fakt 2: Nach der heutigen Darbietung und dem Schwächeanfall gratulierte er sich vermutlich selber, dass er noch einmal davongekommen war. War das nicht ihr Ziel gewesen? Sie kaute auf ihrer Unterlippe. Wieso sonst hatte sie ihn denn bei jeder sich bietenden Gelegenheit von sich gestoßen? Selbstsabotage?

Diese Erkenntnis überraschte sie derart, dass sie sich ruckartig aufsetzte. Julia miaute empört und sprang vom Sofa. Den Schwanz hoch erhoben, marschierte sie in die Küche, wo sie vermutlich die nächsten fünf Minuten den Kühlschrank hypnotisierte, bevor sie erneut lautstark auf ihre vermeintliche Fütterungszeit aufmerksam machen würde. Sie schnappte sich den geduldigeren Romeo und strich ihm über das getigerte Fell, während sie versuchte, den Wahrheitsgehalt ihrer neuesten Überlegung zu bestimmen.

Hieß das im Gegenzug, dass sie sich wünschte, mit Henrik zusammen zu sein? Oder war das nur eine reflexartige, eifersüchtige Reaktion darauf, dass sie ihn nun wirklich mit einer anderen Frau gesehen hatte? Irgendwie hatte sie es immer tunlichst vermieden, sich auszumalen, wie es sich anfühlen würde, wenn er sich denn tatsächlich in eine andere verlieben würde.

„Andererseits sind diese Gedanken müßig, nicht wahr? Meine Erkenntnis kommt zu spät“, sagte sie laut zu Romeo. „Er hat schon eine andere.“

Oder sollte sie versuchen, um ihn zu kämpfen? Bei dieser Idee musste sie kichern. Die Vorstellung, wie sie, vierzig und übergewichtig, gegen die knapp zwanzigjährige, knackige Konkurrenz antrat, war einfach absurd. Und das Schlimme war, dass sie das niemand anderem zuschreiben konnte als sich selbst. Sie war eine Idiotin!

*

Kaum hatten sie sich im Bounty, dem Feinschmeckerlokal, an den Tisch gesetzt, fing Tony an, Henrik seine Sorgen zu berichten.

„Jetzt hast du bestimmt gesehen, was ich meine.“

Henrik wusste nicht genau, worauf Tony hinauswollte. „Was gesehen?“, fragte er darum vorsichtig nach.

„Na, dass es Mom nicht gut geht. Hast du gesehen, wie viel sie zugenommen hat?“

Henrik zuckte mit den Schultern. Was sollte er darauf schon sagen? Sicher, es war ihm aufgefallen. Aber da es ihn absolut nicht störte, hatte er nicht weiter darüber nachgedacht. Er fand sogar, dass ihr die zusätzlichen Kurven genauso gut standen wie ihre vorherige, athletischere Figur.

„Na und? Schämst du dich etwa für deine Mutter?"

Falls ja, würde er dem jüngeren Mann mal tüchtig den Kopf waschen.

Tony warf ihm einen bösen Blick zu. „Natürlich nicht! Wofür hältst du mich eigentlich."

Henrik hob beide Hände. „Tut mir leid. Dann verstehe ich nicht, worauf du hinauswillst."

„Sie hat ihr Gewicht immer gehalten. Seit ich denken kann, war sie gleich. Und plötzlich nimmt sie gute zehn Kilogramm oder sogar mehr zu?"

„Menschen verändern sich", gab Henrik diplomatisch zu bedenken.

Tony fuhr sich frustriert durch die Haare. „Ich habe erst auch gedacht, es sei vielleicht eine Reaktion darauf, dass sie plötzlich ganz alleine ist. Aber soweit ich sehen kann, geht es ihr gut. Ihr Geschäft läuft. Sie hat Erfolg. Eine neue Mitbewohnerin. Wieso also das zusätzliche Gewicht?"

Henrik wollte etwas einwenden, doch Tony sprach einfach weiter.

„Dann ist sie ständig müde. Immer. Und dieser Schwächeanfall heute Nachmittag? Ich sage dir, da steckt etwas anderes dahinter." Er trommelte mit den Fingern auf die Tischplatte. „Wenn sie doch wenigstens zum Arzt gehen würde. Selbst ihre Mitbewohnerin, Mia, die auch Ärztin ist, versucht sie ständig zu überreden."

Susan, krank?, dachte Henrik bestürzt. Sie sah so gesund aus! Allerdings musste er zugeben, dass alle Symptome zusammen tatsächlich besorgniserregend waren. Weniger das Gewicht. Aber Schwächeanfälle? Ständige Müdigkeit? Das heute hatte er als Einzelfall abgetan. Jeder konnte mal einen schlechten Tag haben. Aber wenn sich diese wiederholten? Er fing Tonys erwartungsvollen Blick auf.

„Was schaust du mich so an?“

„Na, du könntest doch versuchen, sie dazu zu bewegen, einen Arzt zu sehen“, antwortete Tony hoffnungsvoll.

Henrik lachte und konnte nicht verhindern, dass es ein wenig bitter klang. „Ausgerechnet ich? Vergiss es. Deine Mutter spricht aktuell nicht mal mit mir. Zumindest nicht wirklich.“

„Wenn du umhergehst und wahllos andere Frauen küsst, wundert mich das nicht.“

Tony ließ den Satz wie zufällig fallen. Doch die Schärfe in seiner Stimme verriet, dass ihm das gar nicht passte.

„Shit!“

„Genau“, pflichtete ihm Tony bei. „Willst du das gerne erklären? Ich dachte, du bist ernsthaft interessiert an Mom. Wenn das deine Art ist, eine Frau zu umwerben, kann ich dir nur sagen, deine Vorgehensweise lässt zu wünschen übrig.“

Henrik stützte den Kopf in die Hände. „Bin ich auch. Interessiert meine ich. Und natürlich hatte ich diesen Kuss mit der anderen nicht geplant.“

„Klar. Passiert mir auch immer, dass ich versehentlich beliebige Frauen küsse“, gab Tony trocken zurück.

Henrik zog eine Grimasse. Seine Formulierung war tatsächlich ein wenig unglücklich gewesen.

„Hör zu. Diese Frau ist ein Groupie. Sie hat es darauf angelegt, mich zu küssen. Ich war völlig unvorbereitet.“

Tonys Gesicht verriet, dass er immer noch skeptisch war.

„Es ist wahr. Heute Nachmittag hat Ashley, so heißt sie, einen zweiten Versuch gewagt, obwohl ich ihr schon morgens klar gemacht hatte, dass ich nicht interessiert bin.“

„Ich bin sicher, es ist total nervig, wenn sich einem die Frauen an den Hals werfen.“

Henrik fiel nicht in sein Grinsen ein. „Das ist es tatsächlich. Es war so nervig, dass ich zum Sheriff gegangen bin, um ihn darüber zu informieren.“

Bei diesen Worten beugte sich Tony alarmiert nach vorne. „Was? Wirklich? Wow! Was hat er gesagt?“

Henrik seufzte. „Im Gegensatz zu Kurt und Miss Minnie haben sie mich zwar ernst genommen, nur kann er nicht viel machen außer eine einstweilige Verfügung beantragen. Die Frage ist nur, was mir das schlussendlich bringt … Es war ziemlich ernüchternd.“

„Klingt tatsächlich sehr ärgerlich.“ Er machte eine kurze Pause. „Dann bist du nach wie vor an Mom interessiert?“

„Sag ich doch schon die ganze Zeit. Für mich hat sich nichts geändert. Ich will nach wie vor Susan.“

„Na dann“, antwortete Tony zufrieden. „Worauf wartest du noch?“

„Auf unser Essen“, gab Henrik zurück. „Susan hat ziemlich klar gemacht, dass sie heute ihre Ruhe haben will, schon vergessen?“

„Logisch. Sie glaubt ja auch nicht daran, dass du ernsthaftes Interesse an ihr hast.“

„Haha. Nicht lustig.“

In diesem Moment trat Gregory mit einem großen, mit Champagnergläsern beladenen Tablett vor den Tresen, der im hinteren Bereich des Restaurants fast die ganze Breite einnahm. Zu seinen Füßen saß seine Mischlingshündin Julia, die schwanzwedelnd zu ihm hochschaute.

„Alle mal herhören“, schallte seine tiefe Stimme laut durch den Raum. Die Gespräche verstummten und alle schauten neugierig zu ihm hinüber.

„Vi hat heute einen gesunden Jungen zur Welt gebracht. Den beiden geht es gut. Morgen werden sie bereits nach Hause kommen.“

Pfiffe ertönten. Andere klatschten. Gregory begann die Gläser zu verteilen.

„Wie heißt er denn?“, rief jemand.

„Sein Name ist Bear“, verkündete er und hob das letzte Glas, das er für sich aufgehoben hatte, zum Toast.

Mr. Wilkinson, der zufällig an einem der Tische saß, erhob sich.

„Auf Bear! Möge er ein langes, glückliches und gesundes Leben führen …“

Die Leute nickten und johlten zustimmend.

„… und seine Eltern auf Trab halten“, schloss er mit einem Grinsen.

Gregory lachte dröhnend.

„Das wird er bestimmt. Ich habe so eine Ahnung, wir werden alle Hände voll zu tun haben.“

Als müsste er sich Mut antrinken, leerte er sein Glas in einem Zug. So ganz hatte er sich offenbar noch nicht an den Gedanken gewöhnt, Vater zu sein, dachte Henrik amüsiert.

„Ich bin sicher, eure beiden Papageien werden euch helfen, den Kleinen zu unterhalten“, rief er nach hinten.

„Na, großartig. Genau das, was wir brauchen. Einen Vierjährigen, der flucht wie ein waschechter Seemann, wenn er in den Kindergarten kommt.“

Henrik grinste. Da hatte er nicht ganz unrecht. Plötzlich war er froh, dass Susan nur Katzen hatte. Da würde sich das Problem nicht ergeben. Aber er griff schon wieder vor. Noch hatte sie nicht eingewilligt, ihn zu heiraten. Himmel, er schaffte es ja noch nicht einmal, sie zu einem Date zu bewegen. Und er saß da und plante die gemeinsamen Kinder, von denen er ebenfalls nicht wusste, ob sie das überhaupt noch einmal in Erwägung ziehen würde. Schließlich hatte sie dieses Projekt gerade erfolgreich hinter sich gebracht.

Spielte das für ihn eine Rolle? Waren Kinder für ihn wichtig? Wenn ja, wie wichtig? Wichtig genug, dass er dafür auf die Frau seiner Träume verzichten würde? Ihm ging auf, dass er wohl selbst noch ein paar Fragen zu beantworten hatte. Nur wollte er die Antworten gerne zusammen mit Susan herausfinden. Würde sie ihm die Möglichkeit dazu geben? Er hoffte es.

Gerade wollte er sich ein Stück Brot greifen, als sich von hinten zwei schlanke Arme um seinen Hals schlossen. Tony stellte das Glas, nach dem er eben gegriffen hatte, wieder ab und machte große Augen. Henrik wartete diesmal nicht ab, sondern befreite sich sofort von der unwillkommenen Berührung, indem er aufsprang, sodass die Frau loslassen musste. In zwei Schritten war er um den Tisch herum und stand an Tonys Seite.

„Ashley", warnte er, „lass mich endlich in Ruhe!"

„Aber wenn du mir nur zuhören würdest ...", plädierte sie mit weinerlicher Stimme.

Henrik empfand es als ironisch, dass er praktisch dasselbe in Bezug auf Susan dachte. Herrje. Er hoffte, er kam nicht ganz so erbärmlich rüber. Das war ja peinlich.

Auf der anderen Seite des Raumes schaute Will von seinem Essen auf. Mit einem Blick erfasste der Deputy die Situation. Das war einfach lächerlich. Es war an der Zeit, ein ernstes Wort mit dem Mädchen zu reden. Er stand auf und durchquerte mit sicheren Schritten den Raum. Nicht unfreundlich fasste er Ashleys Oberarm. Erschrocken schaute sie zu ihm auf.

„Du?!"

„Genau. Ich. Du kommst jetzt mit mir und leistest mir beim Essen Gesellschaft."

Hilflos flitzten ihre Augen zwischen Henrik und Will hin und her. Widersprüchliche Gefühle stritten in ihrem Inneren miteinander. Wie immer, wenn Will in der Nähe war, versetzte die latente Spannung all ihre Nervenenden in Aufruhr. Auf der anderen Seite war da Henrik, für den sie schon so lange schwärmte. Sie war hin- und hergerissen.

Will spürte ihre Unentschlossenheit. Wieso hielt sie an diesem aussichtslosen Unterfangen fest? Spürte sie denn die starke Anziehungskraft zwischen ihnen nicht? Sofort erstickte er den unwillkommenen Gedanken. Eine durchgeknallte Touristin fehlte ihm gerade noch in seinem Leben. Trotzdem klang seine Stimme deutlich kühler, als er ihr einen anderen Vorschlag machte.

„Oder Henrik setzt sich zu mir und du verbringst deine Zeit mit Tony, wenn dir meine Gesellschaft so zuwider ist. Der ist wenigstens in deiner Altersklasse."

Tonys Blick hellte sich bei dem Vorschlag auf. Offensichtlich gefiel ihm Ashley.

Zu Wills Überraschung ließ Ashley den Kopf hängen und schüttelte ihn unmerklich.

„Was jetzt? Du setzt dich lieber zu mir?" Er musste ihre Antwort deutlich hören.

„Ja", murmelte sie.

Erleichtert nickte er den anderen beiden zu und führte sie vom Tisch weg, in Richtung seines Platzes.

Henrik und Tony schauten sich ratlos an.

„Was ist da eben abgegangen?"

Henrik zuckte mit den Schultern. „Keine Ahnung. Aber solange es mir diese Irre vom Leib hält, soll's mir recht sein."

15

Nach einer kalten Nacht, in der er unentwegt gezittert hatte, weil er es nicht geschafft hatte, das Feuer in Gang zu bringen, raffte sich Erwin auf und marschierte durch den Schnee zum Diner. Der Himmel war klar. Ein kalter, trockener Wind pfiff von den Bergen und fuhr durch seine immer noch feuchte Jacke. Er musste dringend irgendwo Feueranzünder klauen, dachte er missmutig, als er die Jacke enger um sich zog. Geld wäre auch keine schlechte Idee. Er wusste nicht einmal genau, was er im Diner wollte, so abgebrannt, wie er war. Vielleicht konnte er wenigstens einen Kaffee schnorren. Das wäre immerhin etwas. Zudem war es dort warm.

Als er endlich beim Diner ankam, war er sich ziemlich sicher, dass er mindestens einen Zeh verloren hatte. Gottverdammte Scheißkälte. Eigentlich hatte er vorgehabt, nur ein paar Tage in Independence zu verbringen, bevor er sich in südlichere, deutlich wärmere Gefilde aufmachte. Florida war sein Ziel gewesen. Auf den Keys nahmen es die Leute angeblich nicht so genau, woher man kam und was man machte. Das hätte er zu gern selbst herausgefunden. Stattdessen saß er hier fest, in diesem Kaff, wo es sieben Monate lang schneite. Das war alles Susan Montgomerys Schuld. Die Wut in seinem Bauch wuchs. Mit mehr Kraft als nötig stieß er die Tür zum Diner auf. Eine Frau, die gerade hinaus wollte, sprang erschrocken zur Seite, als sie sein finsteres Gesicht sah. Gut so, dachte er befriedigt. Es war an der Zeit, dass die Leute anfingen, ihm mit dem nötigen Respekt zu begegnen.

Durch das Scheppern der Glasscheibe alarmiert, wandten sich die Gäste in seine Richtung, als er eintrat.

„Was gibt's denn zu sehen“, bellte er unfreundlich, als ihm die neugierigen Blicke auffielen.

Gelächter erschallte. Etwas ratlos blieb er mitten im Raum stehen. Er konnte sich keinen Reim auf die Reaktion der Leute machen. Lachten sie ihn etwa aus?

Kurt schaute von seiner Inventarliste hoch. O-o, dachte er, als er Erwins Gesichtsausdruck sah. Der Mann war definitiv schlecht gelaunt. Um die drohende Explosion abzuwenden, schnappte er sich die Kaffeekanne, die auf der Wärmeplatte stand, und eilte an seine Seite. Als er ihn erreicht hatte, wies er mit dem Kinn auf einen freien Tisch.

„Kaffee?“

Erwin begutachtete erst die Kaffeekanne, dann Kurt mit einem misstrauischen Blick.

„Umsonst?“

„Natürlich“, bestätigte ihm Kurt. „Ich leg sogar noch ein Frühstück drauf.“

Erwin lief das Wasser im Mund zusammen. Nur verstand er nicht, was hier gespielt wurde. Nichts im Leben war umsonst. Das hatte er schon vor langer Zeit gelernt.

„Bist du neuerdings die gute Fee?“, fragte er argwöhnisch.

Kurt lachte schallend. Miss Minnie, die mit vollen Tellern beladen auf dem Weg zu einem anderen Tisch war, schnaubte abfällig.

„Mit dieser hässlichen Visage? Wohl kaum!“

„Pass auf, was du sagst, Frau! Deiner Schwester scheine ich ganz gut zu gefallen!“

„Sie hatte schon immer einen etwas zweifelhaften Geschmack“, konterte Miss Minnie schlagfertig und schwirrte an ihnen vorbei in Richtung Küche.

Erwin schlürfte seinen Kaffee und verfolgte den Schlagabtausch mit dem seltsamen Gefühl, in einem Paralleluniversum gelandet zu sein. Waren jetzt alle völlig durchgedreht? Wenn dabei allerdings eine warme Mahlzeit für ihn raussprang, sollte es ihm recht sein. Er hatte immer noch Sodbrennen von der Dose Chili, die er gestern Abend kalt heruntergeschlungen hatte. Sein Groll auf die Montgomery-Frauen stieg. Überhaupt waren die Frauen an allem schuld. Sein Blick fiel auf das Mädchen, das schräg gegenüber von ihm saß und an ihrem Kaffee nippte. Kannte er sie nicht von irgendwoher? Sie hatte doch zu der Gruppe gehört, die ihn mitgenommen hatte. Stimmt…

Ashley erwiderte seinen Blick mitleidig. Was für ein Loser. Das war doch der Kerl, den sie mitgenommen hatten. Der Lüstling. Jetzt, wo sie die Gerüchte über ihn gehört hatte, machte er ihr keine Angst mehr. Vielmehr bemitleidete sie ihn. Er schien nicht einmal zu wissen, weshalb ihn alle so begeistert begrüßten. Aber ihr sollte es recht sein. Es lenkte die Leute wenigstens von dem Rummel um ihre Person ab. Wer hätte auch gedacht, was für ein Theater alle machen würden, nur weil sie nicht bereit war, Henrik gleich aufzugeben. Als sie sich gestern Abend bei Facebook eingeloggt hatte, um ihren virtuellen Feldzug gegen ihre Widersacherin weiterzuführen, war ihr beinahe schlecht geworden, als sie sich plötzlich einem sehr unvorteilhaften Bild von sich selber gegenübersah.

Das Foto zeigte, wie Will sie mit einer Hand an ihrem Oberarm zu seinem Tisch führte. „Henrik Millers Stalkerin in Gewahrsam?“, lautete der wenig schmeichelhafte Untertitel. Als wenn sie ihm etwas antun wollte. Dabei wollte sie doch nur seine Liebe gewinnen. Oder? Die Unsicherheit dieser Frage stammte nicht von ungefähr. Denn am meisten beunruhigte sie die Art und Weise, wie sie zu Will aufgesehen hatte. Fast so, als würde sie ihn anhimmeln. Als wäre sie in ihn verliebt! Das konnte, nein, durfte nicht sein! Wie auch immer, es war sowieso egal. Der fiese Beitrag hatte sie in Independence zur Persona non grata gemacht, wenn sie den Kommentaren Glauben schenkte.

Im Gegensatz zu Erwin, der dank Facebook und einem verrückt gewordenen, großen Hirsch, oder was für ein Vieh das auch immer war, zum örtlichen Star mutiert war. Jetzt konnte sie es vergessen, irgendwo ein Zimmer zu finden. Dabei bräuchte sie dringend eine Übernachtungsmöglichkeit. Miss Daisy hatte sie schon zweimal gefragt, ob sie endlich ausgecheckt hatte. Blöde Kuh. Bei der unangenehmen Erinnerung runzelte sie unwillkürlich die Stirn.

„Was glotzt du so?", herrschte der Penner sie an.

Oje. Nicht noch mehr Ärger, als sie sowieso schon hatte. Und überhaupt! Was dachte der Typ sich eigentlich, so mit ihr zu reden? Nicht willens, sich auf eine Konfrontation einzulassen, wo schon die ganzen anwesenden Gäste gegen sie waren, während der Alte als neuester Star galt, senkte sie den Kopf und versteckte ihr Gesicht hinter den Haaren.

„Nichts", murmelte sie.

„Hier, dein Frühstück", flötete Miss Minnie und stellte einen Teller mit dampfenden Köstlichkeiten vor Erwin hin.

Würste. Gebratener Speck. Röstkartoffeln. Bohnen in Soße. Ihm lief das Wasser im Mund zusammen. Für ihn ganz untypisch grunzte er etwas, was wie ein „Danke" klang.

„Keine Ursache", gab Miss Minnie belustigt zurück. Sekunden später, als sie sich an Ashley wandte, war von ihrer Heiterkeit allerdings nichts mehr zu spüren.

„Du holst jetzt auf der Stelle deine Sachen aus dem Zimmer. Wann reist du ab?"

„Ich geh gleich."

Miss Minnie stemmte die Hände in die Hüften. „Jetzt heißt jetzt."

„Ich darf wohl noch meinen Kaffee austrinken!", fauchte Ashley, die ihre Chancen, auf Henrik doch noch einen guten Eindruck zu machen, schwinden sah. Wie sollte sie das auch bewerkstelligen, wenn sie erst wieder zu Hause war? Wills Gesicht geisterte durch ihren Kopf. Verdammt. Den würde sie auch vermissen. Also nicht so richtig. Nur … Aarrrgh! Warum war im Leben alles so kompliziert? Um Miss Minnie abzulenken, die so aussah, als hätte sie alle Zeit der Welt, um auf Ashley zu warten, bemerkte sie: „Der Mann hier weiß immer noch nicht, dass er so was wie eine örtliche Berühmtheit ist."

Überrascht drehte sich Miss Minnie zu ihm um.

„Ist das wahr?"

Erwin kniff die Augen zusammen. Er verstand nur Bahnhof. „Hä?"

„Oh. Tatsächlich. Na, dann zeig es ihm. Du hast sicher dein Telefon dabei", forderte sie Ashley auf.

Diese machte große Augen. „Wer? Ich? Aber ich dachte …"

„Du wolltest doch sowieso noch Zeit schinden. Also, hier ist deine Chance. Glaub nur nicht, ich würde dich vergessen. In fünfzehn Minuten komme ich wieder."

„Was redet die Frau?!"

Ashley rollte ihre Augen. Der Mann war tatsächlich ahnungslos. „Also gut. Ich zeig's dir."

Sie rutschte ein paar Stühle weiter, erweckte den Bildschirm ihres Handys zum Leben und rief die Facebook-App auf. Sie rümpfte die Nase, als ihr sein ungewaschener Geruch in die Nase stieg. Hatte er etwa keine Dusche? Ein Schauder überlief sie, als ihr klar wurde, dass es ihr bald ähnlich ergehen konnte.

Interessiert schaute Erwin ihr über die Schulter. Als sie das Video, das jemand von seiner Begegnung mit dem Elch gepostet hatte, zum Laufen brachte, hob er erst eine, dann die andere Augenbraue, bis er schließlich schallend lachte.

„Dem hier", er tippte auf das Display, „habe ich mein Frühstück zu verdanken?"

Als sein Finger das Plastik berührte, scrollte er versehentlich ein wenig nach unten. Ein Bild von Susan Montgomery mit einem Blech voller Kekse und einem Hund, der seine Pfoten auf ihrem Bein abstellte, offensichtlich ganz erpicht darauf, eines der Gebäckstücke zu klauen. Erwin konnte das nur zu gut verstehen.

Ashley wollte schon zum Videobeitrag zurückkehren, als er sie mit einer Hand auf dem Handgelenk zurückhielt. Sie zuckte zusammen. Erwin merkte es nicht einmal, so sehr war er auf Susan Montgomery konzentriert.

„Warte. Was steht da?"

Ashley stutzte. Hatte die Frau etwa noch einen Verehrer mehr? Das wurde ja immer schlimmer.

„Dass sie jetzt auch Cannabis-Kekse backt", antwortete sie schließlich wiederstrebend.

Erwin blinzelte. Hatte er richtig gehört? Cannabis? Das Zeug, das man sonst rauchte? Blitzschnell entstand in seinem Kopf ein Plan. Ein großartiger Plan, bei dem er sich gleichzeitig an den verflixten Montgomerys rächen und seinen nächsten Coup landen konnte. Ein breites, wölfisches Grinsen zog sich über sein Gesicht. *Florida, ich komme!*, dachte er triumphierend.

Als Ashley seinen Gesichtsausdruck sah, revidierte sie ihren ersten Eindruck. Dieser Mann war kein Fan von Susan. Das machte ihn für sie zu einem potentiellen Verbündeten. Einem Verbündeten, den sie dringend brauchte. Ihre verwirrenden Gefühle in Bezug auf Will vollkommen vergessend, lehnte sie sich vor.

„Nicht deine Freundin?", fragte sie zögernd.

„Sie? Ha! Nein!" Er schaute sich verstohlen um, ob auch niemand zuhörte. Er wusste, dass er eigentlich schweigen sollte. Aber die Verlockung, mit seinem brandneuen Masterplan vor dem hübschen Mädchen zu prahlen, war zu groß. Er warf ihr einen prüfenden Blick zu.

„Soll ich dir ein Geheimnis verraten?"

Sie nickte eifrig und rückte näher zu ihm. Solange sie aufpasste und nur durch den Mund atmete, war der Gestank erträglich. Und das hier war viel zu wichtig, um es zu verpassen.

Aufregung durchzuckte sie. Vielleicht, vielleicht war ihr das Schicksal ja endlich wohlgesonnen und sie hatte doch noch eine Chance, den Mann ihrer Träume für sich zu gewinnen.

*

Nach einem Morgen mit strahlend blauem Himmel waren wieder dicke Wolken aufgezogen. Schneeflocken wirbelten in den Laden, als Astrid mit Mia im Schlepptau im Café eintraf.

„Hallo zusammen", begrüßte Aileen sie von ihrem Standort hinterm Tresen. „Was kann ich für euch tun? Wollt ihr einen heißen Kaffee? Das Wetter spielt diesen Winter wirklich verrückt." Sie schaute durchs Fenster. „Einmal so, einmal so. Brrr."

Astrid lachte.

„Ist doch schön. Winter ohne Schnee wäre kein Winter."

„Vielleicht", antwortete Aileen wenig überzeugt.

„Kaffee nehmen wir gerne später", mischte sich Mia ins Gespräch ein. „Wir sind eigentlich hier, um mit Susan über die Weihnachtsfeierlichkeiten zu sprechen."

Aileen hob wissend die Augenbrauen.

„Lasst mich raten. Euch ist in letzter Minute eingefallen, dass ihr noch nicht genügend Kekse habt?"

Astrid grinste schuldbewusst.

„So ähnlich. Wir wollen einen Workshop für die Bewohner des Trailerparks anbieten. Dafür brauchen wir eure Backstube."

„Und Susan als Lehrerin", fügte Mia hinzu.

Aileens Augenbrauen wanderten nach oben. „Die Backstube könnt ihr selbstverständlich haben. Ob Susan mitmacht, kann ich allerdings nicht sagen."

„Das wird sie schon", erwiderte Astrid zuversichtlich.

Mia grinste. Die Apothekerin sah eigentlich ganz harmlos aus. Sie schaffte es aber immer wieder, Leute dazu zu bewegen, ihre Pläne zu unterstützen. Das hing vielleicht auch damit zusammen, dass sie immer sehr gute Ideen hatte, mutmaßte sie.

Lily steckte den Kopf durch die Tür, die ins Lager führte.

„Habe ich das Wort Kekse gehört?“

„Hey“, protestierte Aileen scherzhaft. „Sind meine Profiteroles etwa nicht mehr gut genug für dich?“

Lily umschlang Aileen von hinten mit den Armen und gab ihr einen Kuss.

„Doch. Selbstverständlich. Aber zu Weihnachten gehört einfach der Duft nach Zimt, Kaffee, Schokolade und all den anderen Gewürzen. Da können selbst deine Pariser Köstlichkeiten nicht mithalten.“

Aileen griff nach hinten und kitzelte ihre Partnerin, bis sie kichernd davonsprang.

„Verräterin. Warte nur, das zahle ich dir heim.“

Lily grinste schelmisch. „Ich kann’s nicht erwarten.“

Astrid schmunzelte. Es freute sie, dass die beiden eine so gute Ehe führten und Lily keine Scheu mehr hatte, zu ihren Gefühlen zu stehen. Die beiden hatten einen langen Weg hinter sich. Es hatte die Schießerei in der Turnhalle im letzten Winter gebraucht, um Lily bewusst zu machen, was sie an Aileen hatte. Aileen war getroffen und ins Krankenhaus eingeliefert worden. Astrid war froh, dass aus dem Desaster mit Susans Mutter wenigstens etwas Gutes entstanden war. Susan. Zu der wollten sie eigentlich.

„Also, was ist jetzt? Ist Susan hier?“

Lily deutete mit dem Daumen über ihre Schulter. „Sie ist am Backen. Geht einfach durch.“ Sie wartete, bis die beiden Frauen an ihr vorbeigegangen waren, dann rief sie ihnen nach: „Ruft mich, wenn es etwas zu kosten gibt.“

„Machen wir“, versicherte ihr Mia.

„Vielleicht“, schränkte Astrid ein. „Was“, erwiderte sie auf Mias ungläubigen Blick. „Stimmt doch. Kommt immer auf die zur Verfügung stehende Menge an.“

Kopfschüttelnd folgte Mia ihr.

*

Erwin konnte sein Glück kaum fassen. Dank seiner neuen besten Freundin Ashley hatte er die ausstehende Strom- und Wasserrechnung bezahlen können. Dafür würde sie jetzt bei ihm wohnen. Unbewusst zuckte er mit den Achseln. Das kümmerte ihn nicht. Er brauchte nicht ein ganzes Haus für sich. Vielleicht hatte er ja Schwein und sie würde sogar kochen? Sie machte zwar nicht unbedingt einen häuslichen Eindruck. Und offenbar war sie völlig auf diesen Typen fixiert. Wie hieß er noch mal? Heinrich? Harry? Egal. Dieser wiederum hatte nur Augen für Susan. Das war der Grund, dass Ashley Feuer und Flamme war, ihm bei seinem Vorhaben zu helfen.

Wie dieses Helfen aussehen sollte, war ihm nicht so ganz klar. Es reichte, dass er dank ihr ein wenig Geld hatte und dass sie ihm Susans Geheimnis verraten hatte. Aber nachdem sie jetzt über seinen Plan Bescheid wusste, konnte er sie nicht einfach gehen lassen. Wer wusste schon, wie sie reagieren würde, wenn er sie wieder auf die Straße setzte. Am Ende ging sie noch zum Sheriff und plapperte alles aus.

Er kratzte sich am Kopf, während er die Straße nach einem günstig geparkten Fahrzeug absuchte. Ein Auto musste her. Er hatte die Schnauze voll davon, ständig zu Fuß gehen zu müssen. Sobald er einen fahrbaren Untersatz hatte, würde er Susan observieren. Früher oder später würde sie ihn sicher zu ihrem Cannabislager führen. Ashley hatte mitkommen wollen. Das hatte er hastig abgelehnt. Es war besser, sie weitgehend im Dunkeln zu lassen.

Nach einem prüfenden Blick nach links und rechts näherte er sich dem ausgewählten Fahrzeug. Es war ein unauffälliger, brauner Kombi. Der Menge an Schnee nach zu schließen, die auf dem Dach lag, war schon länger niemand mehr mit dem Teil gefahren. Umso besser. Dann bestand die Hoffnung, dass das Verschwinden des Autos nicht gleich auffiel.

Aus dem Ärmel seiner Jacke zog er einen langen, flachen Keil. Mit einer schnellen Bewegung, die von jahrelanger Übung zeugte, schob er das Metallteil zwischen Fenster und Tür. Ein paar geschickte ruckartige Bewegungen später sprang die Tür auf. Blitzschnell versteckte er das Werkzeug wieder unter seinem Wintermantel und stieg ein. Ein Griff unter das Lenkrad, und er hielt die für den Startprozess zuständigen Elektrokabel in den Händen. Geschwind zog er sein Messer aus der Tasche, entfernte die Plastikisolation am vorderen Teil und hielt die beiden Kabelenden zusammen. Folgsam sprang der Motor an. Yesss! Er hatte es immer noch drauf.

*

Stunden später und hundemüde kehrte Susan abends nach Hause zurück. Sie war immer noch ganz erstaunt, dass sie sich von Astrid hatte überreden lassen, einen Keks-Back-Workshop abzuhalten. Die Idee sagte ihr durchaus zu. Der Workshop erfüllte verschiedene Bedürfnisse auf einmal. Die Gemeinschaft innerhalb und außerhalb der Familien wurde gestärkt, Freundschaften erneuert und die ärmeren Leute aus den Trailerparks erhielten die Zutaten für die Kekse umsonst. Nur dass sie den Kurs halten sollte, erschloss sich ihr nicht wirklich. Sie hatte keine Ahnung davon, wie sie den Leuten irgendetwas beibringen sollte. Was hatte sie schon zu sagen? Zudem war Backen nun wirklich keine Hexerei. Mehl, Zucker, Eier, Schokolade. Mischen. Backen. So einfach war das. Sie war sich sicher, dass das Astrid auch selber könnte. Aber die Frau war hartnäckig wie ein Pitbull geblieben und hatte nicht locker gelassen. Offenbar galten ihre Kekse als das Nonplusultra und nichts anderes würde genügen. Susan hatte den leisen Verdacht, dass Astrids Hintergedanke dabei war, sie mehr in die Gemeinschaft zu integrieren. Eigentlich sollte sie deswegen beleidigt sein. Doch da sie wusste, dass Astrid nur ihr Bestes im Sinn hatte, konnte sie die Energie dazu nicht so richtig aufbringen.

Sie schloss die Tür auf und ließ ihre Tasche gleich beim Eingang fallen. Ihre Schuhe und die dicke Daunenjacke folgten.

Aufräumen konnte sie später noch. Jetzt musste sie erst einmal ihre Raubtiere füttern. Die beiden warteten schon ungeduldig auf sie. Während sie die Dose öffnete, strich ihr Julia schmeichelnd um die Beine. Romeo wartete höflich und blinzelte sie von seinem Platz auf dem Küchentresen an. Während sie die Näpfe der beiden füllte, wanderten ihre Gedanken zurück zu dem arbeitsreichen Tag, den sie hinter sich hatte.

Nach dem sehr aufwühlenden Gespräch mit Astrid und Mia hatte sie das letzte Blech aus dem Ofen gezogen, ihre Körbe für die Auslieferung gefüllt und sich ins Auto gesetzt. Fünfzehn Kunden hatte sie allein heute Nachmittag beliefert. Morgen folgten gleich noch mal so viele Bestellungen, die sie erledigen musste. Die Weihnachtszeit war eine verrückte Zeit, was ihren Ein-Frau-Betrieb betraf. Aber im Januar würde es ruhiger werden, beruhigte sie sich. Mist! Eigentlich hatte sie noch bei Vi im Krankenhaus vorbeischauen und ein paar Kekse hinbringen wollen. Der kleine Bear hielt sie bestimmt ganz schön auf Trab. Ein Blick auf die Uhr am Backofen verriet ihr, dass die Besuchszeiten im Krankenhaus schon lange vorbei waren. Auch gut. Heute hätte sie es sowieso nicht mehr nach Breckenridge geschafft.

Sie bückte sich und stellte den Katzen ihr Futter hin. Die Vierbeiner stürzten sich darauf, als hätten sie seit Tagen hungern müssen. Die Armen, dachte sie amüsiert. Immer hungrig. Sie seufzte. Dieses Gefühl konnte sie nur zu gut nachvollziehen. Einer der Gründe, weshalb zwischen ihr und Henrik nie etwas werden konnte, auch wenn ihre gutmeinenden Freundinnen versucht hatten, sie heute Nachmittag eine halbe Stunde lang vom Gegenteil zu überzeugen.

„Wann gibst du dem armen Kerl endlich eine Chance?“, hatte Astrid unverblümt gefragt.

„Na, es hat gestern nicht so ausgesehen, als wäre er einsam“, hatte sie gekontert.

Worauf Mia prompt bemerkt hatte: „Klingt, als wärst du eifersüchtig …“

Natürlich war sie eifersüchtig. Hieß trotzdem nicht, dass sie Henrik haben konnte.

Ein Klopfen an der Tür riss sie aus ihren Gedanken. Hatte Mia etwa wieder einmal den Schlüssel vergessen? Das konnte eigentlich nicht sein. Als sie sich verabschiedet hatten, hatte Mia ganz beiläufig erwähnt, dass sie heute Abend vielleicht nicht nach Hause kommen würde. Offenbar hatte sie eine Verabredung. Leider war sie selbst so mit ihren eigenen Problemen beschäftigt gewesen, dass sie gar nicht nachgefragt hatte, wer denn der Glückliche war. Blieb die Frage, wer vor ihrer Tür stand. Sie zögerte. Eigentlich hatte sie so gar keine Lust auf Gesellschaft. Sie wollte nur noch schlafen. Zudem fühlte sie sich seit dem Einbruch nicht mehr richtig sicher.

„Reiß dich zusammen“, schimpfte sie laut mit sich selbst. „Ein Einbrecher wird wohl kaum erst an der Tür klopfen!“

Entschlossen, sich nicht vom Leben mit all seinen hellen und dunklen Seiten ins Bockshorn jagen zu lassen, marschierte sie zur Tür und riss sie auf, ohne vorher durch den Spion zu schauen.

Überrascht wich sie einen Schritt zurück, als sie Henrik auf der Türschwelle entdeckte.

„Du?“

Er grinste verlegen. „Ja, ich.“

„Was willst denn du schon wieder hier“, platzte sie heraus, bevor sich ihre diplomatische Ader bemerkbar machen konnte.

„Na, dich sehen natürlich“, konterte er gut gelaunt. „Darf ich reinkommen? Es ist schweinekalt hier draußen.“ Er hoffte darauf, dass ihre gute Erziehung es ihr nicht gestatten würde, ihn draußen in der Kälte stehen zu lassen.

Susan zögerte. Es machte überhaupt keinen Sinn, ihn hereinzulassen. Sie legte sich eine höfliche Absage im Kopf zurecht, öffnete den Mund. Doch anstatt den zurechtgelegten

Satz laut auszusprechen, hörte sie sich zu ihrem Erstaunen „ja", sagen.

Henrik strahlte und trat auf sie zu. Automatisch machte sie einen Schritt zur Seite und ließ ihn herein. Champion, der im Garten eine Mäusespur verfolgt hatte, hob den Kopf und spitzte die Ohren. Als er sah, wie sein Herrchen im Haus verschwand, warf einen letzten, sehnsüchtigen Blick auf das vielversprechende Loch, das er in die Schneedecke gegraben hatte, um dann schleunigst Henrik zu folgen.

16

Susans Herz klopfte heftig unter ihren Rippen und leistete Überstunden. War sie plötzlich wahnsinnig geworden? Hatte sie ihn nicht etwa erst gestern eine andere küssen sehen? Zugegeben, laut den wie wild in Independence umherschwirrenden Gerüchten handelte es sich um einen übereifrigen Fan. Eine junge Frau, die sich schon fast wie eine Stalkerin verhielt. Trotzdem. Ihrem Empfinden nach hatte er eindeutig zu lange gebraucht, um sich von einer – wie er inzwischen behauptete unwillkommenen – Umarmung zu befreien. Gut, dachte sie befriedigt. Immerhin konnte sie sich noch an einige Gründe erinnern, weshalb sie ihn am besten gleich wieder rausschmeißen sollte. Blieb nur die Frage, weshalb sie sich nicht dazu durchringen konnte?

Ihr ganzer Körper prickelte vor gespannter, freudiger Erwartung, als wüsste er etwas, was sie nicht wusste. Sie vermutete, dass er der Illusion erlegen war, dass Henrik seinetwegen da war. Als ob Henrik sie attraktiv finden würde!

Dieser altvertraute Gedanke ernüchterte sie so weit, dass sie tatsächlich ihre berechtigte Frage wiederholen konnte.

„Was machst du hier?"

Henrik hatte in der Zwischenzeit die Jacke ausgezogen und hängte sie gerade an einen Haken. Ganz so, als würde er ständig bei ihr ein- und ausgehen. Sie wusste nicht so recht, ob sie das irritierend finden oder sich freuen sollte. Dass er sich hier wohl fühlte, war ja etwas Gutes, oder? Sie waren immerhin Freunde, wenn auch nicht mehr.

Enttäuscht über diese nicht wirklich neue Erkenntnis fiel die Vorfreude der aufgeputschten Hormone, die in ihrem Blutkreislauf tanzten, in sich zusammen. Endlich, versuchte sie sich zu überzeugen. Sie versuchte Begeisterung dafür aufzubringen, dass sie wieder klar denken konnte, musste allerdings zugeben, dass das mitreißende Gefühl von vorhin sehr viel mehr Spaß gemacht hatte. So hatte sie sich schon lange nicht mehr gefühlt. So hoffnungsvoll. Und freudig. Das war jetzt alles weg. Puff. Hatte sich in Luft aufgelöst. War auch besser so, redete sie sich ein. Alles andere führte über kurz oder lang zu einer viel größeren Enttäuschung. Ein anderes Resultat war völlig unrealistisch.

Champion schaute fragend von einem Menschen zum anderen. Keiner sagte ein Wort. Keiner beachtete ihn. Schließlich gab er die Hoffnung auf, gestreichelt zu werden, und trottete in die Küche. Julia beobachtete ihn aus schmalen Augen. Romeo verzog sich unauffällig über die Treppe in den oberen Stock. Dort würde er ausharren, bis der unerwünschte Besucher mit dem schlechten Atem und der nassen Zunge wieder gegangen war.

Henrik verbuchte es als Erfolg, dass Susan ihn hereingelassen hatte. Allerdings fiel es ihm tatsächlich schwer, eine Antwort auf ihre Frage zu finden. Bestimmt war es unklug, gleich mit der Tür ins Haus zu fallen und ihr zu verraten, wie sehr sie ihm gefehlt hatte. Fakt war, dass er es leid war, wie sie ihn immer eine Armlänge auf Abstand hielt. Da war ihm Astrids Vorschlag, er könnte Susan vielleicht bei der Vorbereitung des Workshops helfen, gerade recht gekommen.

„Freunde besuchen einander. Ist das so ungewöhnlich?“, fragte er deshalb leichthin. Die Freundschaftskarte war ein mäßig geschicktes Ausweichmanöver. Aber er wusste nicht, was er sonst machen sollte. Er hatte keine Lust, sich schon wieder eine Abfuhr zu holen. So schaffte er es vielleicht, wenigstens ein bisschen Zeit mit ihr zu verbringen. Ein absolutes Muss, wenn er seiner aktuellen Lektüre Glauben schenkte. Der Held und die Heldin verbrachten gezwungenermaßen ein paar Tage eingeschneit in einer Berghütte, et voilà, sämtliche Hindernisse lösten sich in Luft auf. Nur wenige Seiten später waren sie im Bett anzutreffen, wo sie den Sex ihres Lebens hatten. Leider ließen sich Blizzards nie blicken, wenn man sie brauchte. Ob er wohl den Wettergöttern huldigen sollte?

Während er darüber nachdachte, wie es wohl um sein aktuelles Verhältnis zur Götterwelt stand, starrte Susan ihn an, als wäre Freundschaft ein völlig fremdes Konzept für sie.

„Wir sind doch Freunde?", hakte er nach.

Sie nickte langsam, nicht sicher, ob sie ihm über den Weg trauen sollte. Was war nur im letzten Jahr geschehen, dass sie ihm gegenüber so zurückhaltend war? Er wusste beim besten Willen nicht, was er getan hatte, um das herbeizuführen.

Sein Herz zog sich schmerzlich zusammen, als er an die Leichtigkeit dachte, die zwischen ihnen geherrscht hatte, während sie zusammen im Organisations-Komitee für die letztjährige Weihnachtsfeier mitgeholfen hatten. Spontan streckte er die Hand aus und strich ihr eine Strähne hinters Ohr. Ein leichter Schauer durchfuhr sie. Gut so. Immerhin hatte er jetzt den Beweis, dass seine Anwesenheit sie alles andere als kalt ließ. Nur … so lange sie sich das nicht eingestand, nützte ihm das genau gar nichts. Bewusst, dass er sich damit auf dünnes Eis wagte, flüsterte er: „Was ist passiert, Susan? Wo ist das zwischen uns hin?"

Susan zog scharf die Luft ein, hielt seinen Blick noch für einen Moment fest, bevor sie sich abrupt abwandte.

„Das Leben", murmelte sie.

Henriks Augen verengten sich, als er versuchte, ihre Reaktion zu interpretieren. War das etwa Wehmut gewesen, was er in ihrer Stimme gehört hatte? Aber wieso kämpfte sie denn mit aller Macht dagegen an? Vollends verwirrt über ihre gemischten

Signale folgte er ihr in die Küche. Champion hatte es sich dort bereits gemütlich gemacht und lieferte sich mit Julia einen Wettstreit im Anstarren. Henriks Mundwinkel zuckten. Sein Hund konnte zwar ganz schön stur sein, doch er vermutete, dass er gegen die Katze keine Chance haben würde. So ähnlich wie er bei Susan, dachte er entmutigt.

Susan deutete auf einen Stuhl.

„Setz dich hin, ich koche uns einen Tee. Kekse?"

„Gerne. Immer", antwortete er grinsend. „Hast du schon einmal erlebt, dass jemand deine Kekse verschmäht?"

Das entlockte Susan ein scheues Lächeln. „Nein. Normalerweise sind sie schneller weg, als ich gucken kann."

„Eben."

Glücklich über das unerwartete Lob platzierte sie ein paar Kekse auf einem Teller und bestäubte sie mit Puderzucker, bevor sie sie auf den Tisch stellte.

Nachdem Susan ihm den Tee gereicht hatte, studierte er sie über den Rand der Tasse. Den Elefanten im Raum, nämlich die Geschichte mit dem Kuss seiner Stalkerin, hatten sie noch gar nicht besprochen. Vielleicht war es ihr ja auch gleichgültig. Anhand ihrer Reaktion glaubte er das allerdings nicht. Möglicherweise stand das zwischen ihnen? Da gab es nur ein Weg, um das herauszufinden. Er holte tief Luft und packte den unsichtbaren Elefanten am Rüssel, äh, den Stier bei den Hörnern.

„Das, was du gestern gesehen hast …", fing er an.

Susan winkte hastig ab. Das Letzte, was sie wollte, war, über den Kuss zu diskutieren, den sie beobachtet hatte. Ja, sie hatte ihren Frieden damit geschlossen. Oder sich das zumindest eingeredet. Aber darüber zu sprechen war nochmals eine ganz andere Sache. So sehr sie sich wünschte, dass die Vorstellung von Henrik mit einer anderen Frau sie kalt lassen würde, entsprach es einfach nicht den Tatsachen. Zumindest noch nicht. Sie hoffte sehr, dass sich das mit der Zeit ändern würde. Ha.

Vermutlich bei der nächsten Eiszeit. Bei der Rückkehr der Mammuts. Ein ersticktes Lachen entschlüpfte ihrer Kehle.

„Schon gut. Geht mich ja nichts an. Wir müssen nicht darüber sprechen. Erzähl mir lieber von deinem Umbau." Irgendetwas, fügte sie still hinzu. Alles, nur nichts über diesen Kuss.

Henrik schüttelte den Kopf.

„Tut mir leid, aber das muss sein. Es ist nämlich durchaus möglich, dass Ashley, so heißt sie, …"

Susan stöhnte innerlich, während sie versuchte, einen möglichst unbeteiligten Gesichtsausdruck beizubehalten. Klar hieß sie Ashley. Wie denn auch sonst. Vermutlich trug sie auch immer farblich aufeinander abgestimmte Unterwäsche, vorzugsweise in Rosa oder sonst einer schicken Farbe, und war fantastisch auf dem Snowboard. Sie war sich sicher, dass die andere noch allerlei weitere Vorzüge hatte, doch Henrik unterbrach ihre wild galoppierenden Gedanken mit seinen nächsten Worten.

„… mich weiter verfolgt. Ich war deswegen sogar bei der Polizei und wollte sie anzeigen."

Überrascht starrte Susan ihn an. „Du hast was? Ich hätte gedacht …"

Sie verstummte und kaute auf ihrer Unterlippe.

„Was? Dass ich darauf abfahre, dass mich wildfremde Frauen küssen?" Angewidert schüttelte er den Kopf. „Zu deiner Information, das tue ich nicht. Glaub mir, das ist genauso unangenehm, wie wenn das ein Mann bei dir machen würde. Kurt und Miss Minnie haben sich auch über mich lustig gemacht. Aber es ist tatsächlich äußerst lästig."

Susan versuchte, die Situation aus seiner Sicht zu sehen. Das war tatsächlich eine sehr gruselige Vorstellung. Je mehr sie darüber nachdachte, desto wütender wurde sie.

„Kurt und Miss Minnie haben sich echt über deine Sorgen lustig gemacht?"

Henrik nickte. „Sie fanden es höchst unterhaltsam. Auch Jake hat erst mal gefragt, ob ich mit ihr denn nicht selber fertig werden würde und ob ich mich gewehrt hätte."

„Das ist unerhört!", ereiferte sie sich. Sie war auf einmal so außer sich, dass sie ihren Händen dringend etwas zu tun geben musste. Sie sprang auf und begann, die Zutaten für eine neue Ladung Kekse aus dem Kasten zu holen. Im Nu hatte sie einen Teig zusammengerührt. „Das ist völlig unprofessionell", nahm sie den Faden wieder auf. Immer schneller knetete sie den Teig, faltete ihn zusammen und haute auf ihn ein. Henrik zuckte jedes Mal ein wenig zusammen, wenn sie die Mischung erneut malträtierte. Auf der anderen Seite freute er sich riesig, dass sie sich für ihn so stark machte. Gerade begann sie ihre Tirade erneut.

„Was soll das heißen, du hättest dich nicht gewehrt? Was hättest du denn tun sollen? Sie schubsen? Dann hätte sie sich gestoßen und dich am Ende für ein imaginäres Wehwehchen verklagt. Und überhaupt, das, was sie macht, ist Stalking. Als ob das nur Frauen passieren könnte. Es ist ein ekelhaftes Verhalten, ganz egal, ob es ein Mann oder eine Frau macht. Es raubt dir deinen Seelenfrieden. Deine Freiheit. Vergleichbar mit häuslicher Gewalt." Sie warf die Hände in die Luft. Mehl stäubte in alle Richtungen. „Was heißt vergleichbar. Es ist das Gleiche. Die Aussage ist, egal wie, ich krieg dich. Kontrollier dich!" Aufgebracht strich sie sich eine Haarsträhne aus der Stirn, die sich aus dem Zopf gelöst hatte. Ihr Finger hinterließ eine weiße Spur auf der Wange. Der Fleck verlieh ihr ein jungmädchenhaftes Aussehen und stand in völligem Kontrast zu der Kriegerprinzessinnen-Haltung, die sie aktuell ausstrahlte. Sie klang, als würde sie auf der Stelle losrennen und sich Kurt und Miss Minnie und möglicherweise auch gleich den Sheriff zur Brust nehmen.

Henrik stand auf und trat neben sie an den Küchentresen. Um ihre Aufmerksamkeit auf sich zu lenken, griff nach ihrer

Hand und zupfte daran, bis sie dicht neben ihm stand und zu ihm aufschaute.

„Was?!“, fragte sie, immer noch in Kampfstimmung.

„Mach dir keine Sorgen. Ich bekomme das schon wieder in den Griff. Ich bezweifle, dass sie noch lange hier sein wird.“

Sie verengte die Augen zu Schlitzen. „Sie täte gut daran, dich in Ruhe zu lassen. Sonst bekommt sie es mit mir zu tun!“

„Das glaube ich gern, meine Kriegerin“, murmelte er. Bevor sie merken konnte, was er vorhatte, schlang er einen Arm um ihre Taille und küsste sie.

Auf der Stelle waren ihr Ärger über die andere Frau und alle Bedenken, die sie sonst wie einen Schild vor sich hertrug, wie weggeblasen. Es gab nur noch sie und Henrik und den Kuss. Seine Lippen. Seine Zunge. Die schwindlig machende Lust, die sich rasend schnell in ihrem Körper ausbreitete. Erst als eine seiner Hände über ihren Körper fuhr und auf ihren wohlgerundeten Hüften zum Stillstand kam, meldeten sich ihre alten Ängste zu Wort.

„Was machen wir eigentlich?“ Ihre Stimme klang ganz atemlos.

Henrik verspannte sich. Wollte sie etwa wieder die Notbremse ziehen? Natürlich würde er das respektieren. Aber er hoffte inständig, dass es nicht dazu kommen würde. Jetzt zu stoppen würde ihn vermutlich umbringen. Oder zumindest seine besten Stücke dauerhaft schädigen. Konnte man sterben vor unbefriedigter Lust? Aus lauter Sorge, dass sie einen Rückzieher machen würde, platzte er mit dem Erstbesten heraus, das ihm in den Sinn kam: „Friends with Benefits?“

Sie drehte die Wörter ein wenig in ihrem Kopf hin und her, bis ihr Körper wieder das Zepter übernahm und ihr zu verstehen gab, dass sie endlich aufhören sollte zu denken. Sie hatte ihn lange genug verhungern lassen. Zumindest, was Sex anging. Vermutlich wusste sie gar nicht mehr, wie das ging. Sie hatte allerdings den leisen Verdacht, dass Henrik ihr das im Handumdrehen wieder in Erinnerung rufen würde.

Als Henrik spürte, wie sie nachgab, hätten ihm seine Knie fast den Dienst versagt, so erleichtert war er. Nachdem er endlich grünes Licht hatte, kam das allerdings nicht in Frage. Stattdessen widmete er sich der unglaublich warmen, weichen, sexy Frau in seinen Armen. Federleicht strich er mit seinem Kinn ihren Hals entlang und atmete tief ihren ganz eigenen Duft ein. Sie roch leicht nach Vanille und Zimt. Das war neu. Vermutlich von ihrer Arbeit als Bäckerin.

Er biss leicht in die empfindliche Stelle, wo der Hals in die Schulter überging. Als sie scharf einatmete und seinen Pullover fester griff, lächelte er. Ihr Körper war auf jeden Fall in völliger Zustimmung mit den aktuellen Vorgängen, was auch immer ihre Vorbehalte sein mochten. Es erleichterte ihn ungemein zu merken, dass er sich die gegenseitige Anziehung nicht eingebildet hatte. Trotzdem zwang er sich, aufmerksam zu bleiben, sodass er es sofort merken würde, wenn sie es sich doch noch anders überlegen sollte. Dieses Vorgehen forderte seine ganze Willenskraft, wollte er doch nichts lieber, als sie auf das nächste flache Objekt zu werfen und über sie herzufallen. Doch er spürte instinktiv, dass er mit Susan vorsichtig umgehen musste. Sie erinnerte ihn an ein Wildtier, das beim ersten Anzeichen von Gefahr flüchtete.

Susan war so weit entfernt davon, es sich anders zu überlegen, dass es schon fast amüsant war. Leider lauerte in ihrem Hinterkopf immer noch die Sorge, dass er es sich spätestens dann, wenn es ans Ausziehen ging, anders überlegen würde. Wieso, wieso hatte sie sich letztes Jahr geweigert, mit ihm zu schlafen? Rückblickend waren ihre damaligen Gründe völlig insignifikant gewesen. Praktisch unsichtbar. Im Gegensatz zu den Kilos, die sie seither zugelegt hatte.

Das Kratzen seiner Bartstoppeln auf ihrer Haut, der sanfte Biss seiner Zähne und die fast ehrfürchtige Art und Weise, wie er ihren Körper berührte, ließen sie ihre Ängste vergessen. Sollte er in ein paar Minuten tatsächlich die Flucht ergreifen, hatte sie wenigstens die Erinnerung an diese Momente, dachte sie trotzig, bevor sich auch der letzte Rest ihres Denkvermögens verabschiedete. Sie stöhnte leise und zog ihn näher an sich heran. Er fühlte sich einfach so gut an. Sie konnte nicht genug davon kriegen. Sie lockerte ihre Finger, die sich in dem Stoff seines Pullovers verkrampft hatten, und strich versuchsweise über seinen Körper.

Als Henrik ihre zaghaften Berührungen spürte, schoss ein elektrischer Strom durch seine Adern. Von ihrem Verhalten ermutigt, schob er seine Hand unter ihr T-Shirt. Seine Fingerspitzen trafen auf samtene Haut. Stück für Stück erkundete er das unbekannte Terrain. Sooo wunderbar. Er löste sein Gesicht von ihrem Hals und küsste sie. Diesmal hielt er sich nicht zurück. All seine Emotionen, seine Frustration, die aufgestaute Lust, sein ganzes Begehren flossen in diesen Kuss. Zu seinem Erstaunen erwiderte sie den Kuss im gleichen Maße. Schließlich hielt er es nicht mehr aus. Er wollte sie sehen. Ihre nackte Haut auf der seinen spüren.

Langsam löste er seine Lippen von den ihren. Ihre Pupillen waren riesig vor Verlangen und verliehen ihren Augen einen dunkelblauen Schimmer. Ihre Lippen glänzten einladend. Er konnte nicht anders, als wortlos ihren Anblick in sich aufzusaugen. Wie lange hatte er sich danach gesehnt, dass sie ihn so ansah. Plötzlich runzelte sie ihre Stirn. Die Lust in ihrem Ausdruck wich vorsichtiger Zurückhaltung.

„Was ist?"

Henrik lächelte. „Ich will dich sehen. Ganz." Er zupfte am Saum ihres T-Shirts. „Kann das weg?"

„Ähm …", stotterte sie. „Mich sehen? Aber …"

„Du bist wunderschön", flüsterte er. „Glaub mir, ich weiß, wovon ich spreche."

Sie zog die Nase kraus, was er absolut bezaubernd fand. „Da bin ich mir nicht so sicher. Ich glaube viel mehr, dass du einem Fantasiegebilde hinterherjagst." Verlegen schaute sie auf den Boden.

Er legte zwei Finger unter ihr Kinn und hob es leicht an, bis sie ihm in die Augen schaute. Langsam, um sie nicht zu erschrecken, griff er nach ihrer Hand und führte sie an seinen Schritt. Ihre Augen wurden groß.

„Oh!"

„Genau. Oh. Glaubst du immer noch, dass alles auf meiner Einbildung beruht?"

Unsicher kaute sie auf ihrer Unterlippe, dann nickte sie. „Ja", erwiderte sie bestimmt. „Ich garantiere dir, dass es einen sehr ernüchternden Effekt auf deine Libido haben wird, wenn ich mich ausziehe."

Fast hätte Henrik laut gelacht, so absurd war dieser Gedanke. Stattdessen schlug er ihr vor: „Wollen wir wetten?"

„Wetten?"

„Ja. Du weißt schon …"

„Klar weiß ich das. Aber du wirst verlieren", unterbrach sie ihn, einen störrischen Zug um den Mund.

„Das ist dann ja mein Problem", erwiderte er leichthin.

Das entlockte ihr ein halbes Lächeln. „Du bist verrückt", flüsterte sie mit einem ungläubigen Kopfschütteln.

„Nein. Nur sehr, sehr ver…", gerade noch rechtzeitig stoppte er sich. „Sehr verrückt nach dir." Er hielt den Atem an. Beinahe hätte er es verbockt. Wenn sie wüsste, wie sehr er in sie verliebt war, würde sie vermutlich sofort Reißaus nehmen.

Susan rang mit sich. Sollte sie es wagen? Während sie noch überlegte, ließ Henrik seine Hand unterm Stoff aufwärts wandern. Mit dem Knöchel strich er über die Unterseite ihrer Brust. Ihr Nippel zog sich zusammen und sandte eine neue Welle der Lust in ihren Bauch und tiefer, zwischen ihre Beine. Sie schauderte. Was soll's, dachte sie und griff nach dem Saum des Kleidungsstücks. Sie nahm all ihren Mut zusammen und zog es sich über den Kopf. Immerhin in einem Punkt waren die Götter gnädig gewesen. Da sie nicht dazu gekommen war, zu waschen, trug sie tatsächlich einen ihrer schöneren BHs, der normalerweise ein sehr einsames Leben im hintersten Winkel ihres Schranks führte, und keines der bequemen, aber langweiligen weißen Baumwolltops.

Als sie Henriks Blick auf sich spürte, hätte sie sich am liebsten hinter dem Stoff versteckt. Nein. Das würde sie nicht tun. Er wollte sie sehen, also sollte er sie auch sehen. Alles von ihr. Jedes verdammte Kilo. Trotzig reckte sie das Kinn in die Höhe und warf ihm einen herausfordernden Blick zu.

Abermals musste Henrik sich zusammennehmen, um nicht laut zu lachen. Sie hatte nicht die geringste Ahnung, was für eine Wirkung sie auf ihn hatte. Stolz wie eine vorzeitliche Göttin stand sie da, bereit, es mit der Welt aufzunehmen, obwohl sie davon überzeugt war, dass er sie nicht attraktiv fand.

Alles Blut, das sich bis zu diesem Moment noch in Henriks Kopf aufgehalten hatte, schoss Richtung Süden. Sein Schwanz pochte schmerzhaft und protestierte gegen sein enges Gefängnis.

„Du bist wunderschön“, krächzte er, ohne den Blick von ihren üppigen Kurven abzuwenden. Fast ehrfürchtig streckte er die Hand aus und verfolgte mit den Fingerspitzen ihre Silhouette.

Susan blinzelte. Das entsprach jetzt aber nicht dem Script in ihrem Kopf. „Du bist nicht … Mein Körper, er stößt dich nicht ab?“, fragte sie ungläubig.

„Susan, du bist meine lebendig gewordene Fantasie. Insofern hattest du recht. Bis jetzt war es eine Fantasie. Die Wirklichkeit übertrifft allerdings alles, was ich mir je vorgestellt habe.“

Unglaube und Hoffnung kämpften in Susans Kopf gegeneinander an. Konnte es wirklich sein …? Allerdings fiel es ihr zunehmend schwerer, einen klaren Gedanken zu fassen. Zu sehr erregte sie das offensichtliche Begehren in Henriks Blick. In seinen Berührungen. Bevor sie vollends den Verstand verlor, schob sie abrupt seine Hand weg.

Überrascht schaute er auf und blickte sie fragend an.

Sie schluckte. „Jetzt du.“ Sie deutete auf seinen Pullover. „Das ist nur fair.“

Seine Mundwinkel zuckten. „Dein Wunsch ist mir Befehl“, gab er zurück und riss sich das Kleidungsstück vom Leib.

Der Anblick seines muskulösen Oberkörpers traf sie völlig unvorbereitet. Er war so perfekt, dass ihre Unsicherheiten mit aller Macht zurückkehrten.

Henrik erkannte den exakten Moment, wo sie sich wieder zurückziehen wollte. Das würde er, nein konnte er nicht zulassen. Entschlossen zog er sie in seine Arme und zeigte ihr unmissverständlich, wie gut sie ihm gefiel.

Susan verlor in dem Moment den Faden, als sie seine nackte Haut auf der ihren spürte. Seine Lippen und Hände hinterließen eine feurige Spur und rissen sie mit. Nun ja. Sie nahm an, dass es in ein paar Stunden noch früh genug war, alles zu bereuen. Erst einmal würde sie genießen. Dieser Entschluss war ungemein befreiend. Eifrig kam sie seinen Berührungen entgegen, schwelgte in den Gefühlen, die er wie ein Magier in ihr auslöste, und überließ sich ganz dem Moment.

Schließlich ließen sie kurz voneinander ab, um Luft zu holen. Schwer atmend standen sie sich gegenüber.

„Willst du mit in mein Zimmer kommen?“

„Gott sei Dank. Ich hatte schon befürchtet, du fragst nie“, antwortete er inbrünstig.

Ermutigt von seinem offensichtlichen Eifer griff sie lächelnd nach seiner Hand und zog ihn mit sich.

17

„Hast du mir etwas zu erzählen?“, fragte Miss Daisy, zwei Teller in jeder Hand balancierend.

Susan lächelte verlegen und schüttelte den Kopf. Um die neugierige Patronin abzulenken, versuchte sie sich an einem neutralen Gesichtsausdruck. Natürlich scheiterte sie kläglich. Seit Henrik jeden Abend bei ihr zu Hause vorbeikam und erst im Morgengrauen wieder ging, strahlte sie ununterbrochen. Sie konnte einfach nicht anders. Meist verbrachten sie einen gemütlichen Abend in der Küche und aßen miteinander, während sie sich über ihren Tag austauschten. Sie wollte diese Momente um keinen Preis missen. Später, wenn sie im Bett übereinander herfielen, schwebte sie im siebten Himmel. Romeo und Julia waren schon ganz verstimmt, dass sie a) aus dem Bett verjagt worden waren und b) ständig dieser unausstehliche Hund zu Besuch war. Susan verstand ihre Frustration, war jedoch nicht bereit, auf die Zeit mit Henrik zu verzichten.

Sie verstand zwar nach wie vor nicht, wie genau es dazu gekommen war, doch sie hatte beschlossen, dass das unwichtig war. So lange beide die Regeln kannten und es sich um ein einverständliches Arrangement handelte, würde niemand verletzt werden. Sie war Realistin. Über kurz oder lang würde er einer hübschen jungen Frau begegnen und sie würden sich trennen. Das war unausweichlich. Verständlich, dass sie insgeheim hoffte, dass das noch länger nicht der Fall sein würde. Auch logisch, dass es ihr einen Stich versetzte, wenn sie sich dieses

Szenario vorstellte. Aber sie war vorbereitet und lief somit nicht Gefahr, sich ihr Herz zu brechen. Eine Win-Win-Situation für beide.

Miss Daisy nickte wissend und grinste. „Wieso glaube ich dir kein Wort? Hat deine gute Laune etwa mit der Tatsache zu tun, dass Henriks Truck in den letzten Tagen immer in deiner Einfahrt stand?"

„Woher … aber … warum wissen Sie …", stammelte Susan.

„Schätzchen, das ist Independence!" Miss Daisy rollte mit den Augen.

Susans Gesicht färbte sich dunkelrot vor Verlegenheit, worauf Miss Daisy noch lauter lachte.

„Genieße es! Ist doch kein Grund, sich zu schämen. Kurt weiß auch, wie er eine Lady gut unterhält. Was der Mann mit seinen Händen und anderen Körperteilen anstellen kann …" Sie seufzte schmachtend und zwinkerte ihr zu.

Diese Information ließ Susans Ohren heiß werden. Jetzt wusste sie auf einen Schlag viel mehr über Miss Daisys und Kurts Liebesleben, als sie je wissen wollte.

Nichts ahnend fuhr Miss Daisy fort: „Verrätst du mir wenigstens das Datum von eurem ersten Mal? Ich habe noch eine Wette laufen. Genau genommen mehrere, aber die anderen sind noch nicht aktuell, wenn ich die Situation richtig einschätze." Nachdenklich legte sie den Kopf schief und studierte die scheue Frau vor sich.

Verzweifelt nach einem anderen Gesprächsthema suchend, platzte Susan heraus: „Müssen Sie nicht Ihre Gäste bedienen? Das Essen wird doch bestimmt kalt."

„Huch?! Du hast recht. Warte kurz. Ich bin gleich wieder da."

Diese Befürchtung hatte Susan allerdings auch. Deshalb sprang sie von ihrem Stuhl, sobald sich Miss Daisy umgedreht hatte, und flüchtete aus dem Diner.

*

„Wo ist sie denn jetzt hin?“, fragte Miss Daisy laut und schaute sich um.

„Ich weiß ja nicht, was du zu ihr gesagt hast“, antwortete ihre Schwester trocken, „aber sie ist aus dem Lokal geflüchtet, als ob ihre Hosen Feuer gefangen hätten.“

„Ach, nur ein paar harmlose Fragen zu Henrik.“

„Ha! Du und harmlose Fragen! Das glaubst du ja selber nicht.“

„Na, ich musste doch Details wissen“, verteidigte sich Miss Daisy. „Zu blöd, dass sie jetzt gegangen ist. Dabei wollte ich sie fragen, ob sie ein Problem mit der Auslieferung hat.“ Sie runzelte die Stirn.

„Sind schon wieder keine Kekse gekommen?“

„Nein. Eben nicht. Wenn das so weitergeht, werde ich mich heute Abend selbst in die Küche stellen und backen müssen.“

„Seltsam“, wunderte sich Miss Minnie. „Susan ist doch sonst so zuverlässig.“

„Redet ihr über die Kekslieferungen?“, erkundigte sich Brenda Carter und ließ sich auf einen freien Stuhl sinken. Der Sheriff, der Brendas Sohn war, und Polly setzten sich zu ihr an den Tisch.

„Genau. Sie hat nicht geliefert.“

„Sieht ihr gar nicht ähnlich.“ Brenda legte ihre Stirn in Falten. „Allerdings habe ich von den Stones was ganz Ähnliches gehört. Die haben allerdings vermutet, dass ein Bär das ganze Paket geklaut hat. Sie haben dort oben ja öfter Bärenbesuch.“

„Ich dachte, dieses Jahr würde Merline die Bewohner auf Trab halten?“, gab Jake zu bedenken. „Es ist schon das zweite Mal diese Woche, dass sie in der Stadt gesehen wurde.“

Die Frauen ignorierten seinen Einwurf. Miss Minnie lachte leise. „Was soll’s. Es sind nur Kekse. Wahrscheinlich ist sie einfach verliebt und nicht ganz bei der Sache.“

„Wenn ihr mich fragt, ist Erwin der Übeltäter“, meldete sich Polly zu Wort.

Jake lachte schallend.

„Alles, was aktuell in Independence schief läuft, ist Erwins Schuld. Du hast einfach etwas gegen ihn."

Polly hob die Augenbrauen und fixierte ihren Chef.

„Das hättest du auch, wenn du ihn schon so lange kennen würdest, wie ich ihn kenne."

„Möglich. Hast du denn Beweise?"

„Noch nicht. Aber bald", schoss Polly zurück.

„Scheint, als hätte er im Knast das eine oder andere dazugelernt", bemerkte Jake amüsiert.

„Das kann ja sein. Aber besser als ich ist er trotzdem nicht." Polly verschränkte kämpferisch die Arme vor der Brust.

„Davon bin ich überzeugt. Denk nur dran, dass du nicht mehr im aktiven Dienst bist", mahnte er sie zur Vorsicht.

Die drei älteren Frauen tauschten einen Blick aus, den Jake lieber nicht interpretieren wollte. Abwehrend hob er die Hände.

„Ich will gar nicht hören, was ihr vorhabt. Dann kann ich wenigstens auf Unwissenheit plädieren, solltet ihr in Schwierigkeiten geraten."

„So wenig Vertrauen", rief ihm seine Mutter hinterher.

Jake rollte mit den Augen. Manchmal hatte er das Gefühl, seine beiden Töchter, drei Jahre und ein Jahr alt, waren vernünftiger als seine Mutter und Polly. Und das wollte etwas heißen, nachdem die beiden Wirbelwinde es täglich schafften, sich in Schwierigkeiten zu bringen. Erwin, der Keksdieb. Amüsiert schüttelte er den Kopf. Manchmal hatten die beiden schon die absurdesten Ideen.

*

Mist. Jetzt hatte sie noch nicht mal Kaffee getrunken. Dabei brauchte sie dringend einen doppelten Espresso. Oder eine intravenöse Koffeininjektion. Nachdem Henrik sie jede Nacht bis kurz vorm Morgengrauen auf sehr kreative Art und Weise wach hielt, war sie tagsüber noch müder als bisher. Sie zuckte mit den Schultern und überquerte die Straße, um zum Sweets zu gelangen. Die Müdigkeit war ein Preis, den sie sehr gerne bezahlte. Angestrengt blinzelte sie gegen die helle Morgensonne. Die Augen offenhalten zu können wäre allerdings schon gut. Kaffee. Sie fühlte sich schon leicht schwindlig. Zum Glück hielt Aileen immer den besten, französischen Kaffee bereit. Das Zeug war sowieso viel stärker als das dünne Gebräu im Diner. Angespornt von der Vorstellung, bald den Zaubertrank ihrer Wahl in den Händen zu halten, beschleunigte sie ihre Schritte. Als sie dann auch noch Henrik vor dem Café stehen und auf sie warten sah, leuchtete ihr Gesicht auf. Glücklich rannte sie los, um ihn zu begrüßen.

*

Verdammt! Wieder eine verpasste Gelegenheit. Ashley knirschte so fest mit den Zähnen, dass ein scharfer Schmerz durch ihren Kiefer fuhr. Sie hatte Henrik vor seinem zukünftigen Laden abpassen wollen. Leider hatte er das Gebäude gerade verlassen, als sie um die Ecke gebogen war. Kein Wunder, dass sie zu spät gewesen war, hatte sie doch erst Erwin loswerden müssen. Der Mann war erstaunlich unselbständig und bestand darauf, dass sie ihm auf Schritt und Tritt folgte. Dazu hatte sie nun wirklich keine Lust. Sie war schließlich nicht sein Schoßhund. Als sie Henriks schöne Rückenansicht sah, hatte sie nicht weiter nachgedacht und war ihm spontan gefolgt. Sie hatte gehofft, ihn in ein Gespräch zu verwickeln. Ganz erwachsen und vernünftig. Nachdem ihre vorigen Frontalangriffe nichts genützt hatten, versprach sie sich von ihrer neuen Taktik mehr Erfolg.

Als sie allerdings sah, wie Henrik die fette Kuh tatsächlich auffing, als sie ihm um den Hals fiel, und anschließend sogar hochhob und herumwirbelte, wurde ihr schlecht. Plötzlich war ihr alles klar. Die Gesichtsausdrücke der beiden sprachen Bände. Sie schliefen miteinander. Wann war denn das passiert?

Bei dieser Erkenntnis lösten sich all ihre guten Vorsätze in Luft auf. Rote Wut vernebelte ihren Blick, als sie auf die Straße trat. Reifen quietschten. Ein zorniges Hupen ertönte. Jemand riss sie grob am Arm zurück, Sekunden, bevor der Kotflügel eines großen Trucks an ihr vorbeibrauste. Benommen wandte sie sich zu ihrem Retter um. Erwin. Ausgerechnet, dachte sie genervt, obwohl ihr immer noch die Knie schlotterten.

„Was hast du dir dabei gedacht?“, herrschte er sie an. „Wie sollen wir denn an die Kekse kommen, wenn du dich einfach unters erstbeste Auto wirfst.“

Ihr Herz hämmerte in ihrer Brust. Das Adrenalin, das bei dem Beinahezusammenstoß ausgeschüttet worden war, ließ sie ganz zittrig werden.

„Was interessieren mich deine Kekse!“, gab sie zurück und wischte sich die Tränen, die ihr vor Schreck, oder vor lauter Frust, so sicher wusste sie das nicht, gekommen waren, aus den Augen.

„Nachdem du aktuell unter meinem Dach wohnst, ohne Miete zu bezahlen, wirst du wohl machen, was ich sage. Außer du hast einen anderen Vorschlag, wie du für Kost und Logis aufkommen willst?“

Anzüglich ließ er seinen Blick über ihren Körper wandern. Er könnte sich da schon die eine oder andere vergnügliche Variante vorstellen.

Angewidert riss sie sich los und rieb sich die schmerzende Stelle am Arm.

„Fass mich nicht an!“, fauchte sie, um ihn auf Abstand zu halten. Was bildete der Kerl sich eigentlich ein?

„Dann schlag ich vor, du hörst dir endlich meinen Plan an und hilfst mir.“

Einen Plan, dachte sie spöttisch. Um Haschkekse zu klauen. Wusste er denn nicht, dass Cannabis in Colorado legalisiert war? Egal. Sie würde ihn sicher nicht mit der Nase darauf stoßen. Ihr konnte es ja egal sein. Hauptsache, sie hatte für die nächsten Tage ein Dach über dem Kopf.

Fürs Erste würde sie so tun, als würde sie mitspielen. Dass sie dabei ihre eigenen Ziele verfolgte, brauchte er ja nicht zu wissen. Um Susan ein für alle Mal loszuwerden, musste sie zu ganz anderen, endgültigen Mitteln greifen. Und sie wusste auch schon, wer ihr dabei behilflich sein würde. Sie lächelte. Allerdings nur innerlich. Ihr Plan war ihr Geheimnis.

*

„Was machst du denn hier?“, fragte Susan atemlos, als Henrik sie wieder auf den Boden stellte. Was hatte er sich dabei nur gedacht, sie hochzuheben? Es wäre kein Wunder, wenn er sich einen Bruch geholt hätte. Sie war nun wirklich kein Leichtgewicht. Im Gegenteil. Ihre Waage bewies ihr jeden Morgen das Gegenteil. Vielleicht sollte sie das blöde Teil endlich in die Tonne schmeißen. War ja nur eine Zahl und so. Haha. Als ob es so einfach wäre. Champion wedelte wie ein Weltmeister und schob seine kalte Hundenase gegen ihre Hand. Sie bückte sich ein wenig, um ihm die Ohren zu kraulen, und wartete gespannt auf Henriks Antwort.

„Ich brauchte eine Pause. Da wollte ich mal sehen, wie es dir geht. Kaffee?“

„Ja. Dringend. Eigentlich wollte ich bereits im Diner einen trinken.“

„Und dann? Ist ihnen der Kaffee ausgegangen?“

Sie rollte mit den Augen. „Nein. Aber ich wollte nicht unbedingt das heißeste Thema des Tages mit ihnen diskutieren.“

„Schon wieder ein heißes Gerücht?“

Susan schnaubte. „Könnte man wohl so sagen. Wir beide sind Gegenstand des aktuellen Klatsches.“

Henrik lachte, worauf ihm Susan einen Boxhieb verpasste. „Aua“, beschwerte er sich gespielt empört. „Das war ja wohl klar.“

„Schon“, gab sie zu. „Aber ich wollte es nicht so genau wissen. Es hat mir besser gefallen, als es unser Geheimnis war.“

Henrik runzelte die Stirn. Ihr Geheimnis? Schämte sie sich etwa für ihn? Ein sehr beunruhigender Gedanke, nachdem er sich jeden Tag ein wenig mehr in sie verliebte. Zum ersten Mal kamen ihm Zweifel, ob es tatsächlich so klug war, weiter an der Vorstellung von Susan und ihm als Paar festzuhalten. Die Möglichkeit, dass sie ihm das Herz brechen würde, war auf einmal sehr real. Etwas, was er bisher immer kategorisch ausgeschlossen hatte. Nicht, weil er sich selber als einen so guten Fang betrachtete. Das wäre arrogant und sonst gar nichts. Nein. Es war, weil er ehrlich das Gefühl hatte, dass sie ausgesprochen gut zusammenpassten. Er konnte sich ein Leben ohne sie nicht mehr vorstellen.

Susan schob ihre Hand in seine und riss ihn aus seinen trübseligen Gedanken. „Kaffee. Jetzt.“

Zielstrebig stieß sie die Tür zum Café auf und trat ein. Champion drängelte an ihr vorbei. Er hatte Pebbles erblickt, Lilys Dalmatinerhündin. Offenbar verbrachte sie den heutigen Tag mit Aileen. Die Hundedame wartete ab, bis der Rüde bei ihr angekommen war, dann begrüßte sie ihn freudig.

„Aye, aye, Ma’am. Sag mir, was du willst, und ich hole es dir.“

Schon wieder erschöpft, oder immer noch, das war diese Tage schwer auseinanderzuhalten, ließ sie sich auf den nächstbesten Stuhl fallen. Sie lächelte ihn an und murmelte: „Einen doppelten Espresso. Schwarz. Danke.“

„Wird gemacht.“ Er salutierte grinsend und wurde dafür mit einem leisen Lachen belohnt.

Sie lehnte sich zurück und schloss einen Moment die Augen, während sie wartete.

Henrik lächelte. Der Kaffee schien wirklich dringend zu sein. Suchend schaute er sich nach seinem Husky um. Dieser hatte sich nach dem Begrüßungszeremoniell dicht neben Pebbles niedergelassen und behielt mit wachsamem Blick die Tür und die anwesenden Gäste im Auge. Gut. Der würde so schnell nicht von der Seite seiner besten Freundin weichen. An der Theke standen bereits ein paar Leute Schlange. Geduldig reihte er sich ein. Um sich die Zeit zu vertreiben, zog er sein Handy hervor und checkte seine Nachrichten. Als ihm jemand von hinten die Hand auf die Schulter legte, zuckte er zusammen. Sein erster Gedanke galt Ashley. Die vergangenen Tage war sie auffällig abwesend gewesen. Eigentlich sehr angenehm. Nur traute er dem Frieden nicht ganz. Es erinnerte ihn eher an die Ruhe vor dem Sturm. Als er sich umdrehte, sah er zu seiner Erleichterung, dass es sich bei der Person, die hinter ihm stand, um Mia handelte.

„Hallo", erwiderte er überrascht. „Auch auf der Suche nach Kaffee?"

„Natürlich. Immer um diese Zeit. Aber vor allem wollte ich die Gelegenheit ergreifen, mit dir zu sprechen."

Henrik hob erstaunt die Augenbrauen. „Haben wir nicht gestern zusammen gegessen?"

„Schon. Allerdings war da Susan immer mit dabei."

„Ich habe keine Geheimnisse vor ihr. Was auch immer es ist, das du besprechen willst, hättest du auch …"

„Glaub mir, das habe ich versucht", fiel ihm Mia frustriert ins Wort. „Sie hört nicht auf mich. Vielleicht hört sie ja auf dich."

Henrik lachte leise. „Das bezweifle ich. Aber ich kann's versuchen. Um was geht es denn?"

„Sie muss zum Arzt. Sag ihr, sie kann jederzeit in der Praxis vorbeischauen. Ohne Termin. Wenn sie das nicht will, kann sie natürlich auch nach Breckenridge gehen. Aber einfacher wäre es bei mir. Weniger bürokratischer Unsinn, weniger lange Informationswege. Und günstiger bin ich auch noch."

„Zum Arzt?", fragte er überrascht und auch ein wenig erschrocken. Hatte nicht Tony schon davon gesprochen, dass er befürchtete, seine Mutter sei krank? Vielleicht hätte er das besser etwas ernster genommen? Andererseits – hätte er davon nicht etwas merken müssen? Wenn sie zusammen waren, machte sie immer einen völlig glücklichen Eindruck. Auch im Bett war sie unermüdlich. Oder etwa nicht? Er versuchte sich zu erinnern, wer von ihnen öfter erneut mit dem Liebesspiel begann. „Aber es scheint ihr so gut zu gehen!“, platzte er schuldbewusst heraus, als ihm einfiel, dass er es gewesen war, der sie während der Nacht zweimal geweckt hatte.

Mia presste missbilligend die Lippen zusammen.

„Ich verstehe ja, dass ihr gerade auf Wolke Sieben schwebt. Aber hast du dir deine Freundin in den letzten Tagen mal angeschaut? Ich meine, so richtig?“

Henrik lag der Konter bereits auf der Zunge, als sein Blick zu Susan schweifte, die sich keinen Millimeter bewegt zu haben schien, seit sie sich hingesetzt hatte. Es sah sogar fast so aus, als ob sie tatsächlich auf dem unbequemen Stuhl sitzend eingeschlafen war. Ihre helle Haut war fast durchscheinend. Dadurch wirkten die Schatten unter ihren Augen erschreckend dunkel.

„Sie sieht tatsächlich ein wenig müde aus“, gab er zu. „Andererseits ist das verständlich.“ Seine Ohrenspitzen röteten sich leicht. „Wir, äh, gehen immer relativ spät ins Bett.“

Mias Mundwinkel zuckten. Das freute sie für Susan. Leider befürchtete sie, dass die Erschöpfung ihrer Mitbewohnerin nicht alleine von den nächtlichen Aktivitäten herrührte.

„Das glaub ich gern. Das ist auch gut so, versteh mich nicht falsch. Ich finde es wunderbar, dass ihr endlich zueinander gefunden habt. Andererseits ist es offensichtlich, dass Susan völlig durch ist. Bevor sie angefangen hat, ihre Zeit mit dir zu verbringen, hat sie im Normalfall erst einmal ein Nickerchen gemacht, wenn sie nach Hause gekommen ist. Obwohl sie die ganze Nacht geschlafen hatte. Jetzt reicht ihre Zeit nicht mal dafür.“

Unbehaglich trat Henrik von einem Fuß auf den anderen.

„Du meinst also, ich soll sie in der Nacht mehr schlafen lassen? Nicht mehr so oft vorbeikommen?"

Frustriert stampfte Mia mit dem Fuß auf. „Das habe ich nicht gesagt, verdammt. Dreh mir die Worte nicht im Mund um. Sie muss zum Arzt."

Henrik hob beschwichtigend die Hände. „Okay, okay. Sorry. Ich bin da irgendwie vom Thema abgekommen."

„Das habe ich gemerkt. Männer!"

Henrik ignorierte den Seitenhieb. Irgendwie hatte er ihn ja verdient. Zudem hatte er eine dringendere Frage. „Nur so aus Neugier, was denkst du denn, was Susan hat? Woran leidet sie?"

Mia zögerte. „Das kann ich dir leider nicht sagen. Arztgeheimnis."

„Na toll", grummelte Henrik, auch wenn es ihm einleuchtete. „Und wie soll ich sie dann dazu bringen, zu dir zu kommen?"

Mia tätschelte seinen Arm. „Ach, ich bin sicher, dir fällt was ein."

Bevor er etwas dazu sagen konnte, ging der Kunde vor ihm und er war an der Reihe, zu bestellen.

*

Susan zuckte erschrocken zusammen, als jemand mit einem Stock neben ihrem Stuhl auf den Boden klopfte. Verdammt. Jetzt war sie doch tatsächlich eingeschlafen. Sie riss die Augen auf, um diese peinliche Tatsache zu verbergen. Zu ihrem Erstaunen stand Eve neben ihrem Tisch. Perfekt zurechtgemacht wie immer, strömte sie pure Eleganz aus. Mit ihrer schlanken, beinahe hageren Figur würde niemand vermuten, dass sie eine von Susans besten Kundinnen war. Aber das war sie. Sie hatte als eine der Ersten ein Keks-Abo abgeschlossen.

„Was für eine großartige Idee", hatte sie ausgerufen, als ihr Susan ganz zu Beginn ihrer Keksbäcker-Karriere davon erzählt hatte. „So muss ich nicht bei jedem Wetter zum Sweets laufen.

Ich werde ja auch nicht jünger“, hatte sie mit einem verschwörerischen Augenzwinkern gemeint.

Den letzten Teil bezweifelte Susan. Nachdem sich Eve nach wie vor weigerte, etwas anderes als Schuhe mit Absätzen zu tragen und regelmäßig in Jaz‘ Yogastudio alle anderen, halb so alten Teilnehmer in den Schatten stellte, würde sie vermutlich alle überleben. Selbst der elegante, silberverzierte Stock aus schwarzem Holz, den sie seit einiger Zeit mit sich führte, schien mehr ein modisches Statement zu sein als einer Notwendigkeit zu entspringen.

Heute schaute sie allerdings alles andere als glücklich drein. Um ihren rot geschminkten Mund lag ein missbilligender Zug.

„Mrs. Lartimer. Schön, Sie zu sehen?“

Susans Stimme hob sich am Ende des Satzes, sodass es mehr wie eine Frage klang. Sie war sich nämlich gar nicht sicher, ob das auf Gegenseitigkeit beruhte.

„Hmpf“, antwortete Eve dann auch kurz angebunden. „Das hätte ich nicht von dir gedacht!“

„Äh, wie bitte?“

Susans müdes Hirn mühte sich damit ab, der Unterhaltung zu folgen. Eve war nicht happy. Okay. Aber warum? Verdammt. Jetzt blieb ihr nichts anderes übrig, als nach dem Grund zu fragen. Dabei waren ihr Konfrontationen jeglicher Art zuwider. Vor allem Konfrontationen in der Öffentlichkeit. Sie spürte, wie es ihr die Luft abschnürte. Die Stimmen der anwesenden Leute schienen wie Stacheln durch ihre Haut zu dringen. Trotzdem zwang sie sich, die Frage auszuformulieren.

„Was hätten Sie nicht vor mir gedacht?“

Eve Gesichtszüge verloren ein wenig von ihrer Strenge, als sie den inneren Kampf registrierte, der in Susan vorzugehen schien. Das Mädchen sah auch nicht gut aus, stellte sie fest. Ha! Wahrscheinlich zu wenig Schlaf. Das konnte mit so einem jungen Hengst, wie sie sich geangelt hatte, schon mal passieren. Das wusste sie aus Erfahrung. Bevor sie Dagobert, dem alten

Kauz, eine Chance gegeben hatte, war sie dafür bekannt gewesen, sich mit jüngeren Liebhabern zu umgeben. Aber ihre Arbeit hatte nie darunter gelitten. Dass sie nie wirklich hatte arbeiten müssen, vergaß sie bequemerweise.

„Hör zu“, sagte sie freundlich, „ich verstehe gut, was die Liebe mit einem anstellen kann.“

Susans Augen wurden groß. Liebe? Wovon sprach die Frau? Das wusste doch nicht mal Henrik … Bevor sie einen verstohlenen Blick in seine Richtung werfen konnte, fuhr Eve unbarmherzig fort: „Nichtsdestotrotz erwarte ich deine Lieferungen pünktlich. Männer kommen und gehen. Das Geschäft nicht. Verstehst du, was ich meine?“

„Was war denn mit Ihrer Lieferung nicht in Ordnung?“

„Meiner Lieferung? Das soll wohl ein Witz sein, oder?“

„Witz?“, echote Susan und hätte sich gleich darauf ohrfeigen können. Das klang ja sehr geschäftstüchtig, wenn sie wie ein Papagei einfach Wörter wiederholte. Vielleicht sollte sie Vi fragen, ob in ihrer Voliere noch Platz war?

„Deine Kekse sind gar nie angekommen!“, informierte sie Eve und betonte diese Tatsache, indem sie ihren Stock erneut lautstark auf den Boden sausen ließ.

Erneut zuckte Susan zusammen. „Das tut mir leid …“, begann sie.

„Ich will Ersatz“, unterbrach Eve sie herrisch. „Heute noch!“

Mit diesen letzten Worten machte sie auf dem Absatz kehrt und stolzierte königlich aus dem Café.

Susan hingegen legte die Stirn auf die Tischplatte und stöhnte. Sie hatte keine Ahnung, was da passiert war. Aber sie musste dem unbedingt auf den Grund gehen. Das war nun schon die vierte Kundin, die behauptete, ihre Lieferung sei nicht angekommen. Was war da nur los? Und wie sollte sie das nur alles schaffen?

18

Bevor sie ihre Gedanken auch nur halbwegs ordnen konnte, schließlich hatte sie immer noch keinen Kaffee gehabt, strömte eine Schar grün gekleideter Weihnachtselfen durch die Tür und hielt auf ihren Tisch zu. Wo zum Teufel blieb Henrik? Suchend blickte sie sich nach ihm um, doch die verkleideten Neuankömmlinge versperrten ihr die Sicht.

„Susan!“, rief ein besonders quirliger Elf und fiel ihr um den Hals.

„Uff“, entfuhr es ihr.

Vergeblich versuchte sie sich aus der Umarmung zu befreien. Zu ihrer Erleichterung ließ der Elf, oder war die korrekte Bezeichnung Elfin?, sie los. Sie war sich ziemlich sicher, dass sich unter der Maskerade ein Mädchen versteckte. Genauer gesagt Shauna, eine von Paula Carters Töchtern. Die Kleine war blitzgescheit und immer auf der Suche nach Material für ihren Videokanal, wie ihr verspätet einfiel. O-o. Ihr schwante Böses. Und das noch vor dem ersten Kaffee!

„Sind unsere Kostüme nicht wunderschön?“, plapperte Shauna weiter, die Tatsache, dass Susan noch keinen Ton gesagt hatte, völlig ignorierend.

Ein anderer Elf packte Shauna an einem der weiten Ärmel und zerrte sie zurück.

„He!“, wehrte sie sich.

„Lass sie doch erst einmal zu Wort kommen.“

Gegen ihren Willen musste sich Susan das Lachen verbeißen. Das war Leslie, Shaunas ältere und sehr viel besonnenere Schwester.

„Ich weiß ehrlich gesagt gar nicht, was die richtigen Worte sind“, murmelte sie. „Gibt es dafür eine Art Protokoll?“

„Siehst du? Sie findet unsere Kostüme auch cool“, verteidigte sich Shauna gegenüber ihrer Schwester. An Susan gewandt, winkte sie ab.

„Kein Protokoll. Wir Elfen sind unkompliziert.“ Sie drehte sich zu den anderen Elfen um, die dicht gedrängt um Susans Tisch standen. „Stimmt‘s?“

Einstimmiges Nicken folgte. Susan fand es ein wenig unheimlich, wenn sie ehrlich war, wagte aber nicht, das laut zu sagen. Sie wollte den Kindern den Spaß nicht verderben.

„Wolltet ihr etwas Bestimmtes von mir?“, traute sie sich endlich zu fragen. Sie konnte sich zwar nicht vorstellen, was das sein sollte, andererseits hatten sie doch sehr zielstrebig auf sie zugehalten.

„Wir sind deine Weihnachtshelfer!“

„Du weißt schon, wie die von Santa Claus!“

„Nur ohne die Rentiere. Leider.“

Das Letzte kam von Leslie, die für ihre Tierliebe bekannt war. Offensichtlich hätte sie sich lieber um die Rentiere gekümmert als um die offizielle Aufgabe. Moment mal. Was war denn die Aufgabe?

„Ihr wollt mir beim Backen helfen?“, fragte Susan und konnte nicht verhindern, dass sich leichter Zweifel in ihre Stimme schlich. Hilfe war ja schön und gut. Aber wenn sie sich das Chaos vorstellte, in das sich ihre Backstube bei der Anwesenheit von zig jugendlichen Elfen verwandeln würde, brach ihr der kalte Schweiß aus.

„Ja“, bestätigte Shauna und hüpfte begeistert an Ort und Stelle auf und ab.

„Während des Workshops", fügte Leslie erklärend hinzu. „Du weißt schon, am großen Fest vor Weihnachten?" Ihre Stimme wurde immer leiser und unsicherer, als sie Susans verständnislosen Blick sah.

Susan beeilte sich, etwas zu sagen. Nur weil sie es schon wieder verdrängt hatte, sollte Leslie nicht darunter leiden. Das Mädchen scheute soziale Interaktionen fast so sehr wie sie selbst.

„Genau", rief sie deshalb aus. „Die Workshops. Wunderbar!" Sie zuckte zusammen, als sie ihre Stimme durchs ganze Café schallen hörte. Auch die Elfen schauten sie erschrocken an. Um Enthusiasmus bemüht, war sie wohl ein wenig über das Ziel hinausgeschossen. Sie schraubte die Lautstärke um ein paar Dezibel herunter. „Habt ihr heute Kostümprobe?"

Die Elfen nickten eifrig. Die Glöckchen an ihren Zipfelmützen klingelten hell. Susan kam sich vor, als wäre sie direkt in der Werkstatt des Weihnachtsmanns gelandet. Surreal. Was auch immer es war, jetzt musste sie die Gruppe erst einmal loswerden. Sie würde sich um den Workshop kümmern, nahm sie sich vor. Nur nicht heute. Morgen vielleicht. Oder übermorgen. Heute musste sie erst einmal mit ihren normalen Aufträgen klarkommen.

„Dann wünsche ich euch noch viel Spaß!", verkündete sie betont munter.

Shauna und Leslie warfen sich einen Blick zu.

„Aber …", setzte Shauna an, bis Leslie dem mit einem gezielten Rippenstoß ein Ende bereitete.

Shauna verstummte, einen rebellischen Zug um den Mund. Leslie beugte sich zu ihr hinunter. „Siehst du nicht ihren wilden Blick? Ich glaube, sie muss sich erst an den Gedanken der Elfen gewöhnen", flüsterte sie.

Allerdings so laut, dass Susan sie sehr wohl hörte. Sie war aber inzwischen so fix und fertig, dass sie Leslie die klaren

Worte nicht übelnahm, sondern ihr im Gegenteil innerlich für ihr Einfühlungsvermögen dankbar war.

In diesem Moment kehrte Henrik endlich an den Tisch zurück.

„Meins", entfuhr es Susan, als sie ihm die dampfende Tasse aus der Hand schnappte.

Henrik hob erstaunt die Augenbrauen und warf einen fragenden Blick auf die Elfen, die immer noch rund um den Tisch lungerten. Die zuckten nur ratlos mit den Schultern.

Susan schloss die Augen. Alles drängte auf sie ein. Die nicht angekommenen Lieferungen. Die neuen Bestellungen. Der Workshop. Die dazugehörigen Elfen. Die langen Nächte mit Henrik. Ihre Erschöpfung. Der Klatsch und Tratsch. Es war einfach zu viel. Sie brauchte ihre Ruhe. Zeit für sich. Für sich und ihre Kekse. Auf keinen Fall würde sie den Erfolg ihres gerade erst gestarteten kleinen Unternehmens riskieren, nur weil sie es nicht schaffte, rechtzeitig schlafen zu gehen.

Abrupt stand sie auf, die kostbare Tasse sorgfältig in einer Hand balancierend.

„Ich muss los", murmelte sie.

Ohne eine Antwort abzuwarten, drängelte sie sich durch Elfen und andere Leute und flüchtete sich in ihre Backstube.

Überrascht von Susans plötzlichem Aufbruch, starrten ihr Henrik und die Elfen hinterher.

„Meinst du, sie hilft trotzdem beim Workshop?", piepste eine der kleineren Elfen.

„Bestimmt", versicherte Leslie ihr schnell.

„Workshop?", fragte Henrik erstaunt.

Die Elfen schwatzten wild durcheinander, während sie ihn in das Weihnachtsprojekt einweihten. Davon wusste er ja gar nichts. Hatte sie etwa noch etwas geplant? Mias Worte kamen ihm wieder in den Sinn. So sehr er Susan für ihre Energie bewunderte, war es doch an der Zeit, dass sie besser auf sich achtgab. Niemand konnte die ganze Zeit hundertfünfzig

Prozent geben. Das war genau das, was Susan machte. Das konnte auf Dauer nicht gut gehen. Wenn Mia recht hatte, war es höchste Zeit, einen Gang runterzuschalten.

„Wisst ihr was“, verkündete er spontan, „ich werde auch beim Workshop helfen.“

Ein halbes Dutzend Elfen schaute ihn skeptisch an.

„Tatsächlich?“, war noch die netteste Frage. Die meisten anderen gingen in die Richtung: „Kannst du überhaupt backen?“ und „Sind deine Kekse essbar?“

Bei dem Schwall kritischer Fragen zog er leicht den Kopf ein. Verdammter Mist. Wieso konnte er auch seine große Klappe nicht halten? Backen erschöpfte sich für ihn tatsächlich mit dem Kauf eines fixfertigen Teigs im Mini-Markt um die Ecke. Doch es half alles nichts. Jetzt, da er sein Wort gegeben hatte, gab es kein Zurück. So schwer konnte das ja nicht sein, redete er sich ein.

Zu seiner Erleichterung begann in diesem Moment Leslie, die anderen zur Tür zu scheuchen.

„Kommt, wir müssen zurück“, wies sie sie an.

Auf dem Weg nach draußen wurden sie von Aileen gestoppt, die in der Hand ein Tablett trug. Sie hatte für jeden Elf einen Becher heiße Schokolade vorbereitet. Unter fröhlichem Jubel nahmen die Kinder und Jugendlichen das süße Getränk entgegen. Als sie endlich alle draußen waren, ließ sich Henrik erst einmal erschöpft auf einen Stuhl fallen. Wie sollte das nur beim Workshop werden, wenn er bereits nach fünf Minuten in der Anwesenheit der Elfen fix und fertig war? Noch dazu, wenn er währenddessen backen musste? Er zog eine Grimasse. Da hatte er sich wieder etwas eingebrockt. In einem Zug leerte er seinen eigenen Kaffee, bevor er sich auf den Weg in die Backstube machte. Susan musste zum Arzt und er würde sicherstellen, dass sie auch tatsächlich hinging.

*

Google Maps auf ihrem Handy geöffnet, bahnte sich Ashley ihren Weg durch die frisch geräumten Straßen von Independence. „Sie haben Ihr Ziel erreicht“, behauptete die elektronische Stimme. Hm. Hier? Wirklich? Sie betrachtete das unscheinbare Mehrfamilienhaus. Anscheinend wurde man als einfacher Deputy nicht gerade gut bezahlt. Als Will sie nach dem letzten desaströsen Treffen mit Henrik nach Hause, beziehungsweise zurück zum Diner, gefahren hatte, waren einige ungeöffnete Briefe im Fußraum seines Autos gelegen. Um zu vermeiden, dass sie drauf trat, hatte sie sie auf die Ablage gelegt. Dabei hatte sie seine Adresse entdeckt. Das kam ihr jetzt zugute. Er hatte nämlich etwas, das sie dringend brauchte.

Sie nahm ihren ganzen Mut zusammen, trat einen Schritt vor und läutete. Hoffentlich war er überhaupt zu Hause. Sie biss sich auf die Lippen. Kurz darauf summte der automatische Türöffner. Ts ts ... Wollte er nicht erst wissen, wer es war? Typisch Mann dachte er wahrscheinlich, dass er mit allem fertig werden würde, was vor seiner Tür stand. Aber ihr sollte es recht sein. Entschlossen trat sie ein.

„Ashley?“, begrüßte Will sie verschlafen. Sie zog scharf die Luft ein, als sie seinen nackten Oberkörper sah. Offenbar war er gerade aufgestanden. Alte Jogginghosen, die tief auf seinen Hüften saßen, waren ganz offensichtlich das einzige Kleidungsstück, das er trug. Er war wirklich auch nicht zu verachten. Schade, dass sie schon einem anderen versprochen war.

„Was machst du denn hier?“, fragte er, als sie nichts sagte.

Ashley trat verlegen von einem Fuß auf den anderen und warf ihm unter ihren gesenkten Wimpern einen scheuen Blick zu.

„Dich besuchen? Wenn das in Ordnung ist?“

Sein Blick wurde merklich wärmer, sodass sie fast ein schlechtes Gewissen bekam. Doch der Gedanke an ihr heutiges Ziel erstickte dieses zarte Gefühl sofort wieder.

„Klar. Gern." Er lächelte und trat einen Schritt zurück, um sie in die Wohnung zu lassen.

Geduckt schlüpfte sie an ihm vorbei in die Wohnung. Sie wusste genau, wie sie sich verhalten musste, um den Beschützerinstinkt in Männern zu wecken. Die meisten schätzten sie viel jünger, als sie war. Vielleicht hätte sie diese Strategie auch bei Henrik verfolgen sollen, doch dafür war sie zu ungeduldig gewesen. Und nun war es definitiv zu spät. Hm. Aber wenigstens hier würde ihr ihr Kleinmädchenverhalten zugutekommen.

„Hattest du wieder eine Nachtschicht?", fragte sie, während sie sich beiläufig in der Wohnung umsah. Da! Auf dem Tresen neben der Küche entdeckte sie, was sie suchte. Jetzt musste sie nur noch den geeigneten Moment abpassen.

„Ja", antwortete er und gähnte. „Ich bin erst vor ein paar Stunden ins Bett."

„Oh", rief sie erschrocken aus und schlug sich die Hand vor den Mund. „Das tut mir aber leid. Das wusste ich nicht. Ich kann später wieder kommen."

Will winkte ab.

„Kein Problem. Jetzt bin ich ja schon wach. Kaffee?"

„Gern", murmelte sie, begleitet von einem Lächeln.

Will lächelte zurück. Als könnte er nicht ganz glauben, dass sie tatsächlich bei ihm zu Hause, in seiner Küche war, ging er kopfschüttelnd zu seiner Kaffeemaschine. Während er mit dem Kaffeepulver hantierte, schlenderte Ashley erst zum Fenster und warf einen Blick hinaus auf das weiße Winterwunderland, bevor sie wie zufällig in Richtung Küchentresen ging.

„Kein Weihnachtsfan?", fragte sie, um die Unterhaltung in Gang zu halten.

Er zog eine Grimasse und bückte sich, um zwei Tassen aus dem Schrank zu holen.

„Nein. Für mich alleine lohnt es sich nicht wirklich, irgendetwas zu dekorieren." Er hob eine Schulter und ließ sie wieder fallen. „Zudem esse ich mindestens einmal täglich im Diner. Das deckt meinen Bedarf an Weihnachtsdeko mehr als ab."

Ashley lachte.

„Das stimmt. Ich habe mich ernsthaft gefragt, was für Drogen sie genommen haben, als sie dekoriert haben."

„Das Erschreckende ist, dass sie das ganz ohne den Einsatz von psychoaktiven Substanzen schaffen."

Jetzt stand sie beinahe neben seinem Polizeigurt, der neben der Taschenlampe und verschiedener anderer Dinge, die sie nicht einmal benennen konnte, auch seine Dienstwaffe enthielt. Ihre Finger zuckten. Sollte sie es wagen?

„Nimmst du Zucker?", riss Will sie aus ihren Gedanken.

„Gern", gab sie zurück, während sie fieberhaft überlegte. Irgendwie musste sie ihn aus dem Zimmer manövrieren. War nur die Frage, wie?

„Wo wohnst du eigentlich jetzt?", fragte er, als er ihr die Tasse reichte.

Um Zeit zu gewinnen, blies sie in die heiße Flüssigkeit. Auf keinen Fall wollte sie mit dem Verlierer Erwin in Verbindung gebracht werden. Am Ende entdeckten sie noch ihr Versteck. Das durfte nicht passieren. Nicht, bevor sie nicht die Chance gehabt hatte, Henrik von sich zu überzeugen.

„Bei Freunden", antwortete sie schließlich ausweichend.

„Das sagtest du schon. Nur wo genau?"

Sie riss die Augen auf. „Ich bin so schlecht mit Adressen. In der Nähe der Kirche?" Sie zog die Stirn kraus und den Mund zu einem Flunsch, um den Anschein zu erwecken, als würde sie angestrengt nachdenken. „Nein, warte. Ich glaube, das ist das Gemeindehaus. Oder doch nicht?" Hilflos zuckte sie mit den Schultern. „Keine Ahnung. Aber ich habe eine Bleibe gefunden. Das ist doch die Hauptsache." Sie lächelte ihn gewinnend an und fuhr sich mit der Zungenspitze nervös über die Unterlippe. Wie erwartet senkte sich sein Blick auf ihren Mund und blieb dort einen Moment liegen. Unwillkürlich trat er einen Schritt näher.

Fieberhaft schaute sich Ashley nach einer Ablenkung um. Orangen. Das war‘s! Sie schnappte sich eine der orangen Früchte und hielt sie hoch.

„Darf ich?“

Will blinzelte und trat einen Schritt zurück. „Klar.“

Bevor er sich‘s versah, war sie hinter seine Küchenzeile geschlüpft und griff nach einem Messer. Leise ein Lied summend begann sie die Orange zu schälen. Unter ihren langen Wimpern warf sie Will einen versteckten Seitenblick zu. Als er die Tasse hob, um einen Schluck zu trinken, überlegte sie nicht lange und schnitt sich mit dem scharfen Messer in die Hand.

„Aua!“, rief sie aus.

Erschrocken stellte Will seine Tasse ab und eilte an ihre Seite.

„Was ist passiert?“

„Ach, ich bin so ungeschickt“, jammerte sie, während große Tränen über ihre Wangen kullerten. „Ich habe mich geschnitten.“

Will griff nach der Rolle mit dem Küchenpapier und riss ein paar Blätter ab.

„Hier“, sagte er und reichte sie ihr. „Lass mal sehen.“

Zögerlich streckte sie ihm die Handfläche entgegen. Der Schnitt tat weh wie Sau! Damit hatte sie nicht gerechnet. Aber gewisse Dinge erforderten eben Opfer.

„Oje“, rief er aus, als er den blutenden Schnitt quer über ihren Handballen sah. Vorsichtig tupfte er das Blut ab. Erleichtert sah er, dass er zwar tief, aber nicht klaffend war und somit nicht genäht werden musste. „Komm. Im Badezimmer habe ich einen Erste-Hilfe-Kasten. Ein bisschen antiseptische Salbe, ein Verband und du bist so gut wie neu.“

„Kannst du ihn nicht holen? Sonst tropfe ich noch alles voller Blut“, bat sie ihn mit kläglicher Stimme. „Mir wird schlecht, wenn ich zu viel Blut sehe.“ Demonstrativ wandte sie den Blick ab.

Will wollte erst protestieren, ein paar Tropfen Blut waren für ihn kein Problem, doch als er ihr tränenüberströmtes Gesicht sah, überlegte er es sich anders. Besser, er holte das Verbandsmaterial schnell, bevor sie richtig in Panik verfiel. Er beugte sich vor und drückte einen Kuss auf ihre Stirn. „Ich komm gleich wieder. Warte hier.“

Ashley biss sich auf die Innenseite der Wangen, um zu verhindern, dass ihr ein triumphierendes Lächeln entschlüpfte. Gleich war es soweit. Vibrierend vor Ungeduld wartete sie darauf, dass er im Flur verschwand. Dann trat sie zu seinem Dienstgurt, öffnete mit der unverletzten Hand das Holster und griff sich die Waffe. Schwarz und schwer lag sie in ihrer Hand. Hastig schob sie sich die Waffe in die Kängurutasche ihres Pullovers, unter die Mütze, die sie dort auch verstaut hatte. So sah sie zwar aus, als wäre sie im vierten Monat schwanger, dafür waren keine verräterischen Umrisse zu sehen. Gerade noch rechtzeitig trat sie wieder zurück ans Waschbecken, bevor Will mit dem Erste-Hilfe-Kasten zurückkehrte.

Will lächelte ihr beruhigend zu, während er ihre Hand verband. Sie war so hübsch. Und ein wenig hilflos. Das weckte in ihm sofort den Beschützerinstinkt. Ein Gefühl, das er genoss, auch wenn er wusste, dass das sehr neandertalermäßig war. Allerdings wich sie seinem Blick aus, seit sie sich verletzt hatte. Fast so, als wäre es ihr peinlich.

„Hey“, meinte er beruhigend. „Das hätte jedem passieren können. Wäre ich ein guter Gastgeber, hätte ich dich das gar nie machen lassen.“

Stur blickte sie zu Boden.

„Danke. Aber ich gehe jetzt trotzdem besser.“ Kaum hatte er mit Klebeband das Ende des Verbands fixiert, sprang sie vom Stuhl auf, auf den er sie gesetzt hatte. „Danke“, hauchte sie, stellte sich auf die Zehenspitzen und strich federleicht mit ihren Lippen über die seinen. Im nächsten Moment war sie weg.

Verblüfft starrte Will auf die Tür, durch die sie soeben verschwunden war. Der Himbeergeschmack ihrer Lippenpflege haftete noch auf seinen Lippen. Was war da soeben geschehen? Er wusste es nicht. Sie war nicht einmal lange genug dageblieben, dass er sie hätte heimfahren können. Eine Tatsache, für die ihm seine Mutter das Fell über die Ohren ziehen würde, wenn sie es wüsste. Er kratzte sich am Hinterkopf. Frauen. Sie waren und blieben ein Rätsel. Seine Mundwinkel wanderten nach oben. Immerhin war Independence klein. Er würde sie bestimmt bald wiedersehen. Dann würde er sein Bestes geben, um dem Rätsel auf die Spur zu kommen. Er konnte es nicht erwarten.

*

Susan bearbeitete wie wild ihren Teig. Jedes Mal, wenn sie die Masse auf den Tisch haute, knallte es äußerst zufriedenstellend. Leider hatte die körperliche Anstrengung nicht den erwünschten Effekt. Anstatt sich zu beruhigen, regte sie sich mit jedem Handgriff mehr auf. In ihrem Kopf überschlugen sich die Gedanken. Sie hatte keine Ahnung, was mit ihren Lieferungen passiert war. Ob vielleicht der Elch …? Nein. Das konnte wohl kaum sein. Das hätte sie wohl bemerkt, wenn Merline hinter ihrem Lieferwagen hergaloppiert wäre, oder etwa nicht? Ian sprach auch bereits davon, dass er die nächste Produktion noch vor Weihachten machen wollte, und jetzt auch noch dieser Workshop. Sie hatte keine Ahnung, wie sie das alles schaffen sollte.

Mit sicheren Handgriffen schnitt sie die Masse in drei Stücke. Blindlings griff sie nach ihrem Nudelholz und begann wie wild den Teig auszurollen. Dank ihrer Erfahrung schaffte sie es trotz des inneren Aufruhrs, eine glatte Fläche herzustellen. Als Nächstes presste sie das große Gitter darauf, sodass mit einem

Handgriff vierundzwanzig Kekse entstanden. Zufrieden wiederholte sie den Prozess noch zweimal. Dann prüfte sie die Konsistenz der Schokolade, die sie im Wasserbad erwärmt hatte. Perfekt. Enthusiastisch begann sie eine Ladung Kekse zu bepinseln, die bereits fertig gebacken und ausgekühlt waren. Die perfekte Tätigkeit, um gleichzeitig ihre Gedanken wandern zu lassen. Gleich würde sie wenigstens Eves Bestellung fertig haben. Blieben nur noch vier weitere.

Müde strich sie sich eine Haarsträhne aus der Stirn. Unbemerkt hinterließ sie eine Spur flüssiger Schokolade auf ihrem Gesicht. Wenn sie Henrik für heute Abend auslud, könnte sie es schaffen. Der Gedanke ließ sie ganz trübselig werden. Sie hatte sich richtig an seine Anwesenheit gewöhnt. Andererseits war es in dem Fall genau richtig, wieder ein wenig Abstand zu nehmen. Es war nicht gut, wenn sie sich nicht mal einen einzelnen Abend ohne ihn vorstellen konnte. Gar nicht gut … Bilder von der letzten Nacht drängten sich in den Vordergrund. Seine Hände auf ihrem Körper, als wäre sie die schönste Frau der Welt. Sie schauderte lustvoll. Das Suchtpotential war enorm. Sie unterdrückte ein Stöhnen. Hinter ihr ging die Tür auf. Ertappt wirbelte sie herum.

*

Henrik hatte sich eine ganze Rede im Kopf zurechtgelegt. Doch als er Susan sah, erhitzt und ein wenig aufgelöst, mit roten Wangen, einen Streifen Schokolade auf der Wange und Mehl in den Haaren, war es um ihn geschehen. Sämtliche Gedanken waren verschwunden, Mias Worte vergessen. Stattdessen erfüllte ihn ihr Anblick mit unbändigem Begehren. Er konnte unmöglich warten bis heute Abend. Er wollte sie. Jetzt. Begleitet von einem Stöhnen griff er mit einer Hand nach ihr. Mit der anderen entwand er ihr den Löffel, von dem immer noch Schokolade tropfte, und zeichnete eine Spur von ihrem Hals hinunter zu ihrem Ausschnitt, bevor er dieser mit seiner Zunge folgte.

Der Duft von Vanille, Zimt und ganz einfach Susan hüllte ihn ein. Er lächelte zufrieden, als er hörte, wie sie nach Luft schnappte und ihn näher an sich zog.

Henriks Präsenz, das Gefühl seiner Muskeln unter ihren neugierigen Fingern, der Geschmack der Schokolade, die sie genüsslich von seinen Fingern leckte, vermischt mit dem Salz seiner Haut ließen sämtliche Gründe auf einmal völlig unwichtig erscheinen. Pure Emotionen übernahmen die Steuerung und brachten alle Bedenken zum Verschwinden. Sie bestand nur noch aus singenden Nervenenden, die auf seine gefühlvollen und geschickten Berührungen reagierten. Die bleierne Müdigkeit verschwand, als ihr Körper unter dem Ansturm seines Begehrens aufblühte. Henriks Hand glitt über die Knopfleiste ihrer Bluse. Geschickt öffnete er einen Knopf nach dem anderen. Kühle Luft strich über ihre erhitzte Haut. Er zog scharf die Luft ein. Sofort verspannte sie sich. Leiser Zweifel meldete sich hartnäckig zu Wort. Was machte sie hier? Mit Henrik? Was sah er überhaupt in ihr?

Henrik spürte die plötzliche Anspannung in ihren Muskeln.

„Du fühlst dich so gut an!“, versicherte er ihr beruhigend und beinahe ehrfürchtig, bevor er ihre üppigen Brüste küsste.

Susan nahm all ihren Mut zusammen und beschloss, ihm einfach zu glauben. Alle Vorsicht und Ängste über Bord werfend, schob sie sich näher an seinen suchenden Mund. Sie stöhnte, als seine Hände unter den Stoff ihres BHs fuhren und ihre schweren Brüste befreiten. Lust durchzuckte sie und löste ein sehnsüchtiges Pochen zwischen ihren Beinen aus.

Die flachstehende Wintersonne warf ein paar Strahlen durch die hoch an der Decke liegenden Fenster und tauchte Susan in ein goldenes Licht. Den Kopf zurückgeworfen, die Brüste ihm entgegengereckt, sah sie aus wie eine Göttin. Ursprüngliches Verlangen, so alt wie die Zeit, ergriff ihn und ließ ihn alle Vorsicht vergessen. Mit einem unterdrückten Knurren schob er die

Utensilien auf der Arbeitsfläche beiseite, hob sie hoch und setzte sie auf die Kante, bevor er zwischen ihre Beine trat.

19

„Das war …“

Noch immer völlig durcheinander von dem intensiven Erlebnis, fehlten Henrik buchstäblich die Worte. Stattdessen lehnte er einfach seine Stirn an Susans und lächelte.

„Wow …!“, seufzte Susan mit einem verklärten Gesichtsausdruck und hielt sich an ihm fest, denn sie war sich nicht sicher, dass ihre Beine sie aufrecht halten würden. Sie hatte ziemliche Puddingknie.

„Hast du die Cookies für morgen …?“, begann Aileen, als sie in die Backstube platzte. Abrupt brach sie mitten im Satz ab. Mit einem Blick erfasste sie die Situation und fing breit an zu grinsen. „Sieh an, sieh an … Das versteht man heutzutage also unter Plätzchen backen. Kein Wunder, dass deine Kekse so gut sind. Bei den Inhaltsstoffen …“

Henriks Mundwinkel zuckten.

„Ich dachte, du stehst auf Frauen?“

„Das schon. Bedeutet ja nicht, dass ich für männliche Schönheit blind bin. Ganz abgesehen davon ist auch Susan nicht zu verachten.“

Susan, die in ihrem Schock einfach nach dem nächstbesten Kleidungsstück gegriffen hatte und es sich schützend vor die Brust hielt, nicht, dass es viel genützt hätte, aber besser als gar nichts, schaute entsetzt von Henrik zu Aileen und wieder zurück. Waren die beiden nicht ganz bei Trost? Sie waren eben bei der Verletzung von mindestens dreiundvierzig verschiedenen Gesundheits- und Hygienevorschriften erwischt worden und die beiden lachten und scherzten?!

Mit Wucht stürzten ihre ganzen Sorgen, noch nicht erledigten Aufträge und der leidige Workshop, für den sie jetzt auch noch Elfen beschäftigen musste, über sie herein. Panik schnürte ihr die Kehle zu. Atmen, sagte sie sich mit zusammengebissenen Zähnen, doch es nützte nichts. Die ersten weißen Punkte tanzten in der Peripherie ihres Gesichtsfeldes. In dem Versuch, sich mehr Platz zu schaffen, stieß sie Henrik von sich.

„Raus!"

„Ich geh ja schon", trällerte Aileen und verschwand nach draußen.

„Du auch", wiederholte Susan krächzend und zeigte mit dem Zeigefinger auf Henrik.

Henrik blinzelte.

„Hey! Das ist doch nicht so schlimm. Es wussten sowieso schon alle, dass wir zusammen sind."

„Es wussten schon alle? Dass wir zusammen sind?" Na toll. Sie litt schon wieder an dieser lächerlichen Papageienkrankheit. Aber was erzählten die Leute auch völlig verwirrendes Zeug, das keinen Sinn machte?

„Ja, natürlich. Ich liebe dich", erklärte Henrik und machte einen Schritt auf sie zu.

Susan wich einen Schritt zurück. Und noch einen. Auf ihrem Gesicht breitete sich Panik aus. Er … liebte sie? Diese Vorstellung war … wunderbar und überaus beängstigend. Zaghaft versuchte sie sich vorzustellen, dass das tatsächlich wahr sein könnte.

Hahaha, das glaubst du wohl selbst nicht, hallte das hämische Gelächter ihrer Mutter geisterhaft durch ihr überstrapaziertes Hirn. *Du bist nichts. Du verdienst nichts. Schon gar nicht Liebe. Du bist nicht liebenswert! Das habe ich dir schon tausend Mal gesagt. Wann erkennst du das endlich? Wie lange willst du dich noch lächerlich machen? Beschämend, wie du dich aufführst. Du bist alt und fett. Gebrauchte Ware.*

Unwillkürlich fing sie so sehr an zu zittern, dass ihre Zähen klapperten. Nur mit höchster Willenskraft unterdrückte sie es so weit, dass sie etwas erwidern konnte.

„Du … Was?! Aber … Ich dachte, wir hatten eine Abmachung!“, presste sie heraus. Es klang wie eine Anklage.

Henrik schloss langsam, aber sicher zu ihr auf. Ihre Reaktion verletzte ihn, aber er zwang sich, geduldig zu sein. Schließlich hatte er gewusst, dass es nicht einfach werden würde.

„Ich habe mit meinen Gefühlen für dich nie hinterm Berg gehalten“, erinnerte er sie.

„Aber du hast gesagt, Friends with Benefits! Da ist keine Liebe im Spiel!“

Ihre Stimme glich einem Quietschen. Besorgt trottete Champion vom Lager in die Backstube. In der Tür hielt er an und warf einen Blick in die Runde. Innerhalb weniger Sekunden erkannte er sie als den Menschen im Raum, der seinen Support am nötigsten hatte. Mit gesenktem Kopf wanderte er zu ihr hin und presste sich an ihre Beine. Dankbar über die Ablenkung senkte sie den Blick und schaute auf den Husky hinunter. Champion hechelte und sah sie erwartungsvoll an. Pflichtschuldig versenkte sie ihre freie Hand in seinem Pelz. Mit der anderen versuchte sie immer noch so etwas wie Anstand zu wahren, auch wenn es vergebliche Liebesmüh war. An ihrem nackten Zustand in ihrer Backstube war nichts Anständiges. Höchstens etwas Verruchtes. Hitze durchflutete sie, als sie an die erotische Begegnung dachte, von der sie gerade Teil gewesen war. Was war nur mit ihr los. Sie war doch nicht so … so schamlos! Es gab keinen Zweifel. Sie war im falschen Film gelandet. Oder in einem Paralleluniversum.

Als sie ihn nur mit weitaufgerissenen Augen anstarrte und nichts sagte, durchbrach Henrik die Stille.

„Jetzt komm schon“, versuchte er sie aus ihrem Schock zu locken. „Du musst doch gewusst haben, dass das für mich nicht nur eine Affäre ist. Wir hatten es doch so schön letztes Jahr? Weißt du nicht mehr?“

Sie wandte den Blick ab, während sie immer noch gedankenverloren Champions Ohren kraulte. Henrik sah den genussvollen Gesichtsausdruck seines Hundes. Glücklicher Husky. Was würde er nicht darum geben, wenn sie sich ihm gegenüber genauso unbeschwert und liebevoll verhalten würde. Außerhalb des Betts. Oder der, äh, Backstube. Das war zugegebenermaßen nicht seine beste Idee gewesen. Er wusste ja, wie ernst sie ihre Arbeit nahm. Aber sie war einfach unwiderstehlich gewesen. Susan hatte diesen Effekt auf ihn.

„Letztes Jahr war anders“, unterbrach sie seine Gedanken mit heiserer Stimme.

„Anders? Wieso anders?“

Er konnte nicht verhindern, dass sich eine gewisse Ungeduld in seine Stimme schlich. Unbewusst rieb er sich über die Stelle, wo sein Herz unter den Rippen schlug.

„Anders, weil du dachtest, ich sei ersetzbar? Ein Einweg-Mann?“, fragte er hitzig.

Sie schluckte. Nach wie vor schaute sie ihn nicht an.

„Nein. Natürlich nicht. Einfach … temporär.“ Sie zog ein wenig den Kopf ein, als sie sich selber zuhörte. Das hatte in ihren Gedanken besser geklungen. Weniger kalt. Nichtsdestotrotz war es die Wahrheit.

Verletzt stieß er sich vom Tresen ab.

„Dir ist aber schon klar, dass ich nie zurückgekommen wäre und mein neues Leben hier angefangen hätte, wenn du nicht hier wärst? Ich meine, Independence ist ein schöner Ort, aber bei Weitem nicht einzigartig.“ Er machte eine kurze Pause, um seinen nächsten Worten mehr Gewicht zu verleihen. „Das Einzigartige an dem Ort bist du.“

„Es kann doch gar nichts anderes sein als temporär“, verteidigte sie sich, als hätte sie ihn gar nicht gehört. Tränen liefen ihr übers Gesicht. Wütend wischte sie sie weg. Besorgt schaute der

Hund zu ihr auf. „Schau doch mal in den Spiegel. Der Schöne und die Trollin. Über kurz oder lang würde das auch dir klar werden. Und dann?“

Bestürzt schaute er sie an.

„Ist das wirklich das, was du denkst? Dass du nicht gut genug bist für mich? Mensch, Susan. Schau dich doch einmal an.“

„Eben“, erwiderte sie bitter. „Das meine ich ja.“

„Ich aber nicht. Du bist meine Traumfrau!“

Als sie nichts darauf erwiderte und ihn nur traurig ansah, schüttelte er enttäuscht den Kopf.

„Komm, Champion. Wir gehen.“

Susans Finger krallten sich unwillkürlich in den Pelz des Hundes. Sie musste sich richtig zwingen, ihre Hand wieder zu entspannen. Jetzt, wo Henrik so plötzlich gehen wollte, machte sich Verzweiflung in ihr breit. War jetzt alles zu Ende? Wieso musste er auch anfangen, von Liebe zu sprechen! Wieso konnte nicht alles einfach so bleiben, wie es war? Spontan beschloss sie, ihn genau das zu fragen. Sie hatte ja nichts zu verlieren.

„Aber … Es war doch gut zwischen uns … Die gemeinsamen Abende … die … der …“

„Der Sex“, half ihr Henrik mit einem sarkastischen Lächeln aus. „Laut deiner Aussage war alles, was zwischen uns war, nur Sex.“

Susan zuckte bei seinen primitiven Worten unmerklich zusammen. Gut so, dachte er. Sie sollte ruhig auch ein wenig leiden. Sie hatte ihm nämlich gerade sehr effizient das Herz gebrochen.

„Tut mir leid. Die Zeiten, als ich nicht mehr wollte als ein vergängliches Vergnügen im Bett, sind lange vorbei. Ich will mehr. Eine Partnerschaft. Für die Ewigkeit. Ich hatte gehofft, das mit dir zu finden. Aber so, wie es aussieht, habe ich mich wohl geirrt.“

Irritiert von Susan, der unmöglichen Situation, aber am meisten von sich selbst, begann er die einzelnen Kleidungsstücke zusammenzusuchen. Mit ruckartigen Bewegungen kleidete er sich an. Susan stand stumm daneben. Er hatte gehofft, dass sie sich vielleicht in letzter Sekunde besinnen und sich zu ihm, zu ihnen bekennen würde. Aber es sollte wohl nicht so sein. Dann eben nicht, dachte er und richtete sich auf.

„Alles Gute", sagte er zum Abschied. Dann drehte er sich um und ging. Champion warf noch einen letzten, verwirrten Blick in Susans Richtung, bis er schließlich seinem Besitzer nachsprang.

Verloren stand Susan da, die Schürze immer noch halbherzig vor ihren Bauch gepresst. Sie fühlte sich leer. Einsam. War es das, was sie gewollt hatte? Sie war sich nicht mehr sicher. Irgendwie hatte sie sich die unvermeidbare Trennung anders vorgestellt. Weniger emotional. Nicht so … unschön. Ihr fiel kein besseres Wort ein. An der Stelle, wo ihr Herz war, klaffte eine große Wunde. Bei dieser Feststellung zog sie erschrocken scharf die Luft ein.

Wie war das nur möglich? Sie hatte sich doch alle Mühe gegeben, alle möglichen Mauern errichtet, um sich ja nicht in Henrik zu verlieben. Anscheinend nicht genug. Irgendwie war es trotzdem passiert. Die Gefühle hatten sich unbemerkt angeschlichen. Und jetzt war es zu spät. Nie hätte sie gedacht, dass sie die Macht hatte, ihn zu verletzen. Doch der Schmerz in seinen Augen war unübersehbar gewesen.

Das hatte sie nie gewollt. Nur … was war es denn genau gewesen, was sie gewollt hatte? Irgendwie wollte es ihr beim besten Willen nicht mehr einfallen. Statt der bisherigen Gewissheit blieb nur ein großes Fragezeichen.

Ein Frösteln durchlief sie. Die Kante ihrer Arbeitsfläche drückte schmerzhaft in ihren immer noch nackten Hintern. Mit einem Ruck stieß sie sich ab und begann sich mechanisch anzuziehen. Klebrige Spuren erinnerten sie an das lustvolle Zusammentreffen mit Henrik und vergrößerten den Schmerz in ihrer Brust. Sehnsüchtig schwelgte sie in der Erinnerung an seine

Berührungen. Die Art, wie er sie geliebt hatte. Wie seine Hände genüsslich über ihre unmöglichen Kurven geglitten waren. Das erfüllte sie nach wie vor mit Staunen.

Sie gestattete sich volle zehn Sekunden mit diesen Erinnerungen und dem unvermeidlichen Selbstmitleid. Dann fing sie an, rigoros ihr einst so sauberes Reich wieder auf Vordermann zu bringen. Wenigstens hier ließ sich wieder Ordnung herstellen. Alles andere würde wohl etwas länger dauern. Vor allem ihr gebrochenes Herz. Ganz zu schweigen von dem Unrecht, das sie Henrik angetan hatte. Sie seufzte.

*

Mia schielte auf ihr Telefon. Es war bereits neun Uhr abends und Susan war noch immer nicht nach Hause gekommen. Hatte Henrik tatsächlich vergessen, ihr zu sagen, dass sie es etwas langsamer angehen sollte? Oder war das seine Vorstellung davon? Oder hatte ihn Susan etwa zum Teufel gejagt, kaum hatte er den Arztbesuch angesprochen? Sie schob ihre glatten, schwarzen Haare zur Seite und kratzte sich am Nacken. Das war natürlich durchaus möglich. Susan konnte ziemlich stur sein, wenn sie wollte. Sie holte das Telefon hervor und rief ihren Bruder an. Vielleicht hatte er Susan gesehen. Dadurch, dass es weit und breit keinen Kinderarzt gab und die kleinen Patienten immer dringende Notfälle waren, arbeitete er oft bis spät abends. Mia konnte ihn verstehen. Es war immer schwierig, besorgten Eltern zu erklären, dass sie bis morgen warten müssten. Sie hoffte trotzdem, dass er irgendwann eine bessere Balance zwischen Arbeit und Freizeit finden würde. Immerhin hatte er jetzt Spartacus. Der quirlige Welpe zwang ihn, wenigstens eine Stunde am Tag frische Luft zu schnappen.

„Schwesterherz, was gibt's?"

Mia schnaubte belustigt, als sie seine vertraute Anrede hörte.

„Du weißt ja noch gar nicht, was ich von dir will? Oder hast du etwas angestellt und willst mich prophylaktisch gnädig stimmen?“

„Ha, ha. Als ob das bei dir was nützen würde. Was verschafft mir die Ehre deines Anrufs? Wenn ich mich nicht irre, haben wir uns vor ein paar Stunden gerade erst verabschiedet. Das ist sogar für dich eine extrem kurze Zeit, um in Schwierigkeiten zu geraten.“

„Wenn du wüsstest …“, scherzte sie.

„Lieber nicht“, konterte Lee.

„Da hast du auch wieder recht.“ Sie räusperte sich, um anzuzeigen, dass sie jetzt zum Grund ihres Anrufs kam. „Ist Susan in der Praxis aufgetaucht?“

„Nein, wieso? Hat sie endlich in die Testreihe eingewilligt?“, fragte er und kam gleich auf den Punkt. Sie wahrten natürlich beide das Arztgeheimnis. Aber in ihrer Funktion als Kollegen diskutierten sie miteinander und ausschließlich miteinander ihre Diagnosen, um sich abzusichern und Feedback zu holen.

„Leider nein. Ich hatte allerdings gehofft, Henrik könnte sie von der Notwendigkeit überzeugen.“

Ersticktes Gelächter drang aus dem Hörer. Mia runzelte die Stirn und nahm das Telefon vom Ohr weg, um einen Blick auf das Display zu werfen. Doch, mit der Verbindung war alles in Ordnung. Es war also tatsächlich ihr Bruder, der diese Geräusche von sich gab.

„Was war denn das?“

„Ach, nur, dass du wahrscheinlich vergeblich darauf hoffst, dass Henrik Susan von irgendetwas überzeugt. Soviel ich weiß, hatten die beiden heute einen riesigen Streit.“

„Einen Streit? Als ich sie heute Nachmittag sah, waren sie ein Herz und eine Seele.“

„Ich weiß auch nichts Genaueres. Nur, dass offenbar viel nackte Haut und das L-Wort involviert waren.“

„Das L-Wort? Ach, die Arme …“, murmelte Mia.

„Der Arme, meinst du wohl", klärte Lee sie auf. „Die Legende besagt, dass er seine ewige Liebe erklärt hat und sie ihn wohl nur für Spaß und Spiele in der Nähe behalten wollte."

Mia zuckte zusammen. „Autsch."

„Das trifft es wohl so ziemlich. Henrik ist angeblich am Boden zerstört."

„Hm. Okay. Sehr schräg, die Geschichte. Andererseits überrascht es mich nicht wirklich. Du hättest sie heute sehen sollen. Im Vergleich zu Susan wirkt ein Zombie wie das blühende Leben selbst. Die Frau ist am Ende. Kein Wunder, dass sie schlecht auf Liebeserklärungen und andere plötzliche Veränderungen in ihrem Leben reagiert. Wenn meine Vermutung richtig ist und sie tatsächlich an einer Hypothyreose leidet, kann das ja auch massive Auswirkungen auf die Psyche haben."

„Du weißt, dass ich deine These unterstütze. Jetzt musst du sie nur dazu bringen, endlich in die Praxis zu kommen. Aktiviere doch mal die Frauentruppe. Mit vereinten Kräften wird es euch ja wohl gelingen, eine Intervention durchzuführen."

Sie plauderten noch ein paar Minuten über Spartacus und seine neuesten Missetaten, bevor Lee sich verabschiedete. Nachdenklich klopfte Mia mit ihrem Telefon auf den Oberschenkel. Sie haderte ein wenig mit der Entscheidung, Susan zu der Untersuchung zu zwingen. Es gab schließlich auch das Recht auf Unwissenheit. Auf der anderen Seite verbat ihr hippokratischer Eid, dass sie sich einfach zurücklehnte, ihre Hände in Unschuld wusch und nichts tat. Ohne zu einem Entschluss gekommen zu sein, stemmte sie sich vom Sofa hoch und beschloss, wenigstens die Katzen vor dem drohenden Hungertod zu retten.

Romeo und Julia fanden diese Entscheidung wunderbar. Endlich mal ein vernünftiger Mensch. Und der Hund war bis jetzt auch noch nicht da. Alles in allem ein guter Tag, schienen ihre in die Höhe gereckten Schwänze auszudrücken, als sie vor Mia her in die Küche eilten.

*

Müde rieb sich Susan die brennenden Augen, als sie im Dunkeln vor der Wildtierstation hielt, die Lara zusammen mit ihrem Mann Hank auf der Lone Wolf Ranch betrieb. Seit vor eineinhalb Jahren der kleine Wolfe zur Welt gekommen und bereits ein kleines Geschwisterchen unterwegs war, hatten Quinn und Archer, die Wildhüterin und der ehemalige Agent, den Großteil der Betreuung der stationären Wildtiere übernommen. Lara und Hank hatten mit der Ranch und der Ausbildung der Pferde schon genug zu tun. Und Quinn war ein großer Fan von Susans Keksen. Heute entlockte ihr diese Tatsache nur ein schwaches Lächeln.

Hinter den Fenstern des flachen Blockhausgebäudes brannte Licht. Schien, als hätte sie Glück und es war noch jemand da. Die Schachtel mit den Keksen in den Händen, kletterte sie völlig erschöpft aus dem Lieferwagen. Draußen hielt sie einen Moment inne, um den Anblick der Milchstraße an dem klaren, schwarzen Himmel zu betrachten. Die kalte Winterluft ließ sie frösteln. Sie war froh, dass sie anschließend nach Hause fahren und sich mit ihren Katzen unter der warmen Bettdecke verkriechen konnte. Wer brauchte schon einen Mann, versuchte sie sich zu trösten, als ihr der Gedanke, dass Henrik heute wohl nicht vorbeikommen würde, einen Stich versetzte. Sie hatte schließlich ihre beiden treuen Seelen, die ihr Gesellschaft leisteten. Das hatte ihr gereicht, bevor Henrik so plötzlich in ihr Leben getreten war, und es würde ihr auch in Zukunft reichen. Den leisen Zweifel, der sie bei dieser innerlichen Argumentation beschlich, ignorierte sie.

Bevor sie noch an Ort und Stelle festfror, lieferte sie besser die Kekse aus, ermahnte sie sich, als ihre Zähne wieder zu klappern begannen. Mit wenigen Schritten war sie an der Tür und klopfte. Ein Hund bellte. Das war wohl Braveheart, Quinns Jagdhundmischling, den sie aus einer illegalen Falle gerettet hatte. Der charmante Kerl klaute Essen wie ein Rabe. Genauso geschickt und mindestens so schnell. Er war allerdings der Einzige, der auf ihr Klopfen antwortete. Hm. Vielleicht waren die anderen beiden in der Scheune? Sie beschloss, es darauf ankommen zu lassen und die Kekse einfach auf die Veranda zu stellen. Nachdem sich Braveheart hinter Schloss und Riegel befand, sollte das Paket hier in Sicherheit sein. Gefolgt war ihr niemand, soweit sie das beurteilen konnte. Allerdings war sie wahrhaftig keine besonders aufmerksame Autofahrerin. Besonders heute nicht, wo Erinnerungen an Henrik ihre Gedanken dominierten. Wie auch immer. Nach dem heutigen Tag konnte sie sich irgendwie nicht dazu durchringen, sich auch noch darum Sorgen zu machen. Sie hatte genug eigene, danke vielmals.

Sie bückte sich und legte die Schachtel auf die oberste Stufe. Als sie sich wieder aufrichtete, blickte sie direkt in ein paar samtene, braune Augen. Warmer, feuchter Atem blies ihr ins Gesicht. Erschrocken plumpste sie auf die hölzernen Stufen.

„Musst du dich immer so anschleichen?“, schimpfte Susan. „Es wäre wirklich nett, wenn du dich ein paar Meter vorher ankündigen würdest. Muhen Elchkühe nicht?“

Merline schnaubte, als wäre sie amüsiert über den Wortschwall. Es war Susan bewusst, dass sie dummes Zeug plapperte. Doch irgendwie konnte sie sich einfach nicht bremsen. Die Nähe zu der riesigen Elchkuh machte sie nach wie vor nervös, auch wenn sie sich ziemlich sicher war, dass ihr das große Tier nichts Böses wollte. Dafür mochte sie wohl die Kekse viel zu gern. O-o. Apropos Kekse … Sie ließ sich besser etwas einfallen, um Merline abzulenken. Ansonsten würde Quinn wohl nur noch den leeren Karton vorfinden, wenn sie wiederkam.

Sie schob die Hand in die Tasche und atmete erleichtert auf, als ihre Finger auf die letzten zwei Chillax-Kekse für Pferde stießen. Sie musste dringend dran denken, den Vorrat in ihrer Jacke wieder aufzufüllen. Diese Elchtreffen schienen ja zur Gewohnheit zu werden.

„Komm“, sagte sie und hielt Merline die Kekse unter die Nase, während sie in Richtung Waldrand ging.

Die Elchkuh spitzte die Lippen und versuchte ihr die Leckerlis aus der Hand zu stibitzen.

„Ne, ne“, sagte Susan und verbiss sich ein Grinsen. „Die gibt es erst dort hinten.“

Gemeinsam legten sie die paar hundert Meter zum Wald zurück. Dort angekommen, warf Susan den einen Keks in die eine Richtung, den anderen Keks in die andere.

„Jetzt kannst du dich als Spürhund betätigen. Viel Glück.“

Ohne sie weiter zu beachten, trabte Merline an ihr vorbei. Die langen Ohren wippten im Takt.

„Bitte, gern geschehen“, rief sie ihr nach. Dann setzte sie sich in Bewegung und joggte zum Auto zurück.

Völlig außer Atem ließ sie sich hinters Lenkrad fallen und startete den Motor. Ein kurzes Wendemanöver später war sie endlich auf dem Heimweg. An der Kreuzung zur Hauptstraße bremste sie sorgfältig ab, als ihr ein Auto entgegen kam. Gut, dachte sie und hob die Hand zum Gruß, obwohl sie wegen dem Scheinwerferlicht nicht erkennen konnte, wer genau im Fahrzeug saß. Dann bestand ja Hoffnung, dass Quinn oder Archer Merline zuvorkamen und die Kekse noch rechtzeitig nach drinnen nahmen.

*

Hatte ihm Susan Montgomery jetzt tatsächlich zugewinkt?, fragte sich Erwin. Die Frau war wirklich völlig ahnungslos. Das war fast so, als würde man einem Kleinkind den Lutscher wegnehmen. Wenn er ein besserer Mensch wäre, hätte er jetzt Gewissensbisse, dachte er grinsend. Aber da er kein besserer Mensch war, freute er sich einfach über die gute Gelegenheit, ihr eins auszuwischen und gleichzeitig seiner Keks-Sucht zu frönen. Er lachte hämisch. Immerhin etwas, das nach Plan lief. Leider hatte er immer noch nicht herausgefunden, wo sie das

Lager mit den Hasch-Keksen hatte. So langsam wurde er ungeduldig. Und Ashley war ihm auch keine große Hilfe. Heute hatte sie sich schon wieder abgesetzt. Er würde wohl ein ernstes Wort mit ihr reden müssen. Das ging so nicht weiter, dachte er und hieb entschlossen mit der Hand aufs Lenkrad.

Als er sah, dass in der Hütte der Wildtierstation Licht an war, schaltete er sofort die Scheinwerfer aus und fuhr sein Auto an die Seite. Verflixt und zugenäht. Sah ganz so aus, als wäre jemand da. Bestimmt hatte derjenige die Lieferung in Empfang genommen. Er kratzte sich am Bauch und wartete ab, ob jemand den Motor seines Autos gehört hatte. Ein Hund bellte. Sonst blieb alles ruhig. Hinter den hell erleuchteten Fenstern war keine Bewegung auszumachen. Hm. Vielleicht hatte er ja Glück. Langsam näherte er sich dem Blockhaus. Tatsächlich. Der Karton stand unberührt auf der obersten Stufe. Voller Vorfreude rieb er sich die Hände, während er zu seiner Beute eilte.

Er hatte beinahe das helle Viereck, welches die Innenbeleuchtung rund ums Haus zeichnete, erreicht, als sich ihm ein riesiger, schwarzer Schatten in den Weg stellte. Schlitternd kam er zum Stehen. Wild mit den Armen rudernd, um sein Gleichgewicht wiederzuerlangen, taumelte er rückwärts.

„Du schon wieder! Verfolgst du mich etwa?“, zeterte er. „Hau ab!“, befahl er dem Elch-Ungetüm. Unbeeindruckt von seinen Worten näherte sich ihm das haarige und unförmige Tier Schritt für Schritt. Plötzlich schnaubte es. Elch-Spucke traf ihn im Gesicht. Hastig beschleunigte er seinen Rückzug. Zum Teufel mit den Keksen. So gut konnten die gar nicht sein, dass er seinen Hals in einem Zweikampf mit diesem blöden Vieh riskierte!

Er drehte sich um und rannte los, zurück zum Auto. Das Herz in der Hose, fummelte er an dem Türgriff, während der Elch immer näher kam. Erst im letzten Moment, als das Biest bereits angriffslustig den Kopf senkte, öffnete sich die Tür. Ohne Zeit zu verlieren, schlüpfte er hinein und startete den

Motor. Gleichzeitig stellte er die Scheinwerfer wieder an. Geblendet von dem grellen Licht wich der Elch ein paar Schritte nach hinten, bevor er sich abwandte und in der Dunkelheit der Nacht verschwand.

Puh! Das war knapp gewesen. Erleichtert wischte er sich die schweißnassen Handflächen am Mantel ab. Es würde andere Gelegenheiten geben, Kekse zu klauen. Zwei Kartons lagen ja bereits auf seinem Rücksitz. Auf keinen Fall würde er Leib und Leben für einen weiteren riskieren. Er griff nach hinten auf die Rückbank und holte einen seiner geliebten Kekse hervor. Genüsslich biss er hinein, bevor er den Wagen wendete und zurück nach Independence fuhr.

20

Nach einer schlaflosen Nacht taumelte Susan am nächsten Mittag nach ihrer Frühschicht in der Backstube ins Diner. Eigentlich hatte sie erwartet, dass sie wie tot ins Bett fallen würde. Sie war hundemüde gewesen. Die emotionale Achterbahn hatte ihr Übriges getan, um ihr das Gefühl zu geben, sie hätte einen mehrere Runden dauernden Boxkampf hinter sich. Doch kaum war sie im Bett gelegen, war das Gedankenkarussell in ihrem Kopf angesprungen. Die eine Minute hatte sie sich von einer Seite zur anderen gewälzt und versucht, einen Ausweg aus der verfahrenen Situation mit Henrik zu finden. Im nächsten Moment hatte sie sich versucht davon zu überzeugen, dass es so für alle Beteiligten am besten wäre. Dieses Hin und her hatte sie bis in die frühen Morgenstunden wach gehalten. Als ihr Wecker geklingelt hatte, war sie mit dem Gefühl aufgewacht, gerade erst ins Bett gegangen zu sein.

Das einzig Positive an der Sache war, dass sie keinen Appetit verspürte. Es war noch nie so einfach gewesen, nichts zu essen. Sie konnte sich nicht einmal mehr erinnern, wann sie zuletzt eine richtige Mahlzeit gegessen hatte. Vielleicht war ihr deshalb leicht schwindlig … Sie schnaubte abschätzig, während sie sich an einen der Tische setzte. Es wäre wirklich die Ironie des Schicksals, wenn sie aus der Trennung mit Henrik schlank wie ein Reh hervorgehen würde. Das ließ ihre sogenannten Gründe dafür, dass zwischen ihnen keine Beziehung möglich war, plötzlich ein wenig lächerlich erscheinen. Haha. Als wenn das überhaupt im Bereich der Möglichkeiten liegen würde. Und sowieso. An ihrem Altersvorsprung von beinahe zehn Jahren änderte das überhaupt nichts.

Sie war so in ihre Gedanken vertieft, dass sie erst mit Verspätung merkte, dass sich alle freien Plätze an ihrem Tisch gefüllt hatten. Vor ihr stand eine Tasse Kaffee. Das English Muffin auf dem Teller ließ ihr das Wasser im Mund zusammenlaufen. Eigentlich ein typisches Frühstücksbrötchen aus Sauerteig, war dieses hier mit einer würzigen Mayonnaise bestrichen und mit Ruccola und Baby-Spinat belegt. Darüber türmten sich Avocado, im Ofen geröstete Tomaten, gebratener Speck. Den Abschluss bildete ein perfekt gebratenes Spiegelei. Mmmmmh. Offenbar hatte sie doch mehr Hunger als gedacht. Das lag vermutlich am verführerischen Duft des Specks. Wer konnte schon Speck widerstehen! Sie jedenfalls nicht. Ohne groß nachzudenken, griff sie nach dem Besteck und begann zu essen. Erst als sie den Mund voll hatte, bemerkte sie die erwartungsvollen und gespannten Blicke der anderen.

„Was ist?“, murmelte sie mit vollem Mund. „Und was macht ihr alle hier? Habt ihr eine Attacke auf mich vor?“

Mia schaute sie mit einem freundlichen Lächeln an. Vi, die mit dem kleinen Bear aufgetaucht war, wich ihrem Blick aus. Astrid, Sunny, die Feuerwehrfrau und eine dritte Frau, die sie nicht auf Anhieb erkannte, waren in ein Gespräch vertieft. Paula schaufelte selbst Essen in sich hinein und Jaz versuchte sich an einem unbeteiligten Gesichtsausdruck. Da war auf jeden Fall etwas im Busch. Misstrauisch kniff sie die Augen zusammen. Das hielt sie allerdings nicht davon ab, weiter ihr modifiziertes Brötchen zu attackieren. Zwischen zwei Bissen deutete sie mit der Gabel in die Runde.

„Seid wenigstens so ehrlich wie der Hund hier“, sie deutete hinter sich, wo Jaz‘ Königspudel Rambo wachsam neben ihrem Stuhl saß und darauf hoffte, dass ein Stück Speck hinunterfiel.

Mia faltete die Hände unterm Kinn und nickte zustimmend.

„Du hast völlig recht. Es ist so, wie ich dir schon seit Längerem sage, es wäre gut, wenn du zum jährlichen Check-Up in die Praxis kommen würdest."

Susan wurde rot. Die vertraute Panik stieg in ihr hoch.

„Ich habe doch gesagt, ich komm bei Gelegenheit mal vorbei", murmelte sie und senkte den Kopf in der Hoffnung, sich hinter ihren Haaren verstecken zu können. Wieder einmal schien die Im-Erdboden-zu-versinken-Option nicht verfügbar zu sein. Verdammt! Immer, wenn man den Scheiß brauchte …

Jaz beugte sich nach vorn und legte ihr eine Hand auf den Arm.

„Gesundheit ist wirklich wichtig. Diese Kontrollen können Leben retten."

Auf einmal blieb Susan das leckere Frühstück im Hals stecken. „Was habt ihr nur alle? Bin ich etwa schwer krank? Ist es das?"

„Das weiß ich nicht", meinte Mia beschwichtigend. „Ich sehe nur, dass es dir nicht gut geht. Immer schlechter geht. Und das ist nicht gut."

„Sag doch einfach, dass ich fett bin", stellte Susan fest und hob trotzig das Kinn. „Ich versuche ja, abzunehmen. Ich habe angefangen, Sport zu treiben. Ehrlich. Und ich esse …" Ihre Stimme verlor sich, als sie auf das bis auf ein paar wenige Krümel dezimierte Essen auf ihrem Teller starrte. „Ich esse, bis auf ein paar Ausnahmen, wo ich von meinen *Freunden* genötigt werde", sie warf einen vorwurfsvollen Blick in die Runde, „fast nichts mehr."

„Das ist mir ja eben aufgefallen", erwiderte Mia mit sanfter Stimme.

Die Fürsorge brachte Susans Widerstand zu schmelzen. Tränen stiegen ihr in die Augen. Wieso waren nur alle so nett zu ihr? Das hatte sie gar nicht verdient. Oder doch …? Sie wusste gar nichts mehr.

„Hör dir doch wenigstens an, was Kristina zu sagen hat", bat Mia.

Kristina? Wer war Kristina? Suchend sah Susan sich um.

Mia warf einen bösen Blick in Astrids und Sunnys Richtung, die immer noch mit der fremden Frau in ein intensives Gespräch vertieft waren.

„Kristina? Astrid? Sunny? Könnt ihr das vielleicht später weiter besprechen?"

Schuldbewusst fuhren die drei auseinander.

„Sorry", murmelte Sunny. „Wir haben gerade darüber diskutiert, dass Independence dringend eine Notaufnahme bräuchte."

Susan, dankbar für einen Themenwechsel, sagte spontan: „Das ist mal eine gute Idee. Nur, wer soll sie führen? Mia? Oder Lee?"

„Natürlich wäre eine Zusammenarbeit geplant. Aber führen würden sie Kristina und Sunny."

„Ich trage mich schon länger mit dem Gedanken, bei der Feuerwehr ganz aufzuhören und meine Sanitäterausbildung mit einer Weiterbildung in der Notfallmedizin zu ergänzen."

„Das ist alles sehr spannend und auch dringend nötig", mischte sich Mia ins Gespräch, „aber jetzt wäre ich eigentlich froh, wenn wir Susan davon überzeugen könnten, in meine Praxis zu kommen."

Kristina stand auf und zog ihren Stuhl zu Susan heran.

„Tut mir leid. Ich wurde kurz abgelenkt." Sie streckte die Hand aus und hielt sie Susan hin. „Ich bin Kristina. Ärztin im Krankenhaus in Breckenridge. Die meisten von euch habe ich irgendwann nach einem Desaster der einen oder anderen Art betreut. Mia hat mich hergebeten, damit du noch eine unabhängige Meinung hast." Sie holte tief Luft. „Auch wenn du das vermutlich nicht hören willst, bin ich der Meinung, dass Mia recht hat. Du solltest dich dringend untersuchen lassen. Wir sind der Meinung, dass deine Gewichtszunahme und deine Müdigkeit hormonell bedingt sind. Nichts essen ist definitiv nicht die Lösung. Im Gegenteil. Das macht das Problem höchstens schlimmer."

Überwältigt von diesen Neuigkeiten lehnte Susan sich zurück.

„Hormonell bedingt?", echote sie. „Ihr meint, es gibt tatsächlich ein medizinisches Problem, das behoben werden kann? Ist das nicht die bequeme Ausrede, auf die alle Menschen mit Übergewicht zurückgreifen?"

„Das kann man so nicht sagen. Es ist auf jeden Fall bedenklich, wenn ein Mensch, der gut vierzig Jahre sein Gewicht ohne Probleme halten konnte, plötzlich in dem Maße zunimmt."

„Es geht euch also schlicht und einfach darum, dass ich wie alle anderen rank und schlank sein sollte? Was ist denn falsch daran, ein paar Kilos zu viel auf den Rippen zu haben?" In einem Versuch, sich gegen die Kritik, die sie von den anderen zu verspüren meinte, abzuschotten, verschränkte sie die Arme.

„Überhaupt nicht", entgegnete Kristina ruhig. „Wenn du einfach genussvoll und mehr essen würdest, sodass die Gewichtszunahme erklärbar wäre, würden wir dich nicht damit nerven, in die Praxis zu kommen. Dünn, dick, kurz, lang, alles ist völlig in Ordnung, solange es dir dabei gut geht. So viel mir Mia erzählt hat, geht es dir aber nicht gut."

Susan senkte den Blick. Dachte über die immerwährende Erschöpfung nach. Ihre Kopfschmerzen und den Schwindel. Und erlaubte sich für einen Moment die Vorstellung, dass die anderen sie tatsächlich aus reiner Sorge dazu drängten, etwas zu tun.

„Was würde denn die Untersuchung beinhalten?"

Erleichtert über diese zaghafte Annäherung atmete Mia auf und warf Kristina einen dankbaren Blick zu.

„Erst mal die normalen Dinge, wie Herztöne abhören, Blutdruckmessen, vielleicht ein Ultraschall deiner Organe. Alles völlig schmerzlos."

Susan runzelte die Stirn.

„Alles völlig schmerzlos. Okay. Und die Blutabnahme? Ist die auch völlig schmerzlos?“ Sie hob eine Augenbraue.

Mia zuckte schuldbewusst zusammen.

„Äh, die sticht vielleicht ganz kurz. Aber wirklich nur kurz.“

Susan lachte.

„Schon klar. Ich hab nur Spaß gemacht.“ Sie seufzte. „Also gut. Ihr habt mich überzeugt.“ Sie kaute auf ihrer Unterlippe. „Es macht mir halt Angst. Was, wenn ihr recht habt? Was, wenn es etwas Schlimmes ist? Das ist es hauptsächlich, was mich zurückgehalten hat. Nichtwissen ist in vielerlei Hinsicht einfacher.“

Beruhigend legte Mia ihr eine Hand auf den Arm.

„Das stimmt. Das ist ganz schön beängstigend. Das kann ich durchaus verstehen. Andererseits … Was, wenn es etwas ist, was ganz leicht behandelt werden kann? Wonach du dich wieder fit fühlen würdest?“

Susan seufzte, einen hoffnungsvollen Schimmer in den Augen.

„Das wäre tatsächlich fantastisch!“

„Gut. Wenn das jetzt beschlossen ist, können wir ja endlich zu wichtigen Themen übergehen und einen Plan schmieden, wie wir Henrik zur Vernunft bringen können.“

„Au ja“, fiel Paula begeistert mit ein und rieb sich die Hände. „Betty hatte schon lange keinen Einsatz mehr. Bei der Ruhe fängt sie bald an, Rost anzusetzen.“

Betty war der Name von Paulas Schrotflinte, welche sie sehr meisterhaft einzusetzen wusste. Die letzten Monate waren tatsächlich vergleichsweise ruhig gewesen. Zumindest bei Paula und Nate auf der Ranch. Susan kicherte, als sie sich vorstellte, wie Henrik in den Lauf von Paulas Waffe starrte. Rein hypothetisch natürlich. Da man bei Paula jedoch nie sicher sein konnte, ob sie es ernst meinte oder nicht, fühlte sie sich verpflichtet, ihre Freundinnen zu bremsen.

„Was meint ihr mit Henrik zur Vernunft bringen? Ich vermute mal, dass er der Meinung ist, ich müsste zur Vernunft gebracht werden."

„Tatsächlich?", fragte Paula erstaunt. „Das kann ich kaum glauben." Sie überlegte kurz. „Aber ich bin flexibel. Ich kann auch dich aufs Korn nehmen", fügte sie mit einem Augenzwinkern hinzu.

Reflexartig vergruben sich Susans Hände in Rambos krausem Fell. Meinte sie das etwa ernst?

Paula lachte, als sie Susans unsicheren Gesichtsausdruck sah.

„Keine Angst. Ich hab nur Spaß gemacht. Aber jetzt im Ernst. Was ist das Problem des Mannes? Eine Frau, die nur Sex und nicht mehr will? Ich dachte, das sei der Traum von allen? Will der männliche Teil der Spezies dieses Recht für sich reservieren?", ereiferte sie sich.

Susan stöhnte verlegen und verbarg ihr feuerrotes Gesicht hinter den Händen.

„Oh ja. Das ist ja wieder einmal sehr detailliert! Wie kommen diese Informationen nur in Umlauf?" Sie ließ die Hände fallen und runzelte die Stirn. „Keine Ahnung, weshalb die CIA die Disney Sisters und Kohorten noch nicht rekrutiert hat."

„Wer weiß schon, ob sie das nicht schon lange gemacht haben?", kommentierte Miss Minnie verschmitzt. Am Tisch, um die Kaffeetassen zu füllen, hatte sie den letzten Satz mitangehört.

„O-o", kommentierte Jaz. „Das ist mal ein beängstigender Gedanke."

„Hmpf. Dann könnten die Damen ja ihren detektivischen Spürsinn dafür einsetzen, herauszufinden, wer meine Kekslieferungen stiehlt."

Miss Minnie hielt mitten in der Bewegung inne.

„Stiehlt?"

Susan nickte müde. „Ja. Das ist die einzige Erklärung. Ich liefere wie immer pünktlich zum gewünschten Datum, doch wenn die Leute nach Hause kommen, ist nichts mehr da."

„Hm. Sehr seltsam", antwortete die Patronin. Hinter ihrem berechnenden Gesichtsausdruck konnte man es förmlich rattern hören. „Ich werde mal sehen, was sich machen lässt."

„Großartig", verkündete Mia. „Und du kommst jetzt mit mir."

„Aber …", setzte Susan zum Protest an.

„Nichts aber. Je schneller du einwilligst, desto schneller hast du es hinter dir."

*

„Wo hast du die ganze Zeit gesteckt?", wetterte Erwin, als Ashley am Nachmittag nach Hause kam. Am Morgen war sie schon fort gewesen, als er aufgewacht war. Ohne einen Plan und niemanden, den er piesacken konnte, war ihm fürchterlich langweilig gewesen.

„Aus", kam die knappe Antwort.

Wut stieg in ihm hoch. „Du solltest mir doch helfen, Susans Lager zu finden."

Gelangweilt schob Ashley ihren Kaugummi in die andere Wange. Die Nachricht, dass Henrik die fette Kuh zum Teufel gejagt hatte, war sehr willkommen gewesen. Aber bevor sie sich erneut um ihn bemühte, musste sie sichergehen, dass Susan endgültig eliminiert war. Sie hatte auch schon einen Plan. Einen Plan, der Erwin sehr freuen würde. Aber erst würde sie ihn noch ein wenig zappeln lassen.

„So, wie ich das sehe, hast du bis jetzt noch gar nichts rausgefunden. Wie soll ich denn mehr Glück haben?", provozierte sie ihn.

„Schon vergessen, wer dir ein Dach über dem Kopf gibt?", grollte Erwin, während er sich zu seiner vollen Größe aufrichtete. „Ich glaube, du brauchst eine Tracht Prügel, damit du dich wieder erinnerst!“

Erschrocken machte Ashley einen Schritt zurück. Solange Erwin auf der Couch rumhing und rumjammerte, vergaß sie manchmal, dass sie es mit einem abgebrühten Kriminellen zu tun hatte.

„Ist ja gut“, beruhigte sie ihn. „Ich werde dir die Infos liefern. Gib mir noch ein wenig Zeit.“

Er grunzte unwillig, ließ sich aber wieder auf den einzelnen Stuhl zurücksinken. „Drei Tage. Du hast drei Tage.“

Bei seinen Worten entspannte sich Ashley. Drei Tage, das konnte funktionieren. Bis dahin sollte es ihr gelingen, die Grundlagen für ihren Plan zurechtzulegen.

*

„Was heißt, du hast deine Dienstwaffe verlegt?“

Jakes Stimme wurde lauter. Normalerweise war der Sheriff für seine Ausgeglichenheit bekannt. Es gab nicht viel, das ihn erschüttern konnte. Doch die Tatsache, dass Will ihm eben gestanden hatte, dass er seine Waffe nirgends finden konnte, gehörte definitiv zu den wenigen Dingen, die ihn aufrüttelten.

„Denk noch einmal nach“, forderte er seinen Deputy auf.

Will raufte sich die Haare.

„Keine Ahnung. Wirklich. Sie ist einfach weg!“

„Geister? Heinzelmännchen?“, fragte Jake sarkastisch. „Sie kann doch nicht einfach weg sein. Eine Waffe ist ja nichts, was man eben so zur Seite legt und dann vergisst. Zumindest hoffe ich, dass dem nicht so ist!“

„Nein. Natürlich nicht. Ich weiß noch, dass ich sie gestern ausgezogen habe …“ Seine Stimme verlor sich, während er versuchte, sich den gestrigen Tagesablauf in Erinnerung zu rufen. Ashleys Gesicht schob sich vor sein geistiges Auge. Ihr unerwarteter Besuch. Hatte sie etwa tatsächlich seine Dienstwaffe geklaut? Einfach so? Und wofür? Unbehagen erfüllte ihn, als er daran dachte, wie fixiert sie auf Henrik war. Sie würde ihm doch nichts antun? Oder doch? Ihr Ungeschick mit dem Messer kam ihm in den Sinn. Dieses Biest. War das alles nur vorgetäuscht gewesen? Aber Moment mal. Das Blut war echt gewesen. Das würde ja heißen, dass sie sich absichtlich geschnitten hatte. Grauen erfüllte ihn, als ihm klar wurde, wie viel Planung in dieser kurzen Begegnung gesteckt hatte.

„Wenn du eine Ahnung hast, wo sie ist, dann hol sie zurück“, riss ihn Jakes Stimme aus dem Tagtraum. Besser gesagt Albtraum. Wie hatte er sich nur so einwickeln lassen können? Ein paar rehbraune Augen, und es war um ihn geschehen. Angewidert schüttelte er den Kopf.

„Keine Sorge, Chief. Ich kümmere mich darum. Ich habe eine Idee, wo sie abgeblieben sein könnte.“

„Hast du etwas oder jemand Bestimmten im Sinn?“

Unbehaglich trat Will von einem Fuß auf den anderen. „Ich würde meinen Verdacht gerne erst verifizieren, bevor ich falsche Anschuldigungen in die Welt setze.“

Jake nickte.

„Okay. Dann kümmere dich darum. Und zwar sofort. Mit Waffen in den falschen Händen ist nicht zu spaßen“, ermahnte er ihn streng.

Will nickte und machte, dass er weg kam. Wie peinlich. Das war wirklich ein Anfängerfehler. Aber wer hätte auch gedacht, dass die harmlos aussehende Ashley tatsächlich so weit gehen würde? Er nicht. Leider. Jetzt hatte er den Salat.

*

Angewidert warf Henrik das Taschenbuch in eine Ecke. Eben hatte er das unausstehlich perfekte Happy End des Liebesromans gelesen. In seiner Situation war das fast nicht zum Aushalten. Er wusste wirklich nicht, was er noch tun sollte, um Susan davon zu überzeugen, dass es ihm ernst war. Er seufzte. Was er jetzt dringend brauchte, war ein Drink. Oder fünf.

Vielleicht war er dann in der Lage, die Frau seiner Träume zu vergessen. Das war es ja, was sie offensichtlich wollte. Fast war er versucht, sich ihre Worte zu Herzen zu nehmen. Eine andere Frau aufreißen und für eine Nacht alles andere vergessen. Wo zum Teufel war seine Stalkerin, wenn er sie brauchte? Bei dem Gedanken schnitt er eine Grimasse. Statt mit Freude erfüllte ihn die Idee mit Abscheu. Er wollte nicht irgendeinen warmen Körper. Er wollte Susan. Mit Haut und Haaren. Aber da sie nicht zur Verfügung stand, blieb ihm nur der Alkohol.

*

Er nippte an seinem vierten Whiskey und wartete immer noch darauf, dass die ersehnte Taubheit endlich einsetzte. Nur vage nahm er wahr, dass zwei Leute neben ihm Platz nahmen. Ein Blick auf beide Seiten zeigte ihm, dass es sich dabei um Dagobert und Kurt handelte.

„Was macht ihr denn hier", fragte er undeutlich. „Wollt ihr mittrinken? Haben euch auch eure Frauen sitzen gelassen?"

Kurt schnaubte.

„Das habe ich zum Glück schon hinter mir. Seither bin ich älter und weiser geworden."

„Du Glücklicher. Und du?", wandte er sich an Dagobert.

Der hob provokativ eine Augenbraue.

„Bist du dir sicher, dass du das wissen willst?"

Henrik überlegte kurz. Anschließend hob er eine Schulter und ließ sie wieder fallen.

„Ja, klar. Geteiltes Leid ist halbes Leid und so." Er hob das Glas in Richtung Kurt. „Schenkst du mir noch einen ein? Ist ja ganz praktisch, neben dir zu sitzen. Dann gibt es wenigstens immer prompt Nachschub."

Kurt schüttelte den Kopf, langte aber über die Theke zur Whiskeyflasche und goss Henrik zwei Fingerbreit ein.

Dagobert schnaubte.

„Ich sehe schon, du säufst dich durch dein Selbstmitleid."

„Selbstmitleid?“, entrüstete sich Henrik. „Ich bin ja wohl die geschädigte Partei.“ Er nahm einen großen Schluck und genoss das Brennen in seinem Hals, als die hochprozentige Flüssigkeit seine Kehle hinabrutschte.

„Buhuu“, foppte ihn Dagobert. „Ich kann dir jedenfalls aus Erfahrung sagen, dass die Antworten nicht auf dem Grund einer Schnapsflasche zu finden sind.“

Dagobert war jahrelang der Stadtsäufer gewesen. Im letzten Jahr hatte er einen ernsthaften Besserungsanlauf genommen und trank seither keinen Tropfen mehr. Das hatte ihm die Liebe seines Lebens verschafft. Seither war er mit Eve zusammen und genoss jeden wertvollen Moment, der ihnen noch vergönnt war.

„Sie will mich nicht. Zumindest nicht alles. Nur meinen Körper.“

„Du Armer“, spottete nun auch Kurt. „Sex, so viel du willst, und du lieferst irgendeinen Bockmist, der sie in die Flucht jagt. Soviel Dummheit braucht richtig Talent.“

„He! Seit wann ist es denn verkehrt, einer Frau seine Liebe zu gestehen?“, ereiferte sich Henrik.

„Ist es nicht“, antwortete Kurt beiläufig. „Was verkehrt ist, ist, seinen Kummer zu ertränken, anstatt um diese Liebe zu kämpfen.“

Darauf stießen die beiden Männer über seinen Kopf hinweg an.

21

Das Telefon klingelte. Susans Herz machte einen Sprung. Hastig wischte sie sich die Hände an der Schürze ab und griff danach. Oh, dachte sie enttäuscht. Es war nur Mia. Sie wusste auch nicht, weshalb sie immer noch darauf hoffte, dass Henrik sich meldete. Schließlich hatte sie ihm unmissverständlich klargemacht, dass sie ihn nicht in ihrem Leben wollte. Wie sollte er auch wissen, dass sie Tag und Nacht mit ihrer Entscheidung haderte? Sie vermisste ihn. Die Nächte waren am schlimmsten. Unglaublich, wie schnell sie sich an seine Anwesenheit gewöhnt hatte. Jetzt leisteten ihr nur mehr die Katzen Gesellschaft.

Sie seufzte und legte das Telefon beiseite. Mia konnte auch auf den Anrufbeantworter sprechen. Vermutlich waren die Resultate der Blutuntersuchung gekommen. Die Resultate, von denen sie immer noch nicht wusste, ob sie sie überhaupt wissen wollte. Die Untersuchung war tatsächlich schmerzlos gewesen. Auch im übertragenen Sinn. Mias sachliche Art hatte erheblich zu ihrer Entspannung beigetragen.

Das Telefon läutete abermals. Wer war denn das schon wieder? Nochmals Mia? Das konnte sie sich kaum vorstellen. Außer … waren die Resultate etwa so schlecht? Sie zwang sich, einen Blick aufs Display zu werfen. Als sie eine unbekannte Nummer sah, war sie so erleichtert, dass sie automatisch über den Bildschirm wischte. Neue Kunden konnte sie immer brauchen.

„Hallo?"

„Hi“, grüßte sie eine jugendliche Frauenstimme. „Ich bin Kay, die neue Sekretärin von Ian.“

Susan grinste. War Ian die Verwaltungsseite doch zu viel geworden? Das konnte sie gut verstehen. Sie selber mochte Zahlen und Tabellen. Doch sie wusste, dass viele gar nichts damit anfangen konnten.

„Du bist also die neue Stimme von Chillax, wie?“

Chillax war der Name der Leckerlis für Hunde, Katzen und Pferde, die alle den heißbegehrten Inhaltsstoff CBD aus dem nicht psychoaktiven Hanf enthielten. Zwei- wie Vierbeiner waren ganz heiß darauf – wie man an Merline sehen konnte. Das Geschäft lief gut, obwohl es eben erst gestartet war.

„Äh“, Kay zögerte leicht. „Ja. So könnte man es nennen“, antwortete sie schließlich lachend.

Die Frau hatte ein perlendes Lachen. Irgendetwas an der Stimme kam Susan bekannt vor. Leider schaffte sie es nicht, sie einem Gesicht zuzuordnen. Sie ließ den Gedanken im Hinterkopf weiterarbeiten, vielleicht kam sie ja später drauf, und fragte: „Wie kann ich dir helfen?“

„Die nächste Lieferung, von der wir gesprochen hatten …“

„Ja, klar. Die Lieferung von Ende Januar?“

Zumindest hatte Ian diesen Termin ins Auge gefasst gehabt. Allerdings war damals noch nicht ganz klar gewesen, ob er dann schon neue Kekse brauchen würde. Offenbar lief das Weihnachtsgeschäft gut. Das freute Susan sehr. Nicht nur für Ian, sondern auch für sich selber.

„Genau. Er wollte fragen, ob du einen Teil davon bereits Ende der Woche liefern könntest. Du hast doch noch Verpackungen?“

Etwas überrumpelt von den Neuigkeiten hielt sich Susan an der Arbeitsfläche fest.

„Ja. Sollte ich noch haben. Wie viel wollte er denn bestellen? Ich bin nicht sicher, ob ich noch genügend CBD habe.“

„Mach einfach so viel wie möglich. Dann rechnen wir bei der Lieferung gleich ab."

„Habt ihr so viele Bestellungen?"

„Ja. Ist das nicht fantastisch?"

„Auf jeden Fall", beeilte sich Susan zu sagen. „Und wo genau soll ich es hinbringen? Das letzte Mal hat Ian die Kekse abgeholt."

„Ich schicke dir eine Wegbeschreibung. Wir haben ein neues Lager eingerichtet."

„Bestens."

Abgelenkt von der Aussicht, einen unerwarteten Weihnachtsbonus zu erhalten, drängte es Susan, das Gespräch zu beenden. Ihr Arbeitspensum für die kommende, letzte Woche vor Weihnachten hatte sich soeben verdoppelt. Am Wochenende war noch der Workshop, vor dem ihr bereits jetzt graute, elfenhafte Unterstützung hin oder her. Spitze Ohren und grüne Kleidung halfen auch nur bis zu einem bestimmten Punkt.

„Bis dann."

Kay murmelte ebenfalls Abschiedsworte, doch Susan hatte das Telefon bereits weggelegt. Es gab noch so viel zu tun, dachte sie, während sie fieberhaft die letzten Bestellungen für heute in die dafür bestimmten Boxen packte.

*

Ashley steckte ihr Telefon zurück in die hautengen Jeans, die sie trug. Mit einem überheblichen Lächeln drehte sie sich zu Erwin um, der auf dem Sofa lag, das er von der Müllkippe geholt hatte. Schon wieder stopfte er dieses widerlich süße Gebäck in sich hinein. Wie konnte er nur? Wusste er nicht, dass er davon dick und fett wurde? Ihr Blick glitt über seine fassähnliche Gestalt. Zugegeben, er war bereits dick und fett. Sie hoffte, sie würde nie so gleichgültig in Bezug auf ihr Aussehen werden.

„Was ist los?", verlangte Erwin zu wissen.

„Ich habe gerade deine Hanfkekse organisiert“, verkündete sie triumphierend. „Am Freitag kannst du sie abholen.“

Überrascht richtete sich der Gauner auf.

„Du hast was?“

„Du hast schon richtig gehört. Die verdammten Kekse organisiert.“ Sie rollte die Augen in Richtung Decke. Erwin war wahrlich ein Blitzdenker. Zum Glück kam ihr das für ihre eigenen Pläne entgegen. Ansonsten wäre seine lange Leitung nicht zum Aushalten gewesen. Er würde am Freitag noch sein blaues Wunder erleben. Und sie würde hoffentlich spätestens am Abend endlich auf Wolke Sieben schweben.

Ihr großes Ziel vor Augen, das alle Schwierigkeiten, die sie dafür in Kauf nehmen musste, überwog, übte sie sich in Geduld und weihte Erwin in die Einzelheiten ein. Zumindest in die, die er dringend wissen musste, damit ihr Vorhaben funktionierte.

*

Frustriert hielt Will seinen Wagen vor dem Polizeirevier an. Den Kopf an die Nackenstütze gelegt, rieb er sich die müden Augen. Die letzte Nachtschicht und die anschließende, erfolglose Suche nach Ashley hatten ihre Spuren hinterlassen. Er war wieder einmal hundemüde und wollte nur noch ins Bett. Doch erst musste er zum Sheriff und ihm beichten, dass es ihm nicht gelungen war, die Waffe ausfindig zu machen.

Er hatte sämtliche Register gezogen, war von Haus zu Haus gegangen, hatte die Gäste im Diner gefragt und sich ganz allgemein beliebt gemacht, während er versucht hatte, herauszufinden, wo Ashley zurzeit wohnte. Seltsamerweise schien sie wie vom Erdboden verschluckt. Mehrere Leute hatten die Vermutung aufgestellt, dass sie abgereist sei. Zugegeben, das war natürlich eine Möglichkeit. Nur seine Intuition war anderer Meinung. Im Laufe seiner Karriere als Polizist hatte er gelernt, seine Ahnungen ernst zu nehmen.

Er hätte besser bereits zu dem Zeitpunkt, als er Ashley getroffen hatte, auf seinen Bauch gehört. Dieser hatte ihm schon damals geraten, Abstand zu wahren. Aber ein süßes Lächeln, ein paar schöne Augen und ja, zugegebenermaßen auch ein paar schön gerundete Brüste und ein Blick auf ihr Hinterteil hatten offenbar gereicht, um die Warnungen von seinem Unterbewusstsein zu ignorieren und unbeachtet beiseitezuschieben. Himmel, er war so ein Idiot!

Seufzend zog er sich seine schwere Winterjacke über. Der kalte Wind von den Bergen fuhr einem sofort in die Knochen, wenn man nicht aufpasste. Die bevorstehende Konversation mit Jake fürchtend, schlich er mit geducktem Kopf in die Station.

„Hey Polly. Ist Jake da?"

„Was machst du denn um diese Zeit hier?", fragte Polly verwundert.

„Ich hatte noch was zu erledigen."

„Der Sheriff ist bereits nach Hause gegangen. War es wichtig?"

Erleichtert atmete Will auf. Zwölf Stunden Schonfrist.

„Nein. Ich kann morgen mit ihm reden." Er hob die Hand zum Gruß. „Bis morgen."

*

Polly blickte ihm nach, als er mit einem Satz die Treppenstufen überwand. Glaubte er wirklich, sie würde ihm seine ausweichenden Antworten abnehmen? Ts, ts. Der Junge musste noch viel lernen. Geschwind griff sie zum Hörer. Sie würde im Diner anrufen. So wusste sie im Nu, was der Deputy heute zu erledigen gehabt hatte. Seinem aufgewühlten Gesichtsausdruck zufolge war er nicht sehr erfolgreich gewesen.

„Hallo Daisy …", begrüßte sie ihre Freundin, als diese das Gespräch entgegennahm. „Ich habe eine Frage."

*

Stolz betrachtete Henrik die Auslage im Schaufenster. Zwei brandneue Snowboards lehnten an einem künstlichen Eisberg. Ein ebenso künstlicher Schneemann steckte in der neuesten Kollektion Winterkleidung. Bunte Weihnachtslichter sowie mit rot-weißem Band umwickeltes Tannengrün rundeten den festlichen Anblick ab. Im Inneren des Ladens war ebenfalls viel passiert. Die Böden waren frisch geschliffen und geölt. Die ganze Ware war fein säuberlich nach Marken und Größen sortiert. Breite Sitzbänke luden zum Verweilen oder zum Anprobieren von Schuhen ein. Ein hölzerner Tresen, eine Kaffeemaschine und ein Kühlschrank würden irgendwann als Kaffee- und Saftbar dienen. Er plante, High-School-Schüler für die Bar anzustellen, während er sich um die Kunden kümmerte oder Touren entwickelte.

Seine gute Laune wurde ein wenig gedämpft, als ihm der Grund für den großen Fortschritt im Laden einfiel. Susan. Seit sie ihn quasi rausgeworfen hatte, hatte er jede wache Minute mit Renovieren verbracht. Alles, um nur nicht an sie zu denken. Die ersten Tage war er zu verletzt gewesen. Und ja, auch wütend. Sein Stolz war verletzt gewesen, wie er reuevoll zugeben musste. Das hatte gereicht, um ihn glauben zu lassen, dass seine Gefühle wichtiger waren als die ihren. Dem war natürlich nicht so, das war ihm zwischen dem Streichen der Wände, dem Auspacken der Ware und ein paar anstrengenden Joggingrunden auch klar geworden. Er hoffte, dass er nicht zu viel Zeit verloren hatte. Andererseits hatten ihr ein paar Tage Zeit zum Nachdenken vielleicht auch ganz gut getan. Das hoffte er zumindest.

Champion stand auf und streckte sich gähnend. Seine Krallen klickten auf dem Parkett, als er gemütlich zu Henrik hinüberwanderte.

„Na, was meinst du?“, fragte Henrik den Hund.

Champion wedelte. Henrik schmunzelte.

„Okay. Immerhin. Wollen wir Susan und die Katzen besuchen?“

Bei Susans Name begann der Husky zu wedeln und stieß ein kurzes Bellen aus. Henrik lachte.

„Okay. Das war wohl eindeutig."

Er konnte von Glück reden, dass sein Hund mit den nordischen Vorfahren das Memo über den Nährwertgehalt von Katzen nicht bekommen hatte. Er kannte genügend Huskys, die nichts gegen einen gelegentlichen Katzensnack einzuwenden hatten. Das würde seine Beziehung zu Susan zusätzlich belasten.

Sich daran erinnernd, dass die sogenannte Beziehung zu seiner Herzensfrau auf äußerst wackligen Beinen stand, zog er eine Grimasse. Er hoffte, dass sie sich inzwischen ein wenig beruhigt hatte. Er vermisste sie. Sehr.

Entschlossen straffte er die Schultern. Schluss mit dem Selbstmitleid. Dagobert und Kurt hatten recht, auch wenn er es an diesem Abend nicht hatte hören wollen. Wenn man die Frau seines Lebens getroffen hatte, die Person, ohne die man sich das Leben nicht mehr vorstellen konnte, gab man nicht einfach so auf.

Und wenn das Einzige, was sie im Moment akzeptierte, seine Freundschaft war, dann würde er ihr der beste Freund sein, den es je gegeben hatte.

*

„Hypothy-was?"

„Hypothyreose", wiederholte Mia geduldig und zeigte ihr die entsprechenden Werte auf der verwirrenden Tabelle der Blutanalyse. „Auf Deutsch: Schilddrüsenunterfunktion."

Völlig überwältigt von den Neuigkeiten starrte Susan ihre Ärztin und Mitbewohnerin an.

„Ich dachte immer, diese Krankheit sei mehr eine Legende. Eine Art faule Ausrede …", sie duckte sich verlegen, „für Leute wie mich, die sich nicht eingestehen wollen, dass sie einfach fett sind."

Mia schüttelte den Kopf und setzte freundlich ihre Erklärung fort.

„Ganz und gar nicht. Die Schilddrüsenunterfunktion ist eine ernstzunehmende Krankheit, die tatsächlich unerwartet zu Gewichtszunahmen führen kann."

„Also werde ich immer dicker und dicker werden und kann nichts dagegen tun?", fragte Susan niedergeschlagen.

„Im Gegenteil", beruhigte Mia sie. „Diese Krankheit kann gut behandelt werden. Es dauert vielleicht eine Weile, bis wir die exakte Dosierung herausfinden, die für dich gut funktioniert. Sobald wir das geschafft haben, solltest du es mit einfachen Mitteln schaffen, wieder zu deinem Normalgewicht zu finden."

„Aha."

Susan war skeptisch. Das klang ja beinahe zu schön, um wahr zu sein.

„Keine Sorge, du wirst es selbst merken. Was ich beinahe noch wichtiger finde, ist, dass du dich nicht mehr so schnell erschöpft fühlen wirst."

„Das wäre tatsächlich schön", gab Susan zu, die an all die Aufträge dachte, die sie noch vor Weihnachten fertigstellen musste.

Die Ärztin griff nach einem Zettel und schrieb ein Rezept auf.

„Wir starten erst mal mit einer niedrigen Dosierung und arbeiten uns dann langsam zu dem Level vor, das für dich passt, einverstanden?"

Susan zuckte mit den Schultern.

„Klar. Du bist die Fachperson hier." Sie kaute auf ihrer Unterlippe. „Und was waren die anderen Maßnahmen, von denen du gesprochen hast?"

„Eine Ernährungsumstellung. Für eine Weile bedeutet das Kalorienzählen, bis du ein gutes Gefühl für die richtigen Nahrungsmittel und ihren Energiegehalt hast."

Susan runzelte die Stirn.

„Eine Diät? Glaub mir, das habe ich versucht.“

„Ich weiß“, antwortete Mia streng. „Du hast dich ja beinahe zu Tode gehungert. Ich spreche nicht davon, dass du nichts essen sollst. Viel mehr sollst du essen, aber das Richtige in den richtigen Mengen. Oft funktionieren mehrere kleine Mahlzeiten besser als drei große. Aber das muss jeder selbst herausfinden. Die einen Theorien besagen, viel Eiweiß, wenig Fette und Kohlenhydrate, andere das Gegenteil.“

Susan stöhnte frustriert.

„Also dasselbe wie immer. Am Ende funktioniert ja doch nichts!“

„Das würde ich so nicht sagen. Es ist nur so, dass die Menschen Individuen sind. Es gibt kein gängiges Rezept für alle. Mein Vorschlag wäre, auf so viel Zucker zu verzichten wie möglich, den Großteil deines Bedarfs über Gemüse zu decken und Fleisch sowie Milchprodukte in Maßen hinzuzufügen. Fette gibt es auch solche und solche. Olivenöl, Avocado, Nüsse, das alles sind hervorragende Fettlieferanten, die einen positiven Einfluss auf den Stoffwechsel haben. Zudem wirst du ja von den künstlichen Schilddrüsenhormonen unterstützt. Ein wenig Sport kann auch nicht schaden.“

„Hmpf. Sport und ich sind keine Freunde.“

„Schon klar, wenn du auch gleich einen Halbmarathon in Angriff nimmst“, erwiderte Mia trocken. „Vielleicht versuchst du es mal mit Yoga? Oder Tanzen?“

Bei der Vorstellung, mit Tanzen anzufangen, hätte Susan beinahe laut gelacht. Aktuell hatte sie die Eleganz eines Nashorns. Zumindest fühlte sie sich so. Wie ging der Spruch noch mal, der momentan in aller Munde war? Nashörner sind wie Einhörner. Nur fetter. Jawohl.

„Irgendwie hat es auch Nachteile, wenn man mit seiner Ärztin zusammenwohnt. Du weißt alles über mich und meine Gewohnheiten“, grummelte sie stattdessen.

Mia lachte.

„Aber auch Vorteile. Ich bringe dir heute Abend die Medikamente mit. Ich muss sowieso noch bei der Apotheke vorbei."

„Oh. Danke. Das wäre nett. Dann gehe ich jetzt nach Hause und lege mich aufs Sofa. Schließlich habe ich jetzt die ärztliche Legitimation, um auf der faulen Haut zu liegen."

„Sei nett zu dir", ermahnte Mia sie milde. „Unterschätze die Krankheit nicht. Unbehandelt kann sie tatsächlich lebensbedrohlich werden. Ich bin sehr froh, dass du dich zu einer Untersuchung durchringen konntest. Ich weiß, wie schwer dir das gefallen ist."

Susan nickte, blieb aber stumm.

„Hast du noch Fragen?"

„Nein", stieß sie hervor.

Sie war völlig durcheinander und wollte nur noch weg hier. Mias Freundlichkeit und ihre offensichtliche Sorge brachten sie fast zum Weinen. Nach einem hastigen Abschied flüchtete sie aus der Praxis. Spartacus, der seit Kurzem mit Lee in die Sprechstunde kommen durfte, hob verwundert den Kopf und starrte ihr hinterher.

Mia kauerte sich neben ihm hin und strich ihm über das faltige Gesicht.

„Sie ist nur ein wenig durcheinander. Das nächste Mal hat sie bestimmt wieder einen Keks für dich."

Spartacus, immer aufgelegt für ein kurzes Spiel, erhob sich von seinem Platz und holte sein zerkautes Spielzeug, ein dickes, mehrfach geknotetes Tau, aus seinem Korb. Erwartungsvoll wedelnd ließ er das abgesabberte Teil vor ihre Füße fallen.

Sie lachte.

„Später vielleicht. Erst hab ich noch Patienten."

Der Hund, der den bedauernden Tonfall in ihrer Stimme bereits kannte, ließ sich seufzend wieder auf den Boden plumpsen und bedachte Mia mit einem vorwurfsvollen Blick.

„Geh und beschwer dich bei meinem Bruder, deinem Herrchen", murmelte sie. Sie weigerte sich, sich schuldig zu fühlen, weil sie keine Zeit hatte, mit dem Welpen zu spielen. Aber natürlich tat sie es doch. In Wahrheit hatte sie der Kleine mit seinem zu großen Fell, der immer aussah, als würde er einen zu großen Pyjama tragen, ganz schön um den Finger gewickelt.

22

Henrik öffnete die Tür zur hinteren Sitzbank und ließ Champion hineinspringen. Neben ihm hielt ein Auto. Der Sheriff? Als das Fenster heruntergelassen wurde, erkannte er Will, den Deputy.

„Hallo Will. Wolltest du meinen Laden anschauen?"

Will lächelte schwach.

„Gern ein andermal. Ich habe einen anstrengenden Tag hinter mir. Aktuell will ich nur noch nach Hause und ins Bett."

Henrik lachte.

„Und zwölf Stunden schlafen?"

„Das klingt himmlisch." Er schnitt eine Grimasse. „Aber ich habe in ein paar Stunden wieder Dienst. Ich habe nur eine kurze Frage an dich."

„Schieß los. Du brauchst deinen Schönheitsschlaf", witzelte Henrik.

„Haha, sehr witzig. Das Schlimme ist, dass du vermutlich recht hast." Gestresst fuhr er sich durch die Haare. „Hör zu, hast du Ashley in letzter Zeit gesehen?"

„Ashley?"

„Deine Stalkerin."

„Ach so. Nein. Jetzt, wo du es sagst, fällt es mir erst auf. In den letzten Tagen ist sie nie aufgetaucht."

„Okay. Schade."

Henrik runzelte die Stirn. „Wieso schade? Ich hätte gedacht, das wäre etwas Gutes? Ich zumindest bin froh, dass sie mich in Ruhe lässt."

„Natürlich. Im Prinzip hast du völlig recht. Es ist nur so, dass ich sie suche. Und nicht finde."

„Sie ist sicher abgereist."

„Du bist nicht der Erste, der das sagt. Ich bin nur nicht so sicher, ob ich das glaube."

„Was willst du denn von ihr?"

„Ach, ich vermute, dass sie etwas hat, was mir gehört."

„Na dann, viel Glück", wünschte ihm Henrik. Er für seinen Teil war außerordentlich erleichtert, dass Ashley ihre Fixierung auf ihn offensichtlich überwunden hatte.

„Danke. Bis bald", antwortete Will und fuhr weg.

*

In Gedanken bereits wieder bei Susan, startete Henrik sein Fahrzeug. Champion, der es wie immer nicht erwarten konnte, dass die Reise losging, streckte glücklich seinen Kopf über seine Schulter, ließ seine lange Zunge heraushängen und beobachtete den Verkehr.

Leise vor sich hin summend, fuhr Henrik langsam an der Hauptstraße entlang. Als er beim Diner vorbeikam, entdeckte er auf dem Parkplatz vor dem Gemeindehaus Susan, die neben ihrem Lieferwagen stand. Was sie hier wohl machte? War sie im Diner gewesen? Der Gedanke, gleich mit ihr sprechen zu können, erfüllte ihn mit einem warmen Gefühl. Es war gut, dass er nicht mehr länger gewartet hatte. Er setzte den Blinker und bog auf den großen Platz ein. Als er näher kam, fiel ihm ihre Körperhaltung auf. Sie stand seltsam regungslos an Ort und Stelle und machte keine Anstalten, in ihren Wagen zu steigen. Besorgt runzelte er die Stirn. Sie musste doch frieren. Es war eisig kalt draußen. Der Wind pfiff und heulte. Kleine Schneehexen tanzten über den von den Räumfahrzeugen zusammengeschobenen

Schneemassen. Sie schien von alldem nichts zu bemerken. Ihr Schal flatterte hinter ihr im Wind, während sie blicklos ins Leere starrte. Alarmiert parkte er seinen Truck an der nächstbesten Stelle.

„Warte hier", befahl er Champion und sprang aus dem Auto. Langsam näherte er sich ihr.

„Susan?", rief er vorsichtig, als er neben ihr stand. Als sie keine Reaktion zeigte, berührte er sie sachte am Arm. „Was ist los? Alles in Ordnung?" Kaum hatte er die Worte ausgesprochen, hätte er sich ohrfeigen können. Nichts war in Ordnung, das war offensichtlich. Endlich wandte sie sich ihm zu. Der Kummer und der Schmerz in ihren Augen machten ihm Angst. Wortlos legte er die Arme um sie und zog sie an seine Brust.

Dankbar ließ sich Susan an ihn sinken. Für den Moment war es ihr egal, dass sie behauptet hatte, sie würden nicht zusammenpassen. Sie war einfach nur dankbar, dass er da war. Kaum hatte sie die Arztpraxis verlassen, hatte die beängstigende Diagnose sie eingeholt. Was bedeutete das alles für sie? Würde die Krankheit auch bei Tony irgendwann ausbrechen? Hatte sie jetzt eine verkürzte Lebensdauer? Ließ sich die Krankheit irgendwann heilen oder musste sie jetzt ein Leben lang Tabletten schlucken? Die Gedanken überschlugen sich in ihrem Kopf und lähmten sie. Sich an Henrik zu lehnen, die Last mit ihm zu teilen, auch wenn sie wusste, dass das nicht von Dauer sein konnte, war einfach zu verlockend. Oder sie war zu schwach, der Versuchung zu widerstehen. Dankbar für seine Anwesenheit und seinen bedingungslosen Support kuschelte sie sich näher an ihn.

„Susan? Sagst du mir, was los ist? Ich mach mir Sorgen …", flüsterte er dicht an ihrem Ohr.

Seine liebevolle Fürsorge ließ den Damm in ihrem Inneren brechen und sie heulte los. Sie war so lange alleine gewesen. Obwohl sie mit ihrer Mutter zusammengewohnt hatte, war die Einsamkeit ihr ständiger Begleiter gewesen. Sie hatte so wenig

Unterstützung erfahren, dass sie praktisch alleinerziehend gewesen war. Schlimmer eigentlich. Durch die ständige Ablehnung und die psychische Misshandlung, man konnte es nicht anders nennen, war ihr Selbstwertgefühl ständig weiter geschrumpft, bis nichts mehr davon übrig geblieben war. Henriks Vertrauen in sie und seine Überzeugung, dass sie zusammengehörten, war für sie sehr schwierig zu fassen.

Aber vielleicht war es an der Zeit, die alten Überzeugungen über Bord zu werfen? Hatte sie den Mut dazu? Die Angst, dass sie vielleicht etwas potentiell Wunderbares von sich wies, nur weil sie nicht mutig genug war, verstärkte die Tränenflut noch.

Als er das Beben in Susans Körper spürte und ihr Schluchzen hörte, wusste er, dass er nicht länger auf einer Erklärung bestehen konnte. Was auch immer es war, es musste warten. Sie hatte ganz offensichtlich einen Schock erlitten. Sie musste dringend nach Hause. Vermutlich hatte sie auch wieder seit Ewigkeiten nichts Richtiges gegessen, dachte er grimmig. Er ging ein wenig in die Knie und hob sie in seine Arme.

Bestürzt hob Susan den Kopf. Sie war so überrascht, dass ihre Tränenflut versiegte, wie Henrik befriedigt zur Kenntnis nahm.

„Was machst du da?“, rief sie entsetzt aus.

„Nach was fühlst es sich denn an?“, fragte er zurück, sehr erleichtert, dass sie aus ihrer Krise herausgefunden zu haben schien.

„Lass mich runter. Du holst dir noch einen Bruch!“

Henrik lachte.

„Das wohl kaum. Ich bin schließlich kein Schwächling“, antwortete er, gespielt beleidigt.

Susan wurde rot.

„Das wollte ich damit nicht sagen, wie du sehr wohl weißt. Aber ich bin nun mal schwer. Wie ein Hippo. Oder ein Elefant. Oder ein Wal.“

Henrik konnte nicht anders und prustete los.

„Hast du noch mehr auf Lager? Große Tiere, meine ich?“

Sie warf ihm einen bösen Blick zu.

Bei seinem Truck angekommen, öffnete er die Beifahrertür und schob sie einfach hinein. Drinnen wurde sie von Champion freudig begrüßt. Er beeilte sich, auf die Fahrerseite zu kommen und sprang ebenfalls ins Auto.

„Ist das eine Entführung?“, fragte sie pikiert.

Henrik schüttelte den Kopf und atmete tief durch. Er wollte sich nicht streiten. Überhaupt nicht. Und noch viel weniger, nachdem sie erst gerade in seinen Armen zusammengebrochen war.

„Betrachte es doch einfach als eine Taxifahrt“, meinte er.

„Ich hatte meinen perfekt funktionstüchtigen Lieferwagen dabei. Den Lieferwagen, den ich jetzt morgen früh nicht haben werde.“

„Ich fahre dich hin“, beruhigte er sie.

Sie warf ihm einen Seitenblick zu.

„Du gehst also einfach davon aus, dass du bei mir übernachten darfst?“, wollte sie lauernd wissen.

Für einen Moment riss ihm der Geduldsfaden.

„Herrje, natürlich nicht. Ich bin durchaus in der Lage, früh morgens von meiner Wohnung zu dir zu fahren, um dich abzuholen und dich zu deinem Auto zu bringen. Lass dir doch verdammt noch mal einfach helfen.“ Er holte tief Luft und versuchte sich zu beruhigen. „Von einem Freund, wenn dir das lieber ist. Okay?“

Susan sah ihn aus weit aufgerissenen Augen an. Freund? Was meinte er damit? Hatte er etwa endgültig aufgegeben? Jetzt, wo sie wenigstens versuchen wollte, ihm zu vertrauen? Auf eine mögliche Zukunft mit ihm zu hoffen?

„Okay“, sagte sie unsicher.

„Siehst du, geht doch“, murrte er. „War’s schmerzhaft?“

Susan boxte ihm in den Arm. Ungewisser Beziehungsstatus hin oder her, gewisse Dinge konnte sie nicht so stehen lassen.

„Nicht gleich übermütig werden!"

Erleichtert, dass sie wieder ein wenig mehr sie selbst zu sein schien anstatt die mutlose Person, die er auf dem Parkplatz angetroffen hatte, lachte Henrik.

„So ist es schon besser", lobte er sie.

Verlegen wandte sie den Blick ab und schaute aus dem Fenster. Wie kam es, dass sie sich in seiner Gegenwart augenblicklich besser fühlte? Sofort war sie wieder voller Hoffnung. Selbst ihre Diagnose erschien ihr nicht mehr so beängstigend. Verstohlen schielte sie zu ihm hinüber. Sollte sie wirklich alle Vorsicht in den Wind schießen und sich auf ihn einlassen? Auf diesen wunderbaren Mann? Sie wusste es einfach nicht. Allerdings fühlte sie sich bereits jetzt elend, wenn er nicht da war. Vielleicht sollte sie einfach die Zeit mit ihm genießen? Das Beste daraus machen? Auf eine möglichst lange Dauer hoffen?

Sie seufzte. Noch mehr, worüber sie nachdenken musste. Ihr Hirn litt jetzt schon unter einer Reizüberflutung. Vielleicht sollte sie es einfach in die Ferien schicken? Zur Abwechslung ihr Herz regieren lassen? Ein sehr verlockender Gedanke, vor allem jetzt, wo Henrik neben ihr saß.

*

Henrik stand in der Küche und kochte. Gemäß seinen Anweisungen saß Susan auf einem der Küchenstühle, Romeo auf dem Schoß, und tat gar nichts. Der Kater hatte all seinen Mut zusammengenommen und sich auf die untere Etage gewagt, trotz des verhassten Hundebesuchs. Sie war ganz schön stolz auf ihn. Vielleicht sollte sie sich ein Beispiel an ihm nehmen?

Julia hatte sich wieder in die Höhe gerettet und beobachtete die häusliche Szene mit verächtlichem Blick. In ihren Augen waren Susan und Romeo wohl elendige Verräter, nachdem sie die Besucher einfach so akzeptierten.

„Jetzt erzähl mal, was dich so bewegt hat“, murmelte Henrik beiläufig, als er zwei Teller mit dem dampfenden, kreolischen Reisgericht füllte und auf den Tisch stellte.

Um Zeit zu gewinnen, zeichnete Susan mit der Gabel Muster auf ihrem Teller. Schließlich gab sie sich einen Ruck.

„Ich bin krank.“

Bestürzt schaute Henrik auf.

„Krank?“

„Keine Sorge. Es ist behandelbar.“ Sie zog die Nase kraus. „Zumindest habe ich das so verstanden. Ich muss wohl dauerhaft Tabletten nehmen.“ Unsicher zuckte sie mit den Schultern. „Mehr weiß ich auch nicht.“

„Um was für eine Krankheit handelt es sich denn?“

„Schilddrüsenunterfunktion“, murmelte Susan verlegen. Es war ungewohnt, einen Namen für ihre Beschwerden zu haben. Beschwerden, die sie bis jetzt mit Faulheit und zu viel Arbeit in Verbindung gebracht hatte. Sie gestikulierte an ihrem Körper entlang. „Deshalb sehe ich so aus, wie ich aussehe“, erklärte sie.

Henrik griff über den Tisch und legte ihr eine Hand in den Nacken, sodass sie gezwungen war, ihn anzusehen.

„Du siehst toll aus. Begreif das doch endlich. Zehn Kilo mehr oder weniger! Ich liebe deine Kurven.“ Sein Daumen strich über ihren seitlichen Hals und sandte einen Schauer über die linke Seite ihres Körpers.

„Es sind eher fünfzehn Kilo“, murmelte sie und senkte den Blick.

Henrik rollte mit den Augen.

„Das ist das, was du von alldem, was ich gesagt habe, gehört hast? Zehn statt fünfzehn Kilo? Ich sehe schon, ich habe noch viel Arbeit vor mir.“

Ehrlich verwirrt, dass es für ihn keinen Unterschied zu machen schien, schaute sie fragend zu ihm auf.

„Du bist weich, wo ich hart bin. Ich liebe deine Kurven. Ich werde sie auch lieben, wenn sie weniger werden, das ist klar.“

Sie öffnete den Mund zum Protest. Bevor sie etwas sagen konnte, sprach er weiter.

„Und zwar nicht …“, stoppte er den Vorwurf, den er bereits erwartete, „weil ich dich schon immer lieber dünner gehabt hätte, sondern weil es bedeutet, dass es dir besser geht. Du gesund bist.“

„Du bist unglaublich“, platzte sie heraus, Staunen in ihren Augen.

Verlegen ließ er sie los und griff nach seiner Gabel. Seine Stimme klang rau, als er sagte: „Iss, sonst wird es noch kalt. Wir können später weiter reden.“

*

Polly spielte mit ihrem Kugelschreiber, während sie Erwin musterte. Jedes Mal, wenn sie das hintere Ende drückte, ertönte ein leises Klicken. Sie hoffte, es machte ihn wenigstens ein bisschen nervös. Leider machte es nicht den Anschein, als hätte ihre Taktik Erfolg. Sie wusste, dass er nichts Gutes im Schilde führte. Aus einem notorischen Kriminellen wurde nicht über Nacht ein Vorzeigebürger.

Erwin war zum letztmöglichen Zeitpunkt auf der Wache aufgetaucht. Sie hatte sich schon gefreut und die Dokumente hervorgeholt, um seinen Verstoß gegen die Bewährungsauflagen zu melden. In ihrer Fantasie hatte sie bereits gesehen, wie sie ihn höchstpersönlich wieder im Gefängnis ablieferte. Eine höchst befriedigende Vorstellung. Dann war dieser elende Tunichtgut durch die Tür geschlendert, als wäre alles in bester Ordnung.

„Nicht sehr gastfreundlich hier“, bemerkte er eben.

In ihrem Klicken innehaltend, hob sie eine Augenbraue.

„Ach. Was hast du erwartet? Kaffee?“ Sie deutete auf die Kanne tiefschwarzer Flüssigkeit, die seit dem Morgen auf der Wärmeplatte stand. Das Zeug hatte inzwischen bestimmt die Konsistenz von Teer und war ätzend genug, um ernsthaften

Schaden an der Innenseite eines Magens anzurichten. Sie erlaubte sich ein boshaftes Grinsen. „Bedien dich“, sagte sie großzügig. Ihr Blick wurde berechnend. „Oder hättest du lieber etwas zum Essen?“ Sie beobachtete ihn mit Argusaugen, um auch nicht die kleinste Reaktion zu verpassen. „Sagen wir, einen Keks? Vielleicht einen Keks unserer renommierten Keksbäckerin Susan Montgomery?“

Erwin starrte zurück, ein schwaches Lächeln auf den Lippen, als würde ihre Frage ihn bestenfalls leicht amüsieren. Nur das feine Zucken eines Muskels an seinem Kinn verriet, dass sie mit ihrer Frage ins Schwarze getroffen hatte.

„Danke. Aber Kekse habe ich bereits zur Genüge gegessen“, gab er gelangweilt zurück.

Wie ein Hund, der eine Witterung aufgenommen hat, beugte sich Polly vor. Bingo. Sie hatte doch gewusst, dass er hinter dem Verschwinden der Kekslieferungen steckte. Keinen Moment hatte sie die Gerüchte geglaubt, dass Susan ihren Bestellungen hinterherhinkte.

„Und wie bist du an die Kekse gekommen?“, fragte sie lauernd.

Erwin riss gespielt erstaunt die Augen auf.

„Ich? Na, gekauft natürlich.“

„Gekauft“, wiederholte Polly skeptisch, während sie sich zurück an die Stuhllehne sinken ließ. „Tatsächlich.“

„Natürlich. Was haben Sie denn geglaubt? Dass ich sie gestohlen hätte?“ Theatralisch griff er sich an die Brust. „Das verletzt mich zutiefst. So etwas würde ich doch nie tun“, entrüstete er sich. „Ich bin ein geläuterter Mensch.“

And the oscar goes to … , dachte Polly trocken. Dass er es geschafft hatte, bei dieser Bullshit-Aussage ein ernstes Gesicht beizubehalten, sprach Bände für sein schauspielerisches Talent. Nur hatte es absolut gar nichts mit der Wahrheit zu tun. Nur, wie sollte sie das beweisen? Das war die Krux an der Sache. Sie schlug einen kumpelhaften Tonfall an.

„Komm schon. Wäre ja verständlich, wenn du ein Paket gefunden hättest, das, sagen wir mal, jemand auf der Veranda vergessen hat. Rein hypothetisch natürlich.“

Erwins Mundwinkel zuckten. Wenn er ehrlich war, genoss er den Schlagabtausch mit der ehemaligen Polizistin richtig. Wenigstens eine, die ihm noch etwas zutraute. Ganz im Gegenteil zu seiner Mitbewohnerin, die ihm immer das Gefühl gab, nicht bis drei zählen zu können. Lange würde er das nicht mehr dulden. Nach dem bevorstehenden Coup würde er sie hochkant rausschmeißen. So ein respektloses Verhalten musste er sich nicht bieten lassen. Fast bedauerte er, dass er nach der Durchführung seines Plans keine Gelegenheit mehr haben würde, sich mit Polly Saunders zu messen. Sobald er die Haschkekse in seinem Besitz hatte, würde er sich auf den Weg nach Florida machen. Auf dem Weg dorthin konnte er die Dinger nach und nach zu Geld machen und so seine Rente sicherstellen. Das Auto, das er überbrückt hatte, würde ihn bis nach Colorado Springs bringen. Dort würde er es gegen ein anderes tauschen und seinen Weg in den Süden fortsetzen.

„Rein hypothetisch gesprochen wäre das in der Tat eine Verlockung, der nur schwer zu widerstehen wäre.“ Bedauernd hob er die Hände. „Aber da ich leider nicht zufällig über eine solche Lieferung gestolpert bin, musste ich sie kaufen. Wie alle anderen Kunden auch.“

Genau genommen stimmte das sogar. Sein Zusammentreffen mit den Keksen war schließlich alles andere als zufällig gewesen. Doch davon war ja keine Rede gewesen. Er grinste in sich hinein.

Alles andere als überzeugt von seiner Rolle als ehrenwerter Bürger, blieb Polly skeptisch. Also konzentrierte sie sich auf das eine Detail, das sie sich nicht erklären konnte.

„Gekauft, sagst du? Mit welchem Geld denn?“, fragte sie und wartete gespannt auf die Antwort. „Ich dachte, du hättest keines?“

Auf einmal wurde Erwins Gesichtsausdruck verschlossen.

„Selbst Leute wie ich haben Freunde. Freunde helfen einander aus.“

„Das fällt mir schwer zu glauben.“

Erwin zuckte mit den Schultern.

„Das ist nicht mein Problem. Kann ich jetzt gehen?“

Krampfhaft suchte sie nach einem Grund, um ihn noch länger auf dem Revier zu behalten. Leider fiel ihr beim besten Willen nichts ein. Also nannte sie ihm einen Termin in der nächsten Woche und ermahnte ihn, beim nächsten Mal pünktlich zu erscheinen.

Erwin murmelte ein paar unaufrichtige, hohle Floskeln und verabschiedete sich mit einem Salut.

Verdammter Bockmist, murmelte sie. Diese Übung war völlig umsonst gewesen. Jetzt musste sie wieder eine ganze Woche warten, bis sie die nächste Gelegenheit erhielt, den abgebrühten Gauner zu knacken. Am liebsten hätte sie ihn 24/7 beschattet. Leider reichten dazu die Ressourcen der Polizei bei Weitem nicht aus. Sie knirschte frustriert mit den Zähnen.

Erwin hingegen schlenderte gutgelaunt durch die weihnachtlich dekorierten Straßen. Das eben gewonnene Duell hatte ihn in gute Laune versetzt. Noch zwei Tage in diesem Kaff. Dann hieß es, auf nach Florida. Endlich ein Lichtblick am Horizont.

*

Susan und Henrik lagen zusammen auf ihrem Bett, die verschwitzten Glieder ineinander verknotet.

„Du treibst mich in den Wahnsinn“, beschwerte sie sich, die Nase an seiner Brust vergraben.

„Ist das gut oder schlecht?“, fragte er, einen amüsierten Unterton in der Stimme.

Sie dachte über die Frage nach. War es gut oder schlecht? Sie war sich immer noch nicht sicher.

„Du brauchst aber lange, um die Antwort auf eine simple Frage zu finden." Jetzt klang er schon deutlich besorgter.

Susan lachte und tätschelte beruhigend seine Schulter.

„Im Bett ist es natürlich fantastisch. Also definitiv gut."

„Da bin ich aber froh."

„Es ist nur …", sie hielt inne. Sollte sie es wagen? Sich ihm ganz zu offenbaren? Ihre verwirrenden Gefühle offenzulegen? Sie schloss die Augen und holte tief Luft. Fühlten sich so Klippenspringer, bevor sie sich in die Tiefe stürzten? Wenn ja, dann wusste sie nicht, weshalb es Leute gab, die so etwas freiwillig taten. Das war ja nervenaufreibend. Furchteinflößend. Wieso dachte sie also überhaupt darüber nach, es trotzdem zu tun? Wenn sie ehrlich sagen könnte, dass es nur um Sex ging, um eine flüchtige, wenn auch intensive Bettgeschichte, dann wäre das hier so viel einfacher. Doch es ging um viel mehr. Sie fing an zu schwitzen und versuchte, sich aus Henriks Umarmung zu befreien.

Henrik hatte geduldig gewartet, dass sie sich ihm anvertraute. Als sie jetzt den Rückzug antreten wollte, schlang er beide Arme fester um sie.

„Bleib bei mir", bat er. „Ich brauche keine Antworten. Zumindest nicht sofort. Lass uns einfach den Augenblick genießen. Gemeinsam." Er lachte ein bisschen. „Bitte. Ich brauche deine Nähe." Er tastete im Dunkeln nach ihr und küsste sie auf die Stirn, während er mit einer Hand ihre widerspenstigen Haare glättete.

Seine Worte durchdrangen ihre dicken Schutzmauern und legten sich beschützend um ihr Herz, als wollten sie es für alle Ewigkeiten beschützen. Dieses Gefühl war unbeschreiblich. Es wärmte sie bis ins Innerste, während ihre letzten Ängste und Sorgen verflogen. Bevor sie ihr neu gefundenes Vertrauen wieder verließ, fing sie atemlos an zu sprechen.

„Ich liebe dich. Aber ich habe Angst. Angst, dass du eines Tages aufwachst und dich fragst, was du mit jemandem wie mir machst? Wieso du deine Lebenszeit mit mir vergeudest. Du musst verstehen, Zeit meines Lebens habe ich gehört, ich sei ein Niemand. Definitiv nichts wert. Eine Verliererin. Und dann kommst du und siehst all das Gute in mir."

Ihre Stimme drückte das Staunen aus, das sie bei dieser Erkenntnis empfand.

Zutiefst bewegt, dass sie sich ihm so öffnete, räusperte Henrik sich.

„Du bist meine Traumfrau. Deine Persönlichkeit, dein Lachen, deine Kurven", er musste Luft holen, „ich kann gar nicht alles aufzählen. Es sind nicht die Einzelheiten, sondern die Summe davon, was dich ausmacht."

„Zeigst du's mir?", fragte sie, froh, dass es dunkel war.

Henrik lächelte, während seine Hände augenblicklich auf Wanderschaft über ihren wunderschönen Körper gingen.

„Na klar. Was denkst denn du", murmelte er.

Sie griff mit beiden Händen nach seinem Kopf, zog ihn an sich heran und küsste ihn. Glücklich. Hoffnungsvoll. Und wild.

23

Die nächsten zwei Tage arbeiteten Susan und Henrik Seite an Seite in der Backstube, um die letzten Bestellungen fertig zu machen. Getreu seinem Versprechen, ihr zu helfen, protestierte er nicht einmal über die ungewohnte Arbeit. Susan musste zugeben, dass sie überrascht war, wie gut er ihre Instruktionen akzeptierte. Da er keinerlei Erfahrung hatte mit den Vorgängen, war er völlig auf ihre Anweisungen angewiesen. Während sie damit beschäftigt war, mit ihrem Spritzsack die Kekse zu dekorieren, putzte er die Öfen, schleppte Säcke mit Mehl, organisierte in letzter Minute noch fehlende Gewürzte und packte unermüdlich die Chillax-Pferdekekse in ihre schmucken, nachhaltigen Kartondosen.

„Ich könnte mich daran gewöhnen, dich als Assistenten zu haben", neckte sie ihn und gab ihm im Vorbeigehen einen Klaps auf den Hintern. Seit ihrer Aussprache fühlte sie sich wie befreit. Die Freude, die sie darüber verspürte, mit ihm zusammen zu sein, so richtig, verlieh ihr buchstäblich Flügel. Ihr Selbstvertrauen war gewachsen. Natürlich hielt sie sich nicht plötzlich für das nächste Supermodel. Davon war sie weit entfernt. Doch das neu gefundene Vertrauen in ihn ließ sie plötzlich auch an sich selbst glauben. Ihren eigenen Wert erkennen. Das erste Mal seit Jahren, ja, seit immer eigentlich, spürte, sie, wie sie aus dem Schatten ihrer Mutter hervortrat. Die erlangte Lebensfreude und die Liebe für Henrik, die sie sich endlich selbst gestattete zu fühlen, ließen sie übermütig werden. Auch eine ganz neue Erfahrung für sie.

Mit einem spielerischen Knurren schnappte Henrik sie um die Taille und zog sie in seine Arme. Zwischen einigen heißen Küssen meinte er: „Wenn ich meine Bezahlung in Naturalien haben kann, stehe ich stets zu Diensten."

Sie grinste und errötete leicht, während sie sich an ihn anlehnte. Jederzeit seine Nähe spüren, seine Kraft in Anspruch nehmen zu können, versetzte sie immer noch in Staunen.

„Spinner, du. Arbeiten für Dinge, die du umsonst haben kannst, ist nicht sehr geschäftstüchtig."

„Ha! Für das Privileg, dich meine Freundin zu nennen, hast du mich genug arbeiten lassen", scherzte er und drückte sie liebevoll.

„War das etwa eine Beschwerde?", fragte sie, beide Augenbrauen hochgezogen.

Er lachte.

„Keineswegs. Du warst, bist es auf jeden Fall wert!"

„Gute Antwort", erwiderte sie mit einem Zwinkern.

„Auch wenn ich am liebsten ein zweites Mal deine Küche verwüsten würde, vermute ich, dass wir besser weiterarbeiten."

Susan schielte auf das große Ziffernblatt an der Wand.

„O je, ja. Müssen wir. Und es macht dir wirklich nichts aus, die Kekse auszuliefern?"

Henrik rollte tatsächlich mit den Augen.

„Es macht mir ebenso wenig aus wie vor zehn Minuten, als du mich dasselbe gefragt hast."

„Ich frag ja nur", murmelte sie. Es war ungewohnt für sie, jemanden zu haben, der sie so uneingeschränkt unterstützte. Heute Abend traf sich das Planungskomitee für die Weihnachtsveranstaltungen, zu denen auch der Back-Workshop gehörte. Wenn sie es rechtzeitig auf Jaz' Hof schaffen wollte, wo die Sitzung heute stattfand, musste sie sich beeilen und konnte unmöglich auch noch die Kekse ausliefern. Sie war schon erschöpft, wenn sie nur an den bevorstehenden Abend dachte. Sie hatte zwar gestern mit der Einnahme der Medikamente begonnen, doch Mia hatte sie schon gewarnt, dass sie nicht sofort einen Effekt spüren würde.

Na ja. Bis am Sonntag würde sie es irgendwie noch schaffen, durchzuhalten. Dann würde sie die kommende Weihnachtswoche im Bett verbringen. Vorzugsweise mit Henrik und regelmäßiger Verpflegung durch den Pizzalieferdienst. Die Pizzeria mit der angeschlossenen Spielhalle war das einzige Restaurant, das auch Heimlieferungen anbot. Aber das war egal. Hauptsache, sie musste nicht kochen. Oder aufstehen.

Mit einem Ächzen zog sie das letzte Blech aus dem Ofen. Sofort war Henrik zur Stelle, nahm es ihr ab und schob es an den vorgesehenen Platz auf dem Gestell, wo die Kekse zum Auskühlen lagen. Anschließend schob er sie freundlich, aber bestimmt zum Stuhl und drückte leicht auf ihre Schultern, bis sie sich hinsetzte. Keine fünf Sekunden später tauchten ein frischer Kaffee und ein Salat aus der Auswahl vom Café vor ihr auf.

„Iss und ruh dich etwas aus“, sagte er freundlich und gab ihr einen kurzen Kuss.

Verwundert schaute sie von Henrik zu dem kleinen Festmahl auf dem Tisch und wieder zurück.

„Du bist das Beste, was mir je passiert ist“, stellte sie laut fest und zog den Deckel von dem kleinen Plastikcontainer.

„Mein Ziel ist es, das auch zu bleiben“, antwortete er, gab ihr einen weiteren Kuss und verschwand im Lager.

Kopfschüttelnd schaute sie ihm hinterher. Sie verspürte das Verlangen, sich in den Arm zu kneifen. Bestimmt träumte sie. Ihr Blick fiel auf das Essen, das vor ihr auf dem Tisch stand. Hm. Offensichtlich war alles real. Daran könnte sie sich glatt gewöhnen. Sie nahm sich vor, ihm dafür nächste Woche in seinem Laden zu helfen. Oder mit Champion spazieren zu gehen. Einfach etwas, um sich für seine Hilfe zu revanchieren und ihm zu zeigen, wie sehr sie seine Unterstützung schätzte. Ein warmes Gefühl durchströmte sie, während sie nach der Gabel griff und sich über ihren Salat hermachte. Sie war glücklich, stellte sie verwundert fest. Zum ersten Mal in ihrem Leben hatte sie die Hoffnung, dass dieses Glück von Dauer sein würde.

*

Frisch geduscht, die Haare noch nass unter der Mütze, traf sie mit nur fünf Minuten Verspätung auf Jaz' Hof ein. Sie sank in sich zusammen, als sie all die Autos bemerkte. Sah ganz so aus, als wäre sie die Letzte. Jetzt konnte sie es vergessen, sich unbemerkt reinzuschleichen, wie sie es eigentlich vorgehabt hatte. Sie griff sich ihre Tasche und stieg aus. Sofort wurde sie von einem Rudel Hunden umringt. Rambo, Jaz' schwarzer Königspudel, schob enthusiastisch seine schmale Schnauze in ihre Jackentaschen. Seine beiden Freunde, die beiden riesigen Bordeaux-Doggen Rocky und Nikita, die Kat gehörten, versuchten sich vorzudrängeln. Die hässliche Bella, eine Pitbull-Mischlings-Hündin, der ein Stück ihres linken Ohrs fehlte, hielt sich scheu im Hintergrund, während der einäugige Bassett-Hound von Valentina sich auf sein Hinterteil setzte, den Kopf in den Nacken legte und heulte. Oje. Jetzt wurde sie auch noch lautstark angekündigt.

Tatsächlich öffnete sich wie auf Kommando die Tür. Zwei Mädchen sprangen heraus und rannten auf Susan zu.

„Du bist da!", rief Shauna aus und hüpfte in einem Kreis um sie herum.

Leslie hielt sich mehr zurück. Die Nähe von Nikita suchend, winkte sie scheu und fragte: „Können wir dir etwas helfen?"

Noch bevor Susan ablehnend den Kopf schütteln konnte, mischte sich Shauna vorwitzig ein.

„Natürlich nicht. Sie hat ja nur die eine Tasche. Die kann sie bestimmt selbst tragen."

„Du weißt ja gar nicht, ob sie bereits Vorräte oder Werkzeuge mitgebracht hat“, verteidigte Leslie ihre Frage.

„Außerdem ist es immer gut, seine Hilfe anzubieten“, erinnerte Paula, die ebenfalls auf die Veranda getreten war.

„Ja, ja“, murrte Shauna, nicht unfreundlich, und zupfte Susan am Ärmel. „Komm rein. Wir warten schon alle auf dich.“

„Auf mich?“, fragte Susan erstaunt. Der Backworkshop war ja nur eine der vielen Attraktionen. Bestimmt gab es andere wichtige Themen zu besprechen, für die ihre Anwesenheit nicht unbedingt erforderlich war.

Leslie schenkte ihr ein seltenes Lächeln.

„Natürlich. Zumindest wir. Schließlich gehören wir zu deiner Helfertruppe.“

„Ach ja, ich vergaß. Die Elfen.“ Susans Mundwinkel zuckten.

„Genau. Die anderen Dinge sind langweilig“, klärte Shauna sie in verschwörerischem Tonfall auf. „Nur Arbeit, Arbeit, Arbeit.“

Susan hob die Augenbrauen.

„Und du glaubst, beim Backworkshop müsst ihr nichts arbeiten?“

„Natürlich müssen wir dort auch arbeiten. Dafür werden wir mit Keksen und Keksteig entschädigt.“

Susan machte sich eine geistige Notiz, die berechnete Menge an benötigten Zutaten zu verdoppeln. Wenn alle Kinder dieselben Erwartungen hatten, würden sonst nämlich keine Kekse zustande kommen.

„Die Hunde bleiben draußen“, erinnerte Paula Leslie, die versuchte, Bella mit sich ins Haus zu schmuggeln.

„Ihr ist doch kalt“, protestierte ihre Tochter.

„Sie können sich im ehemaligen Stallgebäude aufwärmen.“

Leslie sah nicht überzeugt aus, gab aber nach und tätschelte Bella zum Abschied die Schulter. Die kleine Hündin schaute ihr traurig nach.

„Sie gibt aber schon ein Bild des Jammers ab", bemerkte Susan zu Paula, während sie den Schnee von den Stiefeln klopfte.

„Ja, das kann sie gut", pflichtete sie ihr bei. „Keine Sorge. Das ehemalige Stallgebäude ist komplett ausgebaut und isoliert. Durch eine Hundetür können sie rein und raus. Komm, lass uns die anderen begrüßen."

Im großen Wohnzimmer im ersten Stock herrschte ein fröhliches Durcheinander. Hazel, die jüngere Tochter von Jaz, wenn sich Susan recht erinnerte, hatte vor Kurzem laufen gelernt und wetzte auf ihren kurzen Beinen durch den gemütlichen Raum. Ihr aktuelles Opfer war Wolfe, der eineinhalbjährige Junge von Lara und Hank. Der Kleine schien gar nicht zu wissen, was er mit so viel weiblicher Aufmerksamkeit machen sollte. Leichte Panik zeigte sich auf seinem Gesicht, als sie ihn hinter dem Vorhang entdeckte, wo er sich erfolglos versteckt hatte.

Ein schwarzweißer Kater hatte es sich auf Rose McArthys Beinen bequem gemacht und schnurrte so laut, dass man es sogar trotz des Stimmengemurmels hören konnte. Ihre Freundin, die Schulleiterin Nadine Saunders und Astrid saßen nebeneinander und steckten die Köpfe zusammen. Wahrscheinlich besprachen sie letzte Änderungen am Programm. Ursprünglich initiiert von Astrid, war Nadine begeistert auf das Projekt aufgesprungen. Sie tat ihr Möglichstes, um es auch dieses Jahr zum Erfolg werden zu lassen. Susan erkannte Sunny, die schon wieder in ein intensives Gespräch mit Kristina vertieft war. Was machte die Ärztin denn schon wieder hier? Wohnte sie nicht in Breckenridge? Zumindest arbeitete sie dort im Krankenhaus.

Sie setzte sich neben Valentina, die eine schlafende Sophia auf dem Arm trug.

„Habe ich schon viel verpasst?", flüsterte sie ihr zu.

Valentina schüttelte den Kopf.

„Überhaupt nicht. Du weißt doch, dass bei diesen Sitzungen das gesellige Beisammensein mindestens so wichtig ist wie die aktuelle Planung."

„Du meinst, es hätte nichts ausgemacht, wenn ich noch später gekommen wäre?"

Valentina grinste.

„Vermutlich nicht. Aber jetzt ist es zu spät. Jetzt bist du hier."

„Ich weiß. Schrecklich", murrte Susan, immer noch darauf bedacht zu flüstern. „Wenn ich das gewusst hätte, wären meine Haare jetzt geföhnt." Sie zog sich die Wollmütze vom Kopf und schüttelte ihre Haare aus.

„Sieht doch gut aus", beruhigte sie Valentina. „Du kannst übrigens normal reden." Sie deutete mit einer Bewegung ihres Kinns auf ihre schlafende Tochter. „Wenn sie das restliche Tohuwabohu nicht stört, wird eine einzelne Stimme sie kaum aus ihrem Schlummer reißen."

Skeptisch beäugte Susan das Bündel auf Valentinas Arm.

„Du hast sicher recht. Herrje, wie lange das her ist, dass Tony so klein war. Man vergisst das alles wieder." Sie warf einen Blick nach rechts. „Weißt du, was Kristina hier macht?" Es war wahrscheinlich idiotisch, ihre Anwesenheit auf sich zu beziehen. Aber was, wenn sie da war, um ihr ebenfalls schlechte Nachrichten zu ihrer Gesundheit zu überbringen? Sie war zwar nicht bei ihr in Behandlung. Aber vielleicht hatte sich Mia mit ihr ausgetauscht?

„Soviel ich weiß, hat Kristina sich erboten, beim Weihnachtsfest zu helfen", erklärte Valentina. „Sie überlegt sich wohl, hierherzuziehen, wenn sie zusammen mit Sunny die Notfallstation in Independence aufbaut."

„Wow. Nehmen die beiden das tatsächlich in Angriff?"

„Du kennst doch Astrid. Es war ursprünglich ihre Idee. Also hat sie mit Mr. Wilkinson gesprochen, das Okay geholt und die

Finanzierung sichergestellt und anschließend die richtigen Leute miteinander in Kontakt gebracht."

„Wow. Das ist eine beeindruckende Leistung. Bald macht sie dem Bürgermeister und der VGI Konkurrenz."

„Finde ich auch."

*

Kurze Zeit später saßen sie in Gruppen aufgeteilt in verschiedenen Ecken des Raumes und besprachen das sinnvollste Vorgehen. Susans Nerven lagen blank. Schon die Tatsache, mit so vielen verschiedenen Leuten im selben Raum zu sein, ließ ihre Handflächen schweißnass werden. Jetzt auch noch die Leitung zu übernehmen und vor ihnen zu sprechen, war eine Folter für sie. Leslie, die ein untrügliches Gespür zu haben schien, was für sie schwierig war, drückte leicht ihre Hand.

„Stell dir vor, es wären Tiere. Katzen zum Beispiel. Du magst doch Katzen", flüsterte sie ihr zu.

Verwundert und ein wenig skeptisch schielte Susan zu dem Mädchen hinüber.

„Probier's einfach aus", ermunterte sie Leslie.

Susan holte tief Luft, schaute in die verschiedenen Gesichter und verlieh ihnen im Geiste spitze Ohren, glitzernde Augen, einen Pelz und lange Schnurrbarthaare. Shauna hatte getigerten, dunklen Pelz und Augen, die verschmitzt funkelten. Mia, die irgendwie auch in ihrer Gruppe gelandet war, erinnerte sie an eine exotische Siamkatze. Der Reihe nach überflog sie alle Leute, die sie erwartungsvoll ansahen. Ihre Mundwinkel zuckten. Ihr schmerzhaft hämmernder Puls beruhigte sich und sie konnte wieder normal atmen. Überrascht sah sie sich nach Leslie um. Diese grinste und hob den Daumen. Amüsiert den Kopf schüttelnd wandte sich Susan an die wartenden Leute.

„Wie ihr wisst, haben wir die Aufgabe, einen Keks-Back-Workshop durchzuführen. Wir werden einfache Zuckerkekse backen, die nicht viel Aufwand sind und einfach mit verschiedenen Gewürzen individualisiert und vor allem verziert werden können. So schaffen wir es hoffentlich, dass alle, die mitmachen, eine Tüte mit nach Hause nehmen können und keiner leer ausgeht. Abhalten werden wir das Ganze in meiner Backstube, die am Café angeschlossen ist. Sie hat einen Hintereingang. So stören wir den Betrieb vom Café Sweets nicht."

Shauna hob die Hand.

„Ja?", forderte Susan sie freundlich zum Sprechen auf.

„Nachdem wohl viele Kinder dabei sein werden, schlage ich vor, dass wir einen Treffpunkt im Park ausmachen. Ich kann es auf Facebook posten. So müssen nicht alle das Café suchen."

„Gute Idee. Wird jemand von den Erwachsenen dabei sein?"

„Das schaffen wir auch allein", versicherte ihr Shauna altklug.

Susan lächelte. „Während ich das nicht bezweifle, wäre ich trotzdem froh, wenn ein Erwachsener dabei wäre." Als Shauna zu grummeln begann, fuhr sie hastig fort: „Es geht nicht um dich. Aber ich vermute, dass einige von den jüngeren Kindern dabei sein werden." Sie biss sich auf die Unterlippe, als Shauna sie wenig überzeugt ansah. „Stell dir nur vor, wie begeistert alle von den Elfenkostümen sein werden. Was, wenn in dem Trubel jemand verloren geht?"

Widerwillig nickte Shauna.

„Können wir auch Schokoladenwürfel in den Teig einarbeiten?", fragte Benny, der neunjährige Sohn von Melissa, eifrig.

„Vor allem in den Teig, den wir so essen", fügte Leslie hinzu.

„Gute Idee", versicherte Susan ihnen. „Ich schau mal, vielleicht kann ich diesen Teig schon vorbereiten." Sie beugte sich verschwörerisch vor. „Als Snack sozusagen."

Nicht nur die Kinder jubelten bei diesem Vorschlag. Susan merkte, wie sich auch auf ihrem Gesicht ein Strahlen ausbreitete. Wer weiß, vielleicht würde diese Weihnachtsaktion sogar Spaß machen.

*

Erschöpft lehnte Henrik sich an seinen Truck, den letzten, noch übrig gebliebenen Karton mit Pferdekeksen in den Armen. Einige der Kekse waren zerbrochen und Susan hatte nicht gewollt, dass er sie in den Lieferwagen lud. Anscheinend war das Ausschussware, auch wenn er sich nicht vorstellen konnte, dass es irgendein Pferd kümmerte, wenn es seinen Keks in zwei Stücken erhielt.

Die vergangenen zwei Tage waren anstrengender gewesen, als er erwartet hatte. Er hatte wirklich keine Ahnung, wie das Susan sonst alles schaffte, wenn sie alleine war. Das wäre nur in den letzten Tagen vor Weihnachten so extrem, hatte sie ihm versichert. Er wusste nur nicht so recht, ob er ihr das glauben sollte. Sein Respekt für sie und was sie im letzten Jahr auf die Beine gestellt hatte, war auf jeden Fall nochmals ein ganzes Stück gewachsen. Er musste mit seinem Laden und den Touren, die er anbieten wollte, erst noch beweisen, dass er so erfolgreich sein konnte.

Ein Schatten in seinem Augenwinkel ließ ihn den Kopf heben und in die Dunkelheit spähen. Was war denn das? Ein Bär? Nein. Dafür waren die Beine zu lang. Waren es überhaupt Beine? Oder spielten die Nacht und der fallende Schnee seinen Augen einen Streich? Lange Ohren gerieten in den blassen Schein der Lampe, die auf der Veranda brannte. Ein Esel? Ein lautes Schnorcheln ertönte, dann trat das unbekannte Ding ins Licht.

Erleichtert ließ er sich gegen die Kabine seines Fahrzeugs sinken. Es war nur der Elch. Elchin. Elchkuh. Oder wie auch immer ein weiblicher Elch hieß. Wie hatte Susan sie nochmals genannt? Irgendein ungewöhnlicher Name, der ihn an magische Dinge erinnerte, doch er wollte ihm partout nicht einfallen. Den Kopf über die ungewöhnliche Besucherin schüttelnd, stieß er sich von seinem Standort ab und wollte an der Elchkuh vorbeigehen. Schneller, als er es ihr zugetraut hätte, stellte sie sich ihm in den Weg. Dunkle Augen starrten ihn an.

„Äh", stotterte er, etwas überrascht über die plötzliche Nähe zu dem riesigen Tier. „Guten Abend." Was war ein geeignetes Gesprächsthema für einen Elch? „Falls du Kekse suchst, muss ich dich enttäuschen. Die habe ich eben gerade ausgeliefert."

Unbeeindruckt von seiner kleinen Ansprache reckte die Elchkuh ihren Hals und versetzte dem Karton einen Stoß. Das Ganze ging so schnell, dass Henrik keine Chance hatte, mit seinen behandschuhten Fingern den Karton festzuhalten. Die Box flog in hohem Bogen durch die Luft und landete mit einem dumpfen Knall auf dem Boden. Der Pappkarton platzte auf. Kekse verteilten sich überall im Schnee. Mit einem glücklichen Schnauben trabte das Tier zu der Unfallstelle und begann frischfröhlich, die Kekse zu verspeisen.

„Halt, Stopp!", rief Henrik, als er seinen anfänglichen Schreck überwunden hatte. „Das Zeug kann zwar nicht überdosiert werden, aber ich bezweifle trotzdem, dass es gesund ist, wenn du gleich zwei Kilo davon isst."

Besorgt um die Gesundheit der Elchkuh vergaß er jegliche Vorsicht und kniete sich neben der Elchin in den Schnee. Während sie einen Keks nach dem anderen genüsslich zwischen ihren Zähnen zermalmte, begann er die Kekse zurück in die Schachtel zu schaufeln. Zum Glück schenkte sie ihm keine weitere Beachtung. Schnell sammelte er den letzten Keks ein, hob die lädierte Box in seinen Arm und rannte zum Haus. Erst als er die Tür hinter sich zugezogen hatte, traute er sich zu lachen. Susan würde staunen, wenn er ihr von der Begegnung erzählte.

24

„Und du bist sicher, dass du mitkommen willst?“, fragte Susan zum fünften Mal an diesem Morgen.

„Genau so sicher, wie ich es vor drei Minuten noch war“, antwortete Henrik geduldig.

Susan bückte sich, um die leer geputzten Katzennäpfe vom Küchenboden aufzulesen. Es stimmte. Sie hatte ihn gerade erst gefragt. Das Blöde war nur, dass sie auch vor ein paar Minuten bereits der Meinung gewesen war, dass er seine Zeit besser im Laden nutzen würde. Nachdem er schon die letzten zwei Tage gänzlich ihrem Unternehmen gewidmet hatte, war ihr schlechtes Gewissen zu epischen Proportionen angewachsen. Auf der anderen Seite wusste sie nicht so recht, wie sie ihn davon abhalten sollte, mitzukommen. Einfach so zu sagen, sie wolle ihn nicht dabei haben, wollte sie nicht. Zum einen stimmte das nicht, zum anderen wollte sie nicht seine Gefühle verletzen.

Sie schrubbte die Näpfe mit der dafür vorgesehenen Bürste und legte sie anschließend zum Trocknen auf das Abtropfgitter. Während sie ihre Hände am Geschirrtuch abtrocknete, kam sie zum Schluss, dass er alt genug war, um selbst zu wissen, wie viel Zeit er mit ihr und ihren Anliegen verbringen wollte. Schließlich war sie auch beim letzten Mal falsch gelegen, als sie für ihn die Entscheidung getroffen hatte, dass sie nicht zusammenpassen würden, stellte sie nicht ohne Selbstironie fest. Was für ein Glück, dass er einen noch ausgeprägteren Dickschädel als sie hatte. Ein Lächeln umspielte ihre Lippen. Selten hatte ihr Unrecht zu haben so viel Vergnügen bereitet wie in diesem Fall.

„Ich gehe mit Champion rasch die kurze Runde“, rief Henrik vom Flur.

„In Ordnung.“

Sie griff nach ihren Handschuhen, fischte den Autoschlüssel aus der großen blauen Keramikschale, in der sie allen möglichen Krimskrams aufbewahrte, und schlüpfte in ihre Jacke. Ein Surren ließ sie aufhorchen. Automatisch tastete sie nach ihrem Handy. Das war da und bewegte sich nicht. Suchend blickte sie sich um. Hatte Henrik seines etwa liegengelassen? Da. Zwischen der Dose mit dem gemahlenen Kaffee und der Kaffeemaschine blinkte das Gerät. Sich mit einer Hand den Schal um den Hals schlingend, griff sie danach und stopfte es sich in die Tasche.

„Du hattest einen Anruf“, teilte sie ihm mit und reichte ihm sein Telefon.

„Tatsächlich? Wer könnte denn das sein?“ Er runzelte die Stirn und zog sich die Handschuhe aus. Sein Daumen flitzte über das Display, als er die Nummer aufrief und wählte.

„Ja? Was? Heute schon? Wann? Jetzt?“

Er warf einen besorgten Blick in Susans Richtung, während er seinem Gesprächspartner zuhörte. Schließlich nickte er. „Ja. Okay. In dem Fall bis gleich.“

Sein Gesicht drückte Bedauern aus, als er das Handy in die Hosentasche schob und sich an Susan wandte.

„Scheint so, als könnte ich doch nicht mitkommen. Eine Lieferung Schneeschuhe kommt früher als geplant.“

„Kein Problem“, beruhigte ihn Susan. „Es ist ja nur eine einfache Lieferung. Nichts, was ich bis jetzt nicht auch alleine geschafft hätte.“

Henrik beugte sich vor und küsste sie. Anstatt gleich wieder aufzuhören, ließ er seine Zunge über ihre Unterlippe gleiten. Bereitwillig erwiderte sie den intensiven Kuss.

„Das weiß ich doch. Trotzdem hätte ich dich gerne begleitet." Er biss sie spielerisch in die Unterlippe. „Ich verbringe gern Zeit mit dir."

Susan schmunzelte und dachte an die vergangene Nacht zurück. Henrik, der ihren Blick richtig interpretierte, fiel in ihr Lachen ein.

„Nicht nur im Bett. Auch außerhalb."

„Ja, ja, das behauptest du", gab sie zurück und zwinkerte ihm zu.

„Doch. Wirklich", beteuerte er. „Gib mir doch an, wo du die Lieferung hinbringst. Falls es bei dir länger dauern sollte, weil Ian noch etwas zu besprechen hat, komme ich nach."

„In Ordnung. Ich schicke dir die Adresse und einen Ausschnitt der Karte aufs Handy."

„Mach das."

Als sie bereits hinterm Lenkrad saß, lehnte er sich in ihr Fahrzeug und stahl einen letzten Kuss von ihren Lippen.

„Vergiss mich in der Zwischenzeit nicht", ermahnte er sie.

„Als wenn das überhaupt möglich wäre." Sie errötete leicht, während sie versuchte, das Prickeln im Bauch und zwischen ihren Schenkeln zu ignorieren. Diesen Effekt hatte er öfter auf sie. Sie fühlte sich wieder wie sechzehn. Unmöglich eigentlich. Und doch so wunderbar. Sie seufzte und zog die Tür zu, bevor die Versuchung zu groß wurde. Erst die Arbeit und dann das Vergnügen. Erwachsen zu sein hatte manchmal entschieden Nachteile.

*

Erwin rieb sich die Hände, als er den gestohlenen Wagen über die schmale Landstraße steuerte.

„Würdest du vielleicht die Hände am Steuer lassen?", fauchte Ashley ihn an und griff vom Beifahrersitz ins Lenkrad.

„Du bist vielleicht eine hysterische Kuh! Jetzt entspann dich mal. Vielleicht solltest du gleich mal unsere Beute verkosten."

Er lachte schallend über seinen kleinen Scherz. Ashley rückte von ihm ab und tastete ihre Jacke nach der darunter verborgenen Pistole ab. Als sie die harten Umrisse spürte, gestattete sie sich, etwas aufzuatmen. Ihr Plan musste einfach funktionieren. Mit einer Hand strich sie sich eine Haarsträhne aus der verschwitzten Stirn. Bald, bald würde Henrik ganz ihr gehören.

Erwin warf seiner Begleiterin von der Seite einen Blick zu. Ashley schien nervös zu sein, jetzt, wo ihr Coup kurz bevorstand. In einem seltenen Anflug von Mitgefühl langte er zu ihr hinüber und tätschelte unbeholfen ihren Oberschenkel.

„Wird schon schief gehen. Kein Grund zur Nervosität. Du hast das ja bestens organisiert. Muss ich zugeben. Fast schon brillant.“ Als sie keine Reaktion zeigte, runzelte er die Stirn. Was war nur los mit ihr! „Wir haben doch alle Eventualitäten bedacht. Wir warten, bis sie wieder weg ist und laden anschließend die Kekse in unser Auto. Hoffentlich ist der Kofferraum groß genug. Sonst müssen wir den Rest auf den Rücksitz laden. Etwas ungünstig, aber wir müssen einfach gut aufpassen, dass wir nicht unverhofft in eine Polizeikontrolle geraten.“

Abrupt brach er ab. Was brabbelte er denn da? Wurde er etwa weich auf seine alten Tage? Ihm konnte es ja egal sein, ob sie nervös war oder nicht. Nachdem alles organisiert war, brauchte er sie nicht mehr. Wenn sie ihm Probleme machte, würde er sie einfach rausschmeißen. Er schob den Kaugummi, den er vorgestern im Mini-Markt unauffällig hatte mitgehen lassen, in seine andere Backe.

Angewidert von dem alten Mann hinterm Steuer wandte Ashley sich ab und starrte in die weiße Winterlandschaft. Wenn der nur wüsste … Seine Nützlichkeit hatte das Ende seiner Laufzeit erreicht. Am liebsten wäre sie ihn an Ort und Stelle losgeworden. Doch er wusste zu viel. Das bedeutete, dass sie ihn nicht einfach aussetzen konnte. Nein. Auch für ihn gab es nur eine, die endgültige Lösung. Nicht willens, zweimal hinter sich aufzuräumen, hatte sie beschlossen, sich um beide gleichzeitig zu kümmern. So konnte sie zwei Probleme mit einer Klappe schlagen. Noch besser war, dass dieses Szenario ihr die Möglichkeit bot, das Ganze als Mord-Schrägstrich-Selbstmord zu inszenieren. Die Gewissheit, dass Susans Name unausweichlich mit Erwins verbunden sein würde, gefiel ihr sehr. Sie musste schließlich sichergehen, dass jegliche Gefühle, die Henrik vielleicht noch mit Susan verbanden, im Keim erstickt wurden. Was eignete sich dazu besser als eine geheime Liaison?

*

Susan hielt den Wagen zum gefühlt hundertsten Mal auf dem schmalen Pannenstreifen an. Okay, es war wahrscheinlich eher die Grasnarbe, die unter der dicken Schneeschicht lag. Zu ihrer eigenen Beruhigung redete sie sich jedoch ein, dass dort zusätzlich Platz war. Die Straße war so schmal, noch mehr durch die mannshohen Schneemengen, die die Räumfahrzeuge aufgetürmt hatten, dass es ein Wunder war, dass sie noch nicht von einem entgegenkommenden Fahrzeug abgeschossen worden war. Aber es half alles nichts. Nachdem die Google-Maps-Frau dank abgebrochener Handyverbindung verstummt war, musste sie sich old-school-mäßig mit einer Karte herumschlagen.

Sie starrte auf die bunten Linien auf dem zerknitterten Papier. Das arme Ding hatte seine besten Tage auch hinter sich, dachte sie mitleidig. Allerdings spielte das in ihrer aktuellen Lage keine Rolle. Weder während ihrer Schulzeit noch während Tonys kurzer Karriere als Pfadfinder hatte sie es geschafft, das Kartenlesen zu meistern. Sie kniff die Augen zusammen und drehte die Karte probehalber um, um zu sehen, ob sie so gehalten mehr Sinn ergab.

Erstaunlicherweise half es tatsächlich. Immerhin war nun der Berg auf der richtigen Seite. Falls das mit den vielen Kurven einen Berg darstellte. Mit dem Finger fuhr sie an der schwarzen Linie entlang, von der sie hoffte, dass es die Straße war, auf der sie sich gerade befand. Nur noch einige Meter, dann sollte eine

Abzweigung kommen. Von da aus sollte sie in Kürze am Ziel eintreffen. Was sich Ian wohl dabei gedacht hatte, sein Lager ausgerechnet hier in der Mitte von Nirgendwo anzusiedeln, entzog sich ihrem Verständnis. Er wusste sicher, was er tat. Sie lockerte ihre Schultern, die sich während der Fahrt auf Schnee und Eis verkrampft hatten. Solange sie keine täglichen Lieferungen machen musste, konnte es ihr ja egal sein. In der Hoffnung, durch pures Glück auf dem richtigen Weg zu sein, startete sie den Motor neu und lenkte ihren Lieferwagen vorsichtig auf die Straße zurück.

*

Henriks Ungeduld wuchs mit jeder Minute, die der gemütliche Spediteur zum Abladen brauchte. Bei dem Tempo kam vermutlich Susan zuerst nach Independence zurück. Eigentlich nicht verkehrt, doch irgendetwas in ihm drängte ihn, zu ihr zu fahren. Das Prickeln in seinem Nacken, das ihn schon seit dem Aufstehen plagte, flammte erneut auf. Genervt rieb er sich die besagte Stelle. Was sollte ihr schon passieren. Sie war vierzig Jahre gut ohne ihn als Aufpasser durchs Leben gekommen. Sie brauchte ihn nun wirklich nicht, damit er ihre Hand hielt, während sie eine Lieferung machte. Leider half alle Logik nichts. Das Verlangen, an ihrer Seite zu sein, wurde immer stärker.

Bevor er seinem Impuls nachgab und dem Fahrer, der sich nur im Zeitlupentempo bewegte, an die Gurgel sprang, bot er ihm an, ihn eine Weile abzulösen, damit er im Diner einen Kaffee trinken konnte. Wie erwartet ging der andere bereitwillig auf das Angebot ein.

Obwohl er zügig arbeitete, dauerte die Arbeit doch länger, als ihm lieb war. Die Hydraulik des Lastwagens war uralt und geriet immer wieder ins Stocken.

„Hey?", rief eine bekannte Stimme. „Brauchst du Hilfe?"

Er schaute auf und entdeckte Ian, der mit Speedy, seinem dreibeinigen Terrier-Mix, vorbeischlenderte. Speedy kläffte begeistert, als er Champion entdeckte, der auf einer alten Decke im Ladeneingang zusammengerollt schlief. Obwohl er an der Leine war, zog er in die Richtung des anderen Hundes. Prompt drehten seine Pfoten auf der glatten Schneeoberfläche durch. Ian bückte sich und löste die Leine vom Brustgeschirr.

„Gern", antwortete Henrik, ohne nachzudenken. „Wenn du die Paletten ins Lager fährst, dann bin ich schneller fertig." Und kann endlich zu Susan fahren. Kaum hatte er den Gedanken zu Ende gedacht, stutzte er. Langsam drehte er sich zu Ian um, der bereits die erste Palette aufgebockt hatte.

„Was machst du überhaupt hier? Seid ihr schon fertig?"

„Fertig?", fragte Ian verwundert. „Womit denn?"

„Ja. Fertig. Ist Susan gleich mit dir gekommen?"

„Susan? Wollte sie mich besuchen? Ich war mit Marley unterwegs. Wir haben in den Trailer Parks Flyer verteilt."

Henrik erstarrte.

„Aber … Sie sollte dir doch Kekse liefern?"

„Kekse?", fragte Ian verwundert. „Die nächste Lieferung wird doch erst im Januar fällig."

„Deine Sekretärin hat angerufen", beharrte Henrik. „Eine ganze Ladung Pferdekekse. Dieselbe Menge wie beim letzten Mal. Glaub mir, ich weiß es. Ich habe nämlich bei der Produktion geholfen."

Ian, der immer noch dachte, es handle sich um einen Scherz, lachte amüsiert.

„Meine was?"

„Deine Sekretärin", insistierte Henrik, der langsam, aber sicher ein sehr ungutes Gefühl in der Magengrube entwickelte. „Ihr Name war Kay. Sagte sie zumindest. Oder vielleicht habe ich auch Susan falsch verstanden. Sie hat mit ihr gesprochen. Du kennst doch Kay?", fügte er am Ende zweifelnd und sehr besorgt hinzu.

Ian, der die Veränderung in Henriks Miene aufmerksam zur Kenntnis nahm, wurde sofort ernst und runzelte die Stirn.

„Das wüsste ich aber, wenn ich eine Sekretärin hätte. Keine schlechte Idee eigentlich. Aber ich habe keine. Schon gar keine mit dem lächerlichen Namen *Kay*.“ Er stemmte die Arme in die Hüften. „Was zum Teufel läuft hier eigentlich?“

„Das frage ich mich auch gerade“, erwiderte Henrik grimmig. In kurzen Sätzen schilderte er Ian die Situation.

„Fuck“, war der einzig passende Kommentar, der Ian einfiel. Vormals Mitglied bei den Special Forces der Army, ehemaliger Sprengstoffspezialist, hatte er genügend heikle Situationen erlebt. Damals hatte ihm sein sechster Sinn immer beste Dienste erwiesen. Auch jetzt schlug seine Intuition Alarm. Irgendetwas war hier faul. „Keine Ahnung, was das alles zu bedeuten hat. Aber sicher nichts Gutes!“

„Scheiße! Ich fahr los und sehe nach, was da läuft!“, verkündete Henrik, der den besorgten Gesichtsausdruck von Ian richtig deutete, und sprintete zu seinem Truck. Champion und Speedy, die spürten, dass etwas passiert war, schlüpften an ihm vorbei ins Auto. Als wüssten sie, dass sie sich unauffällig verhalten mussten, wenn sie mit wollten, verschwanden sie sofort auf dem Rücksitz und verhielten sich still. Als wären sie gar nicht da.

„Ich komme mit“, ließ ihn Ian wissen. „Es ist meine Schuld, dass Susan in diesen Schlamassel geraten ist.“

Den Finger bereits am Anlasser, warf Henrik ihm einen Seitenblick zu.

„Meinst du?“ Er war sich da gar nicht sicher. Andererseits hatte er auch keine bessere Erklärung.

„Na klar. Sie wurde schließlich im Namen von Chillax dorthin bestellt. Fahr los, Mann!“

Das ließ sich Henrik nicht zweimal sagen. Die erst halbabgefertigte Lieferung und den Lastwagen augenblicklich vergessen, wendete er in einem halsbrecherischen Manöver den Wagen und brauste los, während sein Kumpel die Nummer des Sheriffs wählte.

*

„Da war noch niemand“, wetterte Erwin und stapfte um das flache Gebäude herum. „Das sieht man ja, keinerlei Spuren.“ Er fuhr sich durch die kurzen Haare und setzte seine Mütze wieder auf. „Was machen wir jetzt?“

„Na, warten natürlich“, antwortete Ashley mit einem angespannten Zug um die Lippen.

„Schon wieder warten. Sie müsste doch schon längst hier gewesen und wieder abgefahren sein!“

„Vielleicht hat sie verschlafen! Oder sich verfahren. Was weiß ich!“, gab Ashley gestresst zurück. Sie fühlte sich fiebrig, als hätte sie sich eine Grippe eingefangen. Kalter Schweiß bedeckte ihre Stirn, ihre Oberlippe, ihre Hände. Mit der Möglichkeit, dass Susan gar nicht auftauchen könnte, hatte sie nicht gerechnet. Was sollte sie dann tun? Der Gedanke, unverrichteter Dinge nach Hause zurückzukehren, verursachte ihr Übelkeit. Ein Dröhnen erfüllte ihren Kopf, sodass sie das Geräusch des herannahenden Autos beinahe verpasst hätte. Als sie es endlich hörte, wurde ihr beinahe schwindlig, so erleichtert war sie.

„Schnell“, zischte sie. „Fahr hinters Haus!“

„Wieso … Aber …“

„Tu’s einfach! Ich habe sie schließlich hergeschafft. Also mach, was ich sage!“

Etwas über unmögliche Frauenzimmer murmelnd und die Probleme, die entstanden, wenn man sie Dinge entscheiden ließ, legte er den ersten Gang ein und fuhr das Auto um die Ecke. Hinter dem flachen Gebäude hielt er an.

„Zufrieden?“

Ashley antwortete nicht. Sie schien zu lauschen. Er beugte sich ein wenig vor, um ihrem Blick besser folgen zu können. Als sie nicht reagierte, wedelte er mit einer Hand vor ihrem Gesicht herum.

„Hallo! Jemand zu Hause?“

Als würde sie ein lästiges Insekt verjagen, schlug sie seinen Arm beiseite.

„Halt die Klappe!“

Wut ballte sich in seinem Bauch. Er hatte sich bereits viel zu viel gefallen lassen von dieser frechen Göre. Jetzt reichte es! Er packte sie grob am Arm.

„Du vergisst wohl, mit wem du sprichst!“, herrschte er sie an.

Blitzschnell fuhr sie mit der Hand unter ihre Jacke und zog ihre Pistole hervor. Beide Hände fest am Griff der Waffe, hielt sie sie ihm unter die Nase.

„Im Gegenteil“, flötete sie, auf einmal zuckersüß, der Blick in ihren Augen seltsam entrückt. „Doch ab sofort gelten neue Regeln. Und zwar meine.“

Erwin starrte in die Mündung. Wie um Himmels willen war er in dieser beschissenen Situation gelandet? Er riskierte einen Blick in ihre Augen. Der manische Ausdruck sprach für sich. Die Frau war nicht ganz dicht. Scheiße! Und das alles, weil er ein paar Brüsten unter einem Anorak nicht hatte widerstehen können. Dabei hatte er noch nicht mal was davon gehabt. Verrückt hin oder her, sobald er die Situation wieder zu seinen Gunsten gedreht hatte, würde er diese Tatsache berichtigen. Sie würde ihr blaues Wunder erleben. Eine Pistole machte noch lange keinen guten Schützen. Jetzt allerdings, in der Enge des Fahrzeugs, müsste sie schon extrem schielen, um ihn zu verfehlen. Was für eine Scheiße!

Ashley ließ sein hasserfüllter Blick kalt. Erwin konnte ihr nichts anhaben. Sie hatte die Waffe. Ab jetzt würde alles so laufen, wie sie es wollte. Das Gefühl wärmte sie von innen heraus, strömte leuchtend und machtvoll durch ihre Adern und brachte ihr Blut zum Singen. Erstaunlich, dachte sie verwundert und strich mit dem Daumen über das kalte Metall der Waffe. Wieso hatte sie nicht viel früher an diese Möglichkeit gedacht? Das Gefühl der Macht war befreiend. Berauschend.

„Aussteigen, aber dalli!“ Sie wedelte mit dem Lauf der Waffe in Richtung Tür.

Erwin zögerte. Sollte er versuchen, ihr die Pistole abzunehmen? Das Risiko, dass sich ein Schuss löste, war hoch. Besser, er wartete ab, bis sich eine bessere Möglichkeit bot.

Sie sah, wie er die Situation abwog, seine Möglichkeiten im Geiste durchspielte. Als er schließlich doch zum Türgriff langte, lächelte sie triumphierend.

„So ist's brav, murmelte sie und folgte ihm, die Pistole konstant auf ihn gerichtet.

*

Das war Ians neues Lager? Zweifelnd musterte Susan das heruntergekommene Gebäude. Hoffentlich war es wenigstens trocken dort drinnen. Was um Himmels willen hatte ihn dazu bewogen? Sie öffnete die Tür und stieg aus. Es war ein unheimlicher Ort. Alles war still. Sie ließ ihre Augen über die schneebedeckte Landschaft schweifen. Wieder einmal schluckte der Schnee alle Geräusche. Ihr Blick fiel auf den Boden. Reifenspuren im Schnee bezeugten, dass Ian schon hier war. Immerhin, dachte sie erleichtert. Wenigstens war sie nicht allein.

Entschlossen, die Lieferung möglichst schnell abzuwickeln, schob sie die Tür ihres Lieferwagens auf. Das Geräusch hallte durch die verschneite Landschaft. Hinter ihr verlor eine Kiefer einen Teil der weißen Pracht. Unvermittelt zuckte sie zusammen. Kopfschüttelnd versuchte sie die unheimliche Vorahnung loszuwerden. Sie war anscheinend schon zu lange nicht mehr in der Natur unterwegs gewesen. Hier war kein Mensch. Und falls ein Bär vorbeischauen sollte, der aus dem Winterschlaf erwacht war, würde sie ihn einfach mit Keksen vollstopfen. Diese Notwendigkeit würde auch Ian erkennen. Hoffte sie zumindest.

Sie wollte gerade nach der ersten Schachtel greifen, als sie innehielt. Sollte sie nicht zuerst schauen, wo Ian blieb? Es wunderte sie sowieso, dass er noch nicht nach draußen gekommen war und sie begrüßt hatte. Sie schob die Schachtel wieder an ihren Platz und stapfte durch den Schnee zur Lagerhalle. Stirnrunzelnd stellte sie fest, dass die Tür verschlossen war. Ob es wohl einen Hintereingang gab?

Mit jeder Sekunde, die verstrich, ohne dass Ian auftauchte, nahm ihr Ärger zu. Sie arbeitete gerne für ihn. Die CBD-Kekse für Chillax zu produzieren war ein interessanter Auftrag. Sie war stolz darauf, auch den ausgefallensten Kundenwünschen nachzukommen, aber heute, so kurz vor Weihnachten, hatte sie keine Nerven dafür. Frustriert drehte sie sich um und erstarrte. Direkt vor ihr stand Ashley. Die Frau lächelte unheimlich. In der Hand hielt sie eine tödlich aussehende Schusswaffe. Doch das wirklich Besorgniserregende war, dass sie die Pistole direkt auf Susans Herz gerichtet hatte. Scheiße! Das war Ashley. Die Frau, die Henrik, ihren Henrik, geküsst hatte.

25

„Aah … du willst gleich ihren Lieferwagen nehmen?“, rief Erwin erfreut aus. Nur widerwillig hatte er sich von Ashley ums Haus dirigieren lassen. Doch jetzt machte plötzlich alles Sinn. War ihm auch recht, wenn sie sich nicht erst mit dem Umladen der Ware abmühen mussten. Die Waffe verkomplizierte zwar alles, doch so lange niemand verletzt wurde, konnte es ihm eigentlich egal sein. Er hatte sowieso nicht vor, sich noch länger in der Gegend aufzuhalten. Die Bullen würden ihn nie finden, wenn er erst in New Mexico war. Als Ashley nicht auf seine Worte reagierte, sondern den Blick auf Susan fixiert hielt, wurde er stutzig. Was ging denn zwischen den beiden ab? Beide starrten einander an, als würden sie sich am liebsten gegenseitig an die Kehle gehen.

Erst jetzt bemerkte Susan den Mann, der ein Stück von Ashley entfernt stand. Nachdem er unbewaffnet schien, schenkte sie ihm nur einen flüchtigen Blick, bevor sie sich wieder auf die Blonde konzentrierte. Ihr Hirn jedoch blieb an dem Bild des Mannes hängen. Etwas nagte in ihrem Hinterkopf. Dieses Gesicht kannte sie doch. Sie hatte allerdings keine Zeit, sich mit der Frage eingehender zu beschäftigen. Die junge Frau begann nämlich zu sprechen. Was sie sagte, ließ ihr Blut in den Adern gefrieren.

„Zeit, Adieu zu sagen“, verkündete Ashley. Ihre Stimme klang freundlich. Angenehm. Etwa so, als würde sie einen Kaffee bestellen.

Susan blinzelte, während sie vergeblich versuchte, die Situation irgendwie einzuschätzen. Die Waffe ließ darauf schließen, dass es der anderen bitterernst war. Andererseits weigerte sie sich zu glauben, dass ausgerechnet ihr so etwas passierte. Sie war Susan. Eine gänzlich uninteressante und vor allem unwichtige Person. Zudem würde Erwin doch … Ihr Kopf schnellte herum, als ihr Hirn endlich die Lücke zwischen ihrer Erinnerung und dem anwesenden Mann schloss.

„Erwin?", quietschte sie. „Was hat das zu bedeuten?"

Erwin war der Sohn der Freundin ihrer Mutter. Ella Eldridge. Da er mehr als zehn Jahre älter war als sie, hatte sie nie viel mit ihm zu tun gehabt. Das Letzte, was sie von ihm gehört hatte, war, dass er irgendwo im Gefängnis saß. Trotzdem konnte sie sich nicht vorstellen, dass er sie einfach so umbringen würde. Oder etwa doch? Von ihrer Mutter und ihrer Freundin hätte sie auch nie gedacht, dass sie das Zeug zu Mördern hätten. Und doch war es so gewesen.

Ein Schauer überlief sie. Ihre Hände und Füße waren eiskalt. Unter ihrer Wollmütze begann ihre Kopfhaut zu jucken. Schneeflocken fielen ihr ins Gesicht und blieben an ihren Wimpern hängen. Doch sie wagte es nicht, sich zu rühren.

„Keine Sorge", antwortete Erwin ungerührt. „Wir sind gleich wieder weg. Wir wollen nur deine Kekse."

„Und die konntest du nicht wie jeder andere, normale Mensch auch im Laden kaufen?", erwiderte sie irritiert. Also wirklich! Es war ja schön und gut, wenn Leute ihre Produkte schätzten. Aber das ging zu weit.

„Das mit dem Bezahlen ist nicht so meine Stärke", erwiderte er lapidar.

„Du wolltest sie stehlen?", fragte Susan. Plötzlich ging ihr ein Licht auf. „Du warst das. Du bist bei mir eingebrochen."

Ungerührt zuckte Erwin mit den Schultern.

„Irgendetwas musste ich ja essen. Nachdem deine Mutter schuld daran war, dass meine Mutter auf die schiefe Bahn geraten ist, ist das nur recht."

„Meine Mutter? Ich höre wohl nicht recht. Wenn, dann hat das ja wohl mehr mit dir zu tun. Du bist derjenige, der schon seit Jahren auf der schiefen Bahn ist! Kein Wunder, dass sie dachte, es sei völlig in Ordnung, eine meiner einzigen Freundinnen zu vergiften!" Die Erinnerung daran brachte sie völlig in Rage.

„Könnt ihr endlich aufhören, über diese Scheißkekse zu sprechen?", riss Ashley wütend das Gespräch wieder an sich. „Hier geht's um was ganz anderes." Um ihren Worten Nachdruck zu verleihen, fuchtelte sie mit der Pistole vor Ashleys Nase herum.

„Moment mal!", rief Erwin empört. Was sollte das heißen, es ging nicht um die Kekse? Deshalb waren sie doch hier. Wieso sonst stand er sich hier in dieser Scheißkälte die Füße in den Bauch?

Ashley und Susan schenkten ihm keine Beachtung. Ashley, weil sie sich fast nicht mehr beherrschen konnte. Das Ziel war so nah. Ihre Nasenflügel bebten. Fast meine sie, den metallischen Geschmack von Blut schmecken zu können, der bald in der Luft liegen würde. Das ultimative Zeichen, dass Henrik endlich von dieser Hexe erlöst und für sie frei sein würde. Weiße Sterne flimmerten in ihrem Gesichtsfeld. Sie musste sich stark konzentrieren, damit Susans Umrisse scharf blieben. Verdammt. Reiß dich zusammen!, befahl sie sich stumm, ohne den Blick von ihrer Widersacherin zu wenden.

Susan hingegen hatte erst jetzt realisiert, dass es der jungen Frau todernst war. In ihrem Blick lag ein unheimliches Leuchten. Susans Kehle war wie ausgetrocknet. Die Angst breitete sich wie ein Lauffeuer in ihrem Innersten aus. Sie schluckte mehrmals, bevor sie zögernd fragte: „Um was geht es dann?"

Drohend machte Ashley einen Schritt auf sie zu. Erwin, der gerade überlegt hatte, wie seine Chancen standen, einfach den Lieferwagen zu klauen und die Frauen ihrem Zickenkrieg zu überlassen, hielt inne, als er die Mordlust auf ihrem Gesicht erkannte.

„Immer mit der Ruhe", mischte er sich ein.

Ashley und Susan reagierten nicht. Susan zitterte. Vor Angst. Oder vor Kälte. Vermutlich aus beiden Gründen. Er versuchte es noch einmal. Es war eine Sache, wegen Raubes einzusitzen. Mord eine ganz andere. Das war eine Grenze, die er sich weigerte zu überschreiten. Damals wie auch heute.

„Um Henrik natürlich. Es ging immer nur um Henrik", antwortete Ashley auf Susans Frage. Inzwischen trennten die beiden Frauen nur noch zehn Meter.

Susan schluckte abermals.

„Henrik. Den du für dich willst?", zwang sie sich zu fragen.

„Ja. Aus irgendwelchen unerfindlichen Gründen hat er sich für dich entschieden. Wenn er doch mich haben könnte!"

Beim letzten Satz sah sie ehrlich verwirrt aus. Und sehr jung und verletzlich. Beinahe hätte Susan Mitleid mit ihr gehabt. Aber nur beinahe. Dieses Gefühl verschwand sofort, als Ashley die Waffe fachmännisch auf sie richtete. Es war offensichtlich, dass es nicht das erste Mal war, dass sie eine Pistole in der Hand hielt. Ashleys nächste Worte ließen keinen Zweifel an ihrer Absicht.

„Wenn du erst tot bist, wird er sich für mich entscheiden. Dann wird alles gut."

„Tot?", quiekte Susan.

„Genau. Und zwar jetzt!"

„Spinnst du?", fragte Erwin entsetzt.

Ashley grinste nur und kniff ein Auge zusammen, um Susan besser sehen zu können.

Erwin hatte nur den Bruchteil einer Sekunde Zeit, sich zu entscheiden. Im nächsten Moment sprintete er los. Rammte

Susan. Ein Schuss explodierte. Scheiße, tat das weh. Held zu sein wird definitiv überbewertet, dachte er noch. Dann wurde alles schwarz.

*

Susan starrte auf den leblosen Körper am Boden. Ein roter Fleck breitete sich rasend schnell auf dem weißen Schnee aus.

„Du hast ihn umgebracht", stieß sie ungläubig hervor.

„Nein, nein, nein. Die Reihenfolge ist ganz falsch", jammerte Ashley. „Wieso ist er tot? Du solltest doch tot sein. Nicht er." Fassungslos starrte sie auf den leblosen Körper. Der Mann bedeutete ihr nichts. Er war nur Mittel zum Zweck gewesen. Trotzdem hatte sie ihn nicht tot sehen wollen. Zumindest noch nicht, auch wenn sie sein Ableben schon geplant hatte. Sie war keine schlechte Person. Wirklich nicht. Ohne guten Grund brachte sie keinen um. Und doch war Erwin jetzt tot. Sie wirbelte herum. „Das ist alles nur deine Schuld. Du bist eine Hexe! Anders ist es nicht zu erklären, dass alle für dich fette Kuh den Helden spielen!" Sie klang ehrlich verwundert.

Der verbale Pfeil saß. Susan zuckte zusammen. Es stimmte. Sie hatte auch keine Ahnung, weshalb Henrik sich für sie und nicht für die junge Schönheit entschieden hatte. *Bis auf die mörderischen Tendenzen,* murmelte ihr Unterbewusstsein. Okay, ja. Vielleicht lag es an dieser Kleinigkeit. Egal. Jetzt musste sie erst einmal sehen, wie sie aus dem Schlamassel wieder rauskam. Sie hatte keine Lust, dasselbe Schicksal wie Erwin zu erleiden. Nicht jetzt, wo sie doch erst gerade begriffen hatte, dass es so viele Gründe gab, am Leben zu bleiben. Sie nahm all ihren Mut zusammen.

„Ashley", bat Susan mit zittriger Stimme. „Gib auf. Leg die Waffe hin." Mit angehaltenem Atem wartete sie die Antwort der jungen Frau ab.

„Vergiss es. Auf einen Toten mehr oder weniger kommt es nicht an. Du bist als Nächstes dran. Um Erwin hier", sie stieß sein Bein mit ihrer Stiefelspitze an, „tut es mir leid. Aber um dich sicher nicht."

Bei den gefühllosen Worten bahnte sich die Panik, die sie bis jetzt mit purer Willenskraft eisern unter Verschluss gehalten hatte, ihren Weg ins Freie und drohte, sie zu überwältigen. Ihr Atem kam in kurzen, abgehackten Stößen. Verzweifelt versuchte sie, sich zu beruhigen. Eine Panikattacke war das Letzte, was sie jetzt gebrauchen konnte. Sie wusste nicht, wie sie es schaffen sollte, dieser bedrohlichen Situation entkommen. Doch sie weigerte sich, einfach aufzugeben. So leicht würde sie es Ashley nicht machen. Diese Erkenntnis beruhigte sie ein wenig und erfüllte sie mit Entschlossenheit.

„Henrik ist auf dem Weg hierher. Er weiß, dass ich Ian die Kekse liefern wollte", bluffte sie.

Ashley lachte wie eine Hyäne.

„Netter Versuch. Doch da ich die ganze Geschichte mit der Lieferung inszeniert habe, wird es ihm schwerfallen, den Ort zu finden. Selbst wenn er Ian um Hilfe bittet, wird dieser ihm nicht weiterhelfen können."

Sie war eindeutig stolz auf sich. Ihre Stimme troff vor Selbstzufriedenheit. Na warte, dachte Susan. Das würde sie ihr austreiben.

„Mit meiner Wegbeschreibung schon", erklärte sie tapfer. Sie zwang sich dazu, ganz ruhig stehen zu bleiben, obwohl sie fürchtete, jeden Moment von einer Kugel getroffen zu werden.

Ashley erbleichte.

„Er kommt hierher?"

Susan nickte, nicht sicher, ob es eine gute Idee gewesen war, all ihre Karten auf den Tisch zu legen. Aber sie wusste nicht, was sie sonst tun sollte. Erwin brauchte dringend medizinische Hilfe, wenn es nicht sowieso schon zu spät war. Und sie? Sie könnte dringend die Kavallerie gebrauchen. Unabhängig zu sein war ja schön und gut. Nur jetzt gerade hatte sie die Hilfe eines Helden dringend nötig.

Ashleys Augen flitzten wild von einer Richtung in die andere. Dann senkte sie unverhofft die Waffe. Susan gestattete sich einen winzigen Moment der Erleichterung. Leider setzte Ashley dem sofort ein Ende, indem sie sie grob am Arm packte.

„He", protestierte Susan und wollte sich losreißen.

Ashley geriet zwar kurz ins Taumeln, schaffte es aber, den Griff um Susans Arm zu behalten. Viel zu schnell hatte sie sich wieder gefangen und stieß Susan grob den Lauf der verhassten Pistole in die Rippen.

„Vorwärts", zischte sie. „Wir machen jetzt einen kleinen Ausflug!"

Überrumpelt stolperte Susan ein paar Schritte in die angegebene Richtung, dann regte sich ihr Widerstand. Beide Füße in den Boden stemmend, zwang sie die andere Frau, langsamer zu werden.

„Einen Ausflug wohin? Und wieso?", wollte sie störrisch wissen. „Du bringst mich sowieso um. Wieso also nicht hier und nicht jetzt?"

„Bring mich nicht in Versuchung." Ein weiterer Stoß in die Rippen und weiteres Zerren am Arm. „Aber erst müssen wir weg von hier. Henrik soll nicht sehen, was ich für ihn auf mich nehme. Wir wollen ja nicht, dass er sich auf ewig in meiner Schuld fühlt. Das ist keine gute Voraussetzung für eine gute Beziehung." Abermals schubste sie Susan grob weiter.

Susan drehte sich bei der obskuren Rechtfertigung der Magen um. Ashley hatte offensichtlich ein ernsthaftes psychisches Problem. Nur half ihr diese Erkenntnis nicht weiter, solange Ashley die Pistole hatte. Sie merkte, dass sie trotz ihrer tapferen Worte nicht den Mut besaß, es darauf ankommen zu lassen und zu testen, ob Ashley ihre Drohung wahr machen würde. Widerwillig stolperte sie in die Richtung, in die die andere Frau sie zerrte und schob.

*

Ian hielt sich an dem Griff oberhalb der Tür fest, während er die andere Hand gegen das Armaturenbrett stemmte.

„Meinst du nicht, es wäre von Vorteil, lebendig an unserem Ziel anzukommen“, presste er zwischen zusammengebissenen Zähnen hervor. „Der Sheriff ist unterwegs. Cole und seine Männer sind informiert.“

„Was ist mit Adrian?“, fragte Henrik, ohne auf Ians Bitte, langsamer zu fahren, einzugehen. Die Zeit drängte. Das spürte er in seinen Knochen. Genauso hatte es sich angefühlt, als er vor dieser lebensverändernden letzten Abfahrt am Start gestanden war. Als wäre etwas verschoben in seinem Universum. Etwas nicht ganz richtig. Seit heute Morgen war das Gefühl zurück. Deshalb war er ja auch so erpicht darauf gewesen, Susan zu begleiten. Aber nein, er musste sich ja wegen einer läppischen Lieferung davon abhalten lassen. Zugegeben, zu diesem Zeitpunkt war es auch erst eine undefinierbare, nagende Unruhe gewesen. Trotzdem!

„Adrian?“, fragte Ian verwirrt, während er gegen den Drang ankämpfte, die Augen in der Kurve zu schließen.

„Falls wir sie nicht finden, brauchen wir Adrian und seine Suchhunde“, beharrte Henrik.

„Meinst du nicht, dass das etwas übertrieben ist? Du weißt noch gar nicht, ob ihr nicht jemand einfach einen dummen Streich gespielt hat. Wahrscheinlich ist sie schon längst auf dem Rückweg.“

Henrik wandte kurz den Kopf und starrte Ian an. Seine blauen Augen blitzten wie zwei Gletscherseen.

„Hast du schon jemals dieses untrügliche Gefühl gehabt, zu spät zu kommen?“

Ein Schatten zog über Ians Miene. Natürlich wusste er, wie es war, wenn man sich zu hundert Prozent auf seine Intuition verlassen konnte. Dieser siebte Sinn hatte ihm mehr als einmal das Leben gerettet, als er im Mittleren Osten stationiert gewesen war. Mindestens ebenso oft hatte er hilflos zusehen müssen, wie er trotz aller Vorahnung zu spät kam, um andere zu retten. Nachdem er diesen Teil seines Lebens eigentlich als abgeschlossen betrachtete, hatte er seine Intuition mehrheitlich ruhig gestellt. Eine reine Überlebensmaßnahme, um als Zivilist funktionieren zu können. Jetzt richtete er seine Sinne bewusst nach innen. Verdammt. Sein Nacken juckte und sein Bauch zog sich angespannt zusammen. Er schnaubte frustriert.

„Scheiße!“

„Ganz genau.“

„Schaust du bitte trotzdem auf die Straße? Sonst fällt es mir nämlich schwer, mein eigenes Bauchgefühl zu befragen“, grummelte Ian. „Das ist dann nämlich zu beschäftigt damit, unser eigenes Ableben in der nächsten Kurve vorauszusagen.“

„Haha“, erwiderte Henrik grimmig, ließ diesmal den Blick aber auf der Straße. „Netter Versuch, die Stimmung aufzulockern, aber es funktioniert nicht. Ruf einfach Adrian an, das hilft.“

Ian murmelte etwas, das wie *verdammte Glucke* klang, griff aber folgsam nach seinem Handy. Erleichtert atmete Henrik ein wenig auf. Es würde schon alles gut werden. Es musste einfach. Die Vorstellung, Susan zu verlieren, war unerträglich. Umso mehr jetzt, wo sie endlich eingewilligt hatte, es mit ihm zu versuchen. Sein Fuß lag wieder wie Blei auf dem Gaspedal. Mit äußerster Willenskraft zwang er sich, etwas vom Gas zu gehen.

*

Erstaunt sah Susan, dass sie sich auf die umliegenden Bäume zubewegten.

„Sollten wir nicht besser den Lieferwagen nehmen?“, wagte sie es zu fragen.

„Und von der Polizei angehalten werden? Ich glaube nicht. Keine Angst. Es ist nicht weit. Dein Ende wird früh genug kommen“, gab Ashley im Plauderton zurück.

Susans Panik wuchs mit jedem Wort, das die andere Frau von sich gab. Ihre Stimmlage und ihre Laune wechselten wie Quecksilber. Es war unmöglich, sie einzuschätzen oder zu erraten, was ihr als Nächstes einfallen würde. Zudem wurde die Wahrscheinlichkeit, dass ihr jemand zu Hilfe kommen würde, mit jedem Schritt, den sie sich von der Hütte entfernte, kleiner. Hier unter den Bäumen lag nicht viel Schnee. Der Boden darunter war gefroren. Spuren würden nur schwierig zu sehen sein, wenn überhaupt. Sie schluckte. Zum ersten Mal, seit sie aus dem Lieferwagen gestiegen war, zog sie die Möglichkeit, dass sie vielleicht in den nächsten Minuten sterben würde, ernsthaft in Erwägung. Ein Chillax-Keks käme jetzt wie gerufen. Vielleicht würde sie sich dann nicht vor Angst in die Hosen machen, dachte sie missmutig.

Apropos Chillax-Kekse … Wo war eigentlich die Elchkuh, wenn man sie brauchte? So ein kräftiger Schubs von der Seite käme jetzt sehr gelegen. Unvermittelt zuckten ihre Mundwinkel, als sie an ihre Begegnungen mit dem großen Wildtier dachte.

„Was gibt's da zu grinsen?", herrschte Ashley sie prompt an. „Du meinst wohl noch immer, du befändest dich in einem Disney-Film. Ich kann dir versichern, dass dem nicht so ist. Weder den Prinzen noch die gute Fee noch die sprechenden Waldtiere kümmert es, was aus dir wird."

Das war wohl wahr, dachte Susan betrübt. Vergeblich versuchte sie das erneute Zittern ihrer Glieder unter Kontrolle zu bringen. Um nicht völlig in Panik zu geraten, versuchte sie sich vorzustellen, was Merline an ihrer Stelle tun würde. Absurd eigentlich, doch der Gedanke brachte die nötige Ablenkung, sodass sie wieder leichter atmen konnte.

Sie warf ihrer Peinigerin einen Blick von der Seite zu. Eigentlich war der Vergleich gar nicht so abwegig. Wenn sie Merline war, dann wäre Ashley in dem Rollenspiel sie. Gewichtsmäßig kam es in etwa hin. Fast hätte sie amüsiert geschnaubt. Im letzten Moment wandelte sie es in ein Husten ab. Ashley schielte misstrauisch zu ihr hinüber, dann konzentrierte sie sich wieder auf den Weg.

Puh. Das war knapp gewesen. Susan spann den Faden weiter. Wenn sie also die Elchkuh darstellte und die Frau an ihrer Seite rammte, dann sollte es ihr gelingen, sie den Abhang hinunterzustoßen. Wenn da nur nicht die Pistole wäre … Andererseits konzentrierte sich Ashley gezwungenermaßen auf den unebenen Waldboden.

Nicht willens, noch länger auf Rettung zu warten, holte sie tief Luft, senkte unvermittelt den Kopf und rammte in bester Football-Manier die Kidnapperin. Überrascht von dem plötzlichen Angriff, ließ Ashley ihr Opfer los, verlor auf dem glatten Boden den Halt und taumelte in die Tiefe. Als sie auf dem ersten Felsen aufprallte, löste sich ein Schuss aus der Waffe. Susan, die durch ihren eigenen Schwung ebenfalls ins Taumeln geraten war, erst recht, als Ashley sie so unvermittelt losgelassen hatte, zuckte zusammen, während sie sich krampfhaft an dem knorrigen Stamm einer verwitterten Kiefer festklammerte. Das Echo hallte von den steilen Felswänden wider. Ihre Knie schmerzten von dem Aufprall. Ihre Handschuhe und die Hosen waren zerrissen, als sie versucht hatte, an den scharfen Felskanten Halt zu finden. Aber sie lebte.

Sie gestattete sich einen erleichterten, zittrigen Atemzug, bevor sie in die Tiefe schaute. Ashley war es nicht ganz so gut ergangen. Ihr Bein stand in einem seltsamen Winkel von ihrem Körper weg. War sie etwa tot? Hatte sie sich das Genick gebrochen? Bedauern erfüllte Susan. Das hatte sie nicht gewollt! Es war ihr nur darum gegangen, zu überleben. War das etwa der Preis dafür? Übelkeit stieg in ihr hoch. Fast hätte sie sich übergeben. Da sah sie, dass sich der Körper einige Meter unter ihr bewegte. Erleichtert ließ sie sich gegen den Stamm sinken, ohne die raue Rinde an ihrer Wange zu bemerken. Gott sei Dank. Ashley lebte. Sie lebte. Nur der arme Erwin nicht. Aktuell fehlte ihr allerdings die Energie, um ihn zu trauern.

Ihr war klar, dass sie dringend ihren Weg zurück zum Lieferwagen machen musste. Ihr war bitterkalt. Aber jetzt, wo die unmittelbare Gefahr vorüber war, fühlte sie sich auf einmal furchtbar schlapp. Erledigt. Sie brauchte erst eine kleine Pause. Mit der festen Absicht, nur für ein paar Sekunden auszuruhen, schloss sie die Augen.

26

„Da!“, rief Ian und zeigte nach vorn.

Die Hunde auf dem Rücksitz setzten sich erwartungsvoll auf und spitzten die Ohren.

Henrik hatte die flache Holzstruktur und Susans gut erkennbaren Lieferwagen hundert Meter weiter vorn auch gesehen. Obwohl ihn jede Faser seines Körpers zur Eile drängte, nahm er den Fuß vom Gas und drosselte das Tempo.

„Ich lasse den Wagen hier stehen“, sagte er zu Ian und fuhr den Truck in die Bäume. So war der Weg frei, wenn der Sheriff und alle anderen, die sie zu Hilfe gerufen hatten, endlich eintrafen. Hoffentlich bald.

„Gute Idee“, brummte Ian und sprang aus dem Wagen. Champion und Speedy wollten natürlich auch mit. Gerade noch rechtzeitig schloss er die Tür vor ihren Nasen.

Einen Moment lang standen beide ganz still und lauschten, gespannt, ob das Motorengeräusch ihre Anwesenheit schon verraten hatte. Aus der Richtung des großen Schuppens war lautes Schimpfen zu hören. Allerdings klang die Stimme deutlich tiefer als die von Susan.

„Ein Mann?“, murmelte Ian mit hochgezogener Augenbraue, doch Henrik hörte ihn schon nicht mehr. Er rannte mit langen Schritten in Richtung Hütte.

Ian seufzte und eilte ihm nach. Soweit er wusste, hatte der Snowboarder keinerlei Erfahrung mit brenzligen Situationen.

Er holte ihn besser ein, bevor er die ganze Situation verschlimmbesserte.

Er hätte sich keine Sorgen zu machen brauchen. Henrik hielt hinter dem Lieferwagen an und spähte vorsichtig unter dem Fahrzeug durch, während er ungeduldig auf Ian wartete.

„Siehst du etwas?"

Henrik rappelte sich von seiner Position im Schnee auf und schüttelte den Kopf.

„Ein graues Bündel lehnt am gegenüberliegenden Vorderrad. Wenn ich mich nicht irre, ist das ein Mann, der schimpft wie ein Rohrspatz. Ich habe allerdings keine Ahnung, wer das ist."

„Und Susan? Oder Ashley?"

Henrik schüttelte bedauernd den Kopf.

„Keine Spur von den beiden."

Besorgte Blick austauschend, schlichen sie Schritt für Schritt um das Fahrzeug herum, sorgsam darauf bedacht, möglichst wenig Lärm zu machen. Henrik wagte einen Blick hinter das Heck des Fahrzeugs. Kein Mensch war zu sehen. Nur das schlecht gelaunte Jammern, von dem sie immer noch nicht wussten, von wem es stammte, durchschnitt die winterliche, fast unheimliche Stille des Waldes. Auf der Suche nach weiteren Hinweisen senkte er den Blick. Was er da entdeckte, ließ ihn erstarren. Der Schnee war blutrot.

Ian, der bei Henriks abruptem Halt beinahe mit ihm zusammengestoßen wäre, folgte seinem entsetzten Blick. Seine Augen weiteten sich erschrocken, als er die große Menge an frischem Blut entdeckte.

„Gib mir Deckung", murmelte Henrik und sprintete los.

Deckung?, dachte Ian kopfschüttelnd, während er zusah, wie Henrik um die Schnauze des Lieferwagens verschwand. Wie denn? Mit heruntergefallenen Kiefernzapfen? Oder Schneebällen? Nur weil er früher in der Army gewesen war, trug er im Alltag doch keine Waffe!

„Ian! Komm schnell! Hier ist ein Verletzter!"

Nachdem Ian keinerlei Bedrohung, sondern nur Besorgnis aus Henriks Stimme hörte, eilte er ebenfalls auf die andere Seite des Fahrzeugs. Dort auf dem Boden saß ein älterer Mann und fluchte, was das Zeug hielt.

„Was seid ihr für Idioten? Ich schreie mir hier die Kehle wund und ihr spielt Verstecken? Ich brauche dringend medizinische Hilfe. Sonst verblute ich hier. Sieht denn das keiner?"

Während Henrik sich daran machte, vorsichtig den Mantel zu öffnen, um die Wunde zu begutachten, stellte sich Ian mit verschränkten Armen hin. Der Kerl am Boden mit der Schusswunde war alles andere als ein Unschuldslamm. Darauf würde er seine gesamte Hanfernte wetten. Was also machte er hier?

„Was ist hier passiert?", verlangte er zu wissen.

„Na, angeschossen wurde ich. Die Schlampe ist crazy. Absolut geisteskrank", zeterte er.

Henrik erstarrte bei der Erwähnung einer Frau. Er hielt in seinen Erste-Hilfe-Bemühungen inne.

„Welche Schlampe meinst du?" Als der Mann nicht gleich antwortete, packte er ihn am Jackenkragen. Dass er dabei ein wenig auf die erlittene Wunde drückte, war purer Zufall. Ein Versehen sozusagen. Sollte es den anderen aber schneller zum Sprechen bringen, war ihm das natürlich recht. „Jetzt rede schon!", forderte er drohend.

„Autsch! Na, die junge Frau, wer denn sonst. Ashley."

„Und wo ist Ashley jetzt?", wollte Ian wissen und beugte sich bedrohlich über ihn.

Seine prekäre Situation völlig ignorierend, rollte dieser trotzig mit den Augen.

„Woher soll ich das wissen. Spielt das eine Rolle? Ich brauche dringend einen Krankenwagen." Er schaute von einem zum anderen, als würde er erwarten, dass einer von ihnen jede Sekunde losrennen und Hilfe holen würde.

Henrik hatte inzwischen seinen Schal von seinem Hals gewickelt und umwickelte damit die blutende Schulter. Das würde hoffentlich die Blutung stoppen. Wenn nicht, hatte der Kerl halt Pech gehabt. Ein besonders sympathischer Zeitgenosse war er nicht. Dieser Gedanke machte ihn vielleicht zu einem gefühllosen Menschen, doch das war ihm im Augenblick völlig egal. Das Einzige, was zählte, war Susan. Von der er immer noch nicht wusste, wo sie war. Absichtlich zog er ohne Vorwarnung den behelfsmäßigen Druckverband kräftig zu.

„Aua!!! Spinnst du?"

„Du willst ja nicht verbluten", erwiderte er erbarmungslos und verknotete die Enden des Schals doppelt. „Zudem brauche ich dich lebend. Wo ist Susan?"

Das schmerzverzerrte Gesicht verzog sich zu einer grinsenden Grimasse.

„Susan? Also darum geht es dir … Hätte ich mir ja gleich denken können."

„Wo. Ist. Sie?", stieß Henrik zwischen zusammengebissenen Zähnen hervor.

Ian, der genug hatte von der schnoddrigen Art des anderen, packte die fettigen Haare des Mannes, bog seinen Kopf nach hinten und zog demonstrativ sein Jagdmesser aus der Scheide.

Erwins Augen wurden groß, als er die scharfe Klinge sah. Sein Adamsapfel hüpfte auf und ab, als er schluckte.

„Wahrscheinlich tot. So wie ich es beinahe gewesen wäre."

„Das halte ich für eine Übertreibung", murmelte Ian, ohne seinen Griff zu lockern. Seiner Meinung nach war die Kugel glatt durchgegangen. Blutete wie blöd und tat höllisch weh, war aber nicht tödlich, solange sich die Wunde nicht infizierte.

„Tot?", wiederholte Henrik ungläubig und schaute wild um sich. „Wie meinst du das? Wo sind sie? Hinterm Schuppen? Im Schuppen?"

Ein schreckliches Bild nach dem anderen schoss durch seinen Kopf. Susan im Schnee. Rotes Blut überall. Ihre schönen

Gesichtszüge verstümmelt von einer Kugel. Erst als sich der verletzte Mann wieder zu Wort meldete, gelang es ihm, das Schauerkabinett zu stoppen.

Erwins Augen flitzten zum Waldrand der Lichtung.

„Sie hat sie gezwungen, mit ihr zu gehen. Kalt machen wollte sie sie. Irgendwo, wo niemand sie finden würde."

Unvermittelt ließ Ian den Kopf des anderen los und steckte sein Messer wieder zurück an seinen Platz. Erwins Kopf schnellte nach hinten und stieß schmerzhaft an den Kotflügel des Lieferwagens.

Henrik und Ian tauschten einen Blick aus.

„Willst du auf den Sheriff warten? Oder noch besser auf Adrian mit seinen Hunden?"

Henrik schüttelte den Kopf.

„Wer weiß, wann die hier ankommen. So lange will ich nicht warten."

Ian nickte verständnisvoll. Diese Antwort hatte er erwartet.

„Ich komme mit."

Seite an Seite rannten sie los.

„He!", rief Erwin. „Was ist mit mir?"

„Keine Sorge. Der Sheriff ist unterwegs", rief Ian über die Schulter zurück. „Ich bin sicher, er ist an deiner Version der Geschichte interessiert!"

*

Entgeistert starrte Erwin den beiden Männern hinterher. Wie hatte sein ausgeklügelter Plan dermaßen schief gehen können? Erst fiel ihm Ashley in den Rücken, dachte er bitter, und das, nachdem er so großzügig gewesen war und ihr ein Dach über dem Kopf angeboten hatte, und riss die ganze Aktion an sich. Aber statt sich ans Drehbuch zu halten, schoss sie ihm ein Loch in die Schulter – oder war es der Arm? – die ganze rechte Seite schmerzte höllisch, so genau konnte er es gar nicht sagen. Dass sie mit Susan Montgomery abgehauen war, störte ihn nicht weiter. Er hatte Susan kein solch gewaltsames Ende gewünscht, aber was konnte er machen. Schließlich war er ebenso ein Opfer von Ashley wie sie.

Aber dass jetzt auch noch der Sheriff auftauchen würde, war zu viel. So, wie er das System kannte, würde er völlig ungerechtfertigt wieder in den Bau wandern. Aus dem einzigen Grund, dass er zur falschen Zeit am falschen Ort gewesen war. Moment mal! Wer sagte denn, dass er hierbleiben musste? Er warf einen Blick auf den behelfsmäßigen Verband an seinem Arm. Wenn er es schaffte aufzustehen, konnte er vielleicht immer noch abhauen. Er schielte über seine Schulter zum Lieferwagen. Noch dazu mit seiner Beute.

Augenblicklich besser gelaunt, versuchte er sich aufzurappeln. Scheiße, tat das weh! Fast wäre ihm wieder schwarz vor den Augen geworden. Schwer atmend lehnte er sich mit seinem gesunden Arm seitlich an das Fahrzeug. Schritt für Schritt stemmte er sich auf die Füße. Endlich stand er aufrecht. Mit dem gesunden Arm öffnete er die Fahrertür, zog sich auf den Sitz und machte erst einmal Pause.

Als sich seine Atmung wieder einigermaßen beruhigt hatte und der schlimmste Schmerz verebbt war, zog er die Tür zu. Den Schlüssel mit der linken Hand zu drehen, erwies sich schwieriger als gedacht. Endlich war auch das geschafft. Zufrieden hörte er, wie der Motor ansprang.

Für das Wendemanöver brauchte er zwei Anläufe, doch schlussendlich war er startklar. Ihm war heiß und kalt zugleich. Kalter Schweiß stand ihm auf der Stirn, während sein Arm wie ein Höllenfeuer brannte. Aber er war frei, unterwegs nach Florida.

*

Susan wollte nichts lieber als sich auszuruhen, doch erstens raste ihr Puls nach wie vor wie ein Duracell-Häschen auf Amphetaminen, und zweitens schneite es immer heftiger. Die

Flocken waren außergewöhnlich groß und bedeckten im Nu jede freie Oberfläche. Sie warf einen zweifelnden Blick in die Tiefe. Ashley stöhnte ab und zu und fluchte vor sich hin, bewegte sich aber nicht weiter. Ob sie ihr heraufhelfen sollte? Doch wie? Die Felswand war fast senkrecht und unglaublich glatt. Das schaffte sie nie. Zumindest nicht, ohne sich ebenfalls irgendein Körperteil zu brechen. Besser, sie machte sich auf den Rückweg und holte Hilfe.

Sie zog sich am Baumstamm hoch und befahl ihren Beinen streng, endlich mit dem elenden Zittern aufzuhören. Um sicherzustellen, dass sie die Absturzstelle auch wiederfinden würde, löste sie ihren Schal, den sie um den Hals trug, und knotete ihn an den Baum. So, dachte sie zufrieden. Das dunkle rosa sollte auch im Schnee noch lange sichtbar sein. Sie schaute sich um. Von da waren sie gekommen. Dieser Weg führte zurück zum Lagerhaus.

Sie setzte einen Fuß in die Richtung, zögerte und wandte sich ein paar Grad nach links. Oder ging es da entlang? Das Problem war, dass sie einem Pfad gefolgt waren, der nicht mehr als ein Wildwechsel gewesen war. Unter der dünnen Schneeschicht, die inzwischen überall lag, konnte sie diesen nicht mehr erkennen. Unschlüssig wandte sie sich erst in die eine, dann in die andere Richtung. Es half alles nichts. Sie musste einfach losgehen und hoffen, dass sie den einen oder anderen Baum wiedererkannte. Die ungefähre Richtung wusste sie ja. So schwierig konnte das nicht sein. Entschlossen stapfte sie los.

Nach ungefähr einer halben Stunde musste sie erkennen, dass es offenbar doch schwieriger war, als sie gedacht hatte. Ihre Beine beschwerten sich über die ungewohnte Anstrengung. Ein Fitnessprogramm war dringend angesagt. Dafür musste sie allerdings zuerst einmal aus diesem verdammten Wald finden. Einen Fuß vor den anderen setzend, ging sie tapfer weiter. Sie war so darin vertieft, nach Orientierungspunkten Ausschau zu halten, dass sie nicht merkte, dass sie Gesellschaft bekommen hatte. Erst als sie anhielt, um nach Luft zu schnappen, und sie etwas freundlich am Ärmel zupfte, drehte sie sich überrascht um.

„Ach, du bist es, Merline. Was hast du mich erschreckt!"

Die Elchkuh zuckte mit den Ohren, setzte aber ihre eingehende Untersuchung von Susans Taschen fort.

„Jetzt tauchst du auf und willst Kekse", setzte Susan ihren Monolog fort. „Dabei hätte ich deine Hilfe vorher gebraucht. Nicht jetzt, wo die Gefahr vorüber ist."

Merline kam zu dem Schluss, dass heute von Susan nichts zu holen war. Enttäuscht ließ sie den Kopf hängen und schlenderte in ihrem staksigen Gang davon. Betrübt sah ihr Susan hinterher. Vielleicht hätte sie sie nicht schelten sollen. Sie fühlte sich gleich nochmals mehr allein, jetzt, da ihre vierbeinige Freundin sie verließ. Vielleicht sollte sie ihr folgen? Schließlich tauchte sie öfter in der Nähe der Zivilisation auf? Dieser Gedanke erfüllte sie mit neuer Energie. Motiviert beschleunigte sie ihre Schritte und folgte den gut sichtbaren Spuren und dem großen Hinterteil der Elchkuh.

„Warte auf mich", rief sie. „Ich komme mit dir."

*

Henrik und Ian hatten sich aufgeteilt, sobald sie den Waldrand erreicht hatten. Die Abmachung war, dass sie sich nach einer Viertelstunde wieder bei der Hütte treffen würden. Eine Suchaktion ohne die Möglichkeit, sich via Funk zu verständigen, machte keinen Sinn. Henrik hoffte, dass er in der kurzen Zeit wenigstens einen Hinweis darauf finden würde, wohin die beiden Frauen verschwunden waren. Doch als die Minuten verstrichen, ohne, dass er eine Spur entdeckte, wurde er immer pessimistischer. In dem dichten Schneefall sah er kaum drei Meter weit. Trotz der Bäume hatte sich eine Schneedecke auf dem Boden gebildet. Sie war zwar nicht sehr dick, doch verbarg sie effizient alle Spuren, die Susan oder auch Ashley vielleicht hinterlassen hatte.

Als er sein Handy herauskramte, um zu sehen, wie spät es war, sah er, dass er immer noch keinen Empfang hatte. Die fünfzehn Minuten waren beinahe um. Er wollte bereits umkehren, als ein Windstoß durch die Bäume fuhr. Ein pinkfarbenes Etwas flatterte in einem Baum nur wenige Meter vor ihm. Das Herz klopfte ihm bis zum Hals, als er über den glatten Boden hastete. Was würde er wohl vorfinden? Bei dem flatternden Objekt angekommen, runzelte er die Stirn. Das war Susans Schal, da war er sich sicher. Doch was machte er hier an dem Baum? Dem Knoten nach hatte ihn jemand absichtlich festgebunden. Sie hatte ihn also nicht einfach verloren. Ratlos sah er sich um. Ein Wimmern drang an seine Ohren. Alarmiert sah er sich suchend um, konnte aber nichts entdecken. Sein Blick fiel auf die Felskante. Von einer üblen Vorahnung geplagt, trat er näher an den Abgrund. Er atmete erleichtert auf, als er die weißblonden Haare entdeckte, die aus dem hellen Anorak herausschauten. Susan war zwar auch blond, aber ihre Haare hatten mehr ein sattes Goldblond. Innerlich hatte er sich bereits auf das Schlimmste eingestellt gehabt. Die Erleichterung war allerdings nur von kurzer Dauer, als ihm aufging, dass er immer noch keine Ahnung hatte, wo Susan war und ob es ihr gut ging.

Er formte die Hand zu einem Trichter.

„Ashley! Kannst du mich hören?“

Ashley versuchte, sich aufzurichten. Nach dem zweiten, vergeblichen Versuch gelang es ihr, sich aufzusetzen. Ihr offenbar verletztes Bein ließ sie ausgestreckt. Den Kopf in den Nacken gelegt, schaute sie zu Henrik hoch.

Er war gekommen, dachte Ashley. Träumte sie? Oder war das tatsächlich Henrik, der zu ihrer Rettung eilte? Sie blinzelte und versuchte, seine Umrisse zwischen den Schneeflocken auszumachen. Ein Leuchten umgab seinen Körper. Geblendet schloss sie die Augen.

„Ich hole Hilfe“, rief Henrik.

Ashley lächelte, als sie seine Worte hörte. Jetzt würde alles gut werden. Sie zog das gesunde Bein heran und legte den Kopf auf ihr Knie.

„Weißt du, wo Susan ist?“, rief er.

Entsetzt riss sie die Augen auf. Trauerte er etwa immer noch dieser dummen Kuh nach? Nein, nein, nein! Das durfte nicht sein. Sich der Realität verweigernd, schloss sie die Augen und hielt sich die Ohren zu, während sie ihren Oberkörper vor- und zurückwiegte. Vor und zurück. Vor und zurück.

Als Henrik realisierte, dass Ashley nicht mehr ansprechbar war, fasste er einen Entschluss. Er würde zum Treffpunkt zurückkehren und den Sheriff und seine Deputies zur Absturzstelle lotsen. Das Rettungsteam würde Ashley helfen, während er in der Zwischenzeit seine Suche nach Susan fortsetzte.

*

Mit verbissener Miene setzte Susan einen Fuß vor den anderen. Nur noch einen. Und noch einen. Und noch einen. Irgendwann musste sie ja irgendwo ankommen. Es war gar nicht anders möglich, redete sie sich gut zu, während sie sämtliche Fakten resolut in den hintersten Winkel ihres Hirns verbannte, die sie über die unendliche Weite der Wälder in den Rocky Mountains jemals gelernt hatte.

Trost in der Tatsache findend, dass sie wenigstens Merline zur Gesellschaft hatte, war sie entsprechend empört, als diese in einen leichten Trab fiel. Hastig tat sie es ihr gleich.

„Also weißt du, ich kann mich nicht erinnern, dich als meinen Personal Trainer angestellt zu haben“, zeterte sie schnaufend, während sie versuchte, mit dem großen Tier Schritt zu halten.

Bald reichte Susans Puste nicht mal mehr, um zu schimpfen. Wie vorhin beim Gehen verfiel sie in eine Art Trance. Deshalb fiel ihr erst mit Verspätung auf, dass die Elchkuh langsamer wurde. Schließlich hielt sie an und fing an zu scharren. Susan wischte sich die Schneeflocken aus dem Gesicht und kniff die Augen zusammen, um besser sehen zu können. War das etwa ihr Lieferwagen? Wieso stand der nicht mehr bei der Hütte? Ihr Herz klopfte schneller, als sie begriff, was das bedeutete. Sie musste zumindest in der Nähe einer Straße sein.

Vorsichtig näherte sie sich dem Fahrzeug. Merline war inzwischen dazu übergegangen, gegen die Ladeklappe zu treten. Na klar. Dort waren die Chillax-Kekse versteckt.

„Hey! Was soll das!", wetterte eine männliche Stimme aus der Fahrerkabine.

Erschrocken blickte Susan in die Richtung. Erst jetzt realisierte sie, dass das Fahrzeug halb im Graben lag. Die Schnauze des Fahrzeugs war buchstäblich zwischen drei Bäumen, die als Gruppe beieinander standen, eingeklemmt. Hinter der Scheibe erblickte sie einen schimpfenden Erwin, der Gott, die Welt und insbesondere die Frauen verfluchte. Gleichzeitig rüttelte er vergeblich an der Tür und versuchte, sie zu öffnen.

Erwin konnte es nicht fassen. Man sollte ja meinen, dass auch die schlimmste Pechsträhne irgendwann ein Ende hatte. Doch anscheinend befand er sich nach wie vor auf Fortunas schwarzer Liste. In seiner Eile, möglichst schnell von diesem verdammten Berg runterzukommen, hatte er aufs Gas gedrückt. Auf halbem Weg hatte er ein paar Serpentinen weiter unten das Auto des Sheriffs erblickt. Froh, die Gefahr rechtzeitig erkannt zu haben, hatte er den Lieferwagen weg von der Straße zwischen die Bäume gelenkt. Als er sicher war, dass er von der Straße aus nicht mehr zu entdecken war, hatte er gewartet, bis der Sheriff vorbeigefahren war.

Triumphierend, dass er seinem Verfolger entwischt war, hatte er sich nach einigen Minuten den Weg zurück auf die Bergstraße gebahnt. In seinem Übermut hatte er übersehen, dass sich an dieser Stelle zwischen Waldrand und Straße ein Graben befand. Das große Fahrzeug war ins Rutschen geraten.

Obwohl er gegengesteuert hatte und aufs Gas getreten war, hatten ihn die Schwerkraft und der Schnee direkt in die Bäume katapultiert. Und jetzt stand auch noch Susan vor dem Fenster und lachte ihn aus. während sich jemand anders an seinen ehrlich erbeuteten Haschkeksen zu schaffen machte. Wie um seine Gedanken zu bestätigen, erschütterte erneut ein gewaltiger Stoß die Karosserie und brachte sie zum Vibrieren.

Abermals rüttelte er an der Tür. Der scharfe Schmerz auf seiner rechten Seite raubte ihm fast den Atem. Trotzdem machte er verbissen weiter. Er würde verdammt sein, wenn er sich bestehlen ließ!

Belustigt verfolgte Susan seine vergeblichen Bemühungen. Ihre Mundwinkel zuckten. Geschah ihm recht. Schließlich hatte er mit Ashley gemeinsame Sache gemacht. Dass er für sie eine Kugel eingefangen hatte, war mehr ein Versehen gewesen, wie sie vermutete.

Merline bearbeitete unterdessen den fahrbaren oder eben nicht mehr so fahrbaren Untersatz mit immer größerer Vehemenz. Susan eilte zu ihr hin und drehte den Griff, um die Tür zu öffnen. Kaum war die Klappe offen, machte die Elchkuh kurzen Prozess. Mit gespitzten Lippen beförderte sie einen der Kartons geschickt ins Freie. Ein weiterer, gezielter Tritt ließ den ganzen Inhalt herauspurzeln. Gierig machte sie sich darüber her.

Nachdem Merline mit Fressen beschäftigt war und Erwin sicher in seinem selbst fabrizierten Gefängnis festsaß, nahm sich Susan die Zeit, sich umzuschauen. Tatsächlich. Das war die Straße, die zur Hütte führte. Die Reifenspuren im Schnee sprachen eine deutliche Sprache. Erleichterung machte sich in ihr breit und ihr wurde schwindlig. Sie drängte das unangenehme Gefühl beiseite und rannte los.

*

„Hast du sie gefunden?“, rief Ian, sobald Henrik hinter den Bäumen hervortrat.

Grimmig schüttelte dieser den Kopf.

„Nein. Susan nicht. Aber Ashley.“ Er deutete mit dem Daumen über die Schulter in die Richtung, aus der er gekommen war. „Susan hat ihren Schal um einen der Bäume geknotet. Vermutlich, um die Absturzstelle zu markieren.“

„Absturzstelle?“

„Ja. Ich glaube, sie hat ein gebrochenes Bein.“

„Immerhin kann sie so keinen weiteren Schaden anrichten“, bemerkte Ian pragmatisch. „Und Susan?“

Verzweifelt hob Henrik die Schultern.

„Keine Ahnung. Wir müssen wohl auf die Suchhunde warten.“

„Das wird wohl das Beste sein. Übrigens …“

„Ja?“

„Wir haben noch ein weiteres Problem. Unser verletzter Freund, der so getan hat, als wäre er am Sterben …“

„Was ist mit ihm?“

„Er hat den Lieferwagen gestohlen und ist abgehauen.“

Henrik zog einen seiner Handschuhe aus und rieb sich übers Gesicht.

„Eine Katastrophe nach der anderen! Wann kommt endlich unsere Verstärkung?“

In diesem Moment waren Motorgeräusche zu hören. Kurze Zeit später standen der Sheriff und seine Deputies vor ihnen.

„Wie sieht die Lage aus?“, wollte Jake von Ian wissen.

Henrik wartete nicht ab, bis Ian antwortete. Er verstand, dass der Sheriff sich lieber an Ian wandte. Erstens kannte er ihn besser und zweitens zählte er vermutlich auf seine Erfahrung als Army Ranger. Trotzdem ergriff er das Wort. Schließlich ging es hier um Susan. In knappen Worten schilderte er die Situation.

„Ashley ist abgestürzt. So weit ich das beurteilen konnte, lebt sie, ist aber verletzt.“

„Lage?“

Henrik deutete zur Schneise hinüber.

„Ein paar hundert Meter in diese Richtung hängt ein Schal an einem Baum. Dort findet ihr sie.“

Jake nickte.

„In Ordnung. Wird gemacht. Und was ist mit Susan?“

Henrik biss die Zähne zusammen.

„Sie wird noch vermisst. Aber wir suchen weiter.“

Der Sheriff legte ihm mitfühlend die Hand auf die Schulter.

„Sobald wir Ashley geborgen haben, helfen wir Euch dabei. Wir finden sie, versprochen.“

*

Das hoffte Henrik auch inständig. Nachdem Jake und seine Deputies im Wald verschwunden waren, wandte er sich in Richtung Schuppen, als könnte er Susan durch reine Willenskraft heraufbeschwören. Genervt blinzelte er ein paar Schneeflocken weg, die sich in seinen Wimpern verfangen hatten. Plötzlich runzelte er die Stirn. Hatte sich da etwas bewegt? Er schaute genauer hin. War das etwa … Bevor sein Hirn übersetzen konnte, was seine Augen gesehen hatten, setzten sich seine Beine in Bewegung.

„Susan!“, rief er und rannte noch schneller, bis er sie endlich erreicht hatte.

Susan strahlte und ließ sich in seine Arme fallen.

„Du bist gekommen“, rief sie aus und umarmte ihn fest.

„Zu spät“, grollte er schuldgeplagt.

„Egal. Ich wusste, dass ich mich auf dich verlassen kann.“

Er gab ihr einen Kuss auf den Scheitel und drückte sie ebenfalls.

„Sieht ganz so aus, als könntest du dich vor allem auf dich selbst verlassen.“

Das Gesicht an den Flanellstoff seiner Winterjacke gepresst, lächelte sie.

„Das auch. Ist ein ganz gutes Gefühl“, gab sie zu.

„Du bist unglaublich.“

Susan wand sich schuldbewusst, als sie seine Worte hörte.

„Wir müssen Ashley helfen. Ich glaube, sie hat sich verletzt, als ich sie gestoßen habe.“

„Schsch, ich weiß. Der Sheriff ist bereits auf dem Weg zur Unfallstelle. Die kümmern sich um sie. Und dein schlechtes Gewissen kannst du auf der Stelle in die Wüste verbannen. So, wie ich mir das zusammengereimt habe, wollte sie dir etwas antun.“

Susan schauderte.

„Die Frau ist komplett irre. Ehrlich gesagt kann ich von Glück reden, dass sie auf deine zarten Gefühle Rücksicht nehmen und mich nicht in deiner Anwesenheit umbringen wollte.“

„Meine zarten was?“

„Ich glaube, sie war besorgt, du könntest Anstoß daran nehmen, wenn sie vor deinen Augen ein Blutbad anrichtet.“

„Das ist aber nett“, erwiderte Henrik. Seine Stimme troff vor Sarkasmus. Verständlich.

„Immerhin hat mir das die Gelegenheit gegeben, mich zu befreien.“

„Ich sag ja, du bist einzigartig.“

Er senkte den Kopf für einen Kuss. Begierig hob Susan ihm ihre Lippen entgegen. Zeit und Raum verloren ihre Bedeutung, bis sie bei dem Geräusch eines Räusperns schuldbewusst auseinanderfuhren.

Ian stand neben ihnen und grinste sie an.

„Ich dachte, ich warne euch, dass der Sheriff und sein Team gleich mit Ashley zurückkommen.“

„Endlich“, stieß Susan erleichtert aus.

Henrik streichelte liebevoll ihre Wange.

„Bist du bereit für das Verhör, das sicherlich bald stattfindet?“, erkundigte er sich besorgt.

„Jederzeit", gab sie zurück. „Allerdings hoffe ich, dass es nicht mehr zu lange dauern wird. Ich bin schon wieder müde."

Henrik nahm ihre Hand in die seine und zog sie in Richtung des Hilftrupps, der mit einer Bahre auf der Lichtung auftauchte.

„Komm. Lass es uns hinter uns bringen. Dann können wir hoffentlich endlich nach Hause."

„Gute Idee", stimmte sie ihm zu, begierig, ein paar Stunden alleine mit ihm zu verbringen. Vorzugsweise nackt. Haut an Haut. Sie brauchte dringend die Rückversicherung, dass sie noch lebte.

Epilog

„Willst du einen Teller Suppe?", fragte der Elf mit den spitzen Schuhen und der rotweißen Mütze.

Abgelenkt schaute Susan von dem Teig auf, den sie mit Hilfe zweier anderer grün gekleideter Helferinnen ausrollte.

„Was? Oh. Hallo Shauna. Suppe. Ja, gerne."

Sie deutete vage nach rechts.

„Stell sie bitte irgendwo da hin."

„Aber du musst sie bald essen. Sonst wird sie kalt."

„Mach ich, versprochen. Was ist es denn?"

„Weihnachtliche Kürbissuppe", antwortete Shauna. „Von Jaz. Also ohne Tiere. Brot ist auch dabei." Sie stellte die Suppe ab, kam zu Susan zurück und nahm ihr kurzerhand das Nudelholz aus der Hand. Ohne auf Susans wortlose Frage einzugehen, wedelte sie in Richtung des dampfenden Tellers.

Susan murmelte etwas von diktatorischen Tendenzen, schnappte sich aber folgsam die Suppe und setzte sich in eine Ecke ihrer übervollen Backstube. Der Workshop war ein voller Erfolg. Sie hätte nie gedacht, dass sie so viel Spaß haben würde, mit den Kindern zu backen. Ob im Kindergarten- oder bereits im Highschool-Alter, alle Augen leuchteten auf, wenn sie die vielen Optionen zum Verzieren sahen. Unzählige Bleche mit Keksen lagerten auf dem Gestell und warteten darauf, verpackt zu werden. Zur Wiedererkennung hatten sie das Backpapier, auf dem die Gebäckstücke lagen, penibel beschriftet.

Paula kämpfte sich durch die Kinder und Jugendlichen hindurch, zwei Becher in der Hand.

„Hier, ich habe dir einen Rumpunsch mitgebracht. Leider ohne Alkohol, aber wenigstens ist er lecker."

„Danke."

„Uff! Ganz schön voll hier", stellte Paula fest, als ihr zwei Elfen beim Fangen spielen fast über die Füße rannten.

„Das kannst du laut sagen", bestätigte Susan, lächelte aber dabei. Es war ein gutes Gefühl, etwas für die Gemeinschaft zu tun.

Paula wies mit dem Kinn auf den Suppenteller.

„Wie ich sehe, hat dich meine Kleine gefunden."

„Deine Kleine ist gut." Susans Augen funkelten belustigt. „Sie ist ganz schön herrisch."

Paula schmunzelte.

„Das ist sie. Vermutlich wird sie über kurz oder lang nach der Weltherrschaft streben."

„Zuzutrauen wär's ihr."

„Allerdings muss ich ehrlicherweise sagen, dass Mias Instruktionen sehr unmissverständlich waren. Ist eigentlich was rausgekommen bei den Tests? Wir haben seither gar nicht mehr gesprochen."

Susan nickte.

„Ja, tatsächlich. Ich habe eine Unterfunktion der Schilddrüse. Jetzt schlucke ich brav Tabletten."

„Hilft es?"

Susan zuckte mit den Schultern.

„Ich nehme die Tabletten erst ein paar Tage. Mia meinte auch, es kann eine Weile dauern, bis wir die richtige Dosierung für meinen Körper gefunden haben. Trotzdem bilde ich mir ein, dass es bereits wirkt." Sie schaute an sich herunter, während sie einen herzhaften Bissen von dem köstlichen Ciabattabrot kaute, das sie zusammen mit der Suppe erhalten hatte. „Nicht, dass ich auf wundersame Weise über Nacht plötzlich erschlankt wäre." Sie grinste. „Aber ich fühle mich gut. Energiegeladen."

„Das will nach deinem Abenteuer am Freitag etwas heißen", pflichtete Paula ihr grinsend bei.

Susan rollte mit den Augen und blies auf die Suppe, um zu vermeiden, dass sie sich die Zunge verbrannte. Die Suppe duftete herrlich nach Kürbis, Weihnachten und Ingwer. Ein Traum. Sie musste Jaz unbedingt nach dem Rezept fragen. Bot sie nicht auch vegetarische Kochkurse an? Sie brauchte dringend ein paar neue Ideen für gesunde Gerichte.

„Was ist eigentlich mit den Tätern passiert?", erkundigte sich Paula. „Sind beide im Gefängnis?"

„Willst du damit sagen, dass die Disney Sisters nicht auf dem aktuellen Stand sind? Normalerweise wissen die alles." Sie runzelte die Stirn. „Zumindest, wenn es um mein Liebesleben geht. Ich weiß gar nicht, wie die aktuellen Wetten stehen."

„Ich war die letzten Tage nicht im Diner. Der einzige Kontakt zur Außenwelt war ein Telefonat mit meiner Schwägerin. Und Jaz wusste zu diesem Zeitpunkt noch keine Details."

„Ich kann fast nicht glauben, dass Shauna noch keinen Newsbericht auf Facebook gestellt hat", witzelte Susan.

„Das liegt vielleicht an dem ernsten Mitarbeitergespräch, das ich mit ihr geführt habe", gab Paula zu. „Persönlichkeitsrechte und die Gefahr einer Schadenersatzklage waren die Hauptthemen."

„Schlau. Sehr schlau."

„Hmpf. Lange nicht so schlau wie das Kind. Mir graut schon davor, wie das wird, wenn sie ein Teenager ist. Vermutlich argumentiert sie uns in Grund und Boden."

Susan lachte.

„Klingt definitiv nach einer Herausforderung. Aber um auf deine Frage zurückzukommen, nein."

„Nein?"

Susan schüttelte den Kopf.

„Nur Erwin. Es wird nicht gerne gesehen, wenn Leute auf Bewährung Autos stehlen."

„Dabei ging's ihm gar nicht um den Lieferwagen, oder?"

„Er hatte ein Auge auf die Chillax-Kekse geworfen, da er zufällig mitangehört hatte, wie jemand von den Hanfkeksen sprach. Einer hat Witze darüber gemacht, dass jetzt bald alle Hunde high wären."

„Aber …?"

„Ich weiß, ich weiß. Natürlich stimmt das nicht. Nur Erwin war das offensichtlich nicht klar. Und selbst wenn die Leckerlis THC enthalten würden, was sie nicht tun, wäre das in Colorado völlig legal. Keiner hätte ihm Geld für die vermeintlichen Drogen bezahlt."

Fassungslos über so viel Idiotie, schüttelte Paula ungläubig den Kopf.

„Hier trifft der Spruch, ‚Dümmer als die Polizei erlaubt' wirklich mal zu."

„Polly Miners freut sich wie eine Schneekönigin und erzählt jedem, der es hören will oder auch nicht, dass sie schon lange gewusst hat, dass Erwin ein Taugenichts ist. Wenn ich ehrlich bin, tut er mir beinahe etwas leid."

„Was?", rief Paula entsetzt aus.

„Doch, wirklich. Ich kann mir vorstellen, was für eine Enttäuschung das war, als er endlich aus dem Gefängnis kam und seine Mutter nicht hier war."

„Er ist ein erwachsener Mann", bemerkte ihre Freundin trocken.

Susan zuckte mit der Schulter.

„Das ist mir auch klar. Trotzdem. Er wusste ja nichts von den Ereignissen, die zur Inhaftierung seiner Mutter geführt haben. Irgendwie hat er in seiner verdrehten Logik meiner Familie die Schuld gegeben. Besser gesagt meiner Mutter. Aber da die ebenso wenig greifbar war wie seine, hat er sich an mir schadlos gehalten. Du erinnerst dich an den Einbruch bei mir?"

„Das war auch er?“

Susan nickte.

„Er hatte kein Geld. Nichts zu essen.“ Sie zuckte mit den Schultern. „Natürlich sage ich nicht, dass der Einbruch gerechtfertigt war, aber ich kann es verstehen.“

„Du bist definitiv der bessere Mensch als ich. Ich hoffe, er bleibt noch eine ganze Weile hinter Gittern. Und was ist mit Henriks Stalkerin? Ashley, oder wie war ihr Name?“

Susan starrte in die Ferne, bevor sie sich wieder an Paula wandte.

„Ashley ist im Krankenhaus. Erst wird ihr Bein gerichtet, dann kommt sie auf die psychiatrische Abteilung.“

„Das ist gut.“

„Ich hoffe, ihre Familie gibt ihr die Unterstützung, die sie braucht. Ich vermute, sie hat eine Bipolare Störung.“

„Ui. Das erklärt so einiges.“

Sie stand auf und legte Susan eine Hand auf die Schulter.

„Bis später. Ich muss mal Leslie suchen. Sie hilft Nate und Kat aus, die einen Informationsstand über Tieradoptionen aufgestellt haben.“

Susan lächelte.

„Mach das. Ich werde mich tunlichst fernhalten. Mit zwei Katzen und seit neuestem einem Hund ist mein Bedarf an Tieren mehr als gedeckt. Bis später.“

*

Susan wischte ein letztes Mal über die Arbeitsfläche. Alles blitzte und glänzte wieder. Zufrieden legte sie den Lappen weg. Henrik, der den großen Ofen gesäubert hatte, schob die Bleche an ihren Platz.

„Können wir los?“, fragte sie ihn, während sie die Schleife ihrer Schürze löste.

„Ungeduldig?“

Susan lächelte.

„Und aufgeregt", gab sie zu. „Aber ich bin schon stolz darauf, dass ich mich auf einen Anlass freuen kann, der so viele Menschen beinhaltet."

„Das kannst du auch. Ich hätte aber einen Kompromiss für dich. Es sei denn, du möchtest an dem Trubel teilhaben und mittendrin sein."

„Nicht unbedingt." Neugierig schaute sie ihn an. „Ich will nur die Feier nicht verpassen. Wenn ich dabei nicht Ellbogen an Ellbogen mit anderen Menschen stehen und neugierige Fragen abwehren muss, wäre mir das sehr recht."

Ein spitzbübisches Grinsen erhellte Henriks Gesicht, als er ihr die Hand hinhielt.

„Komm."

Vertrauensvoll legte sie ihre Hand in seine und folgte ihm nach draußen.

*

Fünf Minuten später befanden sie sich auf dem hölzernen Balkon, der sich im ersten Stock rund um Henriks Shopgebäude wand. Champion, der geduldig im Ladenlokal gewartet hatte, trat ans Geländer und spähte durch die Holzlatten auf das bunte Treiben auf der Straße.

Interessiert sah Susan sich um. Zwei hölzerne Adirondack-Stühle standen parat. Dicke Wolldecken und ein zugedeckter Picknickkorb lagen daneben. Die Lichter des Festes zogen ihre Aufmerksamkeit auf sich. Neugierig trat sie neben dem Husky ans Geländer.

Von dieser Stelle aus war der große Platz am Rande des Parks gut zu sehen. Verschiedene Marktstände versorgten die Besucher mit den unterschiedlichsten Köstlichkeiten. Glühwein. Barbecue. Pizza. Jaz' Suppenstand. Alle Straßenlaternen waren mit rotweißen Girlanden aus Tannengrün verziert. Farbige Lichter funkelten um die Wette. In der Mitte des Platzes stand ein gigantischer Weihnachtsbaum. Für die Dekoration waren dieses Jahr die Highschool-Schüler verantwortlich. Unter der Aufsicht des Strickclubs hatten sie ganze Arbeit geleistet.

Henrik packte in der Zwischenzeit den Picknickkorb aus. Gebratene Hähnchenflügel und lauwarmer Kartoffelsalat. Beides hatte er Gregory abgeschwatzt. Der arme Kerl hatte seit der Geburt seines Sohnes keine Nacht durchgeschlafen. Trotzdem war er guter Dinge und konnte nicht aufhören, von seiner Familie zu reden. Henrik freute sich für ihn. Während er die Thermoskanne aufschraubte und heiße Schokolade in zwei Becher goss, warf er einen Blick zu Susan hinüber, die immer noch ganz fasziniert auf das Treiben unter sich starrte. Ob sie sich vorstellen konnte, nochmals ein Kind zu haben? Er würde sich freuen. Aber ihm war auch bewusst, dass diese Zeit für sie vielleicht vorbei war. Auch das wäre in Ordnung für ihn. Hauptsache, Susan war in seinem Leben.

„Es ist wunderschön“, rief Susan aus und deutete auf die Kinder, die auf dem gefrorenen See Schlittschuh liefen.

„Freut mich, dass dir meine Idee gefällt. Komm her, dann kann ich dich warm einpacken und füttern.“

Sie hob eine Augenbraue und ergriff die dargebotene Decke. „Das ist definitiv ein sicherer Weg, um mich ins Bett zu kriegen.“

„Dann habe ich ja alles richtig gemacht.“ Er zwinkerte ihr zu.

*

Kurz vor zehn Uhr sprang Susan von ihrem Stuhl auf.

„Komm. Jetzt wird die Weihnachtsbeleuchtung des Baums eingeschaltet.“

Henrik folgte ihr etwas langsamer und genoss ihre offensichtliche Freude, bevor er hinter sie trat und die Arme um ihre Taille schlang.

Schweigend warteten sie ab, bis alle Lichter auf der Straße gelöscht waren. Ein paar Sekunden später jubelten die Leute auf der Straße, als die Lichterketten des Weihnachtsbaums erstrahlten.

Zufrieden lehnte sich Susan an Henriks breite Brust. So ganz konnte sie es immer noch nicht fassen, dass sie Henriks Freundin war, doch er ließ keine Gelegenheit aus, sie genau das spüren zu lassen.

„Glücklich?“, flüsterte er an ihrem Ohr.

Susan strahlte und drehte sich in seinen Armen um.

„Und wie“, antwortete sie und küsste ihn.

*

Liebe Leserin, lieber Leser

Falls Dir das Buch gefallen hat, würde ich mich sehr freuen, wenn Du Dir die Zeit nimmst, eine kurze Rezension auf Amazon zu schreiben, und all Deinen Freunden davon erzählst. So hilfst Du mir und diesem Buch, ein wenig sichtbarer zu werden.

Falls Du gerne über sämtliche Neueröffnungen informiert werden willst, kannst Du Dich hier in meinen Newsletter eintragen: http://virginiafox.com/virginias-welt/

Selbstverständlich kannst Du Dich jederzeit wieder abmelden. Deine Daten werden nicht an Dritte weitergegeben.

Vielen, vielen Dank für Deine Unterstützung!
Liebe Grüße
Virginia

Anmerkungen der Autorin

Liebe Leserinnen und Leser! Dank Eurer Begeisterung für die Rocky Mountain-Serie fiel mir das Weiterschreiben der Serie sehr leicht. Wahnsinn. Jetzt sind es bereits siebzehn Bände, der nächste ist in Vorbereitung. Die Einwohner von Independence sind mir in dieser Zeit sehr ans Herz gewachsen und haben noch viel vor. Die Serie wird also eine ganze Weile weitergehen.

Ein paar Hintergründe zur Serie für diejenigen unter Euch, die neu dabei sind: Mit der Rocky Mountain-Serie kehre ich in eine Gegend zurück, in der ich während meiner Teenagerjahre eine erlebnisreiche Zeit verbracht habe. Der amerikanische Bundesstaat Colorado besticht durch seine abwechslungsreichen und atemberaubenden Landschaften. Von steppenähnlichen Gegenden bis hin zu den beeindruckenden Gipfeln der Rockies, die selbst auf knapp dreitausend Metern ü. M. bewaldet sind, ist alles dabei. Kein Wunder, dass Colorado für sein riesiges Angebot an Outdoor-Aktivitäten bekannt ist.

Independence ist eine fiktive Kleinstadt in der Nähe der bekannten Skiorte Breckenridge, Aspen und Vail und liegt ungefähr 2.900 Meter ü. M. Es hat großen Spaß gemacht, die Kleinstadt zu bevölkern. Ich bin sicher, die Einwohner werden uns noch lange gut unterhalten.

In diesem Band erhalten Susan und Henrik endlich ihre zweite Chance. Auch wenn es heutzutage viel öfter vorkommt, ist es vielerorts immer noch ein Tabu, wenn in einer Paarbeziehung die Frau deutlich älter ist als der Mann. Zum Glück gibt Henrik nichts auf die Meinung der anderen. Für Susan ist das Thema deutlich schwieriger, nicht zuletzt deshalb, weil sie unter ihrer Gewichtszunahme leidet, mit der sie so plötzlich zu kämpfen hat. Das untergräbt ihr ohnehin schon schwaches Selbstbewusstsein zusätzlich, sodass sich nicht traut, zu glauben, dass ein Mann wie Henrik ernsthaft an ihr interessiert ist.

Weiters habe ich das Thema Stalking aufgegriffen, und zwar diesmal aus der Sicht eines Mannes, der unter der unwillkommenen Aufmerksamkeit einer Frau leidet. Doch das kommt öfter vor, als man denkt, und wird gerne übersehen oder verharmlost. Dabei ist es ein ernstzunehmendes Thema, das viel zu selten thematisiert wird.

Mein Dank geht an meine Familie und an meine Freunde, die mich selbst dann unterstützen, wenn ich wieder einmal gedanklich für Stunden in den Rockies verloren gehe. Meine Mutter war wie immer meine erste Betaleserin und strengste Kritikerin. Meine unglaublich tolle PR-Frau Tanja Rörsch kümmert sich um alles, was mein Schriftstellerleben leichter macht, während Juliane Schneeweiss für das wunderschöne Coverdesign verantwortlich ist. Mit der Hilfe meiner Lektorinnen Monika Popp und Lena Eichinger sowie meiner treuen Vorableserinnen konnte ich den Fehlerteufel in seine Schranken verweisen. Nicht zu vergessen mein wunderbarer Mann, der vollstes Verständnis für meine Deadlines hat und mich selbst in unseren Ferien unterstützt, wenn ich meine Zeit vor dem Computer anstatt am Strand verbringe. Vielen Dank Euch allen.

Aber mein allergrößter Dank geht an Euch, meine Leserinnen und Leser. Ihr seid meine tägliche Motivation zum Schreiben. Über eine Rezension auf Amazon würde ich mich sehr freuen. Mit einer Rezension unterstützt Ihr aktiv mein Schreiben und meine Bücher, da es für mich als Indieautorin eine der wenigen Möglichkeiten ist, auf die Bücher aufmerksam zu machen. Mitglieder meines Rezensenten-Teams erhalten zudem kostenlose Rezensionsexemplare. Alle Infos zur Bewerbung findet Ihr auf meiner Webseite.

Den persönlichen Kontakt zu meinen Lesern schätze ich sehr. Besucht mich auf Facebook oder schreibt mir direkt eine E-Mail – ich freue mich!

http://virginiafox.com – hier könnt ihr Euch auch in meinen >> Newsletter eintragen. So werdet Ihr immer sofort über alle Neuerscheinungen informiert.

Oder Ihr geht auf meine Autorenseite auf Amazon und drückt dort auf den Folge-Button unter meinem Portrait.

Auf Facebook findet Ihr mich hier:
http://www.facebook.com/authorvirginiafox

Weiter geht es im März 2019 mit Band 18, Rocky Mountain Doc, der Geschichte von Bertha und Lee (vorbestellbar auf Amazon).

Ich wünsche Euch viel Spaß beim Lesen des Previews von *Rocky Mountain Doc,* Band 18 der Rocky Mountain-Serie, und weiteren Büchern aus meiner Feder.

Im Anhang findet Ihr wieder einige Rezepte aus Independence.

*

Ihr kennt meine Drachenschwestern-Serie noch nicht? Band 1–4 sind auf Amazon erhältlich. Am Ende dieses Buches findet Ihr das erste Kapitel von Band 1, *Die Drachenschwestern*, sowie das erste Kapitel des 4. Drachenromans, *Das Drachenmädchen – Das Zeichen des Drachen.*

Miss Daisys Rezepte

Die Rezepte sind jeweils für vier Personen berechnet, außer es ist anders vermerkt. Neben Miss Daisys leckeren Gerichten findet ihr diesmal wieder einmal etwas Vegetarisches von Jaz.

Luftiges Ciabatta

Dieses Brot passt herrlich zu allen Mahlzeiten. Der einzige Nachteil ist vielleicht, dass man den Teig bereits am Abend vorher zubereiten muss. Dafür entfällt am nächsten Tag das Kneten, und das Ciabatta wird herrlich luftig. In der Geschichte wird es zur Festtags-Kürbis-Suppe von Jaz serviert.

500 g Dinkelmehl

2 TL Salz (Achtung: solltest du Weizenmehl verwenden, weniger Salz nehmen)

½ TL Trockenhefe

500 ml Wasser

1 EL Bio-Olivenöl

2 EL Maisstärke

Am Tag zuvor: Mehl, Salz und Trockenhefe miteinander mischen. Wasser und Öl hinzufügen. Mit einer Kelle mischen. Der Teig ist relativ feucht. Mit einer Aluminium- oder Plastikfolie abdecken und für 12 – 18 Stunden bei Raumtemperatur gehen lassen.

Am nächsten Tag: Ein Backblech mit Olivenöl bestreichen und mit Maisstärke bestäuben.

Die Arbeitsfläche mit ein wenig Wasser besprenkeln und eine Plastikfolie darauf ausbreiten. Die Plastikfolie sollte ungefähr die Größe des Backblechs haben. Das Wasser unter der Plastikfolie sorgt dafür, dass die Folie nicht verrutscht, während der Teig bearbeitet wird. Die Folie großzügig mit Mehl bestreuen, sodass überall Mehl ist und der Teig nicht kleben bleibt.

Mit einem Spachtel den Teig am Rand entlang aus der Schüssel lösen und auf die Plastikfolie fallen lassen. Die Hände und die Teigoberfläche großzügig bemehlen. Anschließend den Teig zu einem langen, relativ flachen Laib formen. Die Folie auf beiden Seiten anheben und den Teig auf das Blech transferieren. Nochmals etwas Mehl auf die Oberfläche streuen.

Mit einem feuchten Küchentuch zudecken und nochmals 1 – 2 Stunden gehen lassen.

Den Ofen auf 220 Grad vorheizen. Im unteren Drittel für 25 – 30 Minuten backen, bis es goldbraun ist.

Tipp: Wenn ihr nicht sicher seid, ob das Brot durch ist, könnt ihr es wenden und mit dem Knöchel dagegen klopfen. Klingt es hohl, ist das Brot perfekt gebacken.

Festtags-Kürbissuppe von Jaz

Ein ganz simples Kürbissuppenrezept von Jaz gab's schon mal. Aber Jaz wäre ja nicht Jaz, wenn sie sich zu Weihnachten nicht etwas Besonderes einfallen lassen würde. Allerdings ist das Rezept dadurch etwas aufwändiger und erfordert mehr Zeit.

Kürbispüree

Während in Amerika Kürbispüree in der Dose gekauft werden kann, habe ich das bei uns nirgends gefunden. So ist es etwas mehr Arbeit, dafür aber doppelt gut.

½ - 1 Butternusskürbis (ca. 1 kg)

½ - 1 Hokkaido-Kürbis

Bio-Olivenöl zum Bestreichen

Salz

Backblech mit Olivenöl bestreichen. Kürbisse halbieren und mit einem Löffel den fasrigen Anteil mit den Kernen entfernen.
Tipp: Wer die Kürbiskerne als Dekoration für die Suppe rösten will, gibt die Kerne mitsamt den Fasern in ein Gefäß mit Wasser. Mit den Fingern im Wasser die Fasern möglichst gut von den Kernen lösen. Anschließend stehen lassen. Nach einiger Zeit sinken die Fasern ab und die Kerne schwimmen oben auf. Kerne abschöpfen und zum Trocknen auf ein Küchenpapier legen.
Ofen auf 200 Grad vorheizen.
Die beiden Kürbishälften ringsum mit Olivenöl bestreichen. Schnittseite leicht salzen. Mit der Schnittseite nach unten aufs Backblech (Metall) legen und auf mittlerer Höhe in den Ofen schieben. 40 Minuten backen, bis ein spitzes Messer butterweich durch die feste Schale dringt. Herausnehmen und

auskühlen lassen, bis man sie anfassen kann. Das weiche Fruchtfleisch aus der Schale lösen und pürieren.
Tipp: Falls vom Kürbispüree etwas übrig bleibt, kann das gut eingefroren und zu einem späteren Zeitpunkt aufgetaut und verwendet werden.

Festtags-Kürbissuppe

60 g Butter

1 große Zwiebel, gehackt

3 Karotten, gewürfelt

3 Stangen vom Stangensellerie, gewürfelt

1 Knoblauchzehe, gehackt

1 EL Tomatenpüree

frischer Ingwer, gerieben (oder auch Ingwerpulver, 1 TL)

1 Teelöffel Curry Madras, mild

½ TL Kurkuma, gemahlen

½ TL Rosmarin, gemahlen

¼ TL Zimt, gemahlen

¼ TL Kardamon, gemahlen

1 EL brauner Zucker

1 EL Honig

Kräutersalz, nach Bedarf

Cayennepfeffer, nach Bedarf

160 ml Apfelsaft

120 g Streichkäse (z.B. mein Liebling ist der etwas luftigere Tartare mit Meersalz)

675 g Püree vom Hokkaido-Kürbis

675 g Püree vom Butternusskürbis

1,5 l Gemüsebrühe

120 g Crème Fraîche oder Doppio Panna

½ Zitrone, Saft

Geröstete Kürbiskerne

Butter in einem Bräter schmelzen. Karotten, Zwiebeln, Stangensellerie und Knoblauch hinzufügen.
5 – 8 Minuten zugedeckt andünsten lassen.
Als Nächstes das Tomatenpüree und den Ingwer dazugeben. 1 Minute dünsten. Anschließend Curry, Kurkuma, Rosmarin, Zimt und Kardamon hinzugeben. Umrühren.
Als Nächstes folgen der braune Zucker und der Honig, zusammen mit dem Apfelsaft und dem Streichkäse. Umrühren, bis der Käse geschmolzen ist.
Gemüsebrühe dazu geben und 15 Minuten köcheln lassen.
Das Kürbispüree hinzugeben. Jetzt alles miteinander pürieren. Entweder mit einem Stabmixer oder mit einem Standmixer.
Tipp: Es ist ziemlich viel Suppe. In einem Standmixer muss vermutlich in mehreren Portionen gearbeitet werden.
Zitronensaft unterrühren. Crème Fraîche dazugeben und mit Salz und Cayennepfeffer abschmecken.

Kürbiskerne rösten

Kürbiskerne in eine beschichtete Pfanne geben. Es ist kein zusätzliches Öl nötig. Kürbiskerne sind von Natur aus ölhaltig. Pfanne auf mittlerer Stufe erhitzen und die Kürbiskerne unter ständigem Rühren 3 - 4 Minuten rösten. Durch das Rühren werden sie gleichmäßig geröstet und brennen nicht an.
Sobald sie anfangen zu duften und leicht gebräunt sind, Kürbiskerne herausnehmen (Nicht in der heißen Pfanne lassen!).
Zu der dampfenden Suppe auf den Tisch stellen, sodass sich jeder bedienen kann.

Miss Daisys Vorstellung von einem gesunden Frühstück

English Muffins mit ganz viel Grünzeug, Speck und Spiegelei. Mmmmh…. Wie gesund es tatsächlich ist, sei mal dahingestellt. Aber auf jeden Fall ist es unglaublich lecker und der perfekte Start in einen faulen Sonntag.

Würzige Mayonnaise

120 ml Mayonnaise (Wer kann, macht sie selbst. Ich kauf sie immer im Laden)

10 Gewürzgurken, fein gehackt

1 – 2 TL Sriracha (Tabasco oder Piri-Piri funktioniert auch.)

1 TL Akazienhonig

½ TL Zwiebelpulver

¼ TL Knoblauchpulver

¼ TL frisch gemahlener, schwarzer Pfeffer (oder Cayennepfeffer)

Alles miteinander mischen. Zudecken und im Kühlschrank aufbewahren.

Rösttomaten

2 aromatische Tomaten (z.B. Roma), halbiert

Salz

Pfeffer

Olivenöl

Thymian, frisch, am Zweig

Rosmarin, frisch, am Zweig

Ofen auf 180 - 200 Grad vorheizen. Tomaten aufs Blech geben, mit dem Olivenöl beträufeln und mit Salz und Pfeffer würzen. Thymian und Rosmarinzweige über den Tomaten platzieren. 40 – 45 Minuten rösten.

Der Rest des Frühstücksmuffins

2 English Muffins aus Sauerteig (Gibt es in den größeren Supermärkten bei den Frischbackbrötchen und dem Toast)

1 Portion würzige Mayonnaise

1 – 2 Handvoll Jungspinat und Ruccola

1 kleine Avocado, in Scheiben geschnitten

6 Streifen Speck, gebraten

2 – 4 Spiegeleier

Wenn die Tomaten im Ofen fast fertig sind, den Speck rösten. Wenn er knusprig ist, auf einen Teller transferieren, der mit Küchenpapier ausgelegt ist. English Muffins toasten. Mayo auf allen Hälften verteilen. Zeitgleich Spiegeleier braten. Sobald alles fertig ist, die Muffins mit dem Salat, der Avocado, dem Speck und dem Spiegelei belegen. Mit den gerösteten Tomaten servieren. Guten Appetit!

Tipp: Speck mit warmem Ziegenkäse oder Halloumi ersetzen und schon hat man eine vegetarische Variante. Wer Spiegeleier nicht mag, kann natürlich auch Rührei machen und das auf den Muffins verteilen.

Jaz' Pilz-Stroganoff

Eine ideale Wintermahlzeit, die schnell zubereitet ist.

500 g Champignons
1 Zwiebel, gehackt
1 TL Thymianblätter, frisch oder getrocknet
Cayennepfeffer
Paprika, gemahlen (mild)
1 EL Palmzucker
Kräutersalz
Olivenöl
2 dl Sahne
1 EL Mehl
20 g Butter
7 dl Gemüsebrühe
Petersilie, gehackt
500 g Bandnudeln

Wasser für die Nudeln aufsetzen.
Champignons putzen und schneiden. Öl in eine Edelstahlpfanne geben, Pilze und gehackte Zwiebeln hinzufügen und andünsten. Thymian hinzugeben. Mit Salz und Pfeffer würzen. Wenn die Pilze noch etwas Biss haben, mitsamt dem Pilzsaft in eine Schüssel geben und zur Seite stellen.
Nudeln ins Wasser geben (Kochdauer auf der Packung beachten).
In derselben Pfanne bei mittlerer Hitze Butter schmelzen, Mehl unter ständigem Rühren zugeben. Sobald sich die Butter und das Mehl verbunden haben, 1 dl Weißwein unterrühren.

Anschließend mit der Gemüsebrühe genau gleich verfahren. Am Ende die Sahne unterrühren. Das sollte eine leicht angedickte Soße ergeben. Mit Paprika, Salz, Pfeffer und dem Zucker abschmecken. Pilze mit Pilzsaft hinzugeben.
Nudeln abtropfen und in die Soße geben. Gut mischen und mit Petersilie bestreut servieren.

Susans Sugar Cookies

Die simplen, meist reich verzierten Sugar Cookies gehören zu den meist verbreiteten Keksen in Amerika. Ich kenne sie nur aus meiner Amerikazeit und habe keine Ahnung, wie sie hier bei uns heißen, sodass ich sie ganz simple mit „Zuckerkekse“ übersetzt habe. Im Prinzip sind es Kekse aus Mürbeteig. Falls jemand die Kekse unter einem anderen Namen kennt, könnt ihr mir das gerne schreiben. Ich würde mich freuen.

Zuckerkekse

220 g Butter

115 g Puderzucker

280 g Dinkelmehl, hell

1 Bio-Freilandei

2 ½ TL Vanille-Extrakt

1 Messerspitze Vanillemark

1 Prise Meersalz

1 Bio-Zitrone, Schale gerieben

Butter mit Puderzucker und Ei schaumig schlagen. Anschließend Vanille-Extrakt, Vanillemark, Salz und die fein geriebene Zitronenschale hinzufügen. Mischen.
Mehl unter die Masse ziehen. Sobald alles vermengt ist, aufhören zu mischen, sonst wird der Teig zu fest. Den Teig zu einer flachen Kugel formen und in Plastikfolie verpackt für eine Stunde kühl stellen.
Ofen auf 180 Grad vorheizen.
Die Arbeitsfläche mit ein wenig Wasser besprenkeln. Mit einer Plastikfolie abdecken. Den Teig darauf legen, mit einer weiteren Plastikfolie bedecken und so 5 Millimeter dick ausrollen.

Kekse ausstechen und auf einem mit Backpapier ausgelegten Blech platzieren. 8 – 10 Minuten in der Mitte des Ofens backen. Auskühlen lassen.

Zuckerguss-Dekoration

180 g Zucker

180 g Butter, weich (nicht geschmolzen)

3 Eiweiß

Lebensmittelfarben nach Belieben

Zucker und Eiweiße in eine Schüssel geben und überm Wasserbad so lange rühren, bis sich der Zucker vollständig aufgelöst hat.
Tipp: Zwei Finger in die Masse tunken und die Fingerspitzen aneinander reiben. Sind noch Zuckerkristalle zu spüren, weiterrühren. Sobald alles glatt bleibt, weiß man, dass sich der Zucker aufgelöst hat.
Jetzt auf der höchsten Stufe den Eischnee schlagen, bis sich feste Spitzen bilden (das dauert ein Weilchen). Reduzieren auf die mittlere Stufe und portionsweise die Butter dazugeben. Dabei verliert der Eischnee immer wieder seine Konsistenz, um gleich darauf wieder glatt zu werden. Einfach weitermixen.
In kleinere Portionen aufteilen und mit dem Mixer portionsweise die gewünschte Lebensmittelfarbe unterrühren.
Lässt sich im Kühlschrank in verschlossenen Behältern 3 Tage aufbewahren. Vor Gebrauch auf Zimmertemperatur kommen lassen und wieder schaumig schlagen.
Anschließend mit Hilfe eines Spritzsackes, oder bei zarteren Mustern mit einem Zahnstocher, die ausgekühlten Kekse verzieren. Dekorationen wie Silberkugeln oder farbige Streusel können zusätzlich verwendet werden. Deko fest werden lassen und servieren.

Preview
Rocky Mountain Doc

(Band 18 der Rocky Mountain-Serie)

Bertha Jennings spähte um die Ecke. Vor ein paar Minuten hatte sie zufälligerweise einen ihrer Physiotherapie-Patienten gesehen, wie er in diesen verlassenen Krankenhausflur abgebogen war. Fast hätte sie ihm zur Begrüßung etwas zugerufen. Doch irgendwas an seiner Körpersprache hatte sie daran gehindert. Er hatte sich verstohlen umgesehen und einen Moment gezögert, bevor er direkt unter dem Schild *Nur für Mitarbeiter* durchgegangen war. Neugierig, was er dort zu suchen hatte, war sie ihm nach einer kurzen inneren Debatte gefolgt. Vielleicht hatte er sich ja verlaufen? Eine schwache Ausrede, das war ihr sehr wohl bewusst. Aber irgendwie musste sie ihren spontanen Impuls, sich als Spionin zu betätigen, ja rechtfertigen. Fast hätte sie laut gelacht. Mit ihren gut eins achtzig und den blonden Haaren war sie denkbar ungeeignet, um jemanden zu beschatten. Unauffällig war kein Wort, das man mit ihr in Verbindung brachte.

Als sie in den schlecht beleuchteten Gang trat, fehlte jede Spur von Simeon Marsh, wie ihr Patient hieß. Die simple Erklärung, dass er sich einfach im Krankenhauslabyrinth verirrt hatte, schien immer unwahrscheinlicher. Sie biss sich auf die Unterlippe, während sie überlegte, was sie jetzt tun sollte. Sie war weder die Krankenhaus-Polizei noch ging es sie irgendetwas an, sollte der ehemalige Mountainbiker ein Techtelmechtel mit einer der Krankenschwestern pflegen. Was machte sie also hier?

Sie hatte sich schon beinahe dazu durchgerungen, endlich damit aufzuhören, ihre Nase in Dinge zu stecken, die sie nichts angingen, als sie Stimmen hörte. Augenblicklich lösten sich ihre guten Vorsätze in Luft auf. Quasi selbständig setzten sich ihre Füße in Bewegung.

Als sie vor der Tür stand, die einen Spalt offen war, zögerte sie. Aber dann streckte sie die Hand nach dem Türknauf aus. Dahinter befand sich die Garderobe der Mitarbeiter, die recht groß und verwinkelt war. Sie würden wohl kaum direkt hinter der Tür stehen. Das Risiko, sofort entdeckt zu werden, war nicht sehr groß. *Neugier ist der Katze Tod*, hörte sie die Stimme ihrer Großmutter im Hinterkopf. Und wenn, rechtfertigte sie sich. Immerhin wird denen nicht langweilig. In letzter Zeit frustrierte sie ihr Job immer mehr. All diese professionellen Sportler, die nicht bereit waren, hart zu arbeiten, um ihre Verletzung hinter sich zu lassen. Die meisten erwarteten von ihr eine Abkürzung. Eine Wunderpille oder gerne auch ein magisches Fingerschnippen. Leider hatte sie keins von beidem in ihrem Arsenal, sondern nur schweißtreibende Übungen. Natürlich waren nicht alle so. Aber immer öfter hatte sie das Gefühl, es mit verwöhnten Kindern zu tun zu haben.

Vorsichtig schob sie die Tür einen Zentimeter weiter auf. Falls Simeon gerade dabei sein sollte, wilden Sex zu haben, wollte sie das ungern mitansehen. Das war ein Bild, auf das sie gerne verzichten konnte. Die hartnäckige Stimme in ihrem Hinterkopf, die wissen wollte, weshalb sie dann überhaupt hier war, ignorierte sie. Durch den Spalt erkannte sie Simeon. Im Gegensatz zu vorher hatte er die Stimme gesenkt. Nur ein undeutliches Murmeln drang durch den schmalen Spalt. Jemand erwiderte leise etwas. Im nächsten Moment sah sie, wie Simeon den Arm ausstreckte, ein Bündel Geldscheine in der Hand. Eine mit weißem Latex bekleidete Hand kam ins Blickfeld und griff danach.

Berthas Herz klopfte ihr bis zum Hals. Was zur Hölle spielte sich hier ab? Mehrere Möglichkeiten jagten durch ihren Kopf. Ihre schlimmste Vermutung wurde bestätigt, als die Handschuhhand wieder sichtbar wurde und Simeon eine Plastiktüte mit weißen Pillen hinhielt. Simeons Finger zitterten, als er sie entgegennahm und sofort zwei davon rausschüttelte. Eine schluckte er direkt, die andere verstaute er in seiner Hosentasche. Den Rest der Pillen ließ er in der Tüte.

Drogen? Wut stieg in ihr auf. Seit die Tochter einer Freundin von ihr an den Folgen von Medikamentenmissbrauch gestorben war, sah sie bei dem Thema rot. Ihrer Meinung nach gingen die Ärzte viel zu leichtfertig mit den opiathaltigen Schmerzmitteln um. Gesponsert von den verschiedenen Pharmafirmen waren sie nur zu gerne bereit, bei den geringsten Schmerzen ein Opiat zu verschreiben, anstatt einfach eine Großpackung des rezeptfreien Ibuprofens auszuhändigen. Aber immerhin hatte ein Arzt in einer Praxis noch eine gewisse Kontrolle über den Patienten, solange er bei ihm in Behandlung war, und konnte ernsthaftem Missbrauch entgegenwirken. Das hier hingegen wies eindeutig alle Merkmale eines zwielichtigen Deals auf.

Bestürzt legte sie beide Hände auf ihre Wangen. Ausgerechnet Simeon. Dabei hatte sie solche Hoffnungen gehegt, dass er endlich über den Berg war. Sie beugte sich vor und erhaschte einen Blick auf die Spitzen schwarzer, bequemer Schuhe. Die weißen Handschuhe kamen wieder in ihr Blickfeld, als die Person entschieden gestikulierte. Am Handgelenk konnte sie eine auffällige Uhr erkennen. Ihre Hoffnung, dass es sich um einen der vielen niederen Angestellten handelte, der vielleicht einfach eine Gelegenheit gesehen hatte, schnelles Geld zu machen und sie einmalig ergriffen hatte, zerschlug sich beim Anblick des teuren Accessoires.

Das brennende Bedürfnis, das zugehörige Gesicht zu erkennen, ließ sie jegliche Vorsicht vergessen. Entschlossen schob sie die Tür ein gutes Stück weiter auf. Simeon stand glücklicherweise mit dem Rücken zu ihr, sonst hätte er sie gleich entdeckt. Das Gesicht seines Gegenübers konnte sie nicht sehen, da die Person im Gang mit den Spinden stand. Lautlos schlich sie auf die andere Seite der Tür. Gleichzeitig gab sie dem Holz einen kleinen Schubs, um die Tür noch etwas weiter aufzustoßen. Prompt knarrten die Scharniere. Vermutlich war es nicht einmal besonders laut. In ihrem angespannten Zustand empfand sie es jedoch wie das Kreischen einer Kreissäge. Erschrocken wich sie einen Schritt nach dem anderen zurück, weg von der Tür. Verdammt. Jetzt hatte sie immer noch nicht gesehen, mit wem Simeon gesprochen hatte. Hoffentlich waren die anderen so konzentriert, dass sie es nicht gehört hatten. Diese Hoffnung zerschlug sich jedoch in dem Augenblick, als sie hörte, wie jemand zischte: „Was war das?"

Bertha wusste, dass sie ihren Rückzug unverzüglich fortsetzen sollte. Doch das brennende Bedürfnis, mehr über den Dealer herauszufinden, um ihn zur Strecke bringen zu können, schaltete ihren gesunden Menschenverstand aus. Wie angewurzelt blieb sie stehen und hielt den Atem an. Würde er jetzt hervortreten?

Während sie noch versuchte herauszufinden, ob die Stimme eher zu einer Frau oder zu einem Mann gehörte, drehte sich Simeon unvermittelt um. Dadurch, dass die Tür weit offen stand und sie sich auf der anderen Seite des Türrahmens positioniert hatte, befand sie sich direkt in seiner Sichtlinie. Seine Augen trafen die ihren. Einen Moment lang starrten sie einander stumm an. Verschiedene Emotionen flitzten über sein Gesicht. Überraschung, sie hier zu entdecken. Trotz. Wut.

Das letzte Gefühl weckte endlich Berthas Selbsterhaltungstrieb. Panisch wirbelte sie herum und rannte los. Sie wollte nur noch weg hier, auch wenn es sie ungemein frustrierte, dass sie die Person immer noch nicht hatte identifizieren können. Immerhin bot die auffällige Uhr einen Anhaltspunkt. Sie würde nicht ruhen, bis sie zumindest diesen

Dealer zur Strecke gebracht hatte. Sie konnte vielleicht nicht die Welt retten. Aber sie immerhin ein klein wenig besser machen. Dieses Ziel verlieh ihr einen neuen Schub Energie und ließ sie noch schneller rennen.

*

Spannung lag in der Luft, als sich Simeon zu seinem Lieferanten umdrehte.

„Worauf wartest du noch?“, bellte dieser und schnappte sich den Plastikbeutel mit den Pillen, den Simeon immer noch in der Hand hielt.

„Gib das her“, verlangte Simeon aufgebracht. „Dafür habe ich bezahlt.“

„Dafür, dass du mir einen Schnüffler angeschleppt hast, war es viel zu wenig. Wenn du Glück hast, kriegst du es zurück, sobald du mir den Typen gebracht hast.“

„Ich? Wieso denn ich?“

„Weil ich sonst der Presse dein Geheimnis verrate. Dann ist es endgültig vorbei mit der Hoffnung auf eine Rückkehr in den großen Sport.“

Simeon schluckte. Das würde er nicht wagen! Oder doch?

„Los! Ihm nach!“

Simeon hörte die unmissverständliche Drohung und trat einen Schritt zurück. Einen Blick in die Augen seines Gegenübers machte ihm klar, dass er keine Wahl hatte, wenn er ungeschoren davonkommen und vor allem mit den Schmerzmitteln nach Hause gehen wollte. Widerwillig drehte er sich um und machte sich an die Verfolgung.

Das Geräusch von Sneakers auf dem Linoleum verriet Bertha, dass Simeon oder der Dealer ihr auf den Fersen war. Kalter Schweiß brach ihr aus allen Poren. Immerhin hatte sie einen Vorsprung. Aus Angst, wertvolle Zeit zu verlieren, wagte sie es nicht, über die Schulter zu schauen, um herauszufinden, wie groß dieser Vorsprung tatsächlich war. Zum Glück kannte sie das Krankenhaus wie ihre Westentasche. Zudem wusste sie, dass Simeon immer noch nicht zu hundert Prozent fit war. Seine Hüfte schmerzte nach wie vor. Offensichtlich sogar mehr, als er sie je hatte wissen lassen, wenn er jetzt schon so weit war, dass er zu opiathaltigen Schmerzmitteln griff, die sein Arzt ihm offensichtlich verweigerte. Wie hatte sie das bei ihren wöchentlichen Terminen nur übersehen können?

Geplagt von Selbstvorwürfen bog Bertha in einen abgehenden Gang ein. Sie atmete erleichtert auf, als sie eine der Türen entdeckte, hinter der sich Heizräume und Putzkammern verbargen. Ihr hämmerndes Herz ignorierend, stoppte sie vor der erstbesten Tür. Ein flüchtiger Blick in die Richtung, aus der sie gekommen war, zeigte einen leeren Gang. Geschwind griff sie nach dem Türgriff. Lautlos drehte er sich in ihrer Hand. Gott sei Dank. Der Raum war offen. Ohne sich noch einmal umzuschauen, taumelte sie in den dunklen Raum und schob die Tür geräuschlos hinter sich zu. Schwer atmend stand sie in der Dunkelheit. Die Luft roch nach feuchten Lappen und Putzmitteln. Offenbar war sie in einer der Putzkammern gelandet. Sie tastete nach dem Lichtschalter, als sich schwere, unregelmäßige Schritte näherten. Sie zog die Hand von der Wand zurück, als würde der bloße Kontakt ihre Anwesenheit verraten.

Als sich das unregelmäßige Geräusch immer weiter entfernte und schließlich ganz verstummte, ließ sie ihren Atem, den sie unbewusst angehalten hatte, zischend aus den Lungen entweichen. Ihr Herz hämmerte wie verrückt. Ob er wohl zurückkommen würde, wenn er merkte, dass sie ihn abgehängt hatte? Und was war mit der anderen Person? Dem Dealer? Instinktiv wusste sie, dass dieser das größere Problem darstellte. Simeon war kein schlechter Kerl. Vielleicht irregeleitet, doch er hatte ihr nie den Eindruck vermittelt, als sei er gewalttätig. Zudem war er genauso überrascht gewesen wie sie, als er sie erkannt hatte. Hoffentlich hielt er dicht. Auf der schwarzen Liste eines Drogenbarons zu stehen, stand nicht auf ihrem Plan.

Unschlüssig, ob sie bleiben oder so schnell wie möglich von hier verschwinden sollte, kaute sie auf ihrer Unterlippe. Ein Geräusch auf dem Flur ließ sie zusammenzucken. War das etwa die andere Person? Nicht gewillt, noch mehr Risiken einzugehen, beschloss sie, eine Weile hierzubleiben. Langsam ließ sie sich an der Wand entlang zu Boden rutschen. Langeweile wurde völlig unterschätzt, schoss es ihr durch den Kopf, als ihr wieder einfiel, dass sie sich erst vor einer Viertelstunde nach mehr Abwechslung gesehnt hatte. Umständlich versuchte sie, es sich auf dem harten Boden bequem zu machen. Kurz kontrollierte sie auf ihrem Handy den Terminkalender. Wenigstens hatte sie keine Kunden mehr für heute. Immerhin. Eigentlich hatte sie noch ihre Wohnung aufräumen wollen. Aber Überleben war wichtiger als ein Rendezvous mit dem Staubsauger.

*

Simeon schaute hektisch von links nach rechts. Von seiner Physiotherapeutin war keine Spur zu sehen. Wie konnte das sein? Sie konnte sich doch nicht in Luft aufgelöst haben! Nach weiteren fünf Minuten wurde ihm klar, dass genau das der Fall zu sein schien. Er hatte Bertha immer noch nicht entdeckt. Dafür schoss ein scharfer Schmerz von seiner Hüfte direkt in die Zehen. Einfach großartig. Erst wurde er dabei erwischt, wie er sich illegal Schmerzmittel beschaffte, dann machte er sich die Hüfte vollends kaputt. Er griff in seine Jackentasche, fummelte die letzte Pille, die er vorher in weiser Voraussicht aus der Tüte genommen hatte, heraus und warf sie sich in den Mund. Von einem der überall im Krankhaus verteilten Wasserspender trank er einen Schluck Wasser, um sie herunterzuspülen.

Nicht wissend, was er sonst tun sollte, machte er auf dem Absatz kehrt und ging langsam zurück zum Treffpunkt. Beim

Gedanken, seinem Dealer eingestehen zu müssen, dass er Bertha nicht erwischt hatte, drehte es ihm den Magen um. Doch nachdem dieser seine Medikamente konfisziert hatte, blieb ihm keine andere Wahl. Um sich zu beruhigen, ging er im Kopf durch, was er sagen wollte. Er hatte den Schnüffler nicht erwischt, Punkt. War echt nicht sein Problem. Blieb nur zu hoffen, dass der andere das auch so sah.

Um Bertha würde er sich selbst kümmern. Er konnte sich nicht vorstellen, dass sie ihm Schwierigkeiten machen würde. Falls doch, würde er es spätestens nächste Woche bei seinem Physio-Termin merken. Dann konnte er immer noch Druck ansetzen.

Kaum hatte er die Garderobe betreten, legte sich ein Arm um seine Kehle und drückte zu.

„He! Was soll das?“, röchelte er. „Bist du das?“

„Ja, ich. Wie ich sehe, hast du versagt.“

„Das war nicht meine Schuld“, verteidigte sich Simeon tapfer.

„Pfff. Egal. Sag mir einfach, wer uns beobachtet hat.“

Simeon schluckte. Es hatte ihn zwar geärgert, dass ihn Bertha quasi dabei ertappt hatte, wie er sich zusätzliche Schmerzmittel beschaffte. Aber im Endeffekt stand sein Wort gegen das ihre. Er sah keinen Grund zur Sorge oder die Notwendigkeit, dem anderen irgendetwas zu verraten.

„Keine Ahnung“, presste er hervor.

„Ich glaube dir kein Wort“, antwortete sein Angreifer mit täuschend ruhiger Stimme.

Simeon zuckte gelangweilt die Schultern, obwohl ihm das Herz bis zum Hals schlug. Sein Lieferant wirkte richtiggehend bedrohlich. Das war etwas ganz anderes als die Lässigkeit, die er sonst immer an den Tag legte. Obwohl er ein ungutes Gefühl hatte, hielt er an seiner Absicht fest, Bertha aus der Sache rauszuhalten.

„Nicht mein Problem.“

„Da irrst du dich“, antwortete die Stimme unnatürlich ruhig. Etwas Kaltes wurde gegen die empfindliche Haut an seinem Hals gepresst. Unwillkürlich zuckte Simeon zusammen.

„Mein Messer ist an deiner Kehle, falls du dich wundern solltest.“

Simeon schluckte nervös. Ein Messer? Konnte dieser Tag noch beschissener werden?

„Ich schlage vor“, fuhr die Stimme im Plauderton fort, „dass du dich ganz schnell erinnerst.“

Simeon blieb stumm und bemühte sich um einen möglichst gleichgültigen Gesichtsausdruck, während er fieberhaft überlegte, wie er aus dieser Situation wieder rauskommen sollte. Er wollte seine Physiotherapeutin nicht verraten. Andererseits hatte er auch keine Lust, ausgerechnet heute zu sterben. Zugegeben, sein Leben hatte im letzten Jahr einiges von seinem Glanz verloren. Doch es ganz aufzugeben, dazu war er noch nicht bereit. Vor allem nicht in diesem Moment, wo die Chemikalien seinen Blutkreislauf erreichten und der Realität die Schärfe nahmen.

Der Dealer verlor die Geduld. Anscheinend hatte Simeon immer noch das Gefühl, er hätte eine Wahl. Er lächelte fies. Dieser Illusion ließ sich leicht ein Ende bereiten. Mit einer fließenden Bewegung ritzte er die oberste Hautschicht an. Simeon jaulte auf, als die Luft auf die offene Stelle traf und das scharfe Brennen spürbar wurde.

„Sag mal, spinnst du?“, stieß Simeon panisch hervor. Er traute sich kaum, zu atmen, geschweige denn, sich zu wehren. Wie war er nur in diese unmögliche Situation geraten? Er hatte doch nur ein wenig Erleichterung gewollt.

„Ist dein Erinnerungsvermögen schon besser?“

„Ich sage doch, ich habe keine Ahnung.“

Die Person mit dem Messer seufzte.

„Wieso müssen alle immer die schwierige Tour wählen?“, sagte sie zu niemandem Bestimmten. An Simeons Reaktion war sonnenklar gewesen, dass er den Lauscher erkannt hatte. Sie war schließlich nicht blöd. Blitzschnell löste sie den Griff um seinen Hals und krallte ihre Finger stattdessen in seine Haare. Gekonnt riss sie Simeons Kopf nach hinten und presste die Klinge gegen die Hauptschlagader. Simeon, den die ersten Effekte der Pillen mit voller Wucht trafen, reagierte zu spät. Mit vor Angst geweiteten Augen schielte er panisch von links nach rechts.

„Jetzt?", fragte der Angreifer gespielt freundlich.

Simeon spürte, wie es warm und nass seine Beine hinablief, als er sich in die Hosen machte. Magensäure reizte seine Kehle und er würgte. Unerbittlich biss das Metall des Messers in seine Haut.

„Ich sag dir ja schon alles", stieß er eilig hervor.

Das Lächeln des Dealers vertiefte sich. Am Ende waren alle Menschen gleich. Aufmerksam hörte er zu, als Simeon ihm ein Detail nach dem anderen verriet. Nicht überraschend fiel ihm plötzlich eine ganze Menge ein.

„Lässt du mich jetzt gehen?", flehte Simeon. Er spürte, wie die Opiate ihre Wirkung taten und die Gefahr in den Hintergrund treten ließen. Das Einzige, was er aktuell wollte, war ein weicher Platz, um sich hinzulegen und die ganze Sache zu vergessen.

Unwillkürlich schlossen sich die Finger des Angreifers fester um den Schaft. Die Versuchung war groß, sich gleich hier und jetzt um das Problem zu kümmern, das der Kunde darstellte. Aber dann wäre der Masterplan in Gefahr. Es lohnte sich nie, das Endziel aus den Augen zu verlieren. Mit einem Seufzer ließ er Simeon abrupt los. Gleichgültig sah er zu, wie er zusammensackte. Anstatt sich aufzurappeln, blieb er auf allen vieren und kroch so schnell wie möglich von ihm weg. Er lächelte boshaft. Es würde nicht lange dauern, dann würde er auf der Suche nach mehr Drogen wieder angekrochen kommen. Junkies, dachte er angewidert.

„Was ist jetzt mit meinen Pillen“, wagte es Simeon von der anderen Seite des Raumes zu stammeln.

Verächtlich den Kopf schüttelnd, warf er ihm den Beutel zu.

Gierig griff Simeon danach. Erst als er ihn in den Händen hielt, fragte er ungläubig: „Und jetzt? Lässt du mich einfach gehen?“

„Natürlich“, log der Lieferant, ohne mit der Wimper zu zucken. „So lange wir uns verstehen, sehe ich nicht, was dagegen spricht. Kein sehr lukratives Geschäftsgebaren, mich meiner Kunden zu entledigen“, scherzte er.

Simeon betrachtete ihn misstrauisch. Nach einem kurzen Zögern rappelte er sich hoch und rannte in Richtung Ausgang.

Der Dealer schaute ihm hinterher. Diese Geschäftstransaktion war unglücklich gelaufen. Es war höchste Zeit, sich um die Schadensbegrenzung zu kümmern. Zum Glück hatte er bereits eine Idee, wie er das Problem aus der Welt schaffen und gleichzeitig bei der Polizei für Verwirrung sorgen konnte.

*

Es dauerte eine Weile, bis bei Bertha der nächste Termin mit Simeon anstand. Erst eine Woche später war es so weit. Ihr Magen zog sich unangenehm zusammen, während sie die Praxis nach dem letzten Patienten auf Vordermann brachte. Sie wechselte die papierne Abdeckung auf der Liege und desinfizierte die Fitnessgeräte. Während sie arbeitete, versuchte sie sich vorzustellen, wie Simeon ihr wohl begegnen würde. Feindselig? Großspurig? Verlegen? Sie wusste es einfach nicht. So gut kannte sie ihn auch wieder nicht. In der Regel drehten sich ihre Gespräche um seine Verletzung, die er sich beim Mountainbiken zugezogen hatte. Landesweit bekannt, war er kurz vor dem Sprung in den internationalen Sport gewesen, bis ihm ein schwerer Sturz einen Strich durch die Rechnung gemacht hatte. Seine Verletzung hatte ihn völlig aus der Bahn geworfen. Auch mit den Schmerzen kam er nur schlecht klar. So gesehen konnte sie sogar bis zu einem gewissen Grad verstehen, dass er zu verschreibungspflichtigen Pillen griff. Wahrscheinlich bildete er sich ein, dann besser trainieren zu können. Das war auch der Grund, weshalb sie ihn nicht angezeigt hatte. Lieber versuchte sie, mit ihm zu reden. Ihn über die Nebenwirkungen aufzuklären.

Wen sie allerdings nur zu gerne erwischen wollte, war die Person, die gewissenlos diese tödlichen Medikamente unter die Leute brachte. In der Hoffnung, zufällig dem oder der Trägerin der auffallenden Uhr zu begegnen, war sie schon zweimal im Krankenhaus gewesen. Ziellos in den Aufenthaltsräumen und der Cafeteria rumlungernd hatte sie mehr oder weniger subtil versucht, einen Blick auf die Handgelenke der Leute zu erhaschen. Leider ohne Erfolg.

Solche Dinge brauchten Zeit und Geduld, erinnerte sie sich nicht zum ersten Mal. Sie schnaubte. Haha. Geduld war nicht ihre Stärke, auch wenn sie das ihren Kunden immer predigte. Zeit hatte sie auch nicht wirklich. Sie seufzte. Vielleicht sollte sie die ganze Sache vergessen und sich irgendwo weit weg einen Privatpatienten suchen. Eine ganze Zeit hatte sie ausschließlich so gearbeitet. In dieser Praxis mit ständig wechselnden Patienten war sie nur zufällig gelandet. Als ihr einer der Privatpatienten unverhofft abgesagt hatte und sie für die nächsten drei Monate ohne Job dastand, war ihr das Angebot gerade recht gekommen. Jetzt erinnerte sie sich allerdings nur zu gut, weshalb sie ursprünglich aufgehört hatte, in einer Praxis zu arbeiten. Sie seufzte.

Ein Blick auf die Uhr zeigte ihr, dass Simeon bereits zehn Minuten zu spät war. Sie runzelte die Stirn. Das sah ihm gar nicht ähnlich. Besorgt ging sie zu ihrem Aktenschrank und zog eine Schublade heraus. Nach einigem Suchen im Hängeregister wurde sie fündig. Simeons Akte in der Hand, ging sie zu ihrem Schreibtisch und fing an zu blättern. Als Notfallkontakt war eine

Nummer in Florida angegeben. Seine Eltern vielleicht? Und die wollte sie tatsächlich anrufen, nur weil ihr erwachsener Sohn ein paar Minuten zu spät zum Physiotherapietermin kam? Kopfschüttelnd legte sie die Mappe weg. Sicher war ihm nur etwas dazwischen gekommen. Oder er steckte im Verkehr fest.

*

Stunden später, als sie endlich Feierabend machen konnte, war klar, dass Simeon sie versetzt hatte. Eine ganze Stunde hatte sie gewartet, dann war der nächste Patient aufgetaucht. Sie fand es ziemlich schwach von ihm, einfach nicht aufzutauchen. Schließlich hatte sie wirklich Gescheiteres zu tun, als dazusitzen und Däumchen zu drehen. Wieso konnten die Leute nicht wenigstens absagen? Dann hätte sie die Zeit nutzen können, um selbst ein wenig zu trainieren. Aus einer Eingebung heraus tippte sie seine Adresse ins Navi. Vielleicht war er ja zu Hause. Dann konnte sie ihm wenigstens die Meinung sagen. So genervt wie sie war, würde sie sich sowieso nicht entspannen können.

Als sie in die Straße einbog, sah sie schon von Weitem die blinkenden Lichter eines Ambulanzfahrzeugs. Von einer dunklen Vorahnung erfüllt fuhr sie weiter, bis ein zweistöckiges Mehrfamilienhaus in Sicht kam. Zwei Sanitäter traten aus dem Haus, eine Bahre zwischen sich. Es war nicht erkennbar, um wen es sich handelte. Der Körper war in einem schwarzen Leichensack verborgen. Von einer plötzlichen und unerklärlichen Dringlichkeit geplagt, parkte sie und sprang aus dem Auto. Bevor sie die Sanitäter erreichte, trat ein Polizist in ihren Weg.

„Zu wem wollen Sie?“, fragte er streng.

Berthas Augen flitzten zwischen dem Gesetzeshüter und dem Krankenwagen hin und her. Sie hatte keine Lust, mit der Polizei zu sprechen. Aber vermutlich würde er sie schneller wieder in Ruhe lassen, wenn sie kooperierte.

„Ich wollte einen Patienten besuchen. Er ist heute nicht in der Praxis aufgetaucht."

Er hob eine Augenbraue, um seine Skepsis auszudrücken. „Ist das üblich? Machen Sie öfter Hausbesuche?"

„Manchmal", antwortete sie ausweichend. „Ich habe mir Sorgen gemacht, ist das etwa verboten?" Fast hätte sie den Kopf eingezogen, als sie ihre eigenen Worte hörte. Um davon abzulenken, deutete sie in Richtung der blinkenden Blaulichter.

„Wer ist denn gestorben?"

„Simeon Marsh."

Berthas Augen weiteten sich erstaunt, eine Hand fuhr an den Hals.

„Simeon? Sind Sie sicher?"

„Leider ja. Kennen Sie ihn?"

Bertha rieb sich die Arme, um den Schauer und die Gänsehaut zu unterdrücken, die sich wie ein wildes Feuer über ihren Körper verteilte.

„Er war es, den ich besuchen wollte."

„Dann kommen Sie mal mit."

„Mitkommen?"

„Genau. Wir brauchen Ihre Aussage."

Zu geschockt, um irgendetwas zu erwidern, folgte Bertha ihm stumm. In ihrem Kopf dagegen wirbelten die Gedanken wie wild durcheinander. Was war passiert? Hatte ihre Neugier ihn am Ende umgebracht? Gewissensbisse nagten an ihr, als sie diese Möglichkeit in Erwägung zog.

Wieder stellte sich heraus, dass sie sich um die falschen Dinge Sorgen gemacht hatte. Die nächsten Worte des Polizisten stellten klar, dass sie ganz andere Sorgen hatte.

„In welcher Beziehung stehen Sie zu dem Toten? Wann haben Sie ihn zum letzten Mal gesehen?", feuerte er eine Frage nach der anderen auf sie ab.

Völlig überrumpelt von dem unvermittelten Bombardement, folgte sie dem Polizisten zu seinem Auto.

Eine halbe Stunde später durfte sie endlich gehen. Es wurde ihr ans Herz gelegt, bis auf weiteres auf weite Reisen zu verzichten und sich zur Verfügung zu halten. Der Deputy händigte ihr ihre Papiere aus und bedankte sich für die Kooperation.

„Gerne. Aber könnten Sie mir sagen, weshalb ich überhaupt so gründlich befragt wurde?"

„Sorry, Ma'am", antwortete er mit unergründlichem Gesichtsausdruck. „Tut mir leid. Laufende Ermittlungen. Ich bin nicht befugt, darüber Auskunft zu geben."

„Aber zufällig vorbeikommende Personen zu befragen schon?", schimpfte sie leise.

„Was haben Sie gesagt?"

„Nichts."

Wortlos wandte sie sich ab und ging zu ihrem Auto zurück. Sie stieg ein und starrte in die Dunkelheit. Was konnte wohl geschehen sein, dass die Polizei in Simeons Tod involviert war? Gab es Ungereimtheiten? Die Antwort darauf würde sie wohl nie erfahren.

Im Allgemeinen ganz zufrieden mit ihrem Singleleben und dem kleinen, aber feinen Kreis von Freunden, die über die ganze Welt verteilt waren, fühlte sie sich heute unglaublich einsam. Sie seufzte tief. Dann schüttelte sie den Kopf, um die Spannung im Nacken ein wenig zu lockern. Vielleicht würde sie ihre Freundin Anabelle anrufen. Sie würde sicher die richtigen Worte finden, um sie wieder aufzumuntern und das bizarre Erlebnis in die richtige Perspektive zu rücken.

Von dieser Aussicht ein wenig getröstet, legte sie den ersten Gang ein und fuhr los.

Preview
Die Drachenschwestern

(Band 1 der Drachenromane)

„Mist, verdammter!“, rief Kaja aus und trat zornig das Gaspedal durch. Doch es half alles nichts. Mit einem letzten Röcheln kam der kleine graue Peugeot zum Stehen und machte keinen Mucks mehr. Zorro, Kajas dreijähriger Husky-Schäfermischling, kläffte aufgeregt.

„Sei still, Zorro! Ich kann jetzt nicht auch noch dein Gebell brauchen, ich habe auch so schon keine Nerven mehr…“, schimpfte Kaja entnervt. Was war bloß mit Zorro los?, schoss es Kaja durch den Kopf. Seit ihrem überstürzten Aufbruch von Zuhause war der Hund nicht zu beruhigen und hatte auf der ganzen Fahrt aufgeregt gewinselt. Kaja konnte sich keinen Reim darauf machen. Klar, sie war selbst angespannt und erschöpft, doch Zorro begleitete sie überallhin und war an ihr chaotisches Leben gewöhnt – das konnte es also nicht sein. Müde lehnte sie sich im Sitz zurück und versuchte, sich die Anspannung aus dem Gesicht zu reiben. Prompt schob Zorro aufgeregt seine nasse Schnauze in ihr Ohr und versuchte, Kajas Aufmerksamkeit zu bekommen. „Was ist denn, mein Großer? Willst du ein Stück von meinem Müsliriegel?“ Automatisch hatte sie zu ihrer Notfallverpflegung, einem Müsli-Schokoladeriegel, gegriffen – sie war der festen Überzeugung, dass Schokolade weniger ungesund war in Kombination mit Getreide – und biss heißhungrig ein Stück ab. Gleichzeitig bot sie ihrem tierischen Gefährten etwas davon an. Doch zu ihrer Überraschung ignorierte der Hund diesen sonst so heißgeliebten Leckerbissen und fing wieder an zu fiepen. Ratlos beobachtete Kaja Zorro und begann, sich ernsthaft Sorgen zu machen, dass mit dem Hund etwas nicht stimmte. Unmittelbar danach fiel ihr allerdings wieder ein, in welcher Situation sie sich befand, und ihre Gedanken schweiften ab.

„Du brauchst dich nicht aufzuregen, du kleines Fellbündel, sie sieht mich nicht. Auch wenn ich hoffe, dass sich das bald ändert."

Zorro ließ sich von dieser Aussage jedoch nicht beruhigen und fing an zu knurren: „Was soll das heißen, sie sieht dich nicht? Mich sieht sie doch auch. Verstehen tut sie mich auch die meiste Zeit!"

„Aber jetzt hört sie dir ja auch nicht zu. Sie hat zu viele andere Dinge im Kopf. Deshalb hört und sieht sie nicht richtig hin." Der Drache schien das ganze Auto auszufüllen. Zorro heulte nochmals auf, in dem verzweifelten Versuch, Kaja auf das Ungetüm aufmerksam zu machen, und rollte sich dann resigniert ganz nah bei der Tür zusammen, möglichst weit weg von den glänzenden blauen Schuppen.

Kaja versuchte inzwischen, möglichst nüchtern ihre Situation zu analysieren, um nicht laut loszuschreien. Sie saß hier mitten in der Pampa in Südfrankreich fest, mit nur noch drei Müsliriegeln und einem Hund, der offensichtlich seinen Verstand verloren hatte. Die gute Nachricht war, dass es nur noch ca. 5 km bis zum Dorf ihrer Oma waren. Die schlechte Nachricht allerdings war, dass sie nach der durchwachten Nacht und der langen Autofahrt wirklich keine Lust hatte, eine Wandertour zu unternehmen. Dazu kam, dass unterdessen ein für diese Region typischer Nieselregen eingesetzt hatte und die grauen Wolken nicht unbedingt dazu beitrugen, ihre Stimmung zu verbessern. Aber es half alles nichts. Im Auto herumzusitzen brachte sie auch nicht weiter. Kaja stopfte den Rest ihrer Notfallration in ihre ausgebeulte Reisetasche, die sie heute Morgen in aller Hast völlig kopflos gepackt hatte. Sie hatte keine

Ahnung, ob sie einen Regenschutz mitgenommen hatte. Sie vermutete, eher nicht. Das Einzige, was sie mit Bestimmtheit sagen konnte, war, dass Zorros Futter, sein Fressnapf und seine Schlafdecke mit dabei waren. „Naja, wenigstens dem Hund fehlt es an nichts“, musste sie innerlich schmunzeln. Sie zog sich die Kapuze ihres Pullovers über den Kopf und ihre Jacke darüber. Schließlich öffnete sie die Autotür, stieg aus und zerrte die Tasche vom Beifahrersitz. Zorro flitzte wie der Blitz über die Mittelkonsole zur offenen Tür hinaus und Kaja knallte, ihrer Stimmung entsprechend, die Autotür des klapprigen Peugeots heftig zu.

„Autsch!“

Kajas Kopf schnellte herum. „Was war das denn? Zorro? Alles in Ordnung mit dir?“ Aufgeregt begann der Hund an ihr hochzuspringen, in der festen Überzeugung, Kaja hätte den blinden Passagier endlich entdeckt – doch Fehlanzeige. Kaja kraulte nur sein Ohr und meinte: „Ich muss wirklich übermüdet sein – jetzt dachte ich schon, ich hätte dich sprechen gehört.“ Geistesabwesend packte sie ihre schwere Tasche auf die Motorhaube und begann, das Durcheinander darin nach einem Regenschutz zu durchsuchen.

Der Drache grinste Zorro an, der ihn wütend ansah. „Ich hab’s dir doch gesagt, Kleiner – das dauert noch ein Weilchen, bis sie mich sieht.“

Zorro knurrte zurück: „Nenn mich nicht Kleiner. Und überhaupt, was schreist du dann ‚Aua’, wenn du weißt, dass sie dich nicht hören kann!“

„Na hör mal, sie hat meinen Schwanz in der Tür eingeklemmt! Auch wir Drachen schätzen es, wenn man uns die Tür aufhält“, entrüstete sich der Drache.

„Scheint ja überflüssig zu sein“, meinte der Hund, „schließlich bist du jetzt trotzdem draußen.“

„Klar, ich als höhere Energieform brauche keine Türen – aber bequemer ist es allemal. Und überhaupt, wenn ich mich darauf einstelle, durch eine Tür zu gehen und die dann plötzlich zu ist, ist das sehr unangenehm", lamentierte der Drache und fing an zu schmollen. Zorro wurde es jetzt definitiv zu blöd, mit diesem schillernden, blauen Etwas zu diskutieren, und er beschloss, es Kaja gleichzutun und den Drachen erst mal zu ignorieren.

Kaja hatte inzwischen ihre Tasche fertig inspiziert, leider wenig erfolgreich. Der Regen war stärker geworden, und so schloss sie ihre Windjacke bis zum Hals und versuchte sich einzureden, dass Regen ja bekanntlich schön machen sollte. „Wer sich das ausgedacht hat, muss zu dieser unausstehlichen, ewigen Positiv-Denker-Vereinigung gehören", schimpfte sie leise vor sich hin. „Ich würde gerade liebend gern hässlich und dafür trocken bleiben." Plötzlich musste sie trotz allem grinsen. Wenn sie es genau betrachtete, ging es ihr in diesem Moment besser als all die Wochen zuvor in Zürich. Sie hatte keinen Stress, niemand war da, der ihr sagte, sie müsse sich beeilen und bitte an die nächste Deadline denken. Die Luft roch nach feuchter Erde und sommerlich nach frischen, nassen Kräutern und Gras, und Zorro schien sich auch beruhigt zu haben. In eindeutig gehobener Stimmung schulterte sie ihre schwere, alte Tasche und pfiff Zorro zu sich, der keine Zeit verloren hatte, die Wiese am Straßenrand auf der Spur einer der zahlreichen Feldmäuse umzugraben.

„Los, Zorro, wir machen uns auf den Weg zu Mémé. Dort warten schon die Mäuse im Garten auf dich", rief Kaja und fing an, die Straße entlangzulaufen. Der Name ‚Mémé' für ihre Oma stammte aus ihrer Kindheit. Sie hatte als kleines Mädchen das Wort ‚Grandmère' einfach nicht hingekriegt, und so war es bis heute bei Mémé geblieben. Zorro warf einen letzten wehmütigen Blick auf sein aktuelles Mauseloch und beeilte sich dann, sein Frauchen einzuholen. Allerdings nicht ohne im Vorbeirennen noch schnell den verhassten Drachen anzuknurren, der sich ebenfalls anschickte, mit ihnen mitzugehen. Offensichtlich plante der Drache, ein Weilchen zu bleiben.

*

Preview
Das Drachenmädchen

(Band 4 der Drachenromane)

Luna-Maie keuchte, als sie über die Wiese rannte. Ein schneller Blick über die Schulter verriet ihr, dass sie ihren Vater fürs Erste abgeschüttelt hatte. Nicht, dass ihr das viel nützen würde. Sie konnte ihm nicht für immer aus dem Weg gehen. Wollte sie auch gar nicht. Er hatte nur einen äußerst ungünstigen Moment gewählt, um mit ihr über die aktuellen Schulnoten zu sprechen. Sie verstand, dass er ihre Noten besorgniserregend fand. Ihr passte es auch nicht, dass sie die letzten zwei Prüfungen dermaßen verhauen hatte. Leider hatten sich andere Ereignisse, die ihre Aufmerksamkeit erforderten, in den letzten Wochen dermaßen überschlagen, dass sie einfach keine Zeit gehabt hatte zu lernen. Genau, wie sie heute keine Zeit gehabt hatte, mit ihrem Vater in Ruhe ein Gespräch zu führen.

Endlich bei dem Aussichtspunkt auf dem Hügel angekommen, wo der uralte Apfelbaum stand, streifte sie sich ungeduldig ihren Anhänger über den Kopf, den sie an einem langen Lederband um den Hals trug, und atmete tief durch.

Luna-Maie, erklang eine besorgte Stimme in ihrem Kopf.

Nicht jetzt, gab sie erbost und ebenso lautlos zurück. Hatte sie denn nie ihre Ruhe? Zwischen ihren Eltern und den anderen Freunden und Verwandten, die mit ihnen in einer Hofgemeinschaft auf dem Randen wohnten, ganz zu schweigen von den drei Drachen, die sich überall einmischten, war es manchmal wirklich schwierig, ein wenig Privatsphäre zu finden. Ein deutliches Hindernis für ihre Mission, die sie neuerdings verfolgte.

Sie breitete die Arme aus und ließ dabei den Anhänger in ihrer Hand achtlos zu Boden fallen. Ein kurzes Stoßgebet an die zuständigen Drachengötter murmelnd, schloss sie die Augen und sprang.

Für einen bangen Moment, der wie eine Ewigkeit zu dauern schien, befürchtete sie, dass heute der Tag war, an dem die seltsame Drachenmagie, die sie ihr Leben lang begleitet hatte, ihren Geist aufgab. Erleichtert nahm sie das Prickeln wahr, das jede Wandlung begleitete, und streckte ihre Flügel aus. Wie immer verspürte sie eine überbordende Euphorie, als sie die Winde nutzte und auf ihnen in Richtung Tal segelte. Die rosa- und silberfarbenen Schuppen, die ihren langen Nacken entlang verliefen, sträubten sich. Sie reckte ihren Hals und erhaschte einen Blick auf ihren Vater, der neben dem Apfelbaum stand.

Zum Glück konnte er sie nicht sehen, beruhigte sie sich. Sie konnte nur hoffen, dass er ihre fadenscheinige Erklärung, die sie sich erst noch ausdenken musste, akzeptieren würde.

Nach fünfzehn Jahren konnte sie ihm schließlich schlecht offenbaren, dass seine Tochter eigentlich ein Drache war. Zumindest die Hälfte der Zeit. Irgendwie hatte sie das unangenehme Gefühl, dass er diese Neuigkeit nicht sehr gut aufnehmen würde.

*

Das Herz schlug Mathias bis zur Brust, als er die kleine Anhöhe bis zum alten Apfelbaum hinauf sprintete. Er hatte seine Tochter zwischen dem Obstgarten und der Pferdeweide aus den Augen verloren, bis er sie endlich dort oben entdeckt hatte. Als er sah, wie sie die Arme ausbreitete, als wollte sie in die Tiefe springen, blieb ihm fast das Herz stehen. Verzweifelt rief er ihren Namen, doch der Schreck reduzierte seine Stimme zu einem Krächzen. Er blinzelte und verlangsamte seine Schritte. Wo war sie hin? War sie tatsächlich gesprungen? Eiseskälte breitete sich in seiner Brust aus und drohte ihn zu lähmen. Er riss sich zusammen und schüttelte die aufsteigende Panik ab. Sicherlich hätte er gesehen, wenn sie tatsächlich gesprungen wäre. Probeweise blinzelte er ein paar Mal, um sicherzugehen, dass seine Augen noch funktionierten.

Endlich hatte er den höchsten Punkt erreicht. Aufs Schlimmste gefasst, riskierte er einen Blick in die Tiefe. Erleichtert stellte er fest, dass Luna-Maies Körper nirgends zu sehen war. Aber irgendwo musste sie doch sein? Irritiert über die Kapriolen des Teenagers suchte er prüfend die Umgebung ab. Wo zum Teufel war sie nur hin? Als sein Blick über das hohe Gras streifte, blendete ihn etwas. Er bückte sich nach dem glänzenden Gegenstand, auf dem das Sonnenlicht reflektierte.

*

Ramiro, der grüne Drache, der eigentlich für Sierra, Luna-Maies Tante, zuständig war, inoffiziell aber die Aufpasser-Rolle für die kleine Luna-Maie übernommen hatte, trat schleunigst den Rückzug an, als er sah, was Mathias da in die Hände gefallen war. Rein theoretisch hieß es, dass Männer nicht in der Lage waren, Drachen wahrzunehmen. Drachenstein hin oder her. Doch im Zusammenhang mit den Drachenschwestern schienen einige der bislang geltenden Drachenregeln ihre Richtigkeit verloren zu haben, sodass er lieber kein Risiko eingehen wollte. Seine Drachenfreunde wären bestimmt stolz auf ihn, wenn sie wüssten, wie umsichtig er sich verhielt.

Das wundert mich gar nicht. Du warst immer schon gut darin, deine eigene Haut zu retten, drang prompt Lance' Stimme an sein Ohr.

„Das ist wieder einmal typisch, dass mir sofort niedere Beweggründe unterstellt werden“, protestierte Ramiro laut und materialisierte sich in einem grünen Funkenregen neben Lance auf dem Aussichtsturm.

„Ich hätte es auch hilfreicher gefunden, wenn du geblieben wärst“, ließ ihn Maxi spitz wissen. Die violette Drachin saß auf dem Geländer und ließ ihren langen, violetten Schwanz ungeduldig hin und her schnellen. „Dann wüssten wir jetzt wenigstens, auf welches Desaster wir uns einstellen müssen. So sitzen wir im Ungewissen, bis Luna-Maie am Abend heimkommt."

„Falls sie überhaupt wieder kommt", antwortete Ramiro betont düster.

Ihre mit langen, schwarzen Wimpern umrandeten reptilienhaften Augen weiteten sich erschreckt.

„Was willst du damit andeuten? Ist sie etwa in Gefahr?"

Es war so einfach, die Alten aus der Ruhe zu bringen, dachte Ramiro und verdrehte gelangweilt die Augen.

„Hör nicht auf ihn. Er will dir nur Angst einjagen", erklärte Lance und faltete seine blau schillernden Flügel enger an den Körper. Die Autorität des älteren Drachen war deutlich hörbar.

Ramiro knirschte mit den Zähnen.

„Können wir uns endlich dem dringenden Thema zuwenden?"

„Welchem denn?", fragte Lance und hob provozierend eine Augenbraue.

Diese Mimik hatte er im Laufe seines langen Drachenlebens perfektioniert. Wie immer verfehlte sie ihre Wirkung nicht und ärgerte den jüngeren Drachen kolossal. Er zwang sich jedoch, der Verlockung, dem Älteren ins Gesicht zu springen, zu widerstehen.

„Ich glaube wirklich, dass die Gefahr besteht, dass Mathias uns Drachen sehen kann, wenn er den Stein anfasst."

„Papperlapapp! Jeder frisch geschlüpfte Drache weiß, dass Männer nicht in der Lage sind, Drachen zu sehen", mischte sich Maxi ein.

„Völlig ausgeschlossen", stärkte ihr Lance den Rücken.

„Aber wenn ich es doch sage!"

„Hast du irgendeinen Beweis für diese ungeheuerliche Behauptung?", wollte Lance wissen.

„Ähm, nein. Nicht wirklich. Es war nur so ein Gefühl, das ich hatte, als Mathias den Drachenstein aufgelesen hat."

„Ein Gefühl", kicherte Maxi, während Lance ihm überheblich den Arm tätschelte.

„Das sind die Hormone, Jungchen. Such dir besser mal wieder ein Drachenweibchen zum Spielen."

Ramiro stieß einen orange und grün gefärbten Feuerball aus. „Bleibt mir bloß vom Leib. Wenn ihr nicht auf mich hören wollt, ist das euer Problem. Aber ihr müsst nicht meinen, dass ihr später zu mir kommen könnt mit eurem Gejammer, wenn es sich herausstellt, dass ich recht habe."

Wutentbrannt wirbelte er herum und erhob sich dramatisch in die Lüfte.

Eingebildetes Pack!, dachte er. Aber denen würde er es schon noch zeigen.

Das haben wir gehört, ließ ihn Maxi telepathisch wissen.

Verächtlich schnaubend stieß er die Luft aus. Grüngoldene Rauchschwaden strömten aus seinen Nüstern. Er hatte jetzt keine Zeit für einen verbalen Wettstreit. Luna-Maies Sicherheit stand auf dem Spiel. Und vielleicht sogar die gesamte Drachenexistenz, fügte er in einem Anflug von Melodramatik hinzu.

Unter ihm schauten ihm die zwei anderen Drachen besorgt nach.

„Was ist, wenn er recht hat?", wollte Maxi wissen.

„Lass dich von ihm nicht verrückt machen. Er will sich nur wichtig machen. Die Aussagen in den alten Schriften sind ganz eindeutig."

Maxi sagte nichts mehr, auch wenn sie das ungute Gefühl hatte, dass es nicht ganz so einfach sein würde, wie Lance es darstellte. Sie erinnerte sich deutlich daran, dass beim Schreiben der neuen Drachengesetze einige alte Legenden geflissentlich unter den Tisch fallen gelassen worden waren. Über einige davon waren sie bereits gestolpert. Die Drachenschwestern und die Existenz des Drachenkinds waren der lebende Beweis dafür.

*

Neugierig griff Mathias nach dem glänzenden Objekt in der Wiese. War das nicht Luna-Maies Anhänger? Der, den sie immer, ohne Ausnahme trug, seit sie ein kleines Kind war? Behutsam fuhr er mit dem Daumen über die weiß glänzende Oberfläche. Seltsam. Das Lederband war gar nicht gerissen. Es sah ganz danach aus, als hätte seine Tochter den Stein bewusst abgelegt. Unmittelbar, bevor sie vom Erdboden verschwunden war.

Den Anhänger in der Hand, warf er noch einmal einen Blick in die Tiefe, um sicherzugehen, dass sie nicht doch irgendwo bewusstlos auf den Felsen lag. Erleichtert stellte er fest, dass sein erster Eindruck ihn nicht getrogen hatte. Von Luna-Maie war keine Spur zu sehen. Das beantwortete nur leider nach wie vor nicht die Frage, wo sie denn steckte. Weiter unten, schon fast im Tal, erregte eine Bewegung seine Aufmerksamkeit. Was war denn das? Ein Raubvogel? Der Größe nach musste es sich fast um einen Bartgeier handeln. Obwohl ihm bekannt war, dass die Auswilderungsprogramme der letzten zwanzig Jahre erfolgreich gewesen waren, war ihm nicht bewusst gewesen, dass die Vögel so weit von ihrem natürlichen Lebensraum, den Alpen, abschweiften. Unwillkürlich verstärkte er den Griff um den Stein in seiner Hand. Augenblicklich wurden die Umrisse des vermeintlichen Vogels klarer, als hätte jemand eine Linse scharf eingestellt. Fast hätte er den Halt unter den Füßen verloren, so schockte ihn der Anblick. Was dort durch die Lüfte segelte, war definitiv kein Geier, sondern eine ganz andere Kreatur. Ein mittelalterlicher Drache, der direkt aus Grimms Märchen entsprungen schien. Obwohl er noch nie in seinem Leben ein solches Tier gesehen hatte – bis vor zwei Sekunden hätte er sogar überzeugt behauptet, dass Drachen ins Gebiet der

Mythologie, sprich der Fantasie gehörten – kam ihm etwas an dem mystischen Wesen seltsam vertraut vor.

Bevor er jedoch die Gelegenheit hatte, diese seltsame Tatsache näher zu betrachten, wurde er abgelenkt. Ein unvermittelter Schmerz in seiner Handfläche beanspruchte seine ganze Aufmerksamkeit. Der Anhänger in seiner Hand schien plötzlich eine ungewöhnliche Hitze zu entwickeln und brannte sich in die Haut. Fluchend ließ er den Stein fallen und wedelte hektisch mit der Hand in der kühlen Herbstluft, um den Schmerz zu lindern. Immerhin war so wenigstens die Frage beantwortet, ob er träumte, dachte Mathias grimmig, denn diese Möglichkeit war ihm vorhin bei seiner unglaublichen Entdeckung kurz durch den Kopf geschossen. Doch der leuchtend rote, ovale Fleck, wo der Stein seine Haut versengt hatte, sprach eine deutliche Sprache. Wie hielt seine Tochter das nur aus? Auf sie schien er offensichtlich nicht dieselbe Wirkung zu haben.

Apropos Luna-Maie. Wo steckte sie nur? Das wusste er immer noch nicht. Intuitiv schaute er sich abermals nach dem fantastischen Anblick des Fabelwesens um. Doch außer eines vagen Schattens, der genauso gut von einem großen Vogel stammen konnte, sah er nichts Ungewöhnliches. Er blinzelte ein paar Mal und schüttelte leicht den Kopf, als könnte er so das Gefühl der Unwirklichkeit loswerden. Geistesabwesend strich er sich mit der Fingerspitze des Mittelfingers über die immer noch leicht brennende Handfläche. Was es nur mit diesem Stein auf sich hatte? Von einer plötzlichen Ahnung geplagt bückte er sich erneut nach der Kette und hob sie vorsichtig am Lederband auf. Ein Blick ins Tal verriet ihm, dass der vage Schatten gerade noch zu sehen war. In ein paar Sekunden wäre er ganz verschwunden. Beherzt griff er abermals nach dem Stein.

Diesmal wusste er, was ihn erwartete. Solchermaßen vorbereitet war er in der Lage, das Brennen zu ignorieren und sich ganz auf seine Beobachtungen zu konzentrieren. Wieder wurde der Schatten augenblicklich scharf. Silber und rosa glänzende Schuppen reflektierten die herbstliche Nachmittagssonne. Schillernde Flügel bewegten sich majestätisch im Wind. Ein eleganter, mit Hörnern besetzter Kopf bildete den Abschluss eines langen, beweglichen Halses. Eine rosa und hellblond gefärbte Mähne flatterte im Wind. Ein langer, spitz zulaufender Schwanz vervollständigte den fantastischen Anblick. Leider machte das Tal an dieser Stelle einen scharfen Knick, sodass der Drache aus seinem Blickfeld entschwand.

Bedächtig fasste er nach dem Lederband und ließ das Schmuckstück in der Luft baumeln. Er würde den verdammten Stein keine Sekunde länger als unbedingt nötig anfassen. Nachdenklich betrachtete er ihn. Ein spurlos verschwundenes Mädchen. Ein altbekanntes Schmuckstück, das plötzlich ein Eigenleben und außergewöhnliche Eigenschaften zu besitzen schien. Eine unerklärliche Beobachtung. Er weigerte sich, das Ding beim Namen zu nennen. Schon nur die theoretische Formulierung des Satzes „ich habe einen Drachen gesehen“ ließ ihn an seiner geistigen Gesundheit zweifeln. Doch er kam nicht umhin festzustellen, dass die Ereignisse der letzten halben Stunde einige Fragen aufwarfen. Er war fest entschlossen, die zugehörigen Antworten zu finden. Wenn das hieß, dass er die nächsten Stunden hier auf diesem Hügel verbringen musste, dann war das eben so.

Ein kleiner, langhaariger Hund sprang durchs Gras auf ihn zu.

„Nepomuk. Was machst du denn hier?“

Der kleine Chihuahua wedelte begeistert und ließ seine rosafarbene Zunge heraushängen. Er war schon alt. Kurz vor Luna-Maies Geburt hatte seine Schwester ihn in einer Mülltonne gefunden und ihn seiner Frau Miri geschenkt. Seither war der kleine Charmeur nicht mehr aus ihrem Leben wegzudenken. Inzwischen verbrachte er die meiste Zeit neben dem alten Kater Chili auf der warmen Ofenbank. Doch manchmal packte ihn die alte Abenteuerlust und er wagte sich nach draußen.

Mathias ließ sich auf der verwitterten Holzbank neben dem Apfelbaum nieder und klopfte einladend auf den Platz neben sich.

„Komm. Du kannst mir Gesellschaft leisten, bis Luna-Maie endlich aufgibt und aus ihrem Versteck auftaucht. Ich kann nämlich genauso stur sein wie sie. Von irgendjemandem hat sie das ja“, fügte er nicht ohne väterlichen Stolz hinzu.

Mit einem erstaunlich agilen Satz hüpfte Nepomuk auf die angedeutete Stelle und rollte sich prompt neben ihm zusammen. Er bezweifelte zwar, dass Mathias mit seiner Strategie Erfolg haben würde. Doch wenn er eins in seinen langen Hundejahren gelernt hatte, dann war es, dass Menschen selten auf die Meinung eines Chihuahuas hörten.

*

Oje, dachte Ramiro, als er sah, wie es sich Mathias auf der Bank gemütlich machte. Es sah ganz so aus, als würde der Vater beabsichtigen, an Ort und Stelle auf seine abtrünnige Tochter zu warten. Das konnte nur ins Auge gehen. Es war an der Zeit, Hilfe zu holen. Diesmal versuchte er sein Glück lieber bei den Menschen. Die beiden anderen Drachen hatten ihm ja deutlich zu verstehen gegeben, was sie von seiner Theorie hielten.

Smaragdgrüne Funken sprühten, als er sich lautlos in Luft auflöste.

Bei Dragonbooks von Virginia Fox auch erhältlich:

Die Rocky Mountain Serie:
(Genre: Liebesroman/Spannung)

Band 1 – Rocky Mountain Yoga
Band 2 – Rocky Mountain Star
Band 3 – Rocky Mountain Dogs
Band 4 – Rocky Mountain Kid
Band 5 – Rocky Mountain Secrets
Band 6 – Rocky Mountain Fire
Band 7 – Rocky Mountain Life
Band 8 – Rocky Mountain Race
Band 9 – Rocky Mountain Lion
Band 10 - Rocky Mountain Gold
Band 11 - Rocky Mountain Crime
Band 12 - Rocky Mountain Heat
Band 13 - Rocky Mountain Snow
Band 14 - Rocky Mountain Horses
Band 15 – Rocky Mountain Kiss
Band 16 – Rocky Mountain Games
Band 17 – Rocky Mountain Love
Band 18 - Rocky Mountain Doc (März 2019)
Band 19 -Rocky Mountain Heart (Juni 2019)
Band 20 - Rocky Mountain Moon (Sept. 2019)
Band 21 - Rocky Mountain Wish (Dez. 2019)

Drachenromane:
Die Drachenschwestern Trilogie

(Genre: Frauenromane mit einem Hauch Fantasy)

Band 1 - Die Drachenschwestern

Band 2 - Das Drachenkind

Band 3 - Das Drachenpferd

Das Drachenmädchen

(Genre: Jugend-/Fantasy)

Band 4 - Das Zeichen des Drachen

Band 5 - Die Drachen der Neuen Welt (in Vorbereitung)

Alle Bücher sind als E-Book und Taschenbuch bei Amazon und als Taschenbuch überall im Buchhandel erhältlich.

Die Reihe wird im März 2019 fortgesetzt. Gerne kannst du dich für meinen Newsletter anmelden. So bekommst du alle Informationen über Neuerscheinungen und Aktionen direkt in dein Postfach geliefert. Hier geht's zur Anmeldung: http://virginiafox.com/virginias-welt/

Alle Neuerscheinungen und Preisaktionen werden unter virginiafox.com oder auf FB (authorvirginiafox) angekündigt.